Knaur.

Knaur.

Über die Autorin:
Bevor Tamara Kelly das Schreiben zum Beruf machte, arbeitete sie in New York als Psychotherapeutin. Sie ist verheiratet und lebt zurzeit mit ihrer großen Patchworkfamilie, zwei Katzen und einer Schildkröte in der Nähe von Big Sur, Kalifornien.

Tamara Kelly

Zärtlich küsst der Tod

Thriller

Aus dem Amerikanischen
von Beatrix Mannel

Knaur Taschenbuch Verlag

Die amerikanische Originalausgabe erschien 2005
unter dem Titel »Fatal Velvet« bei Nayeli Press, New York.

Besuchen Sie uns im Internet:
www.knaur.de

Deutsche Erstausgabe April 2007

Umschlaggestaltung: ZERO Werbeagentur, München
Umschlagabbildung: Corbis
Satz: Adobe InDesign im Verlag
Druck und Bindung: Nørhaven Paperback A/S
Printed in Denmark
ISBN 978-3-426-63394-6

2 4 5 3 1

Prolog

1985

Ich kriege die Augen nicht auf. Ich versuche es noch einmal. Jetzt geht es, aber ich sehe alles so verschwommen. Komisch, das macht mir gar keine Angst. Oder ist das normal in meinem Zustand? Ich muss Mom fragen, sie kennt sich da bestimmt aus.

Moment, ich habe es ihr ja noch gar nicht gesagt. Ich war auf dem Nachhauseweg von San Diego, wollte es ihr persönlich sagen. Weil ich weiß, dass sie sich aufregen wird.

Immer hat sie mich angefleht, ich soll warten damit, soll nicht die gleichen Fehler machen wie sie. Lieber studieren und erst spät Kinder kriegen.

Aber Mom hat keine Ahnung. Nicht, dass ich Frank heiraten möchte, ehrlich gesagt, hab ich gar keine Ahnung, wie das überhaupt passieren konnte. Ist ja jetzt auch egal. Violine kann man doch immer und überall spielen.

Wo bin ich überhaupt?

Ich liege auf etwas unglaublich Weichem. Es fühlt sich an wie Samt auf meiner Haut. O Mann, ich hab gar nichts an! Was ist nur passiert?

Dieser coole junge Typ hat mich mitgenommen, der da, der jetzt vor mir steht und mich anlächelt. Mann, sieht der süß aus. Aber wann hab ich mich ausgezogen? Und warum kann ich meine Hände nicht bewegen?

Jetzt erinnere ich mich wieder, wir haben zusammen was getrunken. Er sieht nett aus. Komisch, dass es mir gar nichts ausmacht, so nackt vor ihm zu liegen. Ja es gefällt mir sogar. Ob Drogen in der Cola waren? Gibt's vielleicht nicht nur Haschkekse, sondern auch Hasch-Cola? Ich muss kichern.

Er fragt, wie ich mich fühle. »Großartig!«

Gut, antwortet er. Er würde gern mit mir spielen, und dazu müsse er mich sauber machen.

Ich nicke.

Er nimmt einen großen weichen Pinsel und fährt über meine Haut. Alle meine Haare stellen sich auf. Das prickelt, und ich kann nichts machen, denn ich bin gefesselt.

Ich bin gefesselt? Warum eigentlich?

Oh, jetzt wird er gemein! Er streift meinen Nacken, meine Achseln, die Kniekehlen, oh, wie das kitzelt. Ich muss lachen, mehr und mehr lachen, und versuche, dem Pinsel auszuweichen, doch er ist immer schneller. Ich kriege schon fast keine Luft mehr. Das macht mich wacher.

Als er jetzt meine Schenkel öffnet und mich auch dort kitzelt, werde ich hellwach, und ich spüre, wie sich mein Magen zusammenzieht und mein Herz schneller schlägt. Trotz meiner Angst erregt es mich auch.

Oder ist es die Angst, die mich erregt?

Genau in diesem Moment hört er auf. Atemlos sauge ich endlich Luft in meine Lungen und sehne mich gleichzeitig danach, dass er mich wieder zu streicheln beginnt.

Er lächelt mich beruhigend an und tauscht den Pinsel gegen ein Messer. Fährt mit der kalten Klinge über meinen Bauch. Das kitzelt auch, aber diesmal ist meine Angst stärker.

Urplötzlich ist es, als ob ich aus einer Hypnose erwache: Ich liege hier nackt, gefesselt, und ein Fremder zieht ein Messer über meinen Körper. Auf meiner Lippe spüre ich kalten Schweiß. Ich zerre an den Fesseln. Ich muss hier raus.

Doch er drückt das Messer fest auf meine Haut, fährt damit über meine Brust, spielt mit der Klinge an ihrer Spitze, und als ich versuche, ihm auszuweichen, zu entkommen, macht er »Schschsch« wie zu einem Kind.

Ein Kind! Wenn ich ihm sage, dass ich schwanger bin, wird er mir bestimmt nichts tun, seine Aufgabe ist es doch, Leben zu retten, und nicht, es zu vernichten.

Ich will etwas sagen, aber da schlägt er mir brutal auf den Mund, um mich zum Schweigen zu bringen. Der Schmerz schneidet meinen Atem ab, läuft in Wellen vom Kiefer nach oben und hinten in den Kopf. Pocht, schwillt an, wird gewaltig.

Er spielt weiter mit dem Messer, als wäre ich schon tot.

Als wäre ich schon tot?

Nein! Ich bin nicht tot. Ich werde nicht sterben. Ich darf jetzt nicht sterben.

Ich zerre und reiße mit aller Kraft an den Fesseln. Er sieht mich kopfschüttelnd an und schlägt mir wieder ins Gesicht, diesmal auf die Augen. Ich sehe nichts mehr. Spüre nur noch, wie er oberhalb meines Nabels etwas einritzt. Ich fühle den Schmerz erst, als mein Bauch feucht wird. Ich will sehen, was da vorgeht, und schaffe es, ein Auge zu öffnen. Er schüttelt den Kopf.

»Jetzt hast du dich aber sehr schmutzig gemacht.«

Ich flehe ihn an, mich freizulassen, höre selbst, wie lächerlich mein Gebrabbel klingt, und wundere mich nicht, dass er nur weiter den Kopf schüttelt.

Dann leckt er das Blut von meinem Bauch.

Alles Mögliche rast durch meinen Kopf, das Einzige, was ich noch tun kann, ist denken. Ihn wegdenken. Oder mich wegdenken. Visualisieren nennen sie das an der Uni.

Ich versuche, mir vorzustellen, dass dieser Mann aufhört, an mir herumzuritzen, dass er mich freilässt, aber der Schmerz hält mich fest, hält ihn fest. Ich muss etwas anderes probieren.

Ich sehe, wie ich mit meinem Baby auf unserer Veranda in Grandmas Schaukelstuhl sitze und es an meiner Brust anlege. Während wir sachte hin und her schaukeln, streichle ich sein winziges Köpfchen. Es ist blond und wunderschön.

Ich höre in der Stille nur ein paar Vögel zwitschern, und als das Baby eingeschlafen ist, betrachte ich den Goldmohn, der überall im Garten und auf der Straße wächst. Denn mein Kind wird genau dann geboren werden, wenn nach den ersten Regenfällen überall die prächtigen gelben Blüten aus der sandigen Erde wachsen und sie zur Sonne machen.

1. Kapitel

Zwanzig Jahre später

Lea Graham schleppte sich stöhnend ins Badezimmer und wünschte, sie hätte gestern Abend bei Moiras Geburtstagsparty auf die letzten beiden Tequilas verzichtet. Auf dem Rückweg stolperte sie über ihre Unterlagen, Berge von Manuskripten, die rund um das Bett verstreut lagen.

Gerade, als sie sich wieder ausgestreckt und erlaubt hatte, noch fünf Minuten zu dösen, klingelte ihr Telefon.

Hoffentlich war das nicht Dad, der den Termin heute Mittag absagen wollte. Sie musste dringend mit ihm über den Verlag reden. Wo, zum Teufel, hatte sie nur das Telefon liegen lassen?

Sie fand es in ihrem begehbaren Kleiderschrank.

»Hi, Lea, bist du schon wach?«, drang Moiras leicht kratzige Stimme an ihr Ohr.

Nein, dachte Lea, ich schlafe noch. »Hmmm. Ich wollte gerade ins Bad.«

»Ohooo«, sagte Moira mit einem Unterton, der anzudeuten schien, dass im Bad jemand sehnsüchtig auf Lea wartete.

»Nix ohooo, ich bin allein«, erklärte Lea und legte sich wieder aufs Bett in der Hoffnung, dass ihre Kopfschmerzen dann vergehen würden.

»Soll das heißen, du hast Billy nicht mitgenommen?«, fragte Moira enttäuscht.

Lea musste trotz des Dröhnens in ihrem Kopf grinsen. Billy war »der nette junge Mann«, den Moira ihr gestern zugemutet hatte. Ein fast glatzköpfiger Fünfziger mit einem dicken Siegelring am kleinen Finger. Nicht wirklich der Mann, von dem Lea beim Einschlafen träumte. Allerdings träumte sie seit ihrer Scheidung von Greg überhaupt nur noch selten von Männern. Sie vergrub sich ganz in ihrer Arbeit, das war eine ungefährliche Zone. Dort konnte sie nicht verletzt werden, aber das wollte ihre beste Freundin einfach nicht begreifen.

Lea seufzte. »Moira, du kannst doch nicht im Ernst glauben, dass ich endlose Vorträge über digital gesicherte Garderoben im Pebble-Beach-Golf-Club aufregend finde. Ich weiß, du meinst es gut mit mir, aber dieser Mann war geradezu erbärmlich langweilig. Seine einzige persönliche Frage an mich war: Welche Sonnenbrille bevorzugen Sie beim Golfspielen?«

»Du spielst doch gar kein Golf«, sagte Moira.

Lea konnte an ihrer Stimme erkennen, dass Moira zwischen Beleidigt- und Amüsiertsein hin und her schwankte.

»Stimmt auffallend. Trotzdem war es eine schöne Party.« Lea stand auf und räumte mit der freien Hand ihre silbernen Pumps in den Schuhschrank. »Aber ich komme nur zu deiner nächsten Einladung, wenn du endlich damit aufhörst, mich verkuppeln zu wollen, okay? So, und jetzt erzähl mir noch kurz, wie fühlst du dich heute, mit sechsunddreißig Jahren?«

Moira stöhnte und sagte mit zittriger Stimme: »Alt,

seeehr alt.« Dann lachte sie. »Nein, ganz im Gegenteil, Fred und ich hatten gerade ein wundervolles Erlebnis auf dem Küchentisch – willst du die Details?«

»Bloß nicht, mach's gut.« Bevor Moira noch protestieren konnte, hatte Lea aufgelegt, und obwohl sie sofort versuchte, an den vor ihr liegenden Tag mit all seinen Terminen zu denken, stiegen Bilder von Moira und ihrem Mann Fred in liebevoller Umarmung empor. Sie musste sich eingestehen, dass sie neidisch war.

Seit ihrer Scheidung von Greg hatte es nur zwei Affären gegeben, jedes Mal mit einem katastrophalen Ende für Lea.

Sie beschloss, ihre Kopfschmerzen mit einem starken Kaffee zu betäuben. Starker Kaffee und Zitrone halfen oft besser bei Migräne und Kopfweh als Aspirin. Das hatte sie von Greg gelernt, der seine Karriere als Tennisprofi systematisch mit zu viel Alkohol ruiniert hatte. Denn selbst dieser Trick hatte ihm nicht viel geholfen. Mit einem Kater war man auf dem Court einfach nicht schnell genug.

Sie öffnete die Kühlschranktür, nahm die Kaffeebohnen heraus, mahlte sie und füllte ihre italienische Kaffeemaschine. Dabei sah sie aus dem Küchenfenster nach draußen in den für Los Angeles ungewöhnlich klaren blauen Junihimmel und konnte es immer noch nicht fassen, dass sie mitten in Venice eine bezahlbare Wohnung gefunden hatte.

Der dreistöckige Häuserkomplex, in dem sie wohnte, wurde gerade renoviert, und ihre Wohnung war die einzige, die schon benutzbar war. Anfang der neunziger Jahre war das Gebäude völlig verwahrlost und heruntergekommen, weil sich die Erbengemeinschaft nicht einigen konnte, was mit dem Haus geschehen sollte. Jetzt wurde es im Zuge des Baubooms in Venice endlich renoviert. Der U-förmige Komplex war außen bereits saniert, bonbonrosa gestrichen und hatte weiße halbrunde Balkone. Lea hatte keine Sekunde gezögert, als ihr der Makler dieses helle Apartment, das über zwei Ebenen verfügte und im dritten Stock lag, angeboten hatte. Obwohl das Treppenhaus noch völlig heruntergekommen war, die Holzstufen löchrig, die Wände übersät mit Graffitis, war Lea von dem achteckigen Lichthof, um den sich das Treppenhaus mit seinem kunstvollen Geländer aus den vierziger Jahren wand, so begeistert, dass sie einzog, sobald ihr Apartment fertig renoviert war.

Später sollte der Lichthof bepflanzt werden, und Lea hatte genug Fantasie, um sich vorstellen zu können, wie prächtig hier Bougainvilleen und Papageienblumen gedeihen würden. Momentan war der Lichtschacht noch ein dunkles Loch, das oben mit Brettern abgedeckt war, damit sich keine Vögel hineinverirrten. Auch viele der anderen Wohnungen waren noch mit Brettern vernagelt, und Lea fühlte sich nicht besonders wohl, wenn sie spät nachts allein nach Hause kam. Manchmal raschelte es unheimlich hinter den Türen, dann beeilte sich Lea, in ihre Wohnung zu kommen, wo sie sich sicher fühlte.

Glücklicherweise schritt die Renovierung schnell voran, und in den letzten zwei Wochen waren sogar schon die Treppen bis zum ersten Stock mit neuem Parkett belegt worden. Allerdings ließen die Handwerker andauernd Maschinen und Geräte im Flur herumstehen, und Lea musste sehr aufpassen, dass sie nicht über etwas stolperte.

Doch das nahm sie alles gerne in Kauf, denn sie war sicher, dass dieses Haus nach der Renovierung dreimal so schön sein und dreimal so viel wert sein würde wie jetzt. Sie freute sich schon auf den Tag, wenn der Baulärm aufhörte und die anderen Apartments endlich bezogen würden, denn sie wünschte sich sehnlichst Nachbarn.

In New York war es allein die Freundschaft mit ihrem Nachbarn Tom gewesen, die sie die demütigende Scheidung von Greg hatte überstehen lassen. Von Frauen war sie damals restlos enttäuscht, nachdem sie – völlig ahnungslos und wie in einem schlechten Film – ihre Freundin Peggy mit Greg in flagranti erwischt hatte.

Nachdem Tom ihr Stapel von Kleenex gereicht hatte, um ihre Tränen zu trocknen, hatten er und sein Lebensgefährte Raoul für sie gekocht, sie ins Kino und zum Tanzen eingeladen und so verhindert, dass Lea völlig depressiv wurde.

Hier in L. A. gab es bis jetzt nur ihre Freundin Moira, Dad und jede Menge Erinnerungen an ihre mutterlose Kindheit.

Es war Lea immer noch ein Rätsel, wie Moira es geschafft hatte, ihre, Leas, Abwehrhaltung zu durchbrechen. Kennen gelernt hatten sie sich im Fitnessstudio »Crunch« in einem Pilates-Kurs, in den Lea sich in einem Anfall von schlechtem Gewissen geschleppt hatte.

Moira hatte immer ganz vorne gestanden und sogar bei den lächerlichsten Übungen derart elegant ausgesehen, dass Lea, die sich vorsichtshalber weit hinten, in der Nähe des Ausgangs positioniert hatte, ständig bewundernd zu Moira hinüberstarren musste. Aber sie hätte Moira nie angesprochen. Es war Moira, die sich dreimal hintereinander mit einem völlig unbefangenen Lachen Duschgel von Lea ausgeliehen und sie dann zur Entschädigung zu einem Caffè Latte an die Bar im »Crunch« geschleppt hatte. Nach diesem Abend ließ Moira dann einfach nicht mehr locker, und ihr gutmütiger, wesentlich älterer Mann Fred unterstützte sie dabei.

Lea ging zur Wendeltreppe, die sich rechts neben dem Eingang ihrer Wohnung befand. Links waren das Schlafzimmer mit dem begehbaren Kleiderschrank und ein geradezu luxuriöses Bad mit schillernden Mosaikfliesen in Türkis und Himmelblau, in dem sich Lea vorkam wie in einem orientalischen Hammam. Die Wendeltreppe führte nach oben in den großen, lichtdurchfluteten Wohn-Ess-Kochraum mit dem gemauerten, halbrunden Balkon, dessen graue Oberfläche Lea purpur und gelb gestrichen hatte.

Diese Wohnung hatte sie mit der Tatsache versöhnt, dass sie von New York nach Los Angeles hatte ziehen müssen. Trotzdem seufzte sie bei der Erinnerung daran, wie anders ihr Morgen in New York verlaufen wäre. Der Portier hätte ihr längst drei verschiedene Tageszeitungen vorbeigebracht. Tom, der jeden Morgen Dumbledore, seinen Riesenpudel, ausführte, hätte ihr aus der Paris Bakery zwei Schokoladencroissants mitgebracht, und wenn sie dann, zur Krönung des Frühstücks, das Fenster geöffnet hätte, um eine Zigarette zu rauchen, wäre sie von der Musik New Yorks umarmt worden.

Na ja, Musik, dachte sie und grinste. Moira würde das Gemisch aus Autolärm, Hupen, Sirenengeheul, Geknatter und Baumaschinengetöse schlicht und ergreifend als

Lärm bezeichnen. Vielleicht fing sie wirklich an, New York ein bisschen zu verklären.

Lea nahm den duftenden Kaffee und setzte sich auf den überdachten und deshalb immer schattigen Balkon. Wenn sie sich ordentlich den Hals verrenkte und sich links über das Geländer beugte, konnte sie den Pazifik und ein Stückchen vom berühmten Venice Beachboard Walk sehen. Aus der Ferne hörte sie Radiomusik, Lachen und das leise Rauschen des Pazifiks. Vielleicht war das sogar besser für ihre Kopfschmerzen als die »New Yorker Musik«.

Obwohl es erst sieben Uhr morgens war, liefen schon die ersten Jogger am Strand entlang und verursachten Lea sofort ein schlechtes Gewissen. Sie sollte mehr Sport treiben. Für kalifornische Verhältnisse waren ihre Schenkel eindeutig zu dick.

Greg hatte ihren Körper oft mit jenem kritischen Blick betrachtet, den sie noch aus ihrer Teenagerzeit von ihrem Vater kannte und der ihr unmissverständlich klarmachen sollte, dass man sich nicht so gehen lassen durfte, wollte man als Frau erfolgreich sein.

Moira versuchte schon seit Monaten vergeblich, sie zu einem Bikini-Beach-Bootcamp-Kurs zu animieren, einer militärisch straff organisierten Schwitzfolter, durch die man angeblich in zwei Wochen in Topform kam. Den Pilates-Kurs hatte Lea längst wieder aufgegeben, wegen der vielen Arbeit, hatte sie behauptet. In Wirklichkeit wollte Lea ihre wenige Freizeit lieber allein auf dem Sofa verbringen, und zwar lesend. Moira fand das völlig inakzeptabel. »Ein gesunder Geist kann nur in einem gesunden Körper leben, das haben schon irgendwelche alten

Indianer oder Griechen gewusst. Als Verlegerin starrst du doch den ganzen Tag in staubtrockene Bücher.«

Zum Glück war wenigstens Fred, Moiras Mann, auf Leas Seite. Er hatte auch genügend Stress in seinem Job beim LAPD und deshalb selten Lust, sich nach Feierabend in Fitnessclubs herumzutreiben oder »auf die Piste zu gehen«. Moira äußerte immer wieder den Verdacht, dass Fred einfach zu alt sei, um etwas erleben zu wollen.

Das fand Lea ziemlich übertrieben, Fred war zwar zehn Jahre älter als Moira, aber topfit. Schließlich musste er als Polizist regelmäßig Sport treiben, um in Form zu bleiben. Ihm ging Moiras Fitnesswahn nur einfach zu weit. Aus Protest – und weil er Lea gernhatte – brachte er manchmal belgische Champagnertrüffel mit, die Lea und er dann genüsslich verspeisten, während Moira beinahe einen Herzinfarkt erlitt bei dem Gedanken an all die toten Kalorien, die darin steckten.

Doch zum Glück war Moira nicht nur eine Fitnessfanatikerin, sondern sie las auch gerne – natürlich nicht auf dem Sofa wie Lea, sondern am liebsten auf dem Ergometer. Und weil Moira Lea immer wieder durch ihre verblüffend scharfsinnigen Anmerkungen zu Texten erstaunte, war Moira nach und nach zu ihrer wichtigsten Testleserin geworden.

Lea beugte sich erneut über den Balkon. Noch mehr Jogger. Und wie glücklich die aussahen. Vielleicht sollte sie es doch mal probieren?

Sie zuckte mit den Schultern und trank noch einen Schluck Kaffee.

Aus den Augenwinkeln heraus nahm sie eine Bewegung wahr.

Was war das? Eine Katze?

Sie beugte sich wieder vor, konnte aber nichts sehen. Dann hörte sie ein leichtes Schlurfen. Sie sah noch einmal genauer hin. Schwarze Haare und breite Schultern. Unter ihrem Balkon war jemand, nein, korrigierte sie sich, nicht jemand, das war ein Mann. Schlagartig wurde ihr bewusst, wie dünn sie bekleidet war mit ihrem Seidenschlafshirt, ohne Höschen, ohne BH.

Sie flüchtete in ihre Küche und schloss instinktiv die Tür, obwohl der Mann wohl kaum durch den gemauerten Balkonboden sehen konnte. Nichtsdestotrotz pochte ihr Herz schneller. Was hatte jemand in der Wohnung unter ihr zu suchen, wenn die doch noch gar nicht fertig renoviert war? Und es war bestimmt kein Handwerker, die machten wesentlich mehr Lärm und kamen nie vor acht Uhr.

Konnte es ein Einbrecher sein oder ein Obdachloser, der in einer der leer stehenden Wohnungen übernachtet hatte?

Nein, beruhigte sie sich, das war ausgeschlossen, denn auch wenn die Wohnungen leer standen, wurden sie doch bewacht. Vielleicht war es ja nur der Makler gewesen. Oder ein potenzieller Mieter, der die Wohnung auf dem Weg zur Arbeit besichtigt hatte.

Oder war ihre Beobachtung doch ein Fall für die Polizei?

Aber was sollte sie schon sagen, schließlich wusste sie nichts über die untere Wohnung und war auch nicht bedroht worden. Von Fred hatte sie auch schon oft genug gehört, die Polizei von Los Angeles habe sehr viel Wichtigeres zu tun, als vagen Geschichten allein lebender Frauen nachzugehen.

Sie zuckte mit den Schultern. Vielleicht hatte sie sich den Mann auch nur eingebildet und es war nichts weiter als ein Vogel gewesen, der auf dem unteren Geländer gesessen hatte, oder eine Katze.

Sie erinnerte sich, wie sie in New York einmal geglaubt hatte, jemand aus der Wohnung gegenüber starre andauernd zu ihr herüber. Tom hatte sein Fernglas geholt und entdeckt, dass es nur eine steinerne Büste gewesen war. Jefferson.

Sie schüttelte entschieden den Kopf, Schmerz jagte hinter ihre Augen. Nie wieder Tequila unter der Woche, schwor sie sich und beschloss, noch zwei Aspirin zu nehmen.

Immerhin könnte sie später den Makler anrufen und sich erkundigen, ob die Wohnung unter ihr endlich vermietet worden war.

Resolut legte sie zum ersten Mal, seit sie hier eingezogen war, den Sicherheitsriegel an der Balkontür vor, ehe sie in die Küche ging. Sie trank den letzten Schluck Kaffee und rekapitulierte den bevorstehenden Tag.

Ohne ihren Terminkalender zu konsultieren, wusste sie, dass sie mit ihrem Vater zu Mittag essen würde und dass ihr am Nachmittag eine zähe Verhandlung mit einem Agenten von der Ostküste bevorstand. Ein Grund mehr, sich in eine glänzende Rüstung zu werfen. Was sie ihrem Vater zu sagen hatte, würde ihm nicht besonders gefallen.

Als sie nach der Dusche ihr rundes Gesicht mit den wirren rotblonden Locken im Spiegel betrachtete, war Lea erstaunt, dass man ihr das klopfende Kopfweh nicht stärker ansah. Sie hatte Ringe unter den graugrünen Augen und war ein bisschen blass, nichts, was sie mit etwas Make-up nicht korrigieren konnte.

Eine knappe Stunde später erreichte sie ihren Verlag am Wilshire-Boulevard, winkte dem glatzköpfigen Parkwächter am Eingang der Tiefgarage zu, parkte ihr rotes Cabrio und hoffte, dass ihre Kopfschmerzen endlich verschwinden würden.

Sie stieg ausnahmsweise die Treppen bis in den siebten Stock und kam sich sehr sportlich vor, als sie völlig außer Atem die Tür zum Big-Surprise-Verlag aufdrückte.

Wie jeden Morgen fiel ihr Blick als Erstes auf die beiden gewaltigen, goldgerahmten Porträts ihrer Urgroßmutter mütterlicherseits, Alma Lindquist, eine üppige Blondine mit hellblauen Augen und hohen Wangenknochen, die den Verlag 1920 voller Optimismus gegründet hatte, also zu einer Zeit, in der angesichts der Weltwirtschaftskrise viele andere Verlage pleite gegangen waren. Ihr Vater, der nie ein Blatt vor den Mund nahm, hatte mehrfach bedauert, dass Lea weder Alma noch ihrer schönen Mutter ähnlich sah, und Lea stimmte ihm darin zu. Allerdings fand sie, er hätte es nicht gar so oft feststellen müssen.

Lea begrüßte Martha, die seit über zwanzig Jahren als Empfangsdame, Sekretärin und Mädchen für alles im Verlag arbeitete und jedem, der hereinkam, ein umwerfend breites Lächeln schenkte, das sich bis in ihre graublonden Haarspitzen auszudehnen schien. Schon als Kind hatte sich Lea jedes Mal gefragt, womit sie dieses Strahlen wohl verdient hatte, bis ihr irgendwann klar geworden war, dass Martha so oft lächelte, weil die Besucher dann verblüfft eine große Ähnlichkeit mit Doris Day feststellen mussten. Wahrscheinlich trug Martha ihre Haare auch deshalb immer noch auftoupiert wie ein Baiserhäubchen.

Heute telefonierte Martha gerade, als Lea eintrat, und nickte dieser deshalb nur freundlich zu.

»Guten Morgen, Mark«, begrüßte Lea ihren Assistenten, der gequält den Kopf hob, die Augen verdrehte und theatralisch auf die Berge von Manuskripten deutete, die auf einem Rolltisch neben seinem Schreibtisch lagen.

Lea lachte. »Ich weiß schon, es ist der letzte Donnerstag im Monat.« An diesem Tag stand die Prüfung aller in den letzten vier Wochen unverlangt eingesandten Manuskripte auf dem Programm. Bevor Lea Mark eingestellt hatte, war das ihre Aufgabe gewesen. Denn Martha hatte erstaunlicherweise auch nach zwanzig Jahren kein Gespür für Texte und wollte sich auch nicht damit befassen.

Angesichts der finanziellen Lage des Verlages konnte Lea es nicht riskieren, dass sie in diesem Berg wertlosen Gesteins einen Rohdiamanten übersahen. Und Mark hatte einen guten Riecher.

»Bevor ich mich diesem Wahnsinn auch nur von weitem nähere, muss ich noch ein paar Pressetexte für die Erotik-Reihe überarbeiten. Wir müssen unbedingt noch mehr zweideutige Textstellen zum Zitieren freigeben.« Mark zwinkerte ihr zu. »Davon können die Journalisten nicht genug kriegen.«

Lea beglückwünschte sich dazu, Mark gegen den Willen ihres Vaters eingestellt zu haben. Sie war nicht sicher, ob dieser speziell Mark nicht mochte oder nur an ihrem Urteilsvermögen zweifelte und jeden abgelehnt hätte, mit dem sie sympathisierte.

Mark hätte als Model für Calvin Klein sein Geld verdienen können, schien sich aber seines guten Aussehens nicht bewusst zu sein. Zumindest trug er derart merkwürdige Kleidung, dass Lea schon der Verdacht gekommen war, er ignoriere sein Aussehen bewusst oder hasse es sogar.

Mark erschien zwar immer in einem ordentlichen Jackett, doch das stand dann in merkwürdigem Kontrast zu seinen Ohrringen und den schwarzen, schlabberigen Lederhosen. Das i-Tüpfelchen bildeten allerdings handgenähte Schuhe, die er tadellos blank poliert trug. Sneakers, das hatte er Lea mal bei einem Kaffee erläutert, waren Gift für die Füße und sahen nur bei Teenagern gut aus.

»Solche Mitarbeiter kann sich ein seriöser Verlag nicht leisten«, hatte ihr Vater protestiert. »Soll er doch in so einem Schwuchtel-Verlag arbeiten, da können die von mir aus alle so rumlaufen!«

Lea, die wusste, dass eine politisch derart unkorrekte Äußerung bei ihrem früheren Arbeitgeber Palmers & Co die sofortige Kündigung bedeutet hätte, war froh, dass sie sich gegen ihren Vater durchgesetzt hatte. Mark war gut und hätte in jedem anderen Verlag eine Anstellung finden können. Warum er dennoch ausgerechnet bei Big-Surprise arbeiten wollte, hatte Lea relativ rasch herausgefunden. Er war Schlagzeuger und spielte, wie er grinsend erklärte, am liebsten »Jazz, den keiner hören will«. Deshalb brauchte er einen Job, bei dem er ein paar Mal die Woche um acht Uhr gehen konnte. Lea war bereit, das zu garantieren, aber diese Information hatte sie ihrem Vater besser vorenthalten. Sie glaubte, dass sich Musik und Literatur befruchten könnten. Ihr Vater hingegen hätte Mark zu einem Versager erklärt, der es in keinem der beiden Berufe zu etwas bringen würde.

Immerhin hatte Lea so endlich einen fähigen Assistenten gefunden, der in der Lage war, sie zu entlasten, während sie Big-Surprise Schritt für Schritt aus den Schulden herausführen und dann vergrößern würde. Aber diese Pläne für den Verlag konnte sie ihrem Vater nur nach und nach beibringen. Zum Beispiel heute beim Mittagessen im »Franks«.

»Kaffee?«, fragte sie Mark, der den neben ihm liegenden Berg von Manuskripten mit einem Kopfschütteln betrachtete und sich dann wieder dem Text in seinem Computer widmete.

»Ja, gern. Lea, hast du später mal eine Minute Zeit? Ich glaube, ich bin da letzten Donnerstag bei den Unverlangten auf etwas Interessantes gestoßen, das ich dir gern zeigen würde.«

»Okay, lass mich nur meine Mails noch schnell durchschauen. In einer Stunde, ja?«

Mark nickte und löschte dann mit einem Schulterzucken alles, was er in den letzten Minuten getippt hatte.

Als Lea mit dem Kaffee zurückkam und einen Becher auf seinem Schreibtisch abstellte, fuhr er sich mit einer Hand durch seine Haare und stöhnte. »Pressetexte liegen mir einfach nicht. Könnten wir dafür nicht jemanden einstellen?«

»Vielleicht ist das gar keine schlechte Idee, vor allem, wenn unsere neuen Reihen einschlagen. Aber bis es so weit ist, musst du wohl oder übel in den sauren Apfel beißen.« Sie klopfte ihm aufmunternd auf die Schulter und ging in ihr Büro. Dort stellte sie ihren Kaffee ab, legte ihre

Tasche auf den mächtigen alten Holzschreibtisch und setzte sich in ihren breiten Ledersessel. Unzufrieden musterte sie das Zimmer.

Lea mochte zwar die schweren Mahagoni-Vitrinenschränke voller Bücher, die noch von ihrer Urgroßmutter stammten, aber der Schreibtisch, das riesige Ledersofa und die grün tapezierten Wände schienen immer noch die Anwesenheit ihres Vaters zu manifestieren. Höchste Zeit, dass sie dieses Büro zu ihrem eigenen machte!

Während sie darüber nachdachte, dass es doch nicht so schwer sein konnte, einen Maler zu finden, der das Büro streichen könnte, ging sie die aktuelle Post durch.

Eine Stunde später wurde ihre Tür, die sie immer ein wenig offen stehen ließ, weit aufgestoßen. Mark.

»Ich habe da wirklich etwas gefunden, das könnte ein Renner werden.« Er zeigte ihr einen Stapel Manuskriptseiten und setzte sich in den großen Ledersessel, der vor Leas Schreibtisch stand. »Wie schon gesagt, das war bei den letzten unverlangt eingesandten Manuskripten dabei.«

»Was ist es denn?«

»Ein Thriller.« Er schob den Stapel zu ihr hinüber.

Lea war neugierig, weil sie wusste, dass Mark nicht so schnell zu begeistern war. »Und was ist das Besondere an dem Buch?«

»Der Plot ist gut, und es ist sehr spannend geschrieben.«

Mit einem ungeduldigen Kopfnicken forderte Lea ihn auf weiterzureden.

»Der Titel lautet *Fatal Velvet,* und es gibt zwei Perspektiven. Die eines Serienkillers und die seiner Frau. Man könnte sagen, der Roman erzählt neben der Krimistory auch noch die Geschichte einer schrecklichen, großen Liebe.«

»Große Liebe und Thriller?« Lea hob fragend ihre Augenbrauen. Mark nickte. »Glaub mir, es funktioniert! Im Mittelpunkt steht eine Frau namens Cynthia. Sie verdächtigt ihren Ehemann John, einen Feuerwehrmann, ein Serienkiller zu sein. Aber sie kann und will das einfach nicht glauben. Erst als John Cynthias geistig zurückgebliebenem Bruder seine Verbrechen unterschiebt, erkennt sie, dass sie endlich handeln muss. Doch Verrat kommt für sie nicht in Frage.«

»Du hast Recht, das klingt ganz interessant. Gib mir mal die ersten beiden Seiten.«

Mark schob ihr das Manuskript herüber, Lea beugte sich über den Text und las:

Fatal Velvet

Vielleicht ist es nur dieser winzige Augenblick, für den ich es tue. Für diesen Anfang vom Ende, den Moment, in dem ich entschieden habe, dass es passiert. Als ob ich nach langer schwereloser Zeit im All endlich wieder in die Erdatmosphäre katapultiert und an dieser köstlichen Sensation beinahe verglühen würde. Es ist diese Sekunde der Vorfreude, die mein Herz rasen und den Atem aussetzen lässt.

Wenn die Autotür zufällt und sie sich in den Sitz kuscheln, mit ihren kleinen Hintern über den Schonbezug streicheln und mich dann zurückhaltend von der Seite anschauen. Das ist es.

Sie reden immer. Egal, ob ich etwas sage oder nicht.

Diese sagt, sie heiße Mary-Ann. Ihre von der Sonne aufgeheizte Haut fröstelt leicht, als ob sie schon ahnen könnte, was mit ihr geschehen wird. Natürlich hat sie keine Angst. Niemand hat Angst vor mir.

Ich drehe die Klimaanlage weiter auf. Möchte, dass die Gänsehaut über ihre Arme kriecht, will sehen, wie sich ihre Brustspitzen durch ihr lächerliches »Rettet-die-Wale«-T-Shirt bohren.

Sie legt ihre Hände in den Schoß, von dem ich bis jetzt nur ahnen kann, wie verschwitzt er von der Hitze draußen sein muss. Ich sollte mich auf die Straße konzentrieren. Aber diese Händchen liegen da wohlig in ihrem Schenkelnest, ineinander verschlungen wie zwei neugeborene Mäuse, nackt und blind.

Ich weiß, dass sie mir sehr viel Freude machen wird. Das lange Warten hat sich gelohnt. Sie ist perfekt.

Dann fragt sie nach dem Foto auf dem Armaturenbrett, schaut mich von der Seite und gar nicht schüchtern durch den blonden Vorhang ihrer Haare an und lächelt. Dabei kommt ihre spitze rosa Katzenzunge zum Vorschein inmitten ihrer milchweißen Zähnchen.

Sie lächelt noch einmal und berührt mit ihrer Zunge die Zahnlücke zwischen ihren Vorderzähnen. Wie gern würde ich jetzt schon ihr Haar um meine Hand schlingen, sie zu mir herziehen und beobachten, wie ihre leicht verhangenen blauen Augen aufreißen vor Schmerz und ihr klar wird, was auf sie zukommt.

Aber dazu ist es noch zu früh. Ich mag es, wenn sie Vertrauen zu mir haben, sich öffnen, sogar leicht mit mir kokettieren, flirten. Sachen sagen wie: »Oh, die auf dem Foto ist also Ihre Frau. Sie sieht sehr hübsch aus. Sie sind sicher sehr stolz auf sie, nicht?«

Dann lächele ich – und ich weiß, diese Kombination aus Schüchternheit und den Muskeln, die unter meinem Hemd nicht zu übersehen sind, finden sie unwiderstehlich.

Leas Interesse war geweckt. »Nicht schlecht. Liest sich der Rest genauso gut?«

Mark nickte.

»Okay, dann werde ich mir den Roman heute Abend zu Hause vornehmen. Ist das ein Debüt, oder hat der Autor schon mal was veröffentlicht?«, fragte Lea.

Mark kramte in seinen Unterlagen. »Es ist eine Anfängerin, warte mal, hier ist es, eine Frau namens Stella Bernardi, vierundzwanzig Jahre alt.« Er wedelte mit einem glänzenden Stück Papier. »Und das Beste kommt noch. Schau dir mal dieses Foto an. Das hat sogar mich umgehauen.« Mark stieß einen bewundernden Pfiff aus.

Lea betrachtete das Bild und war begeistert. Diese Frau hätte in jedem Film die Rolle der Miss Italia besetzen können. Weiche braune Locken umrahmten ein ebenmäßiges Gesicht. Volle Lippen, nur dezent geschminkt, hoben die weißen Zähne noch hervor, und ihr Lächeln war bezaubernd.

»Das wäre wirklich zu schön, um wahr zu sein«, sagte Lea. »Ein viel versprechendes Manuskript und dazu noch von einer jungen, sexy Autorin.«

Nach drei Jahren als Cheflektorin beim Buchkonzern Palmers & Co in New York wusste Lea, dass sich ein gutes Buch auch dann verkaufte, wenn der Autor hässlich war und stotterte. Aber zusätzliche Medienaufmerksamkeit war unbezahlbar und konnte ein mittelmäßiges Buch sogar auf die Bestsellerlisten pushen.

»Danke, Mark, ich sehe mir das Manuskript erst mal in Ruhe an, vielleicht gibt es da ja noch irgendwo einen Haken.« Sie nickte ihm freundlich zu und packte den Stapel Papier in ihre Aktentasche.

»Das bezweifle ich.« Mark erhob sich, sichtlich gekränkt, und ging zurück in sein Büro.

Lea zuckte mit den Schultern. Sie hatte sein Urteilsvermögen keineswegs in Frage stellen wollen, denn Mark war ein sehr guter Lektor, aber sie hatte definitiv mehr Erfahrung als er, und sie trug die Verantwortung.

2. *Kapitel*

Drei Stunden später wurde Lea im »Franks« von einem attraktiven Kellner an einen Platz am Fenster geführt.

Das »Franks« war schon zum zweiten Mal in diesem Jahr renoviert worden. Früher waren die Wände mit einer weißen Plüschtapete bezogen gewesen, jetzt bestanden Wände und Böden aus schwarzem Granit. Gewaltige Spiegel in korallenroten Rahmen hingen über den Tischen und vergrößerten den Innenraum.

Lea setzte sich auf die ebenfalls korallenrote Lederbank, von der aus sie einen guten Blick auf die Melrose Avenue hatte.

Extrem schlanke Frauen in bunt wehenden Seidentops trippelten auf ihren hohen Absätzen von ihren Autos in die Designerboutiquen, gierig nach den ultimativen Schnäppchen jagend. Daneben wirkten die Touristen wie träge Kamele, die sich, an »Coke-to-go«-Bechern nuckelnd, durch die Hitze schoben.

Bei deren verschwitztem Anblick genoss Lea die Kühle des Restaurants umso mehr. Sie wunderte sich, dass ihr Vater noch nicht da war, normalerweise kam er immer zu früh und verlangte auch von anderen absolute Pünktlichkeit.

Lea griff nach der Speisekarte, merkte dann aber, dass sie vor innerer Anspannung nur daraufstarrte und gar nicht wirklich registrierte, was dort stand.

Ihr Vater hatte sich zwar von der Leitung des Verlags zurückgezogen, doch er versuchte immer wieder, seinen Einfluss geltend zu machen, und kritisierte jede Neuerung, die Lea einführte. Daher hatte sie das bevorstehende Gespräch einige Male vor ihrem Badezimmerspiegel geübt. Hatte sich vorgestellt, wie ihr Vater wütend werden und wie sie ihn beruhigen würde. Sie war sich dabei zwar ein bisschen albern vorgekommen, schließlich hatte sie bei Palmer & Co die Verantwortung für ein gewaltiges Budget gehabt, doch ihr Vater schaffte es immer, dass sie sich binnen Sekunden wieder vorkam, als sei sie zehn Jahre alt und hätte gerade ihren Cockerspaniel Mellie von der Schnauze bis zum Schwanz mit Cold Cream eingeschmiert.

Bei der Erinnerung daran musste sie grinsen. Nach dem plötzlichen Tod ihrer Mutter hatte sie den Cockerspaniel zu ihrem zehnten Geburtstag geschenkt bekommen und sofort ins Herz geschlossen.

Wahrscheinlich lag es am frühen Tod ihrer Mutter, dass sie sich so schlecht gegen ihren Vater wehren konnte. Sie hatte schon mal mit dem Gedanken an eine Therapie geliebäugelt, aber dann beschlossen, dass sie es auch ohne schaffen würde. Und jetzt, nach fünf Jahren New York – und einer gescheiterten Ehe, fügte eine miese innere Stimme hinzu –, sollte sie wirklich dazu in der Lage sein.

Sie atmete tief durch und widmete sich noch einmal der Karte. Schließlich bestellt sie die Gnocchi mit Gorgonzolasauce, obwohl sie genau wusste, dass ihr Vater missbilligend den Kopf schütteln und auf ihren sehr eng sitzenden Taillenbund starren würde.

»Es tut mir so leid.« Ihr Vater legte den Arm um sie und hauchte einen Kuss an ihrer Wange vorbei ins Leere, dann setzte er sich ihr gegenüber. Er sah heute nicht nur gut aus, sondern wirkte so locker und agil, als hätte er Aufputschmittel genommen. Seine blauen Augen funkelten grünlich, wie das Meer am Pfeiffer Beach. Der hellgraue Anzug war leicht zerknittert, zwei Knöpfe an seinem Hemd standen offen. Merkwürdig.

Nach einem kurzen Blick auf die Karte gab er beim eilfertig herangestürzten Kellner die Bestellung auf. Dann erkundigte er sich nach Leas neuer Wohnung und wollte wissen, ob sie sich dort wohl fühlte und wann die Handwerker endlich fertig wären. Und zu Leas Leidwesen gab er noch einmal zu verstehen, wie leichtsinnig er es fand, dass sie in einem Haus ohne Wächter und ohne Kameraüberwachung wohnen wollte.

Obwohl ihr Vater an den richtigen Stellen nickte und auch mal ein »Aha« oder »Tatsächlich« einwarf, hatte Lea den starken Verdacht, dass ihn ihre Antworten bestenfalls halbherzig interessierten und er mit seinen Gedanken ganz woanders war. Ständig sah er aus dem Fenster, als gäbe es dort etwas Interessantes zu entdecken. Sie beschloss deshalb, direkt zum Punkt zu kommen: die Schulden, in denen der Verlag steckte, und welche konkreten Pläne sie hatte, um diese abzubauen. Auch wenn ihr Vater nicht daran erinnert werden wollte, dass er den Beinahe-Bankrott zu verantworten hatte und jedes Mal explodierte, wenn sie darüber reden wollte.

Sie räusperte sich. Jetzt musste sie ihm auch endlich sagen, dass sie die Programmpalette um erotische Frauenliteratur erweitert hatte und als Nächstes Thriller auf den Markt bringen würde.

Ihr Vater sah vom Fenster zum Kellner, nahm einen Martini entgegen, lächelte Lea entspannt an und blickte wieder aus dem Fenster.

Was war nur mit ihm los? Sie hatte ihn noch nie mittags Alkohol trinken sehen.

Lea betrachtete ihren Vater genauer. Obwohl er kleiner war als sie, wirkte er immer wie ein großer Mann, weil er sich so aufrecht hielt, und heute kam er ihr noch größer vor als sonst.

»Soso«, sagte er geistesabwesend und nippte an seinem Drink.

Sie wunderte sich noch mehr, normalerweise war ihr Vater kein Freund von nichts sagenden Floskeln.

Der Kellner kam schon wieder und servierte die Gnocchi für Lea wie eine selten auserlesene Köstlichkeit und präsentierte ihrem Vater das Clubsandwich mit einem Gehabe, als wäre es das letzte Pfund Beluga-Kaviar im gesamten Universum.

Erstaunt bemerkte Lea, mit welchem Appetit ihr Vater sich diesem Burger widmete. Unglaublich. Es war Jahre her, dass Lea ihren Vater so hungrig erlebt hatte.

»Dad, ich möchte gern mit dir über den Verlag reden«, sagte sie zwischen zwei Gabeln Gnocchi und setzte an, ihm alle strategischen Details, die Mark und sie in wochenlanger Arbeit ausgeknobelt hatten, zu erläutern.

Doch ihr Vater schüttelte den Kopf und erklärte: »Nein, Lea, wir müssen heute dringend über etwas anderes reden.«

Er tupfte mit der Serviette seine Mundwinkel ab und starrte dabei wieder aus dem Fenster. »Du scheinst übrigens einen Verehrer zu haben, da draußen steht schon eine ganze Weile jemand und starrt dich an«, bemerkte er dann mit einem Kopfnicken.

Verdutzt drehte Lea ihr Gesicht zum Fenster. »Wo denn?«

»Merkwürdig, als du dich umgedreht hast, ist er auf einmal weitergegangen ... Aber das ist es sowieso nicht, worüber ich mit dir sprechen muss, Lea.« Ihr Vater räusperte sich.

Also hatte sie sich nicht getäuscht. Etwas beschäftigte ihren Vater. Aber seit wann war er so zaghaft? Sonst polterte er doch einfach los. Ob er gesundheitliche Probleme hatte? Sie bemühte sich um einen sorglosen Ton. »Na, dann schieß mal los.«

»Es ist etwas, na ja, wie soll ich sagen ...«

Hilflos starrte er auf die wenigen Pommes frites auf seinem Teller, die er übrig gelassen hatte.

»Du bist doch nicht etwa krank?«, fragte Lea.

»Nein, ganz im Gegenteil. Es ist so ... also, um es kurz zu machen, ich habe mich, äh, verliebt, und wir möchten heiraten.«

Lea fühlte, wie ihr das Blut in die Wangen schoss. Wie sehr sie diese Neuigkeit freute! Am liebsten hätte sie ihren Vater sofort begeistert umarmt.

»Was für eine Überraschung! Wer ist sie denn? Wie heißt sie? Wo habt ihr euch kennen gelernt?« Die Fragen sprudelten nur so aus ihr heraus.

Jetzt lachte ihr Vater wie befreit. »Das wirst du niemals erraten.«

Dann kamen weder der Golf- noch der Country-Club in Frage.

»Ja, ich weiß nicht, in einem Geschäft?«, schlug sie vor und fragte sich plötzlich, wie alt ihre zukünftige Schwiegermutter wohl sein mochte.

»Ich habe Ruth im Internet kennen gelernt«, erklärte er und freute sich an ihrem verblüfften Staunen, das umso größer war, als er sich bis zuletzt geweigert hatte, im Verlag am Computer zu arbeiten.

»Und wann werde ich sie kennen lernen? Kommt sie noch?« Vielleicht hatte er ja deshalb ständig aus dem Fenster gestarrt.

Er schüttelte amüsiert den Kopf, als wäre die Idee, dass Ruth bei »Franks« aufkreuzen könnte, sehr abwegig. »Ruth schlägt vor, dass du am Sonntag zu uns zum Brunch kommst und sie kennen lernst. Erst mal nur sie, die anderen haben noch ein bisschen Zeit.«

Zu »uns«, hatte er gesagt. Wohnten sie etwa schon zusammen? Dann war das ja rasend schnell gegangen. Ausgerechnet ihr Vater, der immer solchen Wert auf seine Unabhängigkeit gelegt hatte. Es war einfach unfassbar. Ihr Vater und verliebt. Noch vor drei Stunden hätte sie behauptet, eher ginge ein Kamel durch ein Nadelöhr, als dass ihr Vater für jemanden derartige Gefühle entwickeln könnte.

»Was meinst du mit ›die anderen‹?«

»Na, Ruths Kinder.« Er zwinkerte ihr derart verschwörerisch zu, dass Lea die Vision hatte, Ruth wäre halb so alt wie sie und mit Fünflingen gesegnet.

»Die Kinder? Heißt das, ich bekomme mit dreißig Jahren noch Geschwister? Ich meine, Stiefgeschwister? Wie alt sind sie denn?«

Ihr Vater erklärte, Ruth sei achtundsechzig Jahre alt. Allein bei der Erwähnung ihres Namens blitzten die Augen ihres Vaters silberhell auf. Ruths Sohn Rory war achtundvierzig, ihre Tochter Linda zweiundvierzig, und die Zwillinge Shana und Robert waren Nachzügler und erst achtundzwanzig Jahre alt.

Lea war platt. »Dad«, begann sie, brachte aber kein weiteres Wort heraus, völlig überwältigt von der Aussicht, plötzlich eine große Familie zu haben. Jetzt wollte sie dringend aufstehen und ihren Vater umarmen. Nur weil sie wusste, dass er solche Gefühlausbrüche in der Öffentlichkeit nicht mochte, blieb sie sitzen.

»Übrigens arbeitet Shana auch in einem Verlag, bei Plums in San Diego. Sie ist natürlich sehr neugierig auf unseren Verlag. Vielleicht solltest du mit ihr mal über Big-Surprise reden.« Ihr Vater lächelte und legte liebevoll seine große Hand auf Leas Unterarm. »Also, kommst du am Sonntag?«

»Natürlich. Kann ich etwas mitbringen?«

»Nein, das ist nicht nötig, Ruth hat eine exzellente Köchin.« Eine Köchin? Wohin hatte sich ihr Vater denn da verirrt? Nach Beverly Hills?

Der Kellner räumte den Tisch ab und präsentierte ohne nachzufragen ihrem Vater die Rechnung, was Lea schmunzelnd zur Kenntnis nahm. Es war einfach jedem klar, dass ihr Vater, dieser imponierende Mann, keiner Frau erlauben würde, für ihn oder für sich selbst zu bezahlen.

»Dad, ich bin so neugierig. Erzähl mir doch schon mal ein bisschen mehr über Ruth.«

Er grinste verschmitzt und sah dadurch Jahre jünger

aus. »Ich bin natürlich voreingenommen, aber meine Ruth ist die klügste Frau, die ich je getroffen habe, und vor allem, sie weiß, was sie will.«

»Dich«, ergänzte Lea. Sie lächelte und ihre Neugier wuchs ins Unermessliche. Je schneller sie diese Frau kennen lernte, desto besser.

Ihr Vater bezahlte. »Ich muss jetzt noch etwas erledigen, kann ich dich irgendwohin mitnehmen?«

Lea schüttelte den Kopf. »Nein, ich bin mit dem Wagen da und fahre zurück in den Verlag.«

Lea freute sich für ihren Vater. Wie schön für ihn, endlich wieder eine Frau an seiner Seite zu haben. Seit dem Tod ihrer Mutter hatte er zwar einige Freundinnen gehabt, jedoch nie den Wunsch verspürt, wieder zu heiraten.

Ihre Freude wurde nur von ihrem schlechten Gewissen etwas getrübt. Sie hätte ihrem Vater von all den Veränderungen im Verlag erzählen müssen. Er würde sehr zornig werden, wenn er zufällig auf eines der Bücher aus der Erotik-Reihe stieß, ohne je von ihr darüber informiert worden zu sein. Das würde er ihr nie verzeihen. Sie konnte nur hoffen, dass er jetzt so damit beschäftigt war, auf Freiersfüßen zu wandeln, dass für nichts anderes mehr Zeit blieb.

Sie verließen das »Franks« gemeinsam.

Die für Juni schon ungewöhnlich starke Hitze auf der Melrose Avenue verschlug Lea beinahe den Atem. Sie spürte, wie ihr sofort der Schweiß den Rücken herunterlief.

Sie sah ihrem Vater nach, der beschwingt zu seinem Auto ging, sich vor dem Einsteigen noch einmal zu ihr herumdrehte, fröhlich winkte und dann davonfuhr.

Sie seufzte und beeilte sich, zu ihrem kleinen roten Cabrio zu kommen.

Während sie sich durch den Verkehr am Santa Monica Boulevard hin zum Wilshire Boulevard quälte, versuchte sie sich zu erinnern, wann sie das letzte Mal verliebt gewesen war. Sie wusste gar nicht mehr, wie sich das anfühlte.

Sie konnte sich nur noch daran erinnern, was das Verlassenwerden in ihr ausgelöst hatte.

Grausam war nicht die endgültige Scheidung gewesen, sondern all die Demütigungen davor. Eigentlich sollte sie froh sein über die letzte von allen, denn die hatte das Fass zum Überlaufen gebracht. Vielleicht würde sie sich Gregs Gemeinheiten sonst noch immer gefallen lassen. Nachdem seine Karriere als Tennisprofi beendet gewesen war, hatte er den Erfolg als Schürzenjäger gesucht. An seine ständigen, manchmal lächerlich billigen Affären mit seinen Tennisschülerinnen gewöhnte sich Lea mit der Zeit. Was sie lange Zeit aber nicht klar erkannt hatte, war die subtile Grausamkeit, mit der er sie behandelte. Zuerst waren es nur Blicke gewesen, Blicke, die ihr das Gefühl gaben, ihr Körper sei peinlich missgestaltet und nicht bloß ein bisschen mollig. Er wandte das Gesicht ab, wenn sie ihn küssen wollte, ging demonstrativ aus dem Bad, wenn sie hereinkam. Er zeigte ihr Bilder von Frauen, die er sexy und begehrenswert fand, und verglich sie mit ihnen. Alles in einem halb scherzhaften Ton, so dass sie sich dumm vorgekommen wäre, seine »Witze« ernst zu nehmen und dagegen zu protestieren.

Nach einiger Zeit behandelte er sie auch vor anderen, als sei sie ein kleines Dummchen. Oder er »vergaß«, ihr wichtige Anrufe auszurichten, und behauptete später, sie habe vergessen zurückzurufen.

Je weniger er zu tun hatte und je weiter sie bei Palmers & Co aufstieg, desto mehr steigerten sich seine immer offener werdenden Boshaftigkeiten. Lea hatte lange versucht, damit umzugehen, Erklärungen zu finden, ja, sie war irgendwann sogar geneigt, ihrem Mann zuzustimmen, was ihr Äußeres betraf. Schließlich wusste sie, dass sie keine Schönheit war. Aber dann war er zu weit gegangen.

An ihrem achtundzwanzigsten Geburtstag hatte er Lea ein hässliches hellbraunes Korsett geschenkt und dafür gesorgt, dass sie es vor allen Gästen, darunter viele Kollegen von Palmers & Co, auspackte. Lea wäre am liebsten im Boden versunken, versuchte aber, einen Witz darüber zu machen, damit er nicht hinterher wieder sagen konnte, sie wäre eine Spielverderberin. Und selbst diese Aktion hätte sie ihm vielleicht noch verziehen, wenn sie ihn nicht eine halbe Stunde später in ihrem Schlafzimmer mit ihrer Freundin Peggy zusammen im Bett gefunden hätte.

Eigentlich sollte sie Peggy dankbar sein. Nach diesem heilsamen Schock hatte Lea endlich alle Hebel in Bewegung gesetzt und die sofortige Scheidung eingeleitet.

Damals war sie stolz auf sich gewesen, weil sie trotz allem auf einer fairen Scheidung bestanden hatte. Ihr Vater fand diese Scheidung nicht fair, sondern dumm. Lea hätte nicht wirklich für ihre Rechte gekämpft und sich von Greg, diesem »arbeitsscheuen Casanova«, schamlos ausbeuten lassen.

Heute stimmte Lea ihrem Vater insgeheim hundertprozentig zu, denn Greg hatte auch nach und trotz der fairen Scheidung nicht aufgehört, sie zu quälen.

Eine Zeit lang erhielt sie nachts obszöne Anrufe, was sie völlig durcheinandergebracht hatte. Vor allem zu Anfang, als sie sich verschlafen, aber aufgeregt ans Telefon geschleppt hatte, im festen Glauben, es müsse jemandem, der ihr nahe stand, etwas Schreckliches passiert sein. Eine Überprüfung dieser Anrufe hatte leider ergeben, dass Greg dahinter steckte. Natürlich bestritt er die Vorfälle und behauptete, jemand anderer hätte sein Telefon benutzt, aber Lea war sicher, dass er log. Nachdem sie ihre Nummer gewechselt hatte, erhielt sie via E-Mail Minifilme, bei denen ihr Kopf als Tennisball zwischen zwei Schlägern hin und her geschleudert wurde.

Lea lief bei der Erinnerung daran ein Schauer den Rücken herunter. Hastig legte sie eine CD ein, um auf andere Gedanken zu kommen. Moira hatte sie für sie aufgenommen, Musik mit »Gute-Laune-Garantie«, wie diese versichert hatte.

Brasilianische Klänge füllten Leas Auto, und unwillkürlich wippte sie im Takt mit. Sie warf einen Blick in den Autospiegel. Die große Sonnenbrille verbarg die Ringe unter ihren Augen. So schlecht, wie Greg immer gesagt hatte, sah sie nicht aus. Das wusste sie jetzt, aber ihr war auch klar, dass diese Erkenntnis noch auf äußerst wackligen Beinen stand. Sie musste noch gut genährt und gehätschelt werden.

Lea drehte den CD-Player lauter. Vielleicht sollte sie

auch im Internet nach einem Mann suchen – schlimmer als die Männer, die Moira ihr ständig präsentierte, konnte das auch nicht werden. Und bei ihrem Vater hatte es ja schließlich auch funktioniert. Was für eine Neuigkeit: Ihr Dad würde heiraten!

3. Kapitel

Früher habe ich geglaubt, dass das Ende erst an dem Tag anfing, an dem es passiert ist. Heute sehe ich das anders. Das Ende war unausweichlich von dem Moment an, als sich unsere Münder das erste Mal ineinander verloren haben, blind und suchend wie die hungrigen Schnauzen junger Hunde. Dabei war es ein Anfang voller Hoffnung.

Auf einem Konzert in San Francisco. Wir wollten weg. Nur weg. Kein Ziel verblendete unsere Lust am Da-sein. Wir wollten anders sein. Frei, offen.

Dabei, rückblickend betrachtet, was war denn anders, was war wirklich sensationell? Okay, wir hatten die vage, aber großartige Idee, anderen helfen zu wollen. Wir waren abhängig voneinander, weil wir unsere Körper gegenseitig brauchten wie die anderen Speed oder Koks. Wir waren ein Atem, ein Herz, ein Feuer. Sogar dann noch, als wir mehr wurden und sich alles nach und nach änderte, bis sich eines Tages unsere Körper wieder trennten, eins wurden mit der Verzweiflung und dem Traumsterben. Nur leicht gebremst durch den Stolz und die heimliche Hoffnung auf die fortgepflanzten Gene.

Das andere, was blieb, war diese wie eintätowierte, mordstolerante, scheißliberale Haltung.

Das, was mich heute umtreibt, hätten wir früher verächtlich als kindlich-reaktionären Gefühlsmüll verurteilt, als letzte Rettung bürgerlich-spießiger Konditionierung. Es ist etwas, das wir damals nur der Natur zugestanden. Die durfte sich an den Verbrechen der Menschen rächen, ja von ihr wurde das geradezu erwartet. El Niño, Smog, Baumsterben, Flutkatastrophen, hey, es war okay, dass Mutter Erde zurückschlug.

Wir hielten uns für friedlicher als die andern Spießer, weil wir ja alles auslebten, dabei aber keinem wehtaten. Und gingen davon aus, dass uns dann auch niemand verletzen würde. Wie Kinder, die sich die Augen zuhalten und glauben, dass die anderen sie dann nicht sehen.

Jetzt halte ich meine Augen nicht mehr zu. Ich bin wach, ich bin da, und jetzt werde ich verletzen. Denn wer am Tod verdient, ist schlimmer noch als ein Mörder.

4. Kapitel

Lea seufzte, langsam wurde es zu kühl und trotz der flackernden Windlichter zu dunkel, um auf dem Balkon weiterzulesen. Sie streckte ihre verspannten Beine und sah zum ersten Mal seit Stunden auf. *Fatal Velvet* hatte sie völlig in den Bann geschlagen. Aber etwas hatte sie eben von dem Manuskript abgelenkt. Sie sah sich um.

Der U-förmige Komplex lag in völliger Dunkelheit. Nur wenn sie sich weit genug über die Ecke des Balkons beugte, konnte sie die Laternen vom Venice Board Walk sehen.

Als sie die Windlichter auf dem Tisch ausblies, zuckte sie zusammen.

War da ein Geräusch?

Lea lauschte noch einmal, aber da war nichts. Sie schüttelte den Kopf. Das kommt nur von dem Thriller, man sollte ihn besser nicht lesen, wenn man alleine zu Hause ist, dachte sie.

Plötzlich blinkte gegenüber von ihrem Balkon auf der anderen Seite des schwarz daliegenden Gebäudes etwas auf. Lea blieb stehen und blickte hinüber, aber das Blinken war schon verschwunden. Doch gerade als sie endgültig die Balkontür verriegeln wollte, sah sie es wieder. Es erinnerte sie an das Aufblitzen eines Fernglases. Aber wer sollte nachts hier, in einem fast unbewohnten Gebäude, mit einem Fernglas herumstehen, das machte doch gar keinen Sinn. Bestimmt war es nur der Mann vom Wachdienst, der bei seiner nächtlichen Runde über das Grundstück spähte.

Sie tappte gähnend nach unten in ihr himmelblaues Bad, putzte ihre Zähne und ging ins Bett, müde, aber trotzdem begierig darauf, endlich weiterzulesen. Sie freute sich schon auf Moiras Kommentare zu diesem Buch. Gleich morgen früh würde sie ihr eine Kopie schicken.

Mark hatte Recht. Das war *der* Knüller, mit dem Big-Surprise die neue Thriller-Reihe starten würde.

Lea legte sich ins Bett, stopfte zwei Kissen unter ihren Kopf und las weiter. Bis Seite 193 war sie schon gekommen.

Natürlich liegen sie immer noch dort, wo ich sie zurückgelassen habe. Hier in den Borrego Badlands verschwindet nichts wirklich, lediglich ihr Fleisch ist in der Sonne geschmolzen. Ihre hübschen Skelette sind noch da, als hätten sie auf unsere Verabredung nur gewartet. Und was für eine Überraschung – allein der Anblick dieser bleichen Knochen schafft es, mich zu erregen. Der Gedanke daran, als Einziger zu wissen, wie weich sich ihre mädchenhaften Brüste angefühlt haben.

Ich weiß noch, wie verschieden ihre Brüste aussahen. Die eine hatte riesige braune Höfe, die andere winzige, beinah stachlig wirkende rosa Knöspchen.

Und ihre Hintern erst. Komisch, in Jeans sehen Hintern immer gleich aus, aber nackt gibt es Unterschiede wie zwischen einem Traktor und einem Jaguar.

Die eine hatte so unglaublich pralle Backen, dass ich sie am liebsten auseinandergerissen hätte, aber so primitiv

gehe ich niemals vor.
An ihre Gesichter erinnere ich mich nicht mehr, nur an ihre Augen. Wie die Lust ihre Pupillen erst groß werden ließ und der Schmerz sie in Stecknadeln verwandelt hat. Wie dann die ersten roten Äderchen geplatzt sind, wie ihre Augäpfel hervortraten und sie unter meinen Händen schließlich vor lauter Respekt ganz starr wurden.
Ich weiß noch, wie ihr Blut geschmeckt hat, als ich es von den zarten Härchen ihrer straffen Bäuche geleckt habe. Rostig und metallisch-süß, wie abgestandene Cola aus Dosen. Bei der einen war der Nabel so tief, dass es sich dort gesammelt hat und ich es schlürfen musste wie ein Vampir.
Ich verscheuche einen Geier, der sich in der Nähe der Leichen niedergelassen hat, und rufe Pete über unser Walkie-Talkie. »Es ist entsetzlich, Pete! Komm schnell!« Ich gebe ihm die Koordinaten und setze mich etwas entfernt von meinen Gespielinnen, um die von mir so gut präparierten Spuren nicht zu verwischen.
Ich schwitze mehr als damals, aber ich habe keine Angst. Im Gegenteil, wenn ich sicher sein könnte, dass Pete mit der Truppe länger als zehn Minuten braucht, würde ich mir jede Einzelne noch mal vornehmen – ohne sie zu berühren. Sonst wäre meine Arbeit umsonst gewesen, und es würde nichts mehr auf John deuten. Ich wünschte nur, ich könnte jemandem von meinen Fähigkeiten erzählen.
Ich höre das Holpern von Reifen auf dem steinigen Boden, dann Motorengeräusche. Pete wird gleich da sein.

Ich nehme das kleine Taschenmesser, das Josianne mir geschenkt hat, und schneide mir tief in die Hand. Wie immer empfinde ich keinen Schmerz, aber wenn ich die Wunde betrachte, werde ich ruhiger.
»Pete!« Ich springe auf und winke ihn zu mir. »Sie sind dort drüben, ich hab sie nicht angefasst. Nur 'n paar Geier verscheucht. Das Schwein hat sich nicht mal die Mühe gemacht, sie zu begraben.«
»Lynchen sollte man den Dreckskerl«, antwortet Pete.
Das läuft ja besser, als ich erwartet habe. Viel besser.

Lea zuckte zusammen. Ein Geräusch hatte sie aufschrecken lassen. Es klang wie ein Wimmern.
Sie horchte angestrengt.
Da war es wieder. Wie ein klagendes kleines Kind.
Sie schüttelte den Kopf. Nein, das hatte sie sich nur eingebildet. Oder es war nur der Wind gewesen, der durch die Ritzen der Abdeckbretter heulte. Trotzdem stand sie auf und sah zwischen den Holzjalousien nach draußen. Es war völlig windstill.
Nachdenklich stieg sie zur Küche hoch, um sich einen Saft aus dem Kühlschrank zu holen. Dabei fiel ihr ein, dass sie vergessen hatte, den Makler zu fragen, ob sich schon ein Interessent für die Wohnung unter ihr gemeldet hatte.
Sie schreckte bei dem schmatzenden Laut, den die Kühlschranktür beim Öffnen von sich gab, leicht zusammen. Während sie in ihren strahlend weißen und beinahe leeren Kühlschrank starrte, fragte sie sich kopfschüttelnd, ob sie demnächst auch vor ihrem eigenen Atem erschrecken würde.

Lea goss sich ein Glas Saft ein und stellte die Flasche in den Kühlschrank zurück. Dann öffnete sie die Balkontür und setzte sich auf ihren Balkon. Die Sterne am Nachthimmel, die man sonst sehr gut sehen konnte, weil der Häuserkomplex noch nicht beleuchtet war, wurden heute leider von Wolken verdeckt. Sie seufzte, trank ihren Saft aus und wandte sich zurück zur Küche.

In diesem Moment sah sie auf der gegenüberliegenden Seite des Gebäudes ein Licht. Ein kleiner, kegelförmiger Strahl, der sich wie von Geisterhand zitternd durch den Raum bewegte. Eine Taschenlampe.

Gänsehaut kroch über Leas Rücken. Das gefiel ihr gar nicht. Vorhin das Fernglas, jetzt eine Taschenlampe. Ihr Puls beschleunigte sich. Sie hielt den Atem an, um besser hören zu können. Aber es war ganz still.

Eilig ging sie in die Küche, schloss die Balkontür so leise wie möglich und sah wieder nach drüben. Völlige Dunkelheit.

Kein Licht, kein Aufblitzen. Fünf Minuten, zehn Minuten. Nichts. Es blieb schwarz.

Lea nahm sich vor, gleich morgen früh Fred anzurufen und ihm davon zu erzählen. Sie stellte das Glas in die Spüle und stieg leise die Treppen zum Schlafzimmer hinunter, beständig horchend, damit ihr nur ja kein Geräusch entgehen würde.

Und tatsächlich, da war das Wimmern wieder. Diesmal kam es vom Hausflur.

Lea schlich zur Tür, während ihr das Herz bis zum Hals schlug, und spähte durch den Spion nach draußen. Das Treppenhaus lag in völliger Dunkelheit. Sie presste ihr

Ohr an die Tür, um besser zu hören. Wieder dieser klägliche Jammerlaut.

Doch ganz plötzlich wurde Lea klar, dass er von einer Katze stammen musste, und Erleichterung breitete sich in ihr aus. Nur eine Katze, die sich in das Gebäude verirrt hatte und vielleicht genauso allein war wie sie selbst.

Beruhigt drehte sie sich um und ging zurück ins Bett. Sie las *Fatal Velvet* in einem Zug durch bis zur letzten Seite. Danach konnte sie lange nicht einschlafen. Nicht nur, weil das Buch so spannend gewesen war, sondern vor allem, weil ihr klar wurde, dass sie jetzt aktiv werden musste. Kontakt mit der Autorin herstellen, Verträge aushandeln …

Nachdem sie sich eine Stunde unruhig hin und her gewälzt hatte, stand Lea schließlich auf, setzte sich an ihren Schreibtisch und tippte eine To-do-Liste in ihren Laptop. Das war ihr bewährtes Mittel, um wieder ruhiger zu werden.

Sie sah in den Unterlagen nach, wo die Autorin lebte, und war begeistert, als sie herausfand, dass die hübsche Stella Bernardi in Westwood, L. A., wohnte. Das war wirklich ein Glücksfall. Dann konnten sie sich problemlos und ohne großen Kostenaufwand treffen. Sie würde mit ihr essen gehen, um herauszufinden, was die junge Autorin als Nächstes plante. Vielleicht konnte man sie gleich auf eine Reihe von Büchern festnageln.

Erst im Morgengrauen schlief Lea ein.

5. Kapitel

Drei Tage später zupfte Lea den Rock ihres schwarzen Kostüms zurecht und bewunderte den strengen Knoten, zu dem sie ihre Lockenmähne zusammengebunden hatte. Sie wirkte geradezu Furcht einflößend kompetent und fühlte sich bestens gerüstet, Stella Bernardi gegenüberzutreten.

Lea betrat das »Eternity«, das, wie sie fand, beste Restaurant in Los Angeles für Gespräche mit Klienten und Autoren, die beeindruckt werden mussten. Sie fuhr mit dem Lift nach oben.

Der Blick durch die gigantischen Fenster legte den Gästen die Skyline von L. A. zu Füßen. Innen leuchteten Wände und Böden geheimnisvoll in Meergrün und Blau. Zwischen den Tischen befanden sich riesige Aquarien mit schimmernden Regenbogenfischen, die zwischen seltsam gewachsenen Wasserpflanzen hin und her schwebten. Asiatische Schönheitsköniginnen servierten die Kreationen der Saison. Lea hatte gehört, dass in diesem Sommer Seeigel in Algenschaum en vogue waren. Dem Verlag zuliebe würde sie sogar das essen.

Kaum hatte sie Platz genommen, erkannte sie auch schon Stella Bernardi, die sich am Eingang nach ihrem Tisch erkundigte. Eine sanft lächelnde Kellnerin begleitete sie zu ihrem Platz.

Lea registrierte, innerlich frohlockend, mit welchem Erfolg die junge Frau in ihrem sinnlichen Kostüm aus erdfarbener, schimmernder Seide durch den Raum wandelte. Alle starrten ihr nach, als wäre sie eine Hollywood-Celebrity. Die Talkshows würden sich um Stella Bernardi reißen.

Lea erhob sich und schüttelte Stellas dunkelrot manikürte Hand.

Eine Stunde später hatte sie nicht das Gefühl, dass sie ihrem Gegenüber auch nur einen Millimeter näher gekommen war. Ganz egal, über welchen Aspekt des Buches Lea mit ihr reden wollte, die junge Frau wich ihr ständig aus.

Lea unterdrückte ein aufkeimendes Gefühl der Ungeduld, das sich langsam mit Panik vermischte. Hatte Stella Bernardi vielleicht schon mit einem anderen Verlag Verhandlungen geführt und verhielt sich deshalb so ausweichend? Aber selbst dann müsste sie nach Leas langjähriger Erfahrung geradezu versessen darauf sein, zu erzählen, wie das Buch entstanden war. Selbst extrem medienscheue Autoren erklärten im Gespräch unter vier Augen gern ausführlich, warum die Leiche in Kapitel sieben einen Spitzenstrumpf statt einer Tennissocke trug.

Plötzlich fragte sich Lea, ob Stella Bernardi das Buch wirklich geschrieben hatte. Aber sie verdrängte den Gedanken sofort wieder, vielleicht hatte sie sie ja einfach noch nicht an der richtigen Stelle gepackt.

»Wie sind Sie auf diese geniale Idee gekommen, die Geschichte im Anza Borrego National Park spielen zu lassen?«

»Weil ich die Wüste liebe. Aber ehrlich gesagt verstehe ich nicht, warum wir dauernd über den Inhalt des Buches reden? Ich komme mir ja schon vor wie bei einem

Verhör.« Stella lächelte wieder bezaubernd, diesmal auch einen Hauch entschuldigend. »Ich dachte, Sie wollten das Buch kaufen und wir würden hier einen Vertrag aushandeln? Oder habe ich das falsch verstanden?«

»Nein …«, stotterte Lea völlig perplex. Das war ihr in den drei Jahren bei Palmers & Co noch nie passiert. »Ich dachte, es wäre schön, über Ihr Buch zu reden, schließlich muss es ja noch lektoriert werden, und da ist es wichtig, dass man sich versteht und die gleiche Sprache spricht.« In Leas Kopf schrillten jetzt eindeutig Alarmglocken. Irgendetwas stimmte hier ganz und gar nicht.

»Gut«, Stella Bernardi beugte sich vertraulich zu Lea, »das haben wir den ganzen Abend lang getan. Dann könnten wir doch jetzt endlich zur Sache kommen, oder?«

Der Vertrag befand sich in Leas großer Aktentasche. Aber diese merkte, dass sich alles in ihr sträubte, ihn hervorzuziehen. Das ganze Gespräch kam ihr unwirklich vor, und sie beschloss, ihrem Gefühl zu vertrauen. Auch auf die Gefahr hin, Stella Bernardi zu beleidigen.

»Sagen Sie, Stella, haben Sie das Buch wirklich geschrieben?«

»Aber natürlich!« Die junge Frau fuhr sich mit der Hand durch ihre Haare und setzte sich gerader hin. An ihrem Hals breiteten sich rote Flecken aus.

»Dann erklären Sie mir doch bitte, wie es zu dem großartigen Perspektivwechsel im letzten Kapitel gekommen ist.« Lea schämte sich ein bisschen für diese miese Frage, denn es gab nichts dergleichen im letzten Kapitel, aber sie wollte Gewissheit.

»Ja, das … das war so … warum finden Sie den denn so gut?«, fragte Stella dann zurück.

»Ich habe den Eindruck, dass Sie mir etwas vorspielen. Es gibt keinen Perspektivwechsel am Ende des Buches. Sagen Sie mir einfach, wer das Buch wirklich geschrieben hat, ja?«

Stella oder wie auch immer sie heißen mochte trank langsam ihr drittes Mineralwasser aus und stellte das leere Glas dann mit einem Ruck auf den Tisch.

»Na schön, ich hab's vermasselt. Ich dachte nicht, dass es so schwer werden würde. Dabei habe ich das Buch gelesen und fand es wirklich toll. Vielleicht hätte ich es noch gründlicher studieren sollen.« Sie lächelte entschuldigend. »Ich bin Schauspielerin, aber Improvisation war noch nie meine Stärke.«

Leas Magen verkrampfte sich. Am liebsten wäre sie aufgestanden und hätte kräftig auf den Tisch gehauen. Den ganzen Abend hatte sie durch dieses miese Schmierentheater vergeudet.

»Und wer hat Sie engagiert?«, fragte sie und zwang sich, sitzen zu bleiben und leise zu sprechen.

Die Schauspielerin deutete diskret auf einen Mann, der alleine an einem Tisch neben dem Aquarium mit den Schleierfischen saß.

Lea sprang auf und ging zu ihm hinüber. Sie war froh, dass mittlerweile schon viele Gäste gegangen waren, denn sie war sich nicht sicher, ob sie sich so weit beherrschen konnte, nicht durch das ganze Lokal zu brüllen.

»Wir müssen reden!«

Der Mann erhob sich sofort und bat sie mit ernstem Gesicht, Platz zu nehmen.

»Was soll dieses lächerliche Affentheater?«, fragte Lea

und registrierte die verdutzten Gesichter an den Nachbartischen.

»Verzeihen Sie mir«, sagte er. »Ich dachte, eine junge, schöne Frau hätte mehr Chancen bei einem Verlag als eine Tote.«

»Wie bitte? Eine Tote?« Der Mann sah zwar nicht aus wie ein Spinner, aber er klang so.

Die junge Frau, die sich als Stella Bernardi ausgegeben hatte, blickte hilflos vom anderen Tisch zu ihnen herüber. Der unbekannte Mann bemerkte es, entschuldigte sich für einen Moment bei Lea, ging hinüber und schüttelte der Schauspielerin die Hand. Ein Umschlag wechselte diskret den Besitzer, dann verließ sie, gefolgt von vielen interessierten Männerblicken, das Lokal.

»Es tut mir leid.« Der Mann setzte sich wieder. »Ich sollte mich erst einmal vorstellen. Ich bin Nick Petersen.« Er hielt ihr versöhnlich die Hand hin.

Lea ignorierte sie und schenkte sich eine Antwort, denn er wusste natürlich genau, wer sie war.

»Was halten Sie davon, erst mal einen Schluck zu trinken, einfach, um diesen schlechten Start zu vergessen?«

»Was für ein Start? Wenn Sie mir nicht endlich sagen, was Sie hier für ein komisches Spielchen treiben, gehe ich sofort.«

Er suchte Augenkontakt mit ihr, aber Lea starrte konsequent an ihm vorbei, als wäre er Luft.

»Sie haben völlig Recht. Ich habe alles falsch angepackt. Also, bevor ich es noch schlimmer mache, erzähle ich Ihnen jetzt die nackte Wahrheit«

Er holte tief Luft. »Meine Schwester hat *Fatal Velvet* geschrieben. Aber sie ist tot, und ich habe ihr versprochen, dafür zu sorgen, dass es trotzdem veröffentlicht wird. Nun habe ich gehört, dass Verlage nicht daran interessiert sind, Eintagsfliegen herauszubringen. Verlage wollen jemanden, der in Talkshows eingeladen werden kann. Einfach deshalb, weil der Buchmarkt so ein schwieriges Geschäft ist. Und so bin ich auf diese Idee mit der Schauspielerin gekommen …«

»Ja, ja, und wenn sie nicht gestorben sind, dann leben sie noch heute …« Lea hatte wirklich nur selten ein derart dämliches Märchen gehört.

Nick blieb ernst. »Leider kann Stella heute nicht mehr glücklich bis an ihr Lebensende leben, denn meine Schwester *ist* bereits an Brustkrebs gestorben, mit dreiunddreißig Jahren.« Er trank hastig einen Schluck von seinem Rotwein, stellte das Glas dann ab und sah ihr offen ins Gesicht. Er bemerkte, dass sie nichts zu trinken hatte, winkte der Bedienung und ließ Lea noch ein Glas Chardonnay bringen. Während Lea ihn dabei beobachtete, wurde ihr klar, dass sie angefangen hatte, ihm zu glauben. Manchmal kam man auf verrückte Ideen, wenn man jemanden sehr liebte. Als Greg noch der Mittelpunkt ihres Universums gewesen war, hätte sie alles für ihn getan. Hätte sogar seine mehr als öden Memoiren aus der Welt des Profitennis bei Palmers & Co untergebracht. Zum Glück war davon nie die Rede gewesen.

Sie betrachtete Nick Petersen genauer.

Er trug einen dunklen Anzug, darunter ein knallrotes T-Shirt mit einem schwarzen Schriftzug: »No name« stand auf seiner breiten Brust. Lea fragte sich verwundert, wie er es ohne Hemd und Krawatte am Empfangschef vorbei ins Lokal geschafft hatte, und vermutete dann, dass es niemandem aufgefallen war, weil es so stilvoll wirkte.

Er ließ ihre Musterung schweigend über sich ergehen und verschob den linken Mundwinkel zu einem Lächeln, aber der rechte schaffte es nicht ganz, was ihn verletzlich aussehen ließ. Seine Augen, deren Farbe Lea im Dämmerlicht nicht erkennen konnte, ruhten forschend auf ihrem Gesicht.

»Wollen Sie mir nicht verzeihen?« Dabei drehte er seine Handinnenflächen nach oben, was seltsam entwaffnend auf Lea wirkte und sie gleichzeitig registrieren ließ, dass er keinen Ehering an seinen kräftigen Händen trug.

»Na gut.« Schließlich wollte sie das Manuskript haben, ganz egal, wer es geschrieben hatte.

Als hätte sie ein Ventil geöffnet, erklärte er ihr, dass seine Schwester immer schon geschrieben hatte und beim Creative-Writing-Programm an der University of California in Los Angeles eingeschrieben gewesen war. Ihr größter Wunsch sei es gewesen, ihr Buch noch gedruckt zu sehen. Das hatte aber leider nicht mehr rechtzeitig geklappt, doch er hatte ihr versprochen, sich darum zu kümmern.

»Wissen Sie, es gab sonst nicht sehr viel, was ich für sie tun konnte …!« Er starrte auf die Tischdecke, nach ein paar Sekunden räusperte er sich.

»Sie war älter als ich, und sie hat mich nie im Stich gelassen. Nie. Ich hätte ihr schon viel früher zeigen müssen, wie wichtig sie für mich ist und dass ich sie liebe.« Er zeigte wieder sein halbes Lächeln und trank einen großen Schluck, so als wären ihm seine Worte im Hals stecken geblieben und müssten gewaltsam hinuntergespült werden.

Lea schluckte ebenfalls. Er hatte etwas in ihr angerührt, und auf einmal war sie bereit, ihm bedingungslos zu glauben. Blitzartig drängte sich ihr zudem die Erkenntnis auf, dass der Tod, so makaber es auch klang, ein noch viel besseres Verkaufsargument war als Schönheit. Jeder wollte unsterblich sein, und genau dafür sorgte Nick, indem er mit *Fatal Velvet* seine Schwester verewigte.

»Und warum haben Sie das Manuskript an unseren Verlag geschickt? Bisher haben wir gar keine Thriller im Programm«, fragte sie, um alle Ungewissheiten zu klären.

Nick nahm einen großen Schluck Wein und versicherte ihr dann, er habe dieses Manuskript an alle Verlage in Kalifornien geschickt. Und der Erste, der sich interessiert zeige, bekäme den Zuschlag. So hätte er das mit seiner Schwester vereinbart.

»Sie wollen nicht auf das beste Angebot warten?«

»Wozu warten, wenn man etwas gleich haben kann?«, fragte Nick und verblüffte Lea damit.

»Gut, dann erledigen wir die Formalitäten morgen um vier in meinem Büro«, schlug sie vor.

»Wunderbar, ich werde da sein. Haben Sie etwas dagegen, jetzt über etwas anderes als Romane zu reden?«

»Nein, gern.« Lea schwieg einen Moment, als würde sie nachdenken. »Wie wäre es zum Beispiel mit Lyrik?« Sie biss sich innen auf die Unterlippe, um nicht zu grinsen.

»Sie machen sich lustig über mich.« Er sah sie herausfordernd an.

In diesem Moment räusperte sich neben ihnen eine der Kellnerinnen dezent und fragte, ob sie die Rechnungen bringen dürfte. Verblüfft bemerkte Lea, dass sie mittlerweile die einzigen Gäste im Lokal waren.

Nachdem sie bezahlt hatten, fuhren sie mit dem gläsernen Lift nach unten zum Parkplatz. Beim Aussteigen umfasste Nick Petersen leicht ihren Ellenbogen und kam Lea dabei so nahe, dass sie für einen flüchtigen Augenblick sein Parfüm wahrnahm: ein angenehmer Mix aus Limone, Meersalz und Kiefernholz. Er führte sie über den nur mit ein paar schwach flackernden Laternen erhellten Parkplatz direkt zu ihrem Auto und verabschiedete sich höflich. Lea sah ihm nach, wie er über den Parkplatz verschwand. Obwohl sie eben noch aufgeregt gewesen war, von all dem Adrenalin, das ein guter Vertragsabschluss verursachte, fühlte sie sich auf einmal müde und wollte nur noch nach Hause. Schnell stieg sie ein, zündete den Motor, rauschte vom Parkplatz, und irgendetwas sagte ihr, dass morgen ein ganz besonderer Tag werden würde.

6. Kapitel

Diese jägergrünen Seidentapeten mussten weg. Endgültig, beschloss Lea, als sie am nächsten Morgen, laut vor sich hin summend, ihr Büro betrat. Nur die Bücherschränke ihrer Urgroßmutter sollten bleiben, sie gehörten schließlich zum Inventar des Verlags. Auch das große Bild mit der nordschwedischen Landschaft, ein dunkler Moorsee im Frühling, der von blühendem Sumpfgras und weißpudrigen Birkenstämmen mit hellgrün flirrenden Blättern umsäumt war, sollte an der Wand gegenüber der Fensterfront hängen bleiben. Lea fragte sich immer, was ihre Urgroßmutter wohl empfunden hatte, wenn sie das Bild aus ihrer Heimat betrachtet hatte. Ob sie froh gewesen war, in ein Land ausgewandert zu sein, das sich so stark von ihrer Heimat unterschied? Oder hatte sie sich heimlich danach zurückgesehnt?

Lea liebte dieses Gemälde und nahm sich immer wieder vor, endlich nach Schweden zu fahren und die Heimat ihrer Urgroßmutter kennen zu lernen. Sie bedauerte oft, dass ihre Mutter so früh gestorben war und Lea deshalb nur wenige Traditionen ihrer Vorfahren hatte weitergeben können. Das einzig Skandinavische, woran Lea sich erinnern konnte, waren die Märchen von Hans Christian Andersen, die ihre Mutter ihr vor dem Einschlafen immer erzählt hatte. Düstere und traurige Geschichten, die zweifellos dazu beigetragen hatten, Leas Interesse an dramatischen Geschichten zu wecken.

Leas Blick fiel auf den Schreibtisch. Dieses Ungetüm aus Eiche, das ihr Vater bei einer Versteigerung erworben hatte, musste weg. Sie wünschte sich einen modernen Schreibtisch, allerdings keinen aus Glas oder Stahl, sondern aus hellem Holz, leicht und funktional. Auch dieser monströs-lächerliche, schwarzlederne Männerchefsessel musste ersetzt werden. Lea fand, sie hatte es nicht nötig, andere mit einem solchen Thron zu beeindrucken.

Auf einmal kam ihr Nick Petersen in den Sinn, sie fragte sich, wie sein Büro wohl aussah, ob er es nötig hatte, andere mit solchen Tricks zu manipulieren. Sie schüttelte den Kopf. Natürlich würde auch er ein typisches Männerbüro haben, er war ja nicht einmal davor zurückgeschreckt, Big-Surprise reinlegen zu wollen. Sie lächelte triumphierend. Aber es war ihm nicht gelungen!

Sie würde ihre Autorität auch nicht verlieren, wenn ihr Büro anders gestrichen war. In Apricot oder Lachsrosé oder was immer die Malerfirma an heiteren Farben anzubieten hatte.

Sie bat Martha, Angebote von verschiedenen Malern einzuholen, rief den Firmenanwalt Armand Wright an und erklärte ihm die veränderte Rechtslage *Fatal Velvet* betreffend. Sie vereinbarten, dass seine Kanzlei bis vier Uhr einen neuen Vertrag vorbeischicken würde.

Mark, der heute unter einem karierten Jackett ein Kapuzenshirt mit Leopardenmuster trug, klopfte an ihre offen stehende Bürotür. »Darf ich reinkommen?«

Lea nickte ihm zu und dachte unwillkürlich an den lässigen Anzug, den Petersen gestern Abend getragen hatte.

Mark legte einige Papiere vor ihr auf den Tisch und versank in dem mächtigen braunen Ledersessel, der vor Leas

Schreibtisch stand. »Wir haben schon eine Menge Nachbestellungen für unsere Erotik-Reihe. Und weil das so gut läuft, habe ich mir noch ein paar Gedanken dazu gemacht. Aber vorher musst du mir unbedingt erzählen, wie es gestern Abend gelaufen ist. Was für ein Mensch ist denn Miss Bernardi?«

»Tja, Miss Bernardi …« Lea musste bei der Erinnerung schmunzeln, doch bevor sie fortfahren konnte, klopfte Martha an die Tür und kam mit einem großen Karton von Flower Power herein.

»Diese Blumen sind gerade für Sie abgegeben worden.«

Lea war überrascht. Die letzten Blumen hatte Dad ihr anlässlich der Scheidung geschickt, als kleinen Trost. Und wie immer hatte er die langstieligen gelben Rosen ausgesucht, die sie am allerwenigsten mochte.

Warum sollte ihr jemand Blumen schicken? Es war nicht ihr Geburtstag, und Männer hatte sie in letzter Zeit auch keine kennen gelernt. Nein, das stimmte nicht ganz, korrigierte sie sich selbst, da war Nick Petersen. Zwar »nur« ein Geschäftskontakt, aber doch auch ein Mann, sogar ein äußerst attraktiver. Ja, wenn sie ehrlich war, dann musste sie sich eingestehen, dass sie sich beinahe wünschte, die Blumen wären von ihm.

Mark räusperte sich. »Willst du ihn nicht aufmachen?«, fragte er.

»Doch, doch.« Lea gab sich einen Ruck und nahm den Deckel des Kartons ab. »Meine Lieblingsblumen! Oh, wie schön!«

Vor ihr lag ein üppiger Strauß blauer und rosafarbener Anemonen zwischen raschelnden Lagen von Seidenpapier. Sie suchte nach der Karte und las:

Liebe Lea Graham,

vielen Dank für den schönen Abend gestern. Ich hoffe, Sie haben mir die dumme Idee mit der Schauspielerin verziehen, und wir sehen uns heute um vier Uhr in Ihrem Büro.

Nick Petersen

Als Lea ihren Kopf hob, sahen Mark und Martha sie erwartungsvoll an.

»Willst du uns nicht verraten, von wem die Blumen sind?«, fragte Mark, der sich erhoben hatte, um den Strauß zu begutachten.

Martha kam einen Schritt näher und nahm die Schachtel wieder an sich. »Mal sehen, ob ich eine Vase finde, die groß genug ist.« Sie verließ den Raum und schloss die Tür hinter sich.

Lea starrte auf die Karte. Unglaublich, wie sehr sie sich über diese Anemonen freute.

»Also?« Mark ließ sich wieder auf den Ledersessel fallen und sah ihr forschend ins Gesicht.

»Die sind von unserer Autorin …« Lea fächelte sich mit der Karte Luft zu und erklärte Mark dann, was gestern Abend passiert war.

Mark sagte eine Weile nichts. »Und jetzt schickt er dir Blumen …« Er schüttelte den Kopf. »Findest du das nicht übertrieben?«

»Was ist schon dabei? Er hat Mist gebaut und sich entschuldigt. Das ist doch in Ordnung.«

Leas Bürotür wurde aufgerissen.

»Lea, was ist denn das hier?«

Ihr Vater warf sich vor ihr in Positur und schleuderte ein Exemplar aus der neuen Erotik-Reihe auf ihren Schreibtisch.

Lea und Mark sprangen erschrocken auf und starrten sich an.

»Wir haben vor vier Tagen zusammen zu Mittag gegessen, und du hast diesen Schund mit keinem Wort erwähnt! Diesen Dreck, den du bereits hast ausliefern lassen! Das ist unmöglich! Ich wette, das ist auf Ihrem Mist gewachsen, oder?« Leas Vater drehte sich zu Mark um und ging einen Schritt auf ihn zu. Für einen Augenblick hatte Lea Angst, er könne handgreiflich werden, so außer sich war er. Sie drängte sich zwischen ihn und Mark und bat ihren Vater, sich doch erst mal zu setzen. Mit einem Kopfnicken gab sie Mark zu verstehen, dass er sie allein lassen sollte. Als er zögerte, blitzte Lea ihn böse an, darauf räumte er widerstrebend das Feld.

»Jetzt trink erst mal etwas, Dad. Was ist denn in dich gefahren? Du stürmst wie ein wild gewordener Stier in mein Büro und schreist mich vor meinen Angestellten an!«

Sie holte aus der Bar, die Urgroßmutter Alma während der Prohibition in einem Geheimfach der Bücherschränke hatte einbauen lassen, eine Flasche Scotch, goss ein großes Glas ein und hielt es ihrem Vater hin. Mit einem missmutigen Gesichtsausdruck nahm er es ihr ab und setzte sich auf das Sofa.

»Also?«, fragte sie.

Er war immer noch rot im Gesicht. »Warum hast du mich nicht darüber informiert?»

Lea ärgerte sich jetzt, dass sie es bei dem Mittagessen im »Franks« nicht geschafft hatte, ihren Vater über die Neuerungen zu informieren. Sie erinnerte ihn daran, dass sie an dem besagten Tag über Ruth gesprochen hatten und keine Zeit für anderes geblieben war.

»Das ist lächerlich! Du weißt genau, dass mich alles interessiert, was im Verlag vor sich geht.«

Lea fühlte, wie ihr das Blut ins Gesicht stieg. Er hatte Recht, sie war einfach zu feige gewesen, und seine Romanze hatte ihr einen nur allzu willkommenen Grund geliefert, sich vor einer Auseinandersetzung zu drücken.

Er registrierte ihre Röte und zog seine Augenbrauen kritisch zusammen. »Du hast also genau gewusst, in was für eine Situation du mich bringen würdest?«

Lea setzte sich neben ihren Vater. »Ich verstehe nicht, was du meinst«, sagte sie.

Er nippte an seinem Scotch und stellte das Glas dann so entschieden auf den kleinen Beistelltisch, dass etwas Flüssigkeit herausschwappte. »Ganz prinzipiell lehne ich dieses minderwertige Geschreibsel ab. Und darüber hinaus möchte ich Ruth heiraten. In ihrer Familie ist man nicht sehr begeistert über diesen Vorfall.« Er war aufgesprungen, hatte das Buch wieder in die Hand genommen und wedelte damit vor Leas Augen herum. »Das passt doch auch überhaupt nicht in das Konzept unseres Verlages!«

Lea erhob sich nun ebenfalls, nahm ihm betont ruhig das Buch ab und suchte auf ihrem Schreibtisch nach den Unterlagen, die Mark ihr gebracht hatte.

»Hier sind die Nachbestellungen der neuen Erotik-Reihe, zu der dieses Buch gehört. In nur zwei Wochen fünfzigtausend Exemplare allein in Kalifornien, Utah und Arizona. Stell dir mal vor, wie viele es wären, würden wir landesweit ausliefern.«

Und in Gedanken setzte Lea hinzu, dass das genau achtundvierzigtausend Bücher mehr waren, als von dem letzten Buchprojekt ihres Vaters verkauft worden waren. *Zu Hause in Amerika* hatte sich gerade zweitausendmal verkauft. Es waren herzerwärmende Geschichten über die Freuden des Landlebens gewesen, die als optimale Entspannung am Abend angepriesen wurden. Lea hatte den Verdacht, dass die Entspannung dabei so weit ging, dass man glatt darüber einschlief.

Bei Palmers & Co hätte sie kühl auf diesen gigantischen Flop hingewiesen, aber bei ihrem siebzigjährigen Vater hatte sie Hemmungen.

»Verkaufszahlen sind mir momentan egal. Ruths Familie ist entsetzt. Sie glauben, Ruth heiratet den Larry Flynn des einundzwanzigsten Jahrhunderts!«

Lea wusste nicht, wie sie reagieren sollte. Am liebsten hätte sie schallend gelacht. Das war nun wirklich zu viel. Ihr Vater hatte so viel Ähnlichkeit mit dem berühmten Herausgeber des *Hustler*-Magazins wie mit einem Kakadu.

»Was soll ich denn deiner Meinung nach tun?«, fragte Lea.

Ihr Vater begann in seinem ehemaligen Büro hin- und herzugehen. Es war allerhöchste Zeit, dass sie die Räume anders streichen ließ, damit er gar nicht erst anfing, sich hier wieder heimisch zu fühlen.

»Lea, du weißt, ich bin durchaus stolz auf dich. Es ist nur, Ruth ist eben eine van Dyke.«

Lea sog hörbar die Luft ein. »Willst du damit sagen, Ruth ist die Witwe von *dem* Bill van Dyke, die den Kunstverein Los Angeles gegründet hat, im Aufsichtsrat der Benchmark Bank sitzt und neben ich weiß nicht wie vielen Grundstücken in L. A. auch noch diverse Jachten in Marina del Rey besitzt?«

Ihr Vater nickte.

»Und *die* hast du im Internet kennen gelernt?«

Ihr Vater ging zur Bar, nahm ein sauberes Glas und goss Soda hinein. »Ja, sie hat sich im Internet als Gertrud McDonald ausgegeben. Ehemalige Grundschullehrerin ...«

Er lächelte in sich hinein, als ob diese Lüge eine ganz besonders schöne Erinnerung wäre. »Sie wollte einen Mann kennen lernen, der nicht nur auf ihr Geld aus ist. Aber ihre Kinder regen sich über unsere Hochzeitspläne auf, weil sie alle auf den Vater fixiert waren. Außerdem haben sie plötzlich Angst um ihr Erbe, und deshalb ist ein Buch wie dieses hier ein gefundenes Fressen für sie.«

Martha kam herein, sah etwas irritiert zwischen Vater und Tochter hin und her und stellte dann den Strauß Anemonen auf Leas Schreibtisch. Lea fand, sie waren schön wie ein impressionistisches Gemälde. Sie genoss ihren Anblick und atmete tief durch, um ruhiger zu werden.

»Mr. Graham, wie gut, Sie mal wieder hier zu sehen«, flötete Martha und nestelte an ihren auftoupierten Haaren. Dann ging sie zur Tür, blieb stehen und wartete.

Lea fragte sich, ob ihr Vater Martha schon von der bevorstehenden Hochzeit erzählt hatte oder ob er das ihr überlassen wollte.

»Danke, Martha, wie geht es Ihnen? Wie kommen Sie mit meiner wilden Tochter zurecht?«

»Gut, aber wir vermissen Sie.«

»Würden Sie uns für einen Moment ...«, schaltete sich Lea jetzt ein.

»Bin schon weg.«

Lea wusste, dass Martha gekränkt war, und es tat ihr leid.

Aber zuerst musste sie mit ihrem Vater ein für allemal klären, wer jetzt diesen Verlag führte. »Also, ich fasse das mal zusammen. Du bist wütend auf mich, weil die Mischpoke, in die du einheiraten willst, puritanischer ist als die Puritaner. Dabei retten die Umsätze der neuen Reihe unseren Verlag vor dem Bankrott. Findest du nicht, dass deine Einwände da ziemlich lächerlich klingen?«

»Nein, es gibt auch noch andere Werte als nur das Geld. Reputation. Prestige. Ehre.«

Natürlich, dachte Lea, jemand aus der van-Dyke-Sippe musste über Geld nicht nachdenken. Denen saß keine Bank im Nacken, die den Geldhahn zudrehen wollte. Da konnte man sich Ehre und Prestige sehr gut leisten. Trotzdem verkniff sie sich eine spitze Bemerkung, das würde alles nur schlimmer machen.

»Und dann habe ich noch eine Neuigkeit für dich«, fuhr ihr Vater in diesem Moment fort. »Ruth meint, dass Shana gern hier im Verlag arbeiten würde. Und ich denke, wir werden ihr da entgegenkommen.«

Eine Zigarette wäre jetzt das Richtige. Oder ein Kissen, um draufzuhauen. Lea atmete tief durch. *Wir* werden niemandem entgegenkommen. *Wir* tragen hier nämlich nicht mehr die Verantwortung, sondern nur noch ich.

Und *ich* werde tun, was notwendig ist, um diese verdammten Schulden abzuzahlen und den Verlag wieder flottzumachen. *Ich* ganz allein, dachte Lea und versuchte immer noch erfolglos, ruhig zu atmen.

»Dad, ich möchte das nicht. Wenn überhaupt, dann sollte ich Shana zuerst einmal kennen lernen. Meinst du nicht auch?«

»Es war ein Fehler, dir die Firma so bald schon zu übergeben. Ich hätte es wissen müssen, ein schwerer Fehler.«

»Dad, ein halbes Jahr länger, und Oma Almas Verlag hätte pleite gemacht. Wir haben neue Ideen gebraucht!«

»Aber doch nicht solche! Ich erwarte von dir, dass du die Sache aus der Welt schaffst.«

Ohne ihre Antwort abzuwarten, verließ ihr Vater das Büro und schloss die Tür aufreizend sanft. Lea hätte ihm gern etwas hinterhergeworfen, aber was würde das ändern?

Sie ging zu ihrem Schreibtisch und ließ sich auf ihren Stuhl fallen. Nachdenklich zupfte sie ein rosa Blütenblatt von einer der Anemonen ab und roch daran. Es duftete nach Gras.

Ihr Vater musste endlich begreifen, dass sie nicht seine Angestellte war. Eigentlich konnte sie nur hoffen, dass er sehr bald heiraten würde, Ruths Terminkalender voll mit hochkarätigen Charity-Events war und er dann nicht mehr dazu käme, sich in alles einzumischen.

Lea bestellte nebenan bei »Noah's New York Bagels« einen Cream-Cheese-Bagel und arbeitete sich dann verbissen durch die Papierberge auf ihrem Schreibtisch. Das war ihrer Meinung nach die beste Methode, mit Stress umzugehen. Den Ärger produktiv nutzen. Erst als Martha hereinkam, um ihr mitzuteilen, dass Mr. Petersen da sei, merkte sie, dass es schon nach vier Uhr war.

Sie bat Martha, ihn ein paar Minuten warten zu lassen, und legte etwas Puder und Lippenstift auf.

Dann führte Martha Nick Petersen herein. Lea fragte Martha, ob der Vertrag aus der Kanzlei gekommen war. Martha nickte, sie würde ihn sofort bringen.

»Vielen Dank für die Blumen. Sie sind wirklich sehr schön.« Lea forderte Nick auf, vor ihrem Schreibtisch Platz zu nehmen.

Statt Martha brachte Mark den Vertrag. Lea stellte die beiden einander vor. Mark musterte Nick Petersen abschätzend, wohingegen dieser Mark freundlich anlächelte. Mark machte Anstalten, sich zu ihnen zu setzen. Lea wollte protestieren, zögerte aber dann, schließlich mussten die beiden noch miteinander arbeiten. Mark nahm neben Nick Platz, und Lea konnte nicht umhin zu bemerken, wie extrem unterschiedlich die beiden Männer waren. Nick wirkte männlicher, strenger, Mark eher wie der unglaublich schöne Lustknabe eines reichen Römers. Beide aber waren hochattraktiv – und starrten einander wortlos an.

Jetzt konnte Lea auch Nicks Augenfarbe erkennen, ein helles Bernsteinbraun mit grünlich schimmernden Einsprengseln darin. Höchste Zeit, das kühle Schweigen zu brechen.

»Meine Herren, dann wollen wir mal zur Vertragsunterzeichnung schreiten. Oder möchten Sie, Nick, den Vertrag vielleicht erst einmal mitnehmen und Ihrem Anwalt vorlegen?«, fragte Lea.

Nick schüttelte den Kopf. »Wie ich Ihnen gestern schon erklärt habe, möchte ich den letzten Wunsch meiner Schwester erfüllen, aber keine Lebensaufgabe daraus machen. Ich vertraue Ihnen.« Er warf ihr einen freundlichen Blick zu.

Mark zog missbilligend seine schmalen Augenbrauen zusammen. »Ich kann nicht glauben, dass Ihnen der Vertrag so egal ist. Das ist doch bares Geld. Brauchen Sie kein Geld? Oder spielen Sie vielleicht ein ganz anderes Spiel?«

Lea warf Mark einen wütenden Blick zu. Das ging wirklich zu weit. Sie bat ihn zu gehen. Er stand auf und verbeugte sich ironisch vor Nick mit den Worten: »Na dann, auf gute Zusammenarbeit.«

»Entschuldigen Sie …«, sagte Lea zu Nick, nachdem Mark den Raum verlassen hatte.

Nick, der gerade schwungvoll den Vertrag unterschrieb, blickte auf. »Da gibt es nichts zu entschuldigen. Wahrscheinlich haben Sie Mark von meinem Verhalten gestern Abend erzählt, und es hat ihm nicht gefallen. Deshalb ist er vorsichtig, was ich verstehe und akzeptieren kann.«

Diese souveräne Erklärung imponierte Lea. Nick schien nicht nur ein attraktiver, sondern auch ein sehr reflektierter Mann zu sein.

Er reichte ihr eine Kopie des unterschriebenen Vertrages. »Und jetzt möchte ich gern wissen, wann *Fatal Velvet* herauskommen wird. Sie hatten mir versprochen, dass es schnell gehen würde. Was heißt das genau?«

»Der Erscheinungstermin wird im August sein.«

»In sechs Wochen also, das klingt gut. Wollen wir das später noch bei einem Drink feiern?«, fragte Nick.

Lea kämpfte mit sich. Einerseits war es wichtig, mit Autoren gute Kontakte zu pflegen, andererseits war Nick Petersen gar nicht der Autor von *Fatal Velvet,* und außerdem sollte die Einladung dann immer vom Verlag ausgehen.

Doch der eigentliche Grund für ihr Zögern war, dass sie sehr gerne mit ihm ausgehen würde. Sie wusste nicht, wie sie damit umgehen sollte, konnte sich aber schon Moiras Kommentare dazu vorstellen: Was ist schon dabei? Amüsier dich doch endlich mal ein bisschen!

Aber was wusste Lea schon über Nick Petersen? Vielleicht interessierte er sich gar nicht für sie als Frau, sondern flirtete nur, um sicherzustellen, dass sie sich gut um sein Buch kümmerte. Oder er war der Typ, für den Flirten und Atmen das Gleiche war.

Flirten – Lea war sich nicht sicher, ob sie das noch beherrschte. Sie wollte auf keinen Fall riskieren, dass sie sich der Lächerlichkeit preisgab. Deshalb war es am besten, wenn sie erst gar nicht auf sein Angebot einging.

Sie verschanzte sich hinter dem Hinweis auf ihre viele Arbeit und lehnte bedauernd ab.

Nick Petersen reagierte wieder verständnisvoll. »Als Verlagschefin haben Sie natürlich einen sehr vollen Terminkalender. Darf ich Ihnen übrigens noch eine persönliche Frage stellen?«

Lea zögerte. »Kommt darauf an. Fragen Sie einfach, und wenn ich nicht antworten möchte, dann müssen Sie damit leben.«

»Bitte, verstehen Sie mich nicht falsch, ich bin Architekt und beschäftige mich auch mit Innenarchitektur, daher meine Neugier. Haben Sie diese grüne Tapete ausgesucht?«

Lea schwankte zwischen Lachen und Erstaunen über diese Frage. Sie entschloss sich zu antworten. »Sie werden es nicht glauben, aber gerade heute Morgen habe ich einen Maler beauftragt, mir Farbkonzepte für diesen Raum vorzuschlagen. Die Tapete stammt noch aus der Zeit meines Vaters. Warum fragen Sie?«

Nick erklärte ihr, dass er sich mit Farbtheorien beschäftigt hätte und sich ihr Büro ganz anders ausgemalt hatte.

»Ach ja, und wie?«

»Um ehrlich zu sein, hatte ich mir Ihr Büro in pulsierendem Knallrot und heiterklarem Gold vorgestellt.«

Unwillkürlich überlegte Lea, ob ihr das gefallen würde. Ja, dachte sie, Rot würde sich mit den alten Mahagonimöbeln gut machen. Diese Farbkombination hätte sie nicht mal im Traum in Erwägung gezogen, aber je länger sie darüber nachdachte, desto besser gefiel ihr diese Idee.

Beim Umherschauen streifte ihr Blick die Blumen und sie fragte sich, wie Nick darauf gekommen war, ausgerechnet Anemonen auszusuchen.

Er schien zu erraten, was sie dachte, und sagte: »Ich habe diese Blumen im Schaufenster gesehen, und sie schienen mir genau die richtigen für Sie zu sein. Ich wusste nicht einmal, wie sie heißen.«

»Es sind Anemonen.«

Nick räusperte sich und fragte dann, wie es mit dem

Buch weitergehen würde, schließlich hätte er keine Ahnung vom Verlagsgeschäft.

Lea erklärte ihm, dass Mark das Buch zunächst redigieren würde. In der Zwischenzeit musste man sich um das Cover kümmern und die entsprechenden Seiten im Katalog gestalten lassen. Dazu würde sie auch ein Foto von seiner Schwester benötigen.

Nick zog seine schwarze Brieftasche aus dem Jackett und hielt Lea ein abgegriffenes Foto hin. »Das ist mein Lieblingsbild von ihr.«

Stella Bernardi saß am Strand auf einer Mauer und umschlang ihre mageren Knie. Ihr dunkles Haar flatterte im Wind, und sie lachte so entspannt, als wäre sie in den Fotografen verliebt, trotzdem wirkte sie ein wenig hager und hatte tiefe Schatten unter ihren Augen, wie eine Frau, die schon viel Kummer erlebt hat.

»Das war ein Jahr bevor ihre Krankheit diagnostiziert wurde.«

»Sie sieht glücklich aus. Aber ich weiß nicht, ob wir das verwenden können, es wirkt zu privat. Für gewöhnlich sind Autorenfotos etwas distanzierter.« Lea hoffte, dass Nick sie verstehen würde.

Er sah enttäuscht aus, steckte das Bild jedoch kommentarlos zurück in seine Brieftasche.

Lea stand auf und holte einige Bücher aus den Vitrinenschränken, um ihm zu zeigen, wie sie sich so ein Foto vorstellte. Dabei entspann sich ein Gespräch über den Big-Surprise-Verlag, und weil Nick sich so interessiert zeigte, erzählte sie ihm, wie ihre Urgroßmutter Alma Lindquist, eine Frau aus Boden in Nordschweden, in die USA eingewandert war, erfüllt von der Überzeugung, dass sie es hier zu etwas bringen würde. Nachdem sie in Boden eine Tageszeitung geleitet hatte, war sie der festen Überzeugung gewesen, dass die Menschen trotz allen Elends lesen wollten. Ja, gerade deshalb lesen wollten.

Man musste es ihnen – im wahrsten Sinne des Wortes – einfach nur schmackhaft machen. Und so hatte sie damit angefangen, Kochrezepte auf Karten zum Sammeln zu drucken. Auf der Rückseite war jeweils ein Kapitel eines spannenden Romans abgedruckt. Diese Karten sollte man sammeln. Zunächst hatte Alma zwei dieser Karten kostenlos einer Tageszeitung beigelegt, in der Hoffnung, dass die Menschen, vor allem natürlich die Frauen, die paar Pennys ausgeben würden, die die nächste Karte kosten würde. Besonders genial war ihre Idee, vorne ein Rezept zu drucken, das versprach, aus billigen Zutaten, aus quasi nichts, eine besondere Mahlzeit zu machen. Dieses Prinzip hatte nicht nur funktioniert, sondern derart eingeschlagen, dass Alma damit den Grundstein für den Big-Surprise-Verlag gelegt hatte.

Lea bewunderte ihre Urgroßmutter und fragte sich oft, ob sie den Mut haben würde, ihr Land zu verlassen und woanders von vorne anzufangen. Der Gedanke daran, wie Alma an ihre Ideen geglaubt und diese verwirklicht hatte, gab Lea immer dann besonders viel Kraft, wenn ihr Vater versuchte, sie an Neuerungen zu hindern. Manchmal dachte sie darüber nach, wie Alma mit ihrem Vater zurechtgekommen wäre. Wahrscheinlich hätten sie sich zerfleischt. Oder vielleicht hatte Alma die Kunst beherrscht, sich mit Männern auseinanderzusetzen und trotzdem genau das zu tun, was sie wollte.

Eine Fähigkeit, die sich Lea in ihrer Ehe auch gewünscht hätte.

Jedenfalls hatte Alma relativ spät geheiratet. Nach der Hochzeit übernahm John McBrian, ihr Mann, den Verlag. Alma brachte in rascher Folge drei Kinder zur Welt und starb nach der Geburt des letzten Kindes an einer Infektion.

Von ihren Kindern überlebten nur zwei, Leas Großmutter Pamela und ihr Großonkel Ted. Ted kam im Zweiten Weltkrieg um, so dass Leas Großmutter den Verlag weiterführen musste und ihn schließlich an Leas Mutter Astrid übergeben hatte.

Lea unterbrach sich selbst, weil ihr erst jetzt bewusst wurde, wie lange sie schon monologisiert hatte. »Entschuldigen Sie bitte …« Sie fühlte sich seltsam unsicher. Sie konnte sich nicht erinnern, wann ihr ein Mann das letzte Mal so aufmerksam zugehört hatte. Unauffällig musterte sie Nick, um Anzeichen von Langeweile oder Ungeduld zu entdecken. Aber er saß gespannt neben ihr, wach und bereit, ihr noch weiter zuzuhören.

»Ich verstehe, Sie haben sicher zu tun«, sagte er und erhob sich.

Lea stand ebenfalls auf und bemerkte, dass er nur wenig größer war als sie.

»Ich bringe Ihnen ein besseres Foto vorbei. Wann passt es Ihnen?«

Lea brachte es nicht übers Herz, ihm zu sagen, dass er das Bild jederzeit bei Martha am Empfang abgeben könnte. »Am besten rufen Sie kurz vorher an und geben Bescheid, ja?«

Er schüttelte ihre Hand und sah ihr direkt in die

Augen. »Ich freue mich sehr auf unsere Zusammenarbeit. Ich bin ganz sicher, dass uns aufregende Wochen bevorstehen.«

Er schritt zur Tür, drehte sich noch einmal um und deutete auf die Tapeten. »Doch, Rot würde gut zu Ihnen passen.« Dann schloss er die Tür.

Lea blieb verwirrt stehen und überlegte, was er wohl damit gemeint hatte. Rot passte zu den Schränken, oder Rot passte zu ihr selbst? Oder hatte er das nur wegen ihres Autos gemutmaßt? Eigentlich mochte Lea kein Rot, es war ihr zu aggressiv und erinnerte sie an Blut. Aber war Rot nicht auch die Farbe des Feuers, der Leidenschaft und der Liebe?

7. Kapitel

Eine Woche später warf Lea einen letzten Blick auf die Porträts ihrer Urgroßmutter, bevor sie das Büro hinter sich schloss. Normalerweise fühlte sie sich dann getröstet und bestärkt, denn Almas blaue Augen schienen Lea zuzuzwinkern. »Alles nur halb so wild«, sagten sie. Aber heute empfand Lea nur große Erschöpfung. Es kam ihr so vor, als wäre diese Woche eine endlose Aneinanderreihung von unangenehmen Aufgaben gewesen.

Sie drückte den Aufzugknopf und wartete.

Am schlimmsten war das Frühstück im Palast von Ruth van Dyke gewesen.

Oberhalb von L. A. gelegen, mit einem prächtigen Blick auf die Stadt, verschmolz der schlichte Bau beinahe mit der kargen Landschaft. Die Art von Einfachheit, die Millionen kostete. Nichts von dem billig wirkenden prätentiösen pseudoeuropäischen Kitsch mit rosa Säulen und Vordächern, den man sonst im Valley überall sah.

Lea war sich neben dieser eleganten Frau plump und linkisch vorgekommen wie eine Dreizehnjährige. Ruth erinnerte Lea an die Eiskönigin aus Hans Christian Andersens Märchen, aus denen ihre Mom ihr als kleines Mädchen jeden Abend vorgelesen hatte und mit deren merkwürdigen Gestalten Lea aufgewachsen war wie andere Kinder mit Walt Disneys Cinderella. Lea schüttelte den Kopf, nein, das traf es nicht ganz. Denn obwohl

Ruth autoritäre Kälte verströmte, als sei es ihr Lieblingsparfüm, hatte sie sehr lebendige Augen, und ihr knabenhafter Körper war aufgeladen mit knisternder Spannung. Die mehrreihige Kette aus bonbongroßen goldrosa Südseeperlen, die Ruth über ihrem Strickkostüm aus Sommercashmere getragen hatte, war immer in Bewegung gewesen.

Ihr Vater hatte ständig geradezu hungrig nach Ruths Hand gegriffen, um sie festzuhalten. Als hätte er Angst, sie könnte sich ihm entziehen.

Ruth war bestens über Leas Karriere in New York informiert und hatte kluge Fragen gestellt, die Lea deutlich machen sollten, dass Ruth die Starautoren, mit denen Lea lediglich beruflich zu tun gehabt hatte, als Freunde in ihrem Palast empfing. Ihrem Vater war gar nicht aufgefallen, wie sehr Ruth sich auf Kosten seiner Tochter profilierte. Immer wieder hatte er Lea glückliche Blicke zugeworfen, die ihr ganz deutlich zeigten, dass jede Kritik an Ruth Selbstmord gewesen wäre.

Wenigstens wurde Greg nicht erwähnt, dafür kam das Gespräch auf die neue Erotik-Reihe. Ruth hatte allen Ernstes geglaubt, Lea würde ihr darin zustimmen, dass es sich um ein minderwertiges Produkt handelte. Und dann hatte sie unverfroren vorgeschlagen, die gesamte Auflage zu kaufen, um sie so vom Markt zu schaffen, natürlich zu einem Sonderpreis.

Bei dem Gedanken daran und den Orderzahlen von heute Morgen zog sich Leas Magen vor Zorn zusammen. Diese Reihe war ein Renner. Buchclubs und einige Ostküstenketten hatten schon Sonderausgaben angefragt, und wenn es so weiterging, würde diese Reihe den Verlag endlich wieder in die schwarzen Zahlen bringen. Ein Grund, stolz zu sein, schließlich hatte Big-Surprise kurz vor der Insolvenz gestanden, als Lea ihn übernommen hatte.

Wo blieb eigentlich der verdammte Aufzug?

Lea drückte noch einmal auf den Knopf und entschied sich dann dafür, zu Fuß in die Tiefgarage zu gehen. Ruth ging bestimmt jede Treppe freiwillig zu Fuß.

Nachdem Lea Ruths großzügiges Angebot schroff abgelehnt hatte, waren sie im Streit auseinandergegangen, und seither hatte sich ihr Vater nicht mehr bei ihr gemeldet.

Nicht, dass Lea in dieser Woche viel Zeit gehabt hätte, über Familiendramen nachzudenken. Der einzige Lichtblick war das Treffen mit Moira heute Abend, auf das sie sich schon seit Tagen freute. Ansonsten hatte sie bisher nur Stress gehabt. Der Erfolg der Erotik-Reihe brachte Mehrarbeit mit sich, die Reihengestaltung für die Thriller musste fertiggestellt und das Cover für *Fatal Velvet* konzipiert werden. Martha, Mark und Lea waren völlig überlastet.

Nick Petersen hatte schon dreimal angerufen und gefragt, wann er das Foto seiner Schwester vorbeibringen könnte und ob er dann den Coverentwurf sehen dürfte – aber bis jetzt hatte Lea es nicht geschafft, ihn zurückzurufen. Nein, das war Selbstbetrug, musste sie sich eingestehen. Sie hatte es einfach vermieden, sich seiner Anziehungskraft erneut auszusetzen.

Lea stemmte die schwere Brandschutztür zur Tiefgarage auf und lief zu ihrem Auto. Die Neonröhren der Garage brummten, irgendwo auf einer höheren Parkebene wurde eine Autotür zugeknallt, was sich wie ein Schuss anhörte. Wieder einmal fragte sich Lea, warum sie so selten ein menschliches Wesen in der Tiefgarage traf. Es konnte doch nicht sein, dass sie als Einzige so lange Arbeitszeiten hatte.

Sie legte die Aktentasche auf ihr Cabrio und suchte stöhnend nach dem Schlüssel. Sie hatte vergessen, den Autoschlüssel aus der Handtasche zu nehmen. Das tat sie sonst immer, um sich nicht länger als nötig in der Tiefgarage aufhalten zu müssen.

Genau in diesem Moment bildete sie sich ein, etwas zu hören. Ein Schlurfen.

Sie wollte sich umdrehen und nachsehen, aber da legte sich eine Hand von hinten auf ihre Schulter. Lea erstarrte, hielt die Luft an, spannte instinktiv alle Muskeln an, schwang herum und schlug ihre Faust mit voller Wucht in den Bauch ihres Angreifers.

»Nick?« Entgeistert sah sie in Nick Petersens schmerzverzerrtes Gesicht. Er war einen Schritt zurückgetreten und rang nach Luft.

»Ich habe Sie erschreckt, das tut mir leid.« Er schnappte wieder nach Luft.

Lea war immer noch sprachlos.

»Entschuldigen Sie. Ich habe Sie ein paar Mal gerufen, aber Sie haben nicht reagiert, deshalb bin ich einfach näher gekommen.«

»Näher gekommen?« Lea war empört. »Soll das ein Witz sein? Machen Sie so was nie wieder!«

Nick legte seine Hände bittend aneinander. »Wenn hier nicht überall Öllachen wären, würde ich sofort vor Ihnen auf die Knie fallen.«

Er deutete mit den Händen auf die Ölpfützen auf dem Garagenboden.

»Das wäre unfair Ihrem Anzug gegenüber.« Lea schloss ihr Auto auf und wunderte sich, warum ihr Puls sich gar nicht mehr beruhigen wollte.

»Ich habe das Gefühl, dass Sie mir ausweichen. Gibt es ein Problem mit der Veröffentlichung?«, fragte Nick.

»Lauern Sie mir deshalb in der Garage auf?«

»Aber nein.« Er wirkte belustigt. »Ich war ganz in der Nähe auf einer Baustelle, und nachdem ich Sie nie ans Telefon kriege, dachte ich, es wäre vielleicht einfacher, selbst vorbeizuschauen. Außerdem hatte ich die Hoffnung, dass die Coverentwürfe schon fertig wären.«

Lea fragte sich, ob sie nicht ein bisschen überreagierte. Vielleicht hatte sie sein Rufen tatsächlich überhört. Außerdem waren sie quitt, ihr Schlag hatte ihn ziemlich hart getroffen. Er rieb sich immer noch verstohlen den Magen.

»Kommen Sie doch morgen um zehn Uhr in mein Büro, dann reden wir über alles.«

»Haben Sie mir auch bestimmt verziehen?«, fragte er und lächelte dieses halbe Lächeln, das ihn so verletzbar aussehen ließ und Leas Puls schon wieder nach oben trieb. Dabei bestand doch gar keine Gefahr mehr. Oder war genau das die Gefahr, sein Lächeln?

»Ja, ehrlich, schon vergessen, dann sehen wir uns morgen um zehn Uhr, ja?« Sie stieg ein, schloss die Tür zu und winkte ihm zu.

Er winkte ebenfalls, trat einen Schritt zurück, winkte nochmals und verschwand Richtung Treppenhaus.

Nachdenklich sah Lea hinter ihm her. Es hatte keinen

Sinn mehr, es noch länger vor sich selbst zu verleugnen, Tatsache war, dieser Mann gefiel ihr. Er gefiel ihr sogar sehr. Diese Aufmerksamkeit, mit der er jede Regung in ihrem Gesicht zu lesen verstand, sein durchtrainierter Körper.

Sie schüttelte den Kopf. Das kam gar nicht in Frage. Berufliches und Privates sollte man nie vermischen, es führte unweigerlich in die Katastrophe. Entschlossen steckte sie den Schlüssel ins Schloss und wollte ihr Auto starten. Es passierte nichts. Der Wagen sprang nicht an. Sie trat immer wieder das Gaspedal durch, drehte den Schlüssel. Nichts. Sie stöhnte. Heute Morgen hatte ihr kleiner Z3 einwandfrei funktioniert.

Sie gab es auf und schlug mit der Faust aufs Lenkrad. Tränen der Wut stiegen in ihr auf. Das war das Allerletzte, was sie jetzt noch brauchen konnte, ein kaputtes Auto. O Gott, was, wenn sie Ersatzteile brauchte, die nicht vorrätig waren?

Jemand klopfte an die Autotür.

Nick war wie aus dem Nichts zurückgekommen. »Probleme?«, fragte er.

Nein, hätte sie am liebsten gesagt, alles läuft bestens. Ich mache das immer so. In meinen kleinen Flitzer steigen, um in der dunklen Garage zu meditieren.

»Kann ich Ihnen helfen?«

Lea zwang sich, einmal tief durchzuatmen und wischte die Tränen unter ihren Augen weg. Hoffentlich hatte sie dabei nicht ihre Wimperntusche verschmiert und sah jetzt wie ein Pandabär aus. Sie stieg wieder aus. »Ich muss die Werkstatt anrufen.«

»Kann ich Sie irgendwohin mitnehmen?«

»Nein, danke, ich rufe mir ein Taxi.«

»Das ist doch Unsinn. Bis das hier ist, vergeht mindestens eine halbe Stunde. Rufen Sie die Werkstatt an, geben Sie dem Garagenwächter den Autoschlüssel, und lassen Sie sich von mir nach Hause bringen. Sie sehen müde aus.«

Lea fand den Gedanken, sich um nichts kümmern zu müssen, plötzlich sehr reizvoll.

»Warten Sie einfach hier, ich hole mein Auto, dann erledigen wir das.«

Bevor Lea noch protestieren konnte, war er verschwunden. Lea suchte nach ihrem Handy, wählte die Nummer ihrer BMW-Werkstatt und bemerkte erst dann, dass sie in der Tiefgarage keinen Empfang hatte. Sie schüttelte den Kopf über sich selbst, offensichtlich war sie mehr durcheinander, als sie wahrhaben wollte.

Hupend hielt ein Toyota Corolla neben ihr. Nick bremste ab, riss seine Autotür auf, rannte auf die andere Seite und hielt ihr die Beifahrertür auf wie ein Chauffeur. »Bitte einsteigen!« Er verneigte sich, als Lea zu ihm herüberkam und brachte diese damit zum ersten Mal am heutigen Tag zum Lachen.

Nachdem Lea sich angeschnallt hatte, schloss Nick behutsam die Tür und ging zurück zur Fahrerseite.

Als sie ihren Kostümrock glatt zog, bemerkte Lea, wie weich sich der Stoff der Sitze anfühlte, wie Samt. Roter Samt. Passt zu ihm, dachte sie und fuhr mit der Hand über den Stoff, der sie an ein Weihnachtskleid erinnerte, das ihre Mutter, kurz bevor sie starb, für sie ausgesucht hatte.

Sie fuhren schweigend vor bis zum Pförtnerbüro, dort erklärte Lea, was passiert war, und dann endlich kamen sie wieder empor ans Tageslicht. Im ersten Moment war Lea so geblendet, dass sie die Augen zusammenkneifen musste und blind in ihrer Handtasche nach der Sonnenbrille suchte.

»Wohin darf ich Sie denn bringen?«, fragte Nick Petersen.

»Nach Hause«, sagte Lea, und dann erst fiel ihr ein, dass er ja gar nicht wissen konnte, wo das war. »Ozone Avenue in Venice.«

»In Venice? Das ist ja großartig, ich wohne auch in Venice, Windward Avenue!«

Lea beobachtete, wie Nick Fußgänger über einen Zebrastreifen gehen ließ, wie sanft er an Ampeln heranfuhr, und erinnerte sich daran, wie Greg Auto gefahren war: hupend, drängelnd, alle Verkehrsregeln missachtend. »Auto fahren ist Kampf«, hatte er immer zu ihr gesagt, »der Straßenverkehr ist das Rodeo des einundzwanzigsten Jahrhunderts.« Bei jedem Halt hatten seine Fingerkuppen ungeduldig gegen das Sportlenkrad getrommelt und waren erst ruhiger geworden, wenn er wieder losbrausen durfte.

Nicks Hände lagen behutsam auf dem Lenkrad. Lea entspannte sich zusehends und konnte den Blick nicht von diesen Händen lassen.

Sie stellte sich vor, wie diese Fingerkuppen über ihren Arm streichelten, wie sie sich auf ihrer Haut anfühlten. Und bei dem Gedanken breitete sich in ihr eine wohlige Wärme aus.

Sie schüttelte den Kopf über diese Fantasien und rief sich zur Ordnung. Nick Petersen war ein Geschäftspartner.

»Lea, haben Sie mir wirklich verziehen?« Sein Blick blieb konzentriert auf den Wilshire Boulevard gerichtet.

»Ja.«

»Warum sind Sie dann so still und schütteln den Kopf?«

»Tut mir leid, ich war in Gedanken.«

»Sagen Sie, ist Lea der Name Ihrer Mutter oder Großmutter?«

Lea lachte. »Nein, zum Glück haben sie mich nicht Alma nach meiner Urgroßmutter oder Astrid, wie meine Mutter, genannt.«

»Lea passt wirklich gut zu Ihnen.«

Nick bog in die Ozone Avenue ein, fragte nicht nach ihrer Hausnummer, sondern fuhr langsam vor bis zu der kleinen Mauer am Ende der Straße.

Vor ihnen dehnte sich der Pazifik glatt wie frisch gebügelte nachtblaue Seide aus und vermischte sich am Horizont mit dem wie blasse Saphire schimmernden Himmel.

Lea seufzte. Warum gönnte sie sich diesen Anblick so selten? Sie arbeitete wirklich zu viel.

»Ich wohne weiter hinten.«

»Das dachte ich mir schon, denn die Apartments direkt am Meer sind unerschwinglich. Ich habe hier mal eine Wohnanlage gebaut … Die Luft ist heute so klar, hätten Sie vielleicht Lust, einen kleinen Spaziergang am Meer mit mir zu machen?«

Lea lag schon ein Nein auf der Zunge, doch dann wurde ihr klar, dass sie mit Moira erst in zwei Stunden verabredet war. Und zu Hause würde sie sehr wahrscheinlich nicht auf ihren Stepper steigen, sondern nur wieder die neuen Projekte für Big-Surprise studieren. Dabei brauchte sie dringend Bewegung, und es war doch viel schöner, zu zweit spazieren zu gehen als alleine. Sie verbesserte sich, es war schöner, mit einem Mann wie Nick Petersen spazieren zu gehen als alleine.

Außerdem hatte sie ganz einfach Lust, ihre Schuhe abzustreifen und den Sand zwischen ihren Zehen zu spüren.

»Ich will Sie nicht drängen, vielleicht haben Sie auch schon etwas anderes vor?«

Lea löste den Sicherheitsgurt. »Können wir hier stehen bleiben?«

Nick bejahte und parkte das Auto.

Sie kletterten über die kleine Mauer, die den breiten Sandstrand von der Straße abtrennte, und zogen ihre Schuhe aus. Lea fühlte sich, als ob sie Schule schwänzen würde, sie hatte Lust zu singen, herumzukrakeelen und zu rennen. Mit einiger Mühe unterdrückte sie den Impuls, bis ans Wasser vorzustürmen, denn sie hatte Angst, sich lächerlich zu machen.

»Wer zuerst am Meer ist, hat gewonnen«, rief Nick Petersen in diesem Augenblick, krempelte seine Hosenbeine auf und sprintete davon.

Lea sah ihm verblüfft nach und versuchte, ihn einzuholen, wurde aber durch ihren engen Kostümrock daran gehindert. Sie war völlig außer Atem, als sie ihn endlich erreicht hatte.

Er strahlte sie voller Freude an. Lea konnte sich nicht erinnern, wann jemand sie das letzte Mal so begeistert angeschaut hatte.

»Was trainieren Sie? Marathon?«, fragte sie, als sie wieder normal atmen konnte.

»Nein, aber ich jogge und mache ein bisschen Krafttraining, um nicht völlig außer Form zu geraten.«

Lea bemerkte seine muskulösen Oberarme und überlegte, warum Nick nicht verheiratet war. Er sah gut aus, er war charmant, und er fuhr Auto wie ein Mann mit Gehirn.

Sie schlenderten nebeneinander durch die Brandung und sahen den Surfern weiter draußen zu. Lea fühlte Nicks Gegenwart, obwohl ein halber Meter Abstand zwischen ihnen war. Sie roch, wie sich sein herber Duft mit der salzigen Luft des Pazifiks vermengte. Sein Körper verströmte eine Hitze, als ob direkt neben ihr eine zweite Sonne aufgehen würde. Obwohl der Pazifik ihre Füße kühlte, wurde ihr warm. Sie zog ihre Jacke aus und hängte sie über ihre Schultern, um den Wind an ihren Armen zu spüren. Dann atmete sie die würzige Seeluft bewusst ein und fühlte sich zum ersten Mal seit Tagen wohl. Unwillkürlich lächelte sie.

»Würden Sie mir verraten, was Sie zum Lachen gebracht hat?« Nick blieb vor ihr stehen.

Sie schüttelte den Kopf. »Das weiß ich selbst nicht so genau.«

»Lachen steht Ihnen gut, Lea.«

Lea rieselte ein angenehmer Schauer über den Rücken. Trotzdem hatte sie das Gefühl, protestieren zu müssen.

»Das gilt doch für die meisten Menschen, oder?«, wehrte sie das Kompliment ab.

»Sie haben Recht. Aber Sie sehen dadurch noch schöner aus. Erzählen Sie mir doch etwas über sich.«

Nach Leas Erfahrung war dieser Satz, wenn ein Mann ihn sagte, niemals ernst gemeint. Doch Nick sah sie so eindringlich und gespannt an, dass ihr Herz einen kleinen

Hüpfer machte. Noch schöner, hatte er gesagt, sie sähe noch schöner aus.

Sie schlenderte weiter, betrachtete das Meer, und während sie noch nachdachte, was es denn Interessantes gäbe, worüber sie reden konnte, kamen ihr unwillkürlich schon Worte über die Lippen.

»Als ich klein war, hat mir meine Mutter immer die Märchen von Hans Christian Andersen vorgelesen.« Warum hatte sie ihm ausgerechnet das erzählt?

Nick blieb plötzlich stehen, nahm ihre Hand und zitierte: »*Und dort saßen sie beide, erwachsen und doch Kinder, Kinder im Herzen; und es war Sommer, warmer, gesegneter Sommer.*« Er blinzelte zur Sonne und strahlte Lea an.

Lea fühlte sich, als würde etwas in ihrer Brust schmelzen. Sie schüttelte den Kopf, ließ seine Hand los, als hätte sie sich daran verbrannt, und ging rasch weiter, um ihre Verlegenheit zu verbergen.

»Das ist ja das Ende der *Schneekönigin*«, murmelte sie und konnte es kaum fassen, dass ein erwachsener Mann dieses Märchen so gut kannte und sogar daraus zitieren konnte.

Er hatte sie schon wieder eingeholt.

»Ich habe bisher noch nie jemanden getroffen, der auch nur von Andersen gehört hat!«

»Meine Schwester hatte ein Faible für düstere Geschichten«, sagte Nick sehr leise, bevor er sich räusperte und dann stehen blieb. »Lea, ich habe Sie belogen, ich war nicht in der Nähe auf einer Baustelle, und mich interessiert auch das Cover von *Fatal Velvet* nicht wirklich. Ich wollte Sie sehr gern wiedersehen.«

Lea kam es so vor, als würden Eiswürfel langsam ihren Rücken heruntergleiten. All ihre Härchen stellten sich auf. Sie bückte sich nach einer Muschel, um etwas Zeit zu gewinnen. Dort, wo ihre Füße im weichen Meerschlamm einsanken, kräuselten sich die heranschwappenden Wellen zu kleinen Schaumkronen. Sie nahm die Muschel, deren Schale ein kleines Loch hatte, und rieb den feinen Sand ab.

Nick ging neben ihr in die Knie, griff behutsam nach der Muschel in ihrer Hand und strich dabei leicht, wie unbeabsichtigt, über Leas Handrücken.

»Wirklich sehr schön«, sagte er. »Meine Schwester und ich haben als Kinder Muscheln gesammelt und uns dann immer das Meeresrauschen angehört.« Er nahm sanft die Muschel aus ihrer Hand und hielt sie ihr ans Ohr, dabei berührte er sehr zart ihr Ohrläppchen, beugte sein Gesicht nah zu ihr und flüsterte: »Hören Sie das Meer?«

Lea konnte nur ihr Herzklopfen hören, das durch die Muschel noch verstärkt wurde. Ihr wurde schwindelig. Sie richtete sich rasch wieder auf, doch weil ihre Füße im nassen Sand eingesunken waren, schwankte sie dabei leicht.

Nick, der ebenfalls wieder hochgekommen war, stützte sie, indem er seinen Arm behutsam um ihre Taille legte, gab sie aber sofort wieder frei, als sie Anstalten machte weiterzuschlendern.

»Es muss sehr schön sein, Geschwister zu haben.« Lea fand sich selbst ziemlich feige, als sie ihm in dieser Weise auswich. Sie gab sich einen Ruck, drehte sich zu ihm um und murmelte: »Warum wollten Sie mich denn wiedersehen?«

Er grinste verlegen und starrte auf seine Füße, bevor er leise antwortete: »Lea, ich wollte Sie gern treffen, weil ich Sie faszinierend finde. Und das Verrückte ist, so ging es mir schon in diesem Lokal, als Sie wutentbrannt vor mir standen, kurz davor, mich zu ohrfeigen. Seitdem gehen Sie mir nicht mehr aus dem Kopf.«

Lea war völlig durcheinander. Hatte dieser attraktive Mann, dessen körperliche Gegenwart allein schon ausreichte, um sie zu verwirren, gerade wirklich gesagt, sie würde ihm nicht mehr aus dem Kopf gehen? Sie musste träumen. Das Romantischste, was sie bisher erlebt hatte, war Gregs Heiratsantrag gewesen. Sie erinnerte sich noch sehr gut, mit welchen Worten er ihr den winzigen Brillantring überreicht hatte. »Wir zwei sind ein gutes Doppel, wir kriegen jeden Ballwechsel hin. Willst du meine Frau werden?«

Sie bemerkte erst jetzt, wie aufmerksam Nick ihr Gesicht beobachtete.

»Bitte, ich wollte nicht aufdringlich sein, aber ich musste es Ihnen sagen, weil ich ehrlich sein möchte. Mir ist klar, dass es für Sie unangenehm sein kann, schließlich werden wir wegen des Thrillers noch viel miteinander zu tun haben. Wenn Sie wollen, gehen wir sofort zum Auto zurück und reden nie wieder darüber.«

»Nein, nein, ich bin nur … überrascht!«, brachte Lea endlich heraus.

Nick lächelte. »Mich hat unsere Begegnung auch überrascht. Ich habe noch nie eine Frau wie Sie getroffen. Zumindest keine, die nicht schon vergeben gewesen wäre. Darf ich fragen, warum Sie noch nicht verheiratet sind?«

Lea, die sich genau dieselbe Frage in Bezug auf ihn auch

gerade gestellt hatte, musste sich ein Lachen verkneifen. »Ein Versuch liegt schon hinter mir. Und Sie?«

»Ich habe jedes Mal wieder gehofft, es könnte die Richtige sein, aber bis jetzt … war es eben nie die Richtige.«

Warm und ruhig umfasste er ihre Hand, brachte die Nerven ihrer Haut zum Tanzen. Und dieses wohlige Kribbeln durchfuhr ihren ganzen Körper, um sich schließlich in ihrem Bauch zu überschlagen.

Sie schlenderten langsam weiter. Ihre Schritte waren völlig synchron, als wären Nick und sie ein Mensch. Ein Ganzes. Das fühlte sich gut an. Richtig.

Nachdem sie eine Viertelstunde schweigend den Strand entlanggewandert waren, wurde Lea überwältigt von der Erkenntnis, dass sie sich noch nie so wohl mit einem Mann gefühlt hatte.

Er ließ ihre Hand los.

Nein, dachte Lea, nein, halt sie fest, halt mich fest.

»Danke, Lea, dass du mir zugehört hast.« Er sah ihr wieder direkt in die Augen und gab ihr die Muschel, die er die ganze Zeit in der anderen Hand gehalten hatte, zurück.

»Vielleicht sollten wir jetzt gehen«, schlug er vor. »Ich möchte nicht, dass du dir überfahren vorkommst. Ruf mich an, wann immer du willst. Ich werde warten.«

Lea konnte dem Blick seiner bernsteinfarbenen Augen nicht länger standhalten, konnte aber auch nichts sagen, so als würde ihr rauschender Puls alle Worte verschlingen. Sie starrte auf den Sand, wühlte ihre Füße tiefer hinein, als könnte seine Kühle ihren Körper besänftigen. Nick hatte Recht, sie musste über all das nachdenken, was gerade passiert war.

Sie räusperte sich. »Ja, gehen wir.«

Sie warf einen letzten Blick auf das Meer, das die versinkende Sonne umgab wie rot glühende Lava. Dann atmete sie tief durch, drehte sich um und ging mit schnellen Schritten zurück zum Auto.

8. Kapitel

Auf dem Weg zu Moira konnte Lea an nichts anderes denken als an Nick. Sie war so nervös und kribbelig, und gleichzeitig fühlte sie sich so leicht und glücklich als hätte ihr Körper sich gerade von einer unansehnlichen Raupe in einen Schmetterling verwandelt.

Moira öffnete Lea die Haustür in einem schwarzen Seidenkimono, der schimmerte, als sei er nass, und der die Konturen ihres zarten, aber durchtrainierten Körpers betonte. Sie streckte ein nacktes Bein hervor wie eine Tänzerin und wedelte neckisch mit ihrem Fuß.

»Na endlich! Fred ist schon wieder auf so einer unsäglichen Weiterbildung. Diesmal hat es, glaube ich, etwas damit zu tun, welche Würmer sich in welchen Leichen zu Hause fühlen.«

Sie schüttelte sich. »Angesichts der Tatsache, dass wir alle mal so enden, dachte ich, wir sollten uns unbedingt etwas Gutes tun, bevor es so weit ist.« Moira seufzte theatralisch und fuhr sich mit der Hand durch ihre stark blondierten Haare, die sie gekonnt unordentlich zusammengesteckt hatte.

Lea räusperte sich. Sie musste Moira einfach von ihrem Spaziergang erzählen, wusste aber nicht, wie sie es anfangen sollte. Dabei würde Moira sich freuen, dass endlich ein wirklich interessanter Mann in Leas Leben aufgetaucht war. Doch Lea war nicht ganz sicher, ob sie in diesen Spaziergang nicht viel zu viel hineininterpretierte.

Sie hasste sich für ihre Unsicherheit in Bezug auf Männer, vor allem weil sich diese ganz eindeutig erst durch das Zusammenleben mit Greg entwickelt hatte. Vor ihrer Ehe hatte Lea nie an ihrer Urteilsfähigkeit, was Männer betraf, gezweifelt.

Moira schob Lea ins Badezimmer. »Hör mal, ich hab mir gedacht, zuerst probieren wir mein neuestes Fitnessvideo aus. Du wirst es nicht glauben, Aerobic auf Highheels, das wird bestimmt sehr komisch. Ich habe auch schon Schuhe für dich organisiert. Größe 38, die passen dir, also gibt es keine Ausreden. Trikots sind im Bad. Los, zieh dich um, danach gehen wir zum gemütlichen Teil über. Ich hab Gesichtsmasken und Algen-Wickelpackungen für die Beine besorgt, dazu schlürfen wir einen köstlichen Chardonnay und danach schauen wir uns endlich mal wieder *Pretty Woman* an, okay?«

Lea wusste nicht, ob sie lachen oder weinen sollte. Manchmal war Moira einfach unmöglich. Sie ließ sich auf das dunkelbraune Ledersofa fallen, das sich überall im Zimmer ausbreitete wie eine überdimensionale Schlingpflanze.

Moira sah sie neugierig an. »Was ist denn mit dir los?«

»Wenn ich das wüsste«, sagte Lea und versuchte zu grinsen.

Moira setzte sich neben sie und fragte besorgt: »Bist du krank?«

»Vielleicht.«

Moira rückte näher und betrachtete Lea. »Aber eigentlich siehst du nicht krank aus, eher verwirrt.«

»Es könnte sein, dass ich … also … dass, na ja …«

»Jetzt spuck's endlich aus!«

»Ich habe mich verliebt.«

Moira klatschte begeistert in die Hände. »Das ist hundertmal besser als alles, was ich mir für den Abend ausgedacht hatte. Erzähl, aber dass du mir kein einziges Detail auslässt!« Sie rannte in die Küche und kam mit einer Flasche Weißwein und zwei Gläsern zurück. »Vergessen wir den Sport, man muss die Feste feiern, wie sie fallen!«

Moira setzte sich neben Lea und goss den Wein ein. »Prost, und jetzt spann mich nicht länger auf die Folter!«

Lea erzählte ihr, wie und wo sie Nick kennen gelernt hatte, und dann von ihrem Spaziergang.

Moira war begeistert. »Lea, ich hab da so ein gutes Gefühl! Das wird bestimmt der schönste Sommer deines Lebens.« Sie schnappte sich eine weiße Fleecedecke vom Sofa, schlang sie um ihren Kimono und summte dabei den Hochzeitsmarsch: »Taaatatataaa, Taaatatataaaa« vor sich hin.

»Hör auf!« Lea verkniff sich ein Grinsen. Typisch Moira, so wild aufs Heiraten. Dabei fragte sich Lea oft, warum ihre Freundin überhaupt geheiratet hatte, schließlich hatte Moira andauernd kurze Affären, aber verlassen würde sie Fred niemals. Das war ein Widerspruch, den Lea nie so ganz verstehen konnte.

Moira ließ die Decke fallen und setzte sich wieder zu Lea.

»Wart's nur ab, das wird herrlich! Zuerst muss ich allerdings deinen Nick kennen lernen und ihn etwas unter die Lupe nehmen. Aber bis jetzt klingt alles, was du erzählt hast, perfekt. Nick muss ein unglaublich netter Mann sein. Dass sich jemand so dafür einsetzt, die Wünsche seiner toten Schwester Realität werden zu lassen, das beeindruckt mich. Sie hat übrigens wirklich ein tolles Buch geschrieben. Soll ich dir meine Lieblingsstelle zeigen? Warte, ich hol es mal schnell.«

Lea hatte Moira das Manuskript zu *Fatal Velvet* vor kurzem gegeben und sie um ihre Meinung gebeten, weil sie eine hervorragende Testleserin war. Ihr fiel jede Schwachstelle auf, wenn zum Beispiel ein Charakter nicht glaubwürdig war oder die Dialoge hölzern dahinplätscherten. Wenn Moira sagte, sie habe ein Buch nach Kapitel 5 weggelegt, dann musste es tatsächlich überarbeitet werden. Umso besser war es, wenn ihre Freundin von *Fatal Velvet* so offenkundig begeistert war.

Lea fragte sich, wo Moira so lange blieb. Sie beschloss, die Zeit zu nutzen und im Bad zu verschwinden.

Sie stand auf und schwankte leicht, der Wein war ihr stärker zu Kopf gestiegen, als sie gedacht hatte. Instinktiv hielt sie sich an der Kommode fest, die neben dem Sofa stand. Mit lautem Getöse fiel eines der vielen gerahmten Fotos herunter.

Lea, die wusste, wie pingelig Moira mit ihren Fotos war, hob es auf und sah nach, ob der Rahmen beschädigt war. Zum Glück hatte sich nur das Bild verschoben. Es zeigte Fred und zwei andere Männer mit dunklen Sonnenbrillen und ihren verstaubten Motorrädern in einer weiten kahlen Ebene. Moira mochte dieses Bild besonders, weil Fred auf dem Bild noch sehr jung war und neben seinen Freunden so unglaublich männlich wirkte.

Lea zupfte an dem Bild herum und fragte sich gleichzeitig, warum Moira jeden Zentimeter dieser Wohnung mit Bildern pflasterte. Manchmal kam es ihr so vor, als müsste die Freundin sich durch die Existenz all dieser Fotos erst beweisen, dass sie am Leben war.

Moira ließ sich am liebsten in Studios ablichten, die versprachen, jeden zum Star zu machen. Sie schenkte Fred bei jeder Gelegenheit Fotos von sich: in Dessous, mit Federboa, nackt mit Rosenblättern bestreut. Manchmal tat Lea Fred beinahe leid, denn was sollte er angesichts des zigsten Fotos seiner Frau in Strapsen schon sagen? Trotzdem lächelte er immer und stieß einen bewundernden Pfiff aus, oder – und das hatte Moira am liebsten – behauptete, er müsse es unbedingt seinen Kollegen zeigen, damit die wüssten, was für ein Glückspilz er sei.

Weil Fred selbst gern fotografierte, hatte Moira ihm hoffnungsfroh eine digitale Kamera geschenkt, aber er hatte sie nicht einmal benutzt. Ihm seien die altmodischen lieber, hatte er Lea erklärt, die ihn gut verstehen konnte, denn sie war ebenfalls ein Technik-Neandertaler.

Moira tippte Lea auf die Schulter. »Hey, dieser Mann ist schon vergeben«, grinste sie und wedelte mit dem Manuskript. »Ich hab's endlich gefunden.«

Lea stellte das Bild zurück. »Manchmal frage ich mich wirklich, warum Fred sich all deine Eskapaden gefallen lässt.«

»Apropos Fred.« Moira durchsuchte *Fatal Velvet* nach der markierten Stelle. »Stell dir vor, was passiert ist, als ich Fred meine Lieblingsstelle aus *Fatal Velvet* vorgelesen habe. Ich dachte, es würde ihn vielleicht in Stimmung bringen, doch er hat bloß demonstrativ gegähnt. Aber das war wohl alles nur Show, denn ich hab mir danach eine Cola aus dem Kühlschrank geholt, und als ich zurückkomme, erwische ich ihn dabei, wie er völlig vertieft in dem Buch liest. Wenn das kein Bestseller wird, dann weiß ich es auch nicht! Du kennst ja Fred, der liest sonst nur die Spielergebnisse der Lakers und ab und zu 'ne Speisekarte.«

»Das lässt mich auf sensationelle Verkaufszahlen hoffen.« Lea lächelte. »Ich bin gleich wieder da.«

Wie immer in Moiras Bad kam sich Lea wie Aschenputtel vor. Von Glitzercreme mit echten Goldpartikeln darin bis hin zu Speed-Lifting-Ampullen gab es wirklich alles. Und zwischen all den Kosmetikartikeln standen kleine Flaschen und lagen diverse Pillen aus Moiras Firma human-pharma. Lea fragte sich, ob diese auch der Schönheit dienten oder ob es bloß schlichte Kopfschmerztabletten waren.

Sie bewunderte den braunen, mit einem roten Paisleymuster bedruckten Kimono, der an der Tür hing und stark nach Freds Eau de Toilette, einer klassischen Mischung von Zedernholz und Zitrone, duftete. Nick würde wunderbar in so etwas aussehen.

Als Lea zurückkam, war Moira in *Fatal Velvet* vertieft. Sie reichte Lea das Buch. »Hier.«

Neugierig las Lea, was Moira so gut gefallen hatte:

Sie

Manchmal wünschte ich mir, ich wäre ein Mann. Dann könnte ich das alles vielleicht besser verstehen. Wüsste auch eine harmlose Erklärung dafür, warum all diese Dinge in einem Koffer versteckt sind, auf dem »Emergency« steht. Stricke, breites Klebeband, Messer, Pinsel, ein Fotoapparat, extra starke Müllsäcke. Ein Lammfell mit rosa Flecken. Ein Geigenbogen.

In seinem Kofferraum.
Aber ich bin kein Mann. Mir ist schwindelig, meine Beine zittern, ich muss mich setzen. Doch vorher muss ich noch alles ordentlich zurücklegen, damit er nichts merkt.
Ich stolpere in die Küche und lege den Kopf auf meine Arme. Ich habe es gewusst, nein, bis eben habe ich es nur geahnt. Angefangen hat es mit der Flasche Fatal Velvet, die aus meinem Labor verschwunden ist. Dann hat er die Leichen gefunden, und verhaftet wurde John, mein armer Bruder, der in dreißig Jahren noch nie eine größere Entscheidung getroffen hatte als die, ob er lieber Grießbrei oder Pommes zum Mittagessen möchte. Geschweige denn wüsste, wie man eine Leiche wegschaffen kann.
Das kann ich nicht zulassen. Nicht John!
Es sieht so aus, als müsste ich jetzt den Preis für das größte Wunder meines Lebens zahlen. Ich hab immer geahnt, dass vollkommenes Glück nicht umsonst ist. Doch diesen Preis hatte ich mir anders vorgestellt. Verlassen werden, eine Rivalin oder Kinder, die er dann vielleicht mehr lieben würde als mich.
Der Gedanke, dass er nicht vollkommen sein könnte, ist mir nie gekommen. Da war doch immer so viel Liebe, so viel Lachen, und ich dachte, das geht bis auf den Grund seiner Seele. Niemals hätte ich es für möglich gehalten, dass da noch andere Wesen in ihm wohnen. Ich habe geglaubt, ich kenne ihn.
Ein Geräusch lässt mich hochfahren. Ich wische mir die Tränen aus den Augen. Es macht ihn böse, wenn man weint. Ich höre, wie er sein Mountainbike in die Garage

räumt. Er summt vor sich hin, wie immer, wenn er eine ausgiebige Radtour gemacht hat. Ich haste rüber zum Spülbecken, klatsche mir kaltes Wasser ins Gesicht und rubbele es mit einem Geschirrtuch trocken, damit ich gut durchblutet aussehe. Ich schaffe es gerade noch, mich wieder an den Küchentisch zu setzen und die Gutscheinhefte von K-Mart in die Hand zu nehmen.

Verschwitzt und glücklich lächelnd kommt er in die Küche, geht direkt zum Kühlschrank, nimmt sich ein Lager und öffnet den Deckel: »Ah, das tut gut!«

Von der Dose tropft Kondenswasser auf seine Hand. Seine Fingernägel sind rund gewölbt wie Uhrengläser und lenken den Blick auf seine weißen Halbmonde. Ich kann mir diese Hände nicht beim Töten vorstellen.

An der rechten Handkante hat er eine vernarbte Brandwunde, da hat er einen Hund aus den Flammen gerettet. Sein Foto war in der Zeitung, und ich war so stolz. Es war nur ein Hund, hat er immer wieder gesagt, nur so ein blöder kleiner Chihuahua. Wenn ich diese Narbe küsse, zieht er seine Hand weg. Er versteht mich nicht. Behauptet, das sei keine große Sache. Schmerz sei keine große Sache.

Manchmal, wenn er sich in den Finger schneidet, betrachtet er die Wunde, als gehöre dieses Körperteil nicht zu seinem Körper.

Er wischt mit dem Daumen das Kondenswasser ab, schüttet den Rest des Doseninhalts in seine Kehle, zerquetscht die Dose und wirft sie mit Schwung in den Sack mit dem Leergut. »Bingo«, sagt er, »ein Treffer!«

Er holt sich ein neues Lager aus dem Kühlschrank und öffnet es. Trinkt langsamer diesmal.

Nein, diese Hände können nicht töten.
Mein neues Medikament ist verschwunden, dann verschwinden diese Mädchen, eins nach dem anderen. Das Medikament kam nie auf den Markt, weil die Nebenwirkungen zu stark waren. Es macht willenlos und müde.
Immer wieder gehen Kleider von ihm verloren, angeblich bei der Arbeit.
An seinen Schuhen entdecke ich Blutspuren. Diese Schuhe spende ich für die Afrikahilfe.
Er führt unsere Bürgerwehr zu den Leichen, er hat Klebeband und Müllsäcke im Auto.
Er hat dafür gesorgt, dass mein Bruder verhaftet wird.
Ich weiß, er hat diese Mädchen umgebracht, aber ich kann es nicht glauben. Nicht der Mann, den ich kenne, das war ein anderer Mann, ein kranker Mann, ein Fremder.
Mein Herz liegt schwer in meiner Brust, als wäre es aus Stein, und ich kenne nur eine Methode, um es zu heilen.
Er ist der Einzige, der mich je ganzmachen konnte, ohne ihn war ich nichts. Ohne ihn bin ich nichts. Ohne ihn funktioniere ich nur, bin ich ein Roboter, der seinen Aufgaben nachkommt. Zur Frau werde ich nur durch ihn.
Ich stehe auf und drücke mich an seinen warmen Körper, atme seinen leichten Geruch nach Schweiß und Rasierwasser ein und fühle mich schon wieder sicherer.
Ich lecke ihm den bitteren Bierschaum von den Lippen und presse meine Zunge dann tief in seinen Mund.
Er schiebt mich von sich und betrachtet mich misstrauisch. »Was ist denn los?«

»Ich habe dich vermisst ...«, sage ich und versuche ein Lächeln. »Oder stimmt das etwa, was man über Männer sagt, die viel Rad fahren?«
Er stellt die Bierdose weg. »Was sagt man denn?«
»Dass sie impotent werden.«
Er hebt mich mühelos auf den Küchentisch und zieht mir die Schuhe aus, dann schlägt er meinen Rock hoch, spreizt meine Schenkel und drückt die kalte Dose dazwischen. Ich schnappe nach Luft, das Kondenswasser sickert eisig durch den Slip, kühlt meine Hitze.
Er grinst, als wüsste er, welche Gefühle durch meine Adern pulsieren, führt dann die Dose zum Mund und trinkt, dabei betrachtet er den nassen Fleck, den die Dose hinterlassen hat, und meine Schenkel, als hätte er sie noch nie gesehen.
»Sollte ich bei diesem Anblick jemals keinen mehr hochkriegen, dann darfst du dich scheiden lassen.« Er beugt sich über mich und berührt mit seinen Lippen meine Schenkelinnenseiten. Er ist noch unrasiert, deshalb kitzelt und kratzt es ein bisschen, doch seine Lippen sind weich und quälend zart. Aber ich will jetzt nicht spielen, sondern von ihm ausgefüllt werden. Will, dass er meine Verdächtigungen mit aller Kraft aus mir herauspumpt.
Und wie immer weiß er ganz genau, was ich brauche, und gibt es mir. Das Wunder unserer Ehe.
Ich könnte ihn niemals verraten. Damit würde ich das Einzige aufgeben, was mir jemals wichtig war. Aber ich kann auch nicht zulassen, dass dieser andere, der Fremde weitermordet.
Ich glaube, ich weiß, was ich tun werde.

Lea ließ das Buch sinken.

Moira warf ihr einen nachdenklichen Blick zu. »Fred und ich haben uns wegen dieser Szene heftig gestritten. Fred fand nämlich, dass die Frau auf den elektrischen Stuhl gehört. Bei Mord würde alle Liebe aufhören. Liebe sei keine Entschuldigung für das Töten, nie gewesen.«

»Als Polizist muss er so denken, sonst könnte er seinen Job nicht machen, oder?«, wandte Lea ein.

»Du würdest also deinen Mann, ich meine jetzt nicht deinen Ex, Greg, sondern Nick verraten?«, fragte Moira.

»Es ist doch nur ein Roman.« Lea wunderte sich, dass Moira entgegen ihrer Art so insistierte.

»Das ist mir schon klar, das hab ich auch zu Fred gesagt. Trotzdem hat er mich angebrüllt, nur weil ich mir erlaubt habe, die bedingungslose Liebe dieser Frau zu bewundern. Fred fand, das sei völliger Schwachsinn. Und ich würde nur deshalb so blödes Zeug reden, weil ich keine Kinder hätte. Wenn man eine Tochter hätte und fürchten müsse, sie könne von so einem Dreckskerl ermordet werden, dann müsste einem doch schon beim bloßen Gedanken an so was das Herz brechen.«

»Das Herz brechen, so was hat Fred gesagt?« Lea war amüsiert, sonst war Fred eher zurückhaltend und sachlich.

Moira wurde rot. »Na ja, ich hab's ein bisschen dramatisiert.«

Lea fragte sich, warum Moira rot geworden war, aber dann fiel ihr ein, dass ihre Freundin und deren Mann ständig diese Diskussion über Kinder führten. Moira hatte Fred nie verraten, dass sie heimlich die Pille nahm, weil sie nicht schwanger werden wollte. Fred wünschte sich Kinder.

»Und besonders bescheuert fand Fred, dass die Frau gern Sex mit einem Mörder hat. Das sei ekelhaft und die Wirklichkeit ganz anders.«

Lea grinste. »Leider kann ich mir nur allzu gut vorstellen, was du ihm darauf geantwortet hast.«

Moira lachte. »Könnte irgendwie prickelnd sein«, wandte sie ein. »Guter Sex ist doch immer unmoralisch, oder nicht?«

Insgeheim stimmte Lea ihr nicht zu, aber sie freute sich über diese Diskussion, denn Kontroversen waren gut für ein Buch.

Moira bestand darauf, dass sie sich jetzt, Verliebtsein hin oder her, mit den wirklich wichtigen Dingen des Lebens beschäftigen sollten. Unter viel Gelächter wickelten sie sich gegenseitig in die Algenschlammpackungen und legten sich auf das riesige Bett in Moiras Schlafzimmer. Auch hier war jeder Zentimeter der Wand mit Fotos, die Moira von sich hatte machen lassen, bedeckt.

Lea entspannte sich langsam, schloss die Augen und stellte sich vor, wie Nick mit allen zehn Fingerkuppen sanft über ihren Rücken streicheln würde. Sie sah seinen Körper vor sich, seine breitschultrige, kräftige Figur, sein Gesicht mit den bernsteinfarbenen Augen. Er war so attraktiv, dass sie sich plötzlich fragte, was er an ihr eigentlich so anziehend fand. War es nicht so, dass sich eher Menschen ineinander verliebten, die sich von ihrem Schönheitslevel her glichen?

Ihr Vater hatte bei ihrer Verlobung deutlich durchblicken lassen, dass genau deshalb ihre Ehe mit Greg zum Scheitern verurteilt war. »Greg ist ein sehr attraktiver Mann«, hatte er gesagt, »er wird Frauen anziehen wie das

Licht die Motten. Und«, hatte er hinzugefügt, »so leid es mir tut, Kind, du bist einfach nicht schön genug für diese Art von Mann.«

Allein der Gedanke an seine Worte schnitt ihr ins Herz. Das hätte er nicht sagen müssen, auch wenn er Recht behalten hatte.

Nick war auch ein sehr attraktiver Mann.

Plötzlich fühlte Lea sich lächerlich. Diese Pampe an ihren Beinen würde sie auch nicht schöner machen. Ernüchtert ging sie duschen.

Aber es war unmöglich, in Gesellschaft von Moira dauerhaft schlechter Stimmung zu sein. Als Lea zwei Stunden später im Taxi nach Hause fuhr, dachte sie darüber nach, ob es normal war, dass erwachsene Frauen so viel Spaß dabei haben konnten, *Pretty Woman* zum hundertsten Mal anzuschauen und die Dialoge mitzusprechen.

Wie schön, dass Moira sich so mit ihr gefreut hatte und so neugierig auf jedes Detail gewesen war. Durch das Erzählen, fand Lea, war alles realer geworden und größer und wichtiger.

Als das Taxi anhielt, lag die dreistöckige Apartmentanlage wie ein riesiger schwarzer Sarg vor ihr, der jeden Lichtstrahl zu verschlingen schien. Lea wünschte sich in diesem Moment sehr, eine Taschenlampe an ihrem Schlüsselbund zu haben, und nahm sich vor, gleich morgen eine zu besorgen. Sie bat den jungen koreanischen Taxifahrer, erst dann wegzufahren, wenn er sah, dass sie das Licht in ihrer Wohnung angeschaltet hatte, und gab ihm ein großzügiges Trinkgeld.

Er erklärte, das sei kein Problem, und bot ihr sogar an, sie bis zu ihrer Wohnung zu begleiten.

Lea zögerte. Was, wenn der Taxifahrer sie in dem dunklen Flur mit zwei Karateschlägen schachmatt setzte? Aber dann sah sie in sein junges, offen lächelndes Gesicht und schämte sich. Trotzdem lehnte sie ab und hoffte, dass sie ihn nicht gekränkt hatte.

Sie stieg aus und hastete zum Eingang. Ihre Schritte kamen ihr in dieser dunklen Stille unglaublich laut vor. Das Wimmern, das sie neulich nachts gehört hatte, kam ihr wieder in den Sinn, aber heute Nacht war alles ruhig.

Es roch merkwürdig im Haus, anders als heute Morgen. Nach Desinfektionsmittel und frischer Farbe und nach noch etwas Unangenehmem, das sie nicht einordnen konnte.

Lea schaltete das Licht im Hausflur ein. Zunächst war sie von der plötzlichen Helligkeit geblendet, doch dann nahm sie aus den Augenwinkeln heraus wahr, dass jemand in der Ecke vor der Tür zu den Müllräumen herumlungerte, und zuckte erschreckt zusammen. Unwillkürlich ging sie ein paar Schritte zurück. Sie versuchte, ruhig zu atmen, und zwang sich, noch einmal genauer zu der Ecke rüberzuschauen.

Es war nur ein mannshoher Stapel Parkett, den sie für die Silhouette eines Mannes gehalten hatte.

Lea schüttelte den Kopf über sich selbst. Beeil dich lieber, bevor das Licht wieder ausgeht, ermahnte sie sich, denn es war so eingestellt, dass es immer viel zu früh wieder erlosch. Sie rannte die Treppen hinauf, stolperte zwischen dem zweiten und dritten Stock über ein Loch im Boden, rappelte sich hastig wieder hoch, aber sie war nicht schnell genug. Als sie vor ihrer Haustür ankam, wurde es schon wieder dunkel.

Lea unterdrückte einen Fluch und kramte in ihrer Handtasche nach ihrem Schlüssel. Je länger sie vergeblich danach suchte, desto stärker machte sich in ihr das Gefühl breit, nicht alleine im Flur zu sein. Sie hielt den Atem an, um mehr zu hören, aber vergeblich ... doch plötzlich streifte etwas Weiches ihre Knöchel. Sie schrie auf und trat in Panik um sich. Da endlich erwischte sie den Schlüssel, tastete hektisch nach dem Schloss, fand es aber nicht, weil ihre Hand so stark zitterte. Ihr Knöchel war wieder frei. Sie hörte ein Wimmern. Und jetzt flammte auch noch das Licht im Flur wieder auf. Lea blieb beinahe das Herz stehen. Es war also doch jemand im Flur.

Endlich zielte sie mit dem Schlüssel genau ins Schloss und konnte ihn herumdrehen. Im selben Moment hörte sie ein erbärmlich klagendes Miauen und gleichzeitig Schritte im Flur. Sie bückte sich instinktiv nach der Katze, die unmittelbar vor ihren Füßen kauerte, rannte in ihre Wohnung, warf die Tür zu und legte die Kette vor. Mit wild jagendem Puls blieb sie im Dunkeln im Wohnungsflur stehen und lauschte.

Jemand klopfte an ihre Tür.

Lea hielt den Atem an und erstarrte, so als würde, wer immer draußen stand, wieder gehen, wenn sie kein Geräusch von sich gab. Schau durch den Spion, schoss es ihr durch den Kopf, aber der Gedanke, direkt in das Auge eines Unbekannten zu schauen, erfüllte sie mit Schrecken.

»Ist alles okay bei Ihnen?«, fragte der Taxifahrer.

Lea rief laut »Ja!« durch die Tür und hatte für einen Sekundenbruchteil die fixe Idee, der junge Mann werde ihre Tür aufbrechen und sie vergewaltigen, jetzt, wo er sicher sein konnte, dass sie ganz allein in diesem Block lebte. Doch seine Schritte entfernten sich.

Lea schlich zum Fenster hinüber und sah nach einer kleinen Weile, wie er aus dem Haus kam, ins Auto stieg, aber noch nicht wegfuhr. Worauf wartete er, auf seine Freunde?

Dann fiel Lea ein, dass er ihr versprochen hatte, erst zu fahren, wenn er Licht in ihrer Wohnung sah. Sie schaltete das Licht an.

Tatsächlich, er hupte fröhlich, dann fuhr er weg.

Lea war völlig erschöpft, sie rutschte mit dem Rücken an der Wand neben dem Fenster entlang, bis sie auf dem Boden saß, und wusste nicht, ob sie weinen oder lachen sollte. Warum hatte sie solche Angst gehabt?

Die Katze, die Lea im Flur abgesetzt und in der ganzen Aufregung beinahe vergessen hatte, schmiegte sich zaghaft an Leas Knie, und diese erkannte, wie jung das Tier noch war. Sie fühlte sich merkwürdig getröstet bei dem Gedanken, nicht länger alleine in ihrer Wohnung zu sein.

»Das ist alles deine Schuld, *du* hast mich so erschreckt!« Lea streckte die Hand nach dem schwarzen Fellbündel aus, das sofort hinter einem Sessel verschwand, als Lea sich bewegte.

Na, ich werde dich schon wieder herauslocken, dachte Lea, stand auf, schleuderte ihre Schuhe von sich und ging barfuß die Treppe nach oben zum Kühlschrank.

Erst als sie nach der Kühlschranktür griff, realisierte sie, dass ihre Füße in einer Pfütze standen. Hatte es wegen der Bauarbeiten etwa schon wieder einen Stromausfall gegeben?

Lea sah zum Anrufbeantworter, ein altes Modell, das bei einem Stromausfall immer komplett abstürzte. Aber hier war alles in Ordnung. Kopfschüttelnd überlegte sie, dass sie wohl den Kühlschrank nicht ordentlich zugemacht haben musste. Denn sie hatte es heute früh sehr eilig gehabt. Sie nahm sich vor, morgen zeitiger aufzustehen und den Tag ruhiger anzufangen.

Ein leises Maunzen erinnerte sie wieder daran, was sie eigentlich im Kühlschrank gesucht hatte. Ein bisschen Milch für die Katze.

Sie goss einen Schluck auf ein Tellerchen, verdünnte ihn mit etwas Wasser und stellte es für die Katze hin.

Greg und sie hatten eine dicke, whiskeyfarbene, getigerte Siamkatze namens Missy Elliott gehabt. Als Lea empört aus der gemeinsamen Wohnung ausgezogen war, hatte Greg das Tier behalten dürfen, weil Siamkatzen Veränderungen nicht mögen. Nicht bloß Katzen, dachte Lea und versuchte, sich zu erinnern, ob in ihrer neuen Wohnung Haustierhaltung erlaubt war.

Die kleine Katze huschte zu der Milch und schlabberte sie so schnell, als hätte sie schon seit Tagen nichts mehr gefressen.

»Du kannst hierbleiben, wenn du willst«, sagte Lea. »Ist ja keiner da, der sich beschweren könnte, und einen Namen kriegst du auch.«

Nachdenklich betrachtete sie das schwarze Kätzchen, das nur am Hals und über allen vier Pfötchen einen weißen Fleck hatte.

»Irgendwie siehst du ziemlich frech aus.« Das Kätzchen wandte sich ihr zu und maunzte, als ob es das bestätigen wollte. Lea musste lachen. April, Fool's Day, fiel ihr ein.

Schließlich hab ich mich wegen dir gerade zur kompletten Närrin gemacht, dachte Lea. Ja, das passte. April.

Sie öffnete die Balkontür, um April die Möglichkeit zu geben zu verschwinden, aber das Kätzchen strich um Leas Beine und schien sich sehr wohl bei ihr zu fühlen. Als sich Lea einige Zeit später ins Bett legte, kam April und kuschelte sich an Leas Füße, als sei das immer schon so gewesen.

Einige Zeit später wurde Lea von einem Geräusch wach, das sie nicht einordnen konnte.

Sofort dachte sie an April. Vielleicht war die Katze aufgestanden und hatte sich in der Küche etwas zum Spielen gesucht? Lea schaltete das Licht an. Durch die offen stehende Schlafzimmertür sah sie, dass April mit gesträubtem Fell und aufgestelltem Schwanz fauchend vor der Haustür stand.

»April!« Unwillkürlich lief Lea ein Schauer über den Rücken. Sie fragte sich, was die Katze registriert haben mochte, das sie nicht wahrnehmen konnte. Tiere hatten doch den siebten Sinn. Sie schlüpfte aus dem Bett, tappte in den Hausflur und hob das kleine Tier auf.

Da hörte sie wieder dieses Geräusch.

»Schscht«, flüsterte sie April zu und schlich mit der Katze auf dem Arm zur Haustür. Diesmal würde sie durch den Spion schauen, um herauszufinden, was draußen vor sich ging.

Mit angehaltenem Atem spähte Lea in den Flur, aber es war dunkel, sie konnte nichts sehen. Sie überlegte, ob sie die Kette lösen und die Tür aufmachen sollte, um nachzuschauen, was los war.

Nein, das war keine gute Idee, vielleicht wollte man sie nur aus ihrer Wohnung locken.

Vielleicht waren unter all dem Müll im Treppenhaus, den die Bauarbeiter noch nicht beseitigt hatten, aber auch einfach nur Mäuse, und die hatten April so durcheinandergebracht?

Lea presste ihr Ohr an die Haustür.

Stille.

Sie lauschte angestrengt, bis April maunzte und von ihrem Arm herunterwollte. Lea setzte das Tier ab und ging zurück zum Bett.

Ein Knall durchschlug die nächtliche Stille.

Lea brauchte eine Schrecksekunde, um sich klar darüber zu werden, dass das eine Autotür und kein Schuss gewesen war, dann sprang sie auf, rannte zum Fenster und versuchte, durch die Ritzen ihrer Holzjalousien etwas zu erkennen.

Nichts.

Sie hörte zwar, wie ein Motor angelassen wurde, aber nirgends flammten Scheinwerfer auf. Wo war der Wagen? Da löste sich ein schwarzer Schatten aus der Dunkelheit, der schnell davonfuhr.

Was hatte das zu bedeuten? War das nur ein Liebespaar gewesen, das sich den besonderen Kick in unbewohnten Häuserblocks holte, oder hatte es jemand auf sie abgesehen? Nein, nein, abgesehen davon, dass sie durch diesen aufregenden Tag etwas überreizt war, war es einfach eine Tatsache, dass der halb fertige, dunkle Gebäudekomplex zwielichtige Gestalten anlockte, und das hatte mit ihr persönlich rein gar nichts zu tun. Morgen würde sie mit der Hausverwaltung sprechen und sich erkundigen, wann endlich Nachbarn einzogen. Sie hatte auch nie beim Makler wegen des Mannes in der Wohnung unter ihr angerufen, fiel ihr dabei ein. Morgen würde sie das nachholen.

Sie legte sich wieder auf ihr Bett, aber jetzt warf sie sich unruhig hin und her und konnte nicht einschlafen. Erst als leises Vogelzwitschern durch ihre Holzjalousien drang, fiel sie noch einmal in tiefen Schlaf und träumte, dass Greg der Serienkiller von *Fatal Velvet* sei.

9. Kapitel

Fürs Erste war das alles nicht schlecht, aber ich muss noch viel näher an sie ran. Um sie gerecht bestrafen zu können, muss ich ihrer Haut so nahe kommen, als wäre ich die Spitze an ihren zarten Seidenhöschen.

Ich habe lange darüber nachgedacht, ob bestrafen überhaupt Gerechtigkeit schaffen kann oder ob das nur ein anderes Wort für Rache ist. Doch das ist es nicht. Denn wenn ich bestrafe, dann liegt meiner Handlung ein Recht zugrunde, solange ich nur räche, bin ich lediglich ein emotionaler Krüppel.

Aber das bin ich nicht.

War ich nie, selbst in den schlimmsten Tagen nicht.

Sagen wir, ich erschien nach außen stumm, aber nur, weil niemand mein Schreien gehört hat. Nicht, dass es sich an jemand Bestimmten gerichtet hätte. Gott war nicht im Angebot, weder der christliche noch sonst einer. Für die Idee von Gott hatten wir nichts übrig. Stattdessen haben wir die Liebe angebetet, bedingungslos und hingebungsvoll wie hysterische Fans ihre Popidole.

Ausgerechnet die Liebe, von der ich heute sagen würde, dass sie ein Hirngespinst ist. Eine sentimentale Erfindung, um instinkthafte Gefühle zu verklären.

Und doch war es mehr als Instinkt, was ich für sie …

Nein! Halt! Stopp!

Diesen Gedanken werde ich keinen Platz mehr einräumen in meinem Leben. Leben?

Nun, ich atme, also lebe ich.
Mein Leben soll definiert sein durch die Aufgabe zu bestrafen. Nach der Erfüllung dieser Aufgabe kann mein Leben dann endlich ausgelöscht werden.
Doch die Form der Strafe bedarf noch weiterer Überlegungen. Reicht es schon, ihr Leben zu zerstören, oder ist es besser, radikal an die Wurzel allen Übels, also an das Leben selbst zu gehen? So sehr ich mir das wünsche, stoße ich hier doch an meine Grenzen.
Meine Vorstellung von Bestrafung sieht vor, zunächst einen Zustand des Grauens zu schaffen. Denn genau das hat sie ja auch getan. Und die Frage ist: Wie erreiche ich das am besten? Mit wem fange ich an und vor allem wie?
Darauf gibt es wieder nur eine Antwort, ich muss noch näher kommen.
Auch der Wolf umkreist seine Beute zunächst behutsam, bevor er sich die Mühe macht loszuschlagen. Ich werde also meinen Schafspelz noch eine Weile tragen und Kreide fressen müssen.
Ich tu's für sie.

10. Kapitel

Am nächsten Morgen reichte Lea der Frau hinter dem Tresen der Autowerkstatt ihre Kreditkarte und war gespannt, wie sie die Karte mit ihren langen, gekrümmten, an Raubtierkrallen erinnernden orangen Fingernägeln durch das Lesegerät ziehen würde. Mrs. Gonzalez, so lautete der Name auf ihrem Overall, war geschickt. Sie klemmte die Karte zwischen den Knöcheln des Mittel- und des Ringfingers ein, mit einem Ratsch war die Karte durch, und die Kasse ratterte den Beleg heraus.

»Dafür, dass meinem Wagen angeblich nichts fehlt, ist das aber reichlich teuer!«

»Schätzchen, seien Sie doch froh, dass die Jungs nichts gefunden haben. Was glauben Sie, wie teuer es erst wird, wenn wirklich etwas kaputt ist.« Mrs. Gonzalez schüttelte gutmütig ihre schwarze Lockenpracht und lächelte Lea zu.

Seufzend nickte Lea und unterschrieb die Quittung. Mrs. Gonzalez dankte ihr und wünschte einen herrlichen Tag.

Lea stieg in ihr Cabrio, zerrte den Gurt um ihre Taille und fühlte sich mies.

Sie hatte wenig und schlecht geschlafen, ihr vorbestelltes Taxi zur Werkstatt war eine halbe Stunde zu spät gekommen und hatte nach nassem Hund und Zigaretten gestunken. Seit sie sich das Rauchen abgewöhnt hatte, reagierte sie besonders allergisch auf kalten Zigarettenrauch. Der Tag konnte nur noch besser werden.

Sie fragte sich, ob Nick Petersen anrufen würde. Es fiel ihr heute Morgen schwer zu glauben, dass er sich wirklich in sie verliebt hatte. Die Erfahrung hatte sie gelehrt, dass sie es nicht schaffte, Männer dauerhaft für sich zu interessieren.

Als Kind hatte sie einmal ein Gespräch zwischen ihren Eltern belauscht, in dem ihr Vater sich darüber Gedanken gemacht hatte, wie zwei so attraktive Menschen wie er und ihre Mutter ein derart unattraktives Kind bekommen konnten. Das hatte sie zwar verletzt, aber sie war sich trotzdem immer ganz sicher gewesen, dass es keine große Rolle spielte, wie eine Frau aussah. Diese Gewissheit war durch ihre Ehe mit Greg nach und nach zerbröckelt. Seine Bemerkungen und seine Blicke hatten sie zuerst nur irritiert, aber dann mehr und mehr verunsichert.

Warum fiel ihr das ausgerechnet jetzt wieder ein? War es der frühsommerliche Smog, der wie eine schmutzige Käseglocke über der Stadt klebte, oder war es, weil sie heute Nacht von merkwürdigen Träumen heimgesucht worden war? Schließlich hatte sie vor Jahren schon beschlossen, damit aufzuhören, Verletzungen aus der Vergangenheit ständig wieder aufzuwärmen und stattdessen im Jetzt zu leben.

Neun Uhr morgens, und Lea fühlte sich schon wieder klebrig. Sie zog die kleine Wasserflasche, die sie nach leidvollen Erfahrungen mit den endlosen Staus in L. A. immer in ihrer Handtasche hatte, heraus und trank gierig.

Danach fühlte sie sich auch nicht besser. Das Wasser

war lau und schmeckte schal. Sie merkte, wie sie geradezu darauf hoffte, jemand würde ihr einen Grund zum Hupen geben. Heute würde sie lange und laut hupen.

Doch bis sie in die Garage des Verlags einfuhr, ergab sich keine Gelegenheit. Entsprechend missmutig stieg Lea in den Aufzug. Dankbar, dass es hierin nicht diese lächerliche Berieselungsmusik gab, die klaustrophobisch veranlagte Menschen beruhigen sollte, aber in Lea immer nur den Impuls auslöste, sich die Ohren zuzuhalten. Eine der Seiten war verspiegelt und zeigte deutlich Leas herabhängende Mundwinkel. Atme mal tief durch und lächle, ermahnte sie sich. Es gibt doch keinen Grund für deine schlechte Laune. Dein Wagen ist in Ordnung, gestern hat dir ein wunderbarer Mann gesagt, dass du ihm nicht mehr aus dem Kopf gehst, und dir ist eine hübsche kleine Katze zugelaufen.

Lea probierte ein Lächeln und fühlte sich tatsächlich besser. Mit einem Ruck hielt der Aufzug, und sie stürmte in die Verlagsräume.

Martha saß wie immer mit tadellos auftoupierter Frisur am Empfang, allerdings lächelte sie nicht. Im Gegenteil, sie hielt sich ein Kleenex an ihre Augen und reagierte nicht auf Leas bestürzte Fragen. Das war gleichbedeutend mit dem Weltuntergang. Martha lächelte nicht!

Lea rannte geradezu in ihr Büro, um ihre Tasche abzulegen und danach Mark zu suchen. Doch als sie die Tür aufriss, stieß sie beinahe gegen Ruth, die zusammen mit ihrem Vater mitten im Raum stand.

»Was ist denn hier los?«, fragte Lea überrascht.

»Guten Morgen«, sagte Ruth, und es lag leiser Tadel in ihrer Stimme.

»Ich zeige Ruth gerade unseren Verlag.«

»Und deshalb weint Martha?« Nur zu gern hätte Lea alle beide angebrüllt, aber sie wusste, wie sehr ihr Vater Szenen verabscheute.

Ihr Vater grinste und sah dabei aus wie ein Junge, der die Schule schwänzt. »Ich habe Martha zu unserer Hochzeit eingeladen!«

»Wie, Hochzeit?«

Ruth zog resolut die Schleife an ihrer zart apricotfarbenen Seidenbluse gerade, zeigte auf die Ledersofas und bat Lea mit einer Geste, sich zu setzen.

Jetzt reichte es Lea. Das war ihr Büro! Mit welchem Recht bot Ruth ihr einen Platz an?

»Liebling, Kind, wir wollten es dir natürlich zuerst sagen, aber du warst noch nicht da, und Ruth dachte, es wäre eine gute Idee, auch Martha zu informieren. Wir werden uns am siebten August verloben und dann am siebten September heiraten.«

Lea betrachtete die Frau, die ihre Stiefmutter werden sollte, und war froh, dass sie schon alt genug war, um diese kühle Autorität ertragen zu können.

»Morgens Standesamt mit kleinem Empfang, danach Kirche mit anschließendem Ball. Du sagst ja gar nichts?« Ihr Vater hatte sich neben Ruth auf das Sofa gesetzt, hielt ihre Hand und schien sehr glücklich.

»Mach dir wegen der Hochzeitsgeschenke keine Sorgen. Wir wünschen uns nur eine kleine Sache von dir«, sagte er und zögerte. Ruth drückte aufmunternd seine Hand, woraufhin er Lea ein nettes Vater-Tochter-Lächeln schenkte, wie sie es sonst nur zu ihren Geburtstagen bekommen hatte.

»Du weißt, Ruth hat auch eine Tochter, Shana, die ebenfalls in der Verlagsbranche arbeitet, und wir dachten ...«

Lea atmete tief durch.

Ruth brachte den Satz für ihren Vater zu Ende. »Meine Tochter würde sich gern in die Belletristik einarbeiten. Mark und Martha haben uns erzählt, dass du sowieso dringend noch Mitarbeiter brauchst, also halten wir es für eine gute Idee, wenn Shana eine Weile hier arbeitet.«

»Sieh es als eine Art Praktikum«, mischte sich ihr Vater jetzt wieder ein. »Du brauchst Shana nicht mal ein Gehalt zu zahlen, das übernimmt Ruth.«

Genau, dachte Lea, damit sie einen Spion hier drin hat, der alles ausplaudert, was wir vorhaben, und dann zielsicher das torpedieren kann, was ihr nicht passt. Natürlich wollte sie ihrem Vater gerne eine Freude machen. Wäre Shana die Tochter einer seiner Bekannten, sie hätte wahrscheinlich keine Sekunde gezögert, eine kostenlose Mitarbeiterin einzustellen. Aber doch nicht eine aus der Ruth-van-Dyke-Sippe!

»Ich denke, ich sollte Shana erst einmal kennen lernen und dann eine Entscheidung treffen.«

Ihre Bürotür wurde aufgerissen, und Mark kam mit einem Stapel Unterlagen herein.

»Mark, schön, dass du kommst, mein Vater und Mrs. van Dyke wollten gerade gehen, oder hatten wir noch etwas zu besprechen?«, fragte Lea und deutete, Ruths Geste von vorhin imitierend, zur Tür.

Ihr Vater stolzierte zur Tür. »Lea, es ist nicht zu übersehen, dass du viel zu tun hast, denk über unser Angebot nach.«

Ruth nickte Lea huldvoll zu und folgte ihrem Verlobten.

Lea ließ sich auf ihren Schreibtischstuhl fallen, drehte sich mit geschlossenen Augen einmal im Kreis und seufzte dabei.

Mark räusperte sich.

Lea schlug die Augen auf. »Entschuldige. Also zeig mir, was du für mich hast.«

Mark breitete verschiedene Coverentwürfe für *Fatal Velvet* auf ihrem Schreibtisch aus. »Sie sind alle gut, aber mir gefällt der hier am besten.« Mark zeigte auf einen sehr reduzierten Entwurf, in dem nur Linien angedeutet waren.

Das war auch Leas Favorit. »Gut, dann wäre das auch geklärt.«

»Aber dafür sind noch eine Menge anderer Dinge offen«, erläuterte Mark und setzte sich auf den Sessel vor Leas Schreibtisch.

»Und das wären?«

Ihr Telefon klingelte.

Sie zuckte entschuldigend die Schultern und nahm ab.

»Überraschung!«, sagte eine melodisch träge Stimme, die Lea nur allzu gut kannte und die ihren Magen sofort in Alarmbereitschaft versetzte.

»Um was geht es denn, Greg?« Sie gratulierte sich zu ihrem frostigen Ton.

»Hey, hey, hey, Lea, mein Täubchen, jetzt sei nicht gleich wieder so eine Spielverderberin.«

So hatte er sie immer genannt, wenn sie auf seine Untreue, die vermeintlichen Späße und sinnlosen Geldausgaben nicht freudig reagiert hatte.

»Ich bin gerade in einem Meeting, wenn du also die

Güte hättest, mir zu sagen, worum es geht. Oder kann ich dich später zurückrufen?«

»Sorry, aber ich glaube nicht an einen Rückruf. Du beantwortest nicht mal meine Mails. Ich bin in L. A. und will dich sehen, wir sind doch noch Freunde, oder nicht?«

»Ich denk drüber nach und melde mich. Gib Martha deine Nummer durch, unter der ich dich erreichen kann. Bye.« Und bevor er noch antworten konnte, hatte Lea das Gespräch zu Martha durchgestellt.

Mark sah sie mit hochgezogener Augenbraue an.

»Mein Exmann«, sagte Lea und ärgerte sich gleichzeitig, dass sie eine Erklärung abgegeben hatte. »Also, wo waren wir?«

Mark grinste. »Der Vertrieb jammert, weil sie mit den Nachbestellungen und der Auslieferung der Erotik-Reihe nicht mehr nachkommen. Martha stößt langsam an ihre Grenzen, und ich brauche auch dringend jemanden, der mich unterstützt. Wir haben so viele Presseanfragen, dass ich den ganzen Tag nur damit beschäftigt bin.«

»Im Augenblick können wir uns noch nicht so viele Leute leisten«, seufzte Lea. »Okay, wir werden im Vertrieb übergangsweise jemanden einstellen, ich habe da schon eine Idee. Und wie fändest du eine persönliche Assistentin, die aus der Verlagsbranche kommt?«

»Großartig.«

»Gut, dann kümmerst du dich um Unterstützung für Martha, ich nehme die Frage nach deiner Assistentin und einer zusätzlichen Kraft für den Vertrieb in die Hand. Und jetzt lass uns mal diesen Stapel hier abarbeiten«, schlug sie vor.

Sie kamen zügig voran, bis Mark grinsend anmerkte,

sogar beim Fasten sei irgendwann eine kleine Saftpause vorgesehen.

Lea hatte gar nicht gemerkt, dass es schon zwei Uhr durch war. Sie verabredeten, eine Stunde zu pausieren.

Lea bestellte Huhn süßsauer beim Chinesen und fragte Mark, ob er auch etwas wollte. Doch er schüttelte den Kopf. Er wollte lieber kurz nach draußen an die Luft.

Lea überlegte kurz, ob ihr das nicht auch guttun würde, entschied sich dann aber, am Schreibtisch weiterzuarbeiten.

Als der Bote mit dem Essen kam, war sie so vertieft, dass sie nicht einmal aufschaute. »Stellen Sie alles dort drüben hin, da finden Sie auch zwei Dollar, die sind für Sie«, sagte sie.

Das Trinkgeld gab sie immer in bar mit, die Rechnungen wurden gesammelt und einmal im Monat an den Big-Surprise-Verlag geschickt.

»Vielen Dank, das sein sehl gloßzügig von Ihnen, danke ville Male …«

Lea sah überrascht auf. »Nick, was machst du denn hier?« Ihr Herz schlug schneller.

Er trug zu seinem tadellosen dunkelblauen Anzug das weiße Käppi mit der Aufschrift »Bamboo Plaza«, das Restaurant, wo sie das Essen bestellt hatte.

Lea lachte, aber nicht nur, weil Nick einfach unglaublich, sondern auch weil sie völlig durcheinander war.

»Ich war auf dem Weg zu dir, weil ich solche Sehnsucht nach dir hatte.«

Lea starrte ihn sprachlos an.

»Mark ist mir im Aufzug begegnet und hat mir verraten, was und wo du heute zu Mittag isst. Da bin ich zu

›Bamboo Plaza‹, habe eingekauft und den Boten bestochen, mir seine Mütze auszuleihen, und schon war ich wieder hier.«

»Du bist verrückt!« Sie konnte es immer noch nicht fassen.

»Nur nach dir.« Er verbeugte sich wie vor einer Königin und schwenkte sein Käppi. »Stell dir vor, Martha hat mich nicht erkannt. Ich hab uns auch Glückskekse mitgebracht. Wusstest du, dass diese kleinen Botschaften im vierzehnten Jahrhundert in China zu einem Volksaufstand gegen die Mongolen geführt haben? Damals nannte man sie noch ›Mondkuchen‹.«

Fasziniert sah Lea zu, wie Nick eine Decke auf dem Boden ausbreitete und darauf die Schachteln und prächtig bemalte Stäbchen aus Porzellan verteilte. Er hatte sehr viel mehr mitgebracht als nur das Huhn süßsauer, das sie bestellt hatte. »Wir reisen jetzt nach China«, erklärte er. »Du bist meine Kaiserin, und diese Decke ist unsere Dschunke ...« Damit zog er seine Schuhe aus und setzte sich auf die Decke.

»Es ist angelichtet«, sagte er und verneigte sich tief.

Leas Herz klopfte, als wäre sie Treppen hinaufgerannt. Gleichzeitig hatte sie das Gefühl, alles um sie herum passiere in Zeitlupe.

Langsam ging sie zu der Decke, streifte ihre Schuhe ab und setzte sich Nick gegenüber. Sie dachte flüchtig daran, was für ein Bild sie abgeben mussten, aber dann reichte Nick ihr die Essstäbchen und sagte »Probier mal!«, und alle Scheu fiel von ihr ab. Wie ein Kind, das von den vielen üppig verpackten Geschenken unterm Weihnachtsbaum überwältigt ist, hockte sie auf der Decke und wusste gar nicht, was sie zuerst essen sollte. Er reichte ihr eine Schachtel und sah sie auffordernd an. »Man Man Tschi«, sagte er und verneigte sich erneut.

Lea lachte. »Manschi?«

»Chinesisch für ›Guten Appetit‹, oder, wie es eigentlich genau übersetzt heißt: Schön langsam essen.«

Sie war immer noch zu überwältigt, um zu essen.

Nick schüttelte amüsiert den Kopf, pickte mit zwei Stäbchen eine Garnele aus dem Pappkarton und führte sie an Leas Mund, hielt dort inne und streichelte mit dem Leckerbissen über ihre Lippen, bis sie nicht mehr anders konnte, als danach zu schnappen.

»So ist es gut«, lachte Nick und spielte schon mit der nächsten Garnele.

Lea kaute, bemerkte die Schärfe aber nur flüchtig, weil ihr ganzer Körper summte und ihre Haut vibrierte.

»Wie war dein Tag?«, fragte er, und es schien ihn wirklich zu interessieren. Er reichte ihr einen Becher heißen Tee, der nach Jasmin duftete. Dabei streifte er leicht über ihren nackten Arm.

Lea staunte selbst über ihre Reaktion, denn am liebsten hätte sie das ganze Essen weggeräumt und sich in Nicks Arme geschmiegt. Der Tee schwappte über den Rand des Bechers, weil ihre Hand so stark zitterte. Gierig trank sie und hoffte, er würde sie ein bisschen beruhigen.

»Wie war dein Tag?«, wiederholte er seine Frage und sah sie erwartungsvoll an.

Und weil er so intensiv zuhören konnte, erzählte sie ihm viel mehr, als sie eigentlich wollte. Er schien ihre Worte geradezu einzusaugen und war voll auf sie konzentriert, seine Lippen verzogen sich mitfühlend, als sie von dem Angebot ihres Vaters sprach und von Marthas Weinen. Seine Augen wunderten sich mit ihr, als sie berichtete, dass die Autowerkstatt keinen Defekt an ihrem BMW gefunden hatte.

Er kritisierte sie nicht, stellte immer nur Fragen und fütterte sie mit Häppchen. Dabei rutschte er näher, bis sie sich so dicht gegenübersaßen, dass jeder den Atem des anderen spüren konnten. Lea fühlte sich wie berauscht.

Nick zog zwei Glückskekse aus der Tüte. »Darf ich dir zeigen, wie man diese Kekse traditionell in China öffnet?«, fragte er und lächelte sie an.

Wortlos nickte sie. Die Spannung in ihrem Körper wurde beinahe unerträglich.

Er zog den Keks aus der knisternden Hülle und legte die eine abgeknickte Hälfte auf Leas Lippen, dabei berührten seine Finger ihren Mund sehr sanft, und Lea musste ihre ganze Beherrschung aufbieten, um sitzen zu bleiben.

Dann beugte er sich näher. Ingwer- und Sesamduft stieg in ihre Nase, vermischte sich mit Nicks zitronigem Geruch.

»Jeder beißt eine Ecke von dem Keks ab. Vorsichtig, denn wir wollen ja lesen, was auf dem Zettel steht.«

Lea nickte und schloss ihre Augen, als sich Nicks Mund ihren Lippen näherte. Dann fühlte sie ganz zart, wie es knackste. Der Keks war zerbrochen, und Nick zog sich wieder zurück. Sie seufzte und öffnete die Augen.

»Willst du nicht lesen?«, fragte er.

Sie schüttelte den Kopf, ihr war heiß, ihr war kalt. »Zuerst müssen wir noch deinen Keks aufmachen!«, sagte sie und hielt ihm den zweiten Keks an den Mund. Dabei bewunderte sie seine volle Unterlippe, die schmalere, aber schön geschwungene, pflaumenfarbige Oberlippe. Sie registrierte das Grübchen in seinem Kinn und freute sich darauf, ihn richtig zu küssen.

Der Keks zerbröselte, aber Lea hielt Nick fest und knabberte leicht an seinen Lippen.

Er stöhnte kurz auf und zog sie an sich. Lea rutschte unwillkürlich näher und presste sich an seinen Körper.

»Du bist so schön, Lea«, flüsterte er.

Das Geräusch einer ins Schloss fallenden Tür war zu hören und erinnerte Lea daran, wo sie sich befanden. Sie schob Nick bedauernd, aber glücklich lächelnd von sich.

»Es tut mir leid, aber ich glaube, die Kaiserin muss jetzt wieder arbeiten.«

»Schade.« Nick verzog bedauernd das Gesicht. »Trotzdem müssen wir noch lesen, was auf unseren Zetteln steht.« Er räusperte sich. »Du zuerst.«

Lea war immer noch so aufgewühlt, dass sie den Zettel nicht gleich finden konnte, endlich erwischte sie ihn zwischen den Krümeln auf ihrem Rock. »›Deine Vorfahren warnen dich, du vertraust dem Falschen‹«, las sie vor.

Nick reagierte verärgert. »Das ist ja unglaublich! Glückskekse sollten immer eine positive Botschaft haben. Na, mal sehen, was bei mir steht: ›Konfuzius sagt, deine Vergangenheit steht zwischen dir und deinem Schicksal.‹ Na bravo, was soll das denn bedeuten?«

»Hey, vergiss doch diese Zettel.« Lea besänftigte Nick mit einem leichten Kuss und lächelte. »Für mich war die Botschaft dieser wundervollen Kekse eine ganz andere: ›Konfuzius sagt, lebe dein Begehren!‹«

Sie erhob sich, noch etwas wacklig vom ungewohnten

Knien, was Nick sofort bemerkte, der aufsprang und sie umarmte.

»Du hast Recht. Darf ich dich heute Abend zum Essen ausführen?«

»Ich glaube zwar nicht, dass ich jemals wieder etwas herunterkriege«, Lea strahlte, »aber ich komme natürlich gerne mit. Um acht Uhr, ja?«

Nick zog seine Schuhe an, räumte die leeren Schachteln in eine Tüte, faltete die Decke zusammen und ging zur Tür. »Bis heute Abend dann. Ich hol dich ab.«

Lea zog ihren Rock gerade, drehte die Klimaanlage höher, um den Geruch nach Essen zu vertreiben, und schlüpfte in ihre Schuhe. Sie konnte sich nicht erinnern, wann sie das letzte Mal so aufgeregt gewesen war. Was für unglaubliche Ideen Nick Petersen hatte! Ideen, die sie völlig durcheinanderbrachten.

Sie dachte daran, dass sie heute Abend unbedingt ihre schönste Unterwäsche anziehen musste, und gleichzeitig fragte sie sich, ob es nicht doch Probleme mit sich bringen würde, wenn sie anfing, Berufliches und Privates zu vermischen. Plötzlich erwischte sie sich sogar dabei, wie sie ernsthaft in Erwägung zog, sich freizunehmen, aufzuräumen, die Betten abzuziehen. Nein, das würde sie nicht tun. Sie würde sich für keinen Mann mehr verrückt machen. Das hatte sie sich nach der Scheidung von Greg geschworen.

Greg! Den hatte sie ja ganz vergessen!

Jetzt war der richtige Moment, ihn anzurufen. Jetzt würde selbst er es nicht schaffen, dass sie sich klein und hässlich vorkam.

Lea fragte Martha nach Gregs Nummer und wählte. Er

hob sofort ab, als hätte er neben dem Hörer auf der Lauer gelegen. Er wollte sie heute Abend treffen. Lea ärgerte sich, dass er offensichtlich glaubte, sie hätte nichts Besseres zu tun, als sich mit ihm zu verabreden. Sie weigerte sich, ihn überhaupt zu sehen, so schäbig, wie er sich nach der Scheidung benommen hatte.

Lea hatte nie verstanden, warum Greg ihr das antun musste, nachdem sie doch auf einer fairen Scheidung bestanden hatte. Moira erklärte es damit, Greg sei es einfach nicht gewohnt gewesen, dass Lea sich gegen ihn auflehnte.

Aber jetzt schien Greg verzweifelt und drängte sie derart, dass sie sich schließlich doch breitschlagen ließ, ihn morgen Abend auf einen Drink zu treffen. Sie schlug die Lobby des Lipton-Hotels als Treffpunkt vor, weil das nicht weit vom Verlag entfernt war.

Kaum hatte sie aufgelegt, kam Mark pfeifend herein und blieb an der Tür stehen. »Was ist passiert? Du siehst völlig verändert aus. Haben wir den Pulitzerpreis gewonnen? Sind wir auf der *New-York-Times*-Bestsellerliste?«

»Nein«, sagte Lea und lächelte strahlend, »noch nicht. Komm, lass uns weiterarbeiten.«

11. Kapitel

Bis jetzt war der Abend so schön verlaufen, dass Lea kurz davor war, sich in den Arm zu kneifen, um herauszufinden, ob sie wirklich wach war oder das alles nur träumte. Sie konnte sich nicht erinnern, sich jemals mit einem Mann so gut unterhalten und dabei derart viel gelacht zu haben.

Sie waren sich einig, dass *King of Queens* viel komischer war als *Immer wieder Jim,* hielten *Pimp my ride* für eine geniale Idee und hatten sich überlegt, wie ihre Autos dort wohl verändert werden würden. Sie waren auf den ersten Konzerten von Norah Jones gewesen, als sie noch völlig unbekannt war. Dort waren sie sich aber nie über den Weg gelaufen, wie Nick bedauernd angemerkt hatte, und sie fanden Partys, auf denen die Gäste ekstatisch zu den Uralthits der Stones tanzten, lächerlich.

Nick parkte gerade sein Auto vor ihrem Apartmenthaus, und Lea wusste, jetzt war der Moment, wo sie ihn hereinbitten sollte.

»Lea«, sagte er, und gleichzeitig sagte sie: »Nick.« Sie lachten, dann, nach einer kurzen Pause, in der sich keiner etwas zu sagen traute, fuhr er fort: »Das war ein schöner Abend …«

» … und es wäre doch schade, wenn er schon zu Ende wäre, oder?«, fragte Lea und wusste, dass sie die richtige Entscheidung getroffen hatte.

»Ja, das stimmt.«

Sie verließen das Auto und gingen auf das Haus zu, das zwischen den spärlichen Straßenlaternen wie ein dunkler Schatten vor ihnen lag. Nick bewunderte trotzdem die klare Architektur, die halbrunden gemauerten Balkone und erkannte das Potenzial, das in dieser Anlage steckte. Er verstand, warum sie hier und nicht in einer der eleganten Wohnanlagen in der Stadt wohnen wollte, wo die Eingänge von Wachmännern und Videokameras bewacht wurden.

»Nur schade, dass außer dir keiner hier wohnt«, meinte Nick und bewahrte sie in letzter Sekunde davor, über eine halb leere Palette mit Farbeimern zu stolpern, die jemand mitten im Weg hatte stehen lassen. Dabei hielt er ihren Arm fester, als es nötig gewesen wäre. Es fühlte sich gut an, dachte Lea und hoffte geradezu, dass es noch mehr Hindernisse auf dem Weg in ihre Wohnung geben würde.

»Das wird sich bald ändern. In den nächsten Wochen werden die meisten Apartments fertig.«

Sie gingen die Treppen hinauf in den dritten Stock, und als auf halber Strecke das Licht im Hausflur ausging, zog Nick sie dicht an sich heran und vergrub sein Gesicht in ihrem Haar. »Du riechst so wunderbar, den ganzen Abend schon möchte ich das tun.«

Lea bekam kaum Luft, so sehr raste ihr Puls. Sie konnte es kaum erwarten, endlich in ihrer Wohnung zu sein. Sie entzog sich sacht seiner Umarmung. »Komm«, flüsterte sie mit heiserer Stimme. »Komm!« Wortlos tasteten sie sich die Treppe weiter hinauf, sie suchte hastig in der Dunkelheit nach dem Schlüsselloch an ihrer Haustür, steckte den Schlüssel hinein und sperrte ihre Tür auf.

»Soll ich …«, sagte sie, aber da presste Nick seinen Mund schon auf den ihren und drückte sie fest gegen die Wand im Flur. Seine Zunge fuhr über ihre Lippen, so zart, dass Lea es kaum aushielt. Sie öffnete ihren Mund, fand seine Zunge, und plötzlich war da nur noch eine unglaubliche Gier nach mehr in ihr.

Merkwürdige kleine keuchende Laute drangen an ihr Ohr, die sie zuerst gar nicht als ihre eigenen erkannte. Sie nestelte ungeduldig an ihrem Kleid herum, weil sie nur noch nackt sein und Nicks Haut auf der ihren fühlen wollte, riss den verhakten Reißverschluss schließlich auf, öffnete den Vorderverschluss ihres BHs und rieb ihre Brüste an seinem Oberkörper. Sie half ihm dabei, sich auszuziehen, ohne ihre Lippen von seinen zu lösen, registrierte seinen durchtrainierten Körper, der sie nach noch mehr verlangen ließ, und schlang, kaum dass der Gürtel seiner Hose gelöst war, ihre Beine um seine Hüften und bog sich ihm entgegen.

Später, als sie nicht mehr nur schwer atmend ineinander verknäult auf dem Boden des Hausflurs lagen, sondern langsam zu sich kamen und Lea wieder klar zu denken begann, fragte sie sich verwundert, was eigentlich passiert war. Noch nie hatte sie so ungehemmt ihren Begierden nachgegeben. Was mochte er von ihr denken? Sie wusste ja selbst nicht, was sie davon halten sollte.

Er drehte sich zu ihr und bettete Leas Kopf auf seinem Arm. »Das war ein bisschen zu schnell für mich«, sagte er und küsste ihre Brust so gekonnt, dass sich deren Knospe sofort wieder aufrichtete.

»Ich habe auch ein Bett«, verkündete Lea, und dann mussten sie beide lachen. Nick stemmte sich hoch und zog Lea mit. Sie ließen die Kleider zusammengeknüllt liegen und stolperten zum Bett, wo sich April genüsslich ausgestreckt hatte.

Ungeduldig verscheuchte Nick die Katze, konnte es offensichtlich kaum erwarten, dass Lea wieder neben ihm lag, und begann, ihre Haut zu streicheln.

Nein, er berührte sie gar nicht wirklich, sondern fuhr wenige Millimeter über ihrer Haut mit seiner Hand hin und her, so dass Lea seine Wärme spüren konnte und sich all ihre Härchen aufrichteten. Unwillkürlich streckte sie sich ihm entgegen, aber er lachte nur und setzte die lustvolle Qual fort. »Diesmal lassen wir uns etwas mehr Zeit …«, murmelte er.

»Ja«, flüsterte Lea, »endlos viel Zeit …« Plötzlich fiel ihr ein, dass sie eben nicht mal ein Kondom benutzt hatten, doch selbst das war ihr im Augenblick völlig egal. Sie war nicht bloß glücklich, nein, sie atmete Glück durch jede einzelne Pore ihrer Haut.

Am nächsten Morgen wachte Lea vom Duft frisch gebrühten Kaffees auf. Sie rieb sich den Schlaf aus ihren Augen und konnte kaum glauben, was sie sah: Nick stand vor ihr, bereits geduscht und angezogen, in den Händen ein Tablett.

»Guten Morgen, meine Schöne«, sagte er und lächelte sie an. »Kaffee?«, fragte er.

Lea bemerkt erst jetzt, dass sie nackt im Bett lag. Sie zog die Decke hoch bis ans Kinn und richtete sich auf. Im grausamen Morgenlicht war sie sich schlagartig all ihrer körperlichen Unvollkommenheiten bewusst geworden.

»Zu spät«, bemerkte Nick lächelnd. »Meine Augen

durften sich heute Nacht schon an deinem Körper weiden. Du bist so unglaublich schön, dass ich mir nicht vorstellen kann, mich jemals an dir sattzusehen.«

Tränen stiegen in Leas Augen. Er hatte ihre Unsicherheit nicht mit einem Witz abgetan, und er fand sie heute Morgen noch immer begehrenswert.

Sie beobachtete, wie er das Tablett neben ihr abstellte und sich auf die Bettkante setzte. Er sah müde aus, aber auch entspannt. Zufrieden.

Er reichte ihr einen Becher und nahm sich dann auch einen.

»Warum hast du mich nicht geweckt?«, fragte sie. »Wir hätten auf dem Balkon frühstücken können.«

»Du hast so gut geschlafen und dabei so entzückend ausgesehen, dass ich es nicht übers Herz gebracht habe, dich zu wecken. Leider muss ich gleich zu einem Termin.«

Sie betrachtete die schaumige Haube auf dem Kaffee. So viel Mühe hatte er sich gegeben.

»Zucker ist schon drin.«

»Danke.« Lea stutzte. »Kannst du etwa auch noch Gedanken lesen?«

»Manchmal, wenn ich mich jemandem sehr nahe fühle.« Er lächelte, beugte sich über sie und küsste sie sanft.

Lea nahm einen Schluck Kaffee. Er schien ihr das köstlichste Getränk, das sie jemals getrunken hatte, süß, heiß und bitter.

»Es fällt mir schwer zu gehen, aber ich muss einen wirklich wichtigen Kunden treffen. Ich würde viel lieber noch mit dir im Bett liegen.«

Sie seufzte wohlig.

»Aber ich möchte dir noch etwas sagen, bevor ich gehe.«

Plötzlich kroch die Unsicherheit wieder in ihr Bewusstsein und umklammerte kalt ihr Herz. Das Zusammensein mit ihm war vollkommen gewesen. So, wie sie es noch nie erlebt hatte. Aber vielleicht war das auch schon alles, was er von ihr gewollt hatte, und jetzt bereitete er seinen Abgang vor? Kam jetzt so was wie: »Vielen Dank, es war nett, ich ruf dich an«?

Nick schien ihre Aufregung zu spüren. Er machte beruhigend »Schsch« und sagte: »Schließ deine Augen, und konzentrier dich allein auf das, was du fühlst.«

Seine rechte Hand schlich sich unter die Decke, glitt an ihrem rechten Knie auf die Schenkelinnenseite und dann langsam weiter nach oben. Unwillkürlich öffnete sie ihre Schenkel, nur allzu bereit, seine Finger willkommen zu heißen. Aber er hielt kurz vor ihrer Scham inne, und sie fühlte, dass er lächelte.

Er malte ein Herz auf ihre Schenkelinnenseite. »Kannst du spüren, was ich sagen möchte?«, fragte er.

Leas Kehle war so trocken, dass sie keinen Ton herausbrachte und nur nicken konnte.

»Gut«, antwortete er. »Dann ist es gut.« Dann verschwand seine Hand und ließ eine süße Leere auf ihrer Haut zurück. Nur das Herz, das er gemalt hatte, war noch da und schien wie selbstständig zu klopfen.

Lea war so gerührt, dass sie ihn am liebsten an sich gezogen und nie mehr losgelassen hätte. Als sie ihre Augen aufschlug, lächelte er sie an, sah dann jedoch mit einem bedauernden Gesichtsausdruck auf seine Uhr. Noch einmal küsste er sie sanft auf die Stirn und verließ mit schnellen Schritten die Wohnung.

Als Lea die Tür ins Schloss fallen hörte, hätte sie am liebsten gesungen und getanzt und geweint. Sie war völlig durcheinander. Fühlte sich sexy und war glücklich, und trotzdem war da noch etwas, das an ihrem Herz fraß.

Angst.

Angst, dass das alles viel zu schön war, um von Dauer zu sein. Nick erschien ihr vollkommen, und Lea wusste sehr genau, wie unvollkommen sie war, besonders ihr Körper. Greg hatte ihr nicht einmal in den Flitterwochen Kaffee ans Bett gebracht. Dazu hätte es auch gar nicht kommen können, weil Lea immer schon vorher aufgestanden war und sich frisch geschminkt und angezogen hatte, um, wenn nicht schön, so doch wenigstens adrett auszusehen.

Sie fragte sich, was Moira zu dieser perfekten Nacht sagen würde, und wusste gleichzeitig, dass sie ihrer Freundin nichts davon erzählen konnte. Dazu bedeutete ihr Nick jetzt viel zu viel. Sie wollte nicht, dass Moira intime Details über ihn wusste. Was sie erlebt hatte, war zu kostbar, um es vor Dritten, selbst ihrer besten Freundin, auszubreiten.

Leas Telefon klingelte. Sie rannte hin. Es war bestimmt Nick, es musste Nick sein. Nick, der ihr sagen wollte, dass er sie bereits vermisste und dass er besser doch noch eine Weile dageblieben wäre …

Sie nahm ab, hörte aber nur ein gleichmäßiges Atmen, sonst nichts. Angewidert warf sie den Hörer auf die Gabel.

Es klingelte sofort wieder. Sie stand nackt vor dem Telefon und überlegte, ob sie abheben sollte. Schließlich gab sie sich einen Ruck. »Ja?«

Wieder nur dieses Atmen, diesmal schneller, erregt, wie kurz vor dem Höhepunkt.

»Greg, ich finde das nicht lustig«, schrie sie in den Hörer und merkte zu ihrer Genugtuung, dass das Atmen aufgehört hatte, beinahe so, als wäre der andere überrascht. Gut. Sie legte erneut auf und nahm sich vor, auf ein erneutes Klingeln nicht mehr zu reagieren. Vielleicht war es ja auch gar nicht Greg gewesen. Schließlich hatte er sie um ein Treffen angefleht, da würde er doch nicht so dumm sein und sie gegen sich aufbringen. Aber wer war es dann?

Einer der unzähligen Spinner, von denen Fred immer wieder erzählte und die den in L. A. allein lebenden Frauen das Leben schwer machten? Wütend stieg sie nach oben in die Küche, um nach April zu sehen. Dieser Anrufer hatte ihren wundervollen Morgen beschmutzt.

Sie konzentrierte sich darauf, sich Nicks Gesicht vorzustellen, und merkte, wie allein der Gedanke an ihn erneut ein Leuchten auf ihr Gesicht zauberte.

»April?« Merkwürdig, in den letzten Tagen hatte sich das Tier nie weit entfernt. Vielleicht war sie beleidigt, weil Nick sie von »ihrem« Bett vertrieben hatte?

Ein Blick vom Balkon in den Himmel zeigte Lea, dass es wieder einer dieser dunstig blauen, extrem heißen Smogtage werden würde. Sie gab es auf, nach April zu suchen, stellte etwas Wasser für sie bereit und stieg die Treppe zum Bad hinab. Immer wieder schoben sich Momentaufnahmen der letzten Nacht vor ihr inneres Auge und brachten sie zum Lächeln. Wie Nick ihren Nabel zart geküsst hatte, wie seine Augen dunkel wurden und nur die grünen Splitter darin noch aufgeblitzt waren. Wie er sie angeschaut hatte, voller Erstaunen und dabei voller Begierde.

Lea duschte kalt, zog ein hellgraues Kostüm an, in dem sie wie eine Brokerin aussah – schließlich sollte heute Shana ins Büro kommen. Sie schwebte geradezu durchs Treppenhaus, an den mexikanischen Arbeitern vorbei, die zum ersten Mal, seit Lea hier wohnte, hinter ihr herpfiffen.

Lea unterdrückte ein Lachen, denn obwohl sie fand, dass es höchst unkorrekt war, Frauen hinterherzupfeifen, geradezu chauvinistisch und an sexuelle Belästigung grenzend, gab es ihr heute ein Gefühl von Macht.

12. Kapitel

Das Hochgefühl vom Morgen war lange verflogen, als Lea durch die großen Drehtüren die Bar des Lipton-Hotels betrat. Mit einem Seufzer registrierte sie, dass Greg noch nicht da war. Er war nie pünktlich, das hätte sie wirklich wissen müssen.

Doch nach seinen dringenden Bitten hatte sie irgendwie erwartet, er werde diesmal superpünktlich erscheinen, um sie gnädig zu stimmen. Bestimmt wollte er Geld von ihr. Wenn er nicht bald auftauchte, würde sie gehen.

Lea setzte sich in einen der merkwürdig winzigen auberginefarbenen Clubsessel und wartete darauf, dass die Atmosphäre der Bar sie entspannen würde. Es kribbelte in ihrem Nacken, als starrte jemand sie an, aber als sie sich umdrehte, war niemand zu sehen. Sie schüttelte über sich selbst den Kopf, sie war einfach nur nervös und ganz sicher überarbeitet.

Lea bestellte ein Glas Chardonnay. Ein härteres Getränk würde ihr nach diesem hektischen Tag sofort in den Kopf steigen und sie beschwipst machen.

Während ihr Blick über die festgeschraubten Tischchen glitt – die lilasilberne Bar war der Lounge eines drittklassigen Kreuzfahrtschiffes nachempfunden –, dachte sie darüber nach, ob sie heute wohl die richtigen Entscheidungen getroffen hatte. Im Büro hatte sie als Erstes die Hiobsbotschaft erwartet, dass Martha sich krank gemeldet hatte, was in den letzten fünfzehn Jahren nicht einmal vorgekommen war.

Mark hatte in den Andrucken von *Fatal Velvet* zahlreiche Fehler entdeckt, die jetzt nur noch teuer korrigiert werden konnten. Er hatte die Verantwortung auf sich genommen, dabei aber auch erneut auf die Überlastung aller Mitarbeiter hingewiesen, weshalb Lea ihn noch einmal ermuntert hatte, endlich Verstärkung von einer Zeitarbeitsfirma zu holen.

Sie nippte an dem kühlen Weißwein und lächelte bei der Erinnerung an ihre Überraschung, als Shana im Büro aufgekreuzt war.

Lea drehte sich um, weil sie plötzlich wieder jenes unbestimmte Gefühl hatte, beobachtet zu werden. Greg hatte so etwas während ihrer Ehe manchmal getan. Angeblich, um zu prüfen, ob sich Männer an Lea heranmachten, wenn sie allein in einer Bar saß. Doch es war niemand zu sehen. Nur eine ältere Dame mit einem gewaltigen Blumenhut, deren Aufmerksamkeit vollkommen von dem lächerlich winzigen weißen Hund auf ihrem Schoß absorbiert wurde.

Lea hatte sich Shana als jüngere Ausgabe ihrer Mutter vorgestellt, genauso dominant, im dezent unauffälligen Schneiderkostüm. Stattdessen war eine junge Frau hereingepoltert, die von ihrer Mutter allenfalls die Stimme und die Energie geerbt hatte. Auf den ersten Blick sahen Shana und Lea sich sogar ähnlich. Beide hatten die gleiche üppige Figur und das gleiche rotblonde, gelockte Haar. Doch Shana war muskulös, so wie jemand, der jahrelang Hochleistungssport getrieben hatte. Ihr schwarzer ärmelloser Rollkragenpullover lenkte den Blick auf die trainierten

Arme. Sie trug dazu schwarze Jeans, schwarze Doc Martens und eine schwarze eckige Brille, die sie dauernd mit dem kleinen Finger den Nasenrücken wieder hinaufschob, womit sie den Blick auf ihre zartbitterbraunen Augen lenkte. Ihr Haar trug sie zum Pferdeschwanz gebunden. Das Haargummi war das einzig Bunte an ihrer Erscheinung gewesen, ein verrücktes Kunstwerk aus Filz.

Sie hatte Leas Hand geschüttelt, als ob sie einen Drink mixen würde, und dabei aus vollem Herzen gelacht. »Sie sind also die Tochter von Mums Lover. Unglaublich! Hab ich mir ganz anders vorgestellt.« Das hatte Lea derart den Wind aus den Segeln genommen, dass sie, was nur sehr selten vorkam, völlig sprachlos geblieben war.

Shana war nur ein paar Jahre jünger als Lea, aber neben ihr kam Lea sich zehn Jahre älter vor. Es stellte sich heraus, dass Shanas großartige Verlagserfahrung in einem viermonatigen Praktikum bei einem Sportverlag in San Diego bestand. Vorher war sie um die Welt gesurft und hatte von den Preisgeldern ganz ordentlich gelebt. Als sie zu alt zum Preisegewinnen wurde, hatte sie zunächst Surfbretter entworfen, doch jetzt, so hatte sie mit etwas Wehmut erklärt, sei sie auch dafür zu alt, denn sie wüsste nicht mehr wirklich, was die Kids wollten. Deshalb sei es an der Zeit, seriös zu werden.

An dieser Erklärung war Lea irgendetwas merkwürdig vorgekommen, aber da sie keine Ahnung vom Surfen hatte, tat sie es als Einbildung ab.

Lea hatte Mark dazugebeten und erfreut registriert, dass er hingerissen von Shana war. Dazu hatte nicht unwesentlich beigetragen, dass Shana ihn kurz gemustert und dann erklärt hatte, sie kenne ihn aus der »Jazz Bakery« in der Helms Avenue. Ihr Traum sei es, dort mal mit ihrer Klarinette aufzutreten, aber das sei wohl eher utopisch ... Verwundert hatte Lea registriert, wie sich Marks hübsches Gesicht plötzlich mit einer leichten Röte überzog. Shana hatte es ebenfalls bemerkt und Lea angegrinst.

Trotzdem war Lea ernst geblieben und hatte Shana darum gebeten, über alle Vorgänge im Verlag strengstes Stillschweigen zu bewahren, auch gegenüber Verwandten.

Shana hatte sie irritiert angesehen, bis ihr schließlich dämmerte, was Lea damit sagen wollte. »Keine Sorge, ich bin nicht die Mata Hari der Van-Dyke-Sippe. Ich hab einfach Blut geleckt, das Buchgeschäft gefällt mir, und meine Mutter hat mir erzählt, du hättest drei Jahre bei Palmers & Co in New York gearbeitet. Da kann ich bestimmt eine Menge von dir lernen.«

Also hatte Lea Shana eingestellt. Aber noch war sie nicht sicher, ob das die richtige Entscheidung gewesen war. Was, wenn Shana doch ein ganz besonders raffinierter Spitzel war? Der Zettel aus dem Glückskeks fiel ihr wieder ein. »Sie vertrauen den Falschen« hatte darauf gestanden oder etwas Ähnliches.

Lea drehte sich noch einmal um. Wo Greg nur wieder blieb? Ihr Weinglas war schon fast leer, die Dame mit dem Hündchen war in der Zwischenzeit verschwunden, und Lea fühlte sich unbehaglich allein in der Bar. So als wäre sie die Hauptfigur in einem Film, ohne es zu wissen. Sie zuckte mit den Schultern, um diese Gedanken abzuschütteln, trank den letzten Schluck aus und beschloss zu gehen. Das hatte Greg sich selbst zuzuschreiben. Vielleicht ging der Anruf heute Morgen ja doch auf sein Konto, und das alles war nur wieder ein Trick, um sie zu quälen. Aber diesmal hatte er sich geschnitten.

Lea bezahlte und verließ energisch die Bar. Ein gutes Gefühl!

Wie oft hatte Greg sie warten lassen, und noch nie war sie einfach gegangen. Das hätte sie viel öfter und vor allem schon viel früher tun sollen.

Das Gefühl, sich behauptet zu haben, erfüllte Lea mit guter Laune. Zeit hatte sie auch – eigentlich die besten Voraussetzungen, um shoppen zu gehen. Sie rief Moira an, vielleicht hatte diese ja Lust, zusammen mit ihr nach Schnäppchen zu suchen. Leider sprang nur Moiras Mailbox an.

Egal, sie konnte auch allein zum Beverly Center fahren.

Lea parkte am La Cienega Boulevard, um sich von Bloomingdales hinüber zu Macys zu arbeiten. Überall klebten hässliche Schilder in den Schaufenstern, die vollmundig »Pre-Summer-Sales« versprachen. Aber die interessierten Lea heute nicht, sie wusste, wonach sie suchte. Nach einem Kleid, in dem sie sexy aussehen würde, und den dazu passenden Schuhen. Welche Farbe oder welches Material, das war ihr egal, und sogar der Preis erschien ihr unwichtig.

Während sie ein Kleid nach dem anderen begutachtete und doch das Richtige einfach nicht finden konnte, ertappte Lea sich immer wieder dabei, dass sie sich umdrehte und über ihre Schulter spähte, als sei sie ein Ladendieb, der sich vom Hausdetektiv verfolgt fühlt. Aber außer einer älteren Verkäuferin, die ihr ständig neue Variationen von zeltartigen Tuniken mit abscheulichen Paillettenapplikationen vorführte, war niemand in dieser Abteilung. Warum kam es ihr dann so vor, als werde sie von jemandem angestarrt?

Sie ging zügig weiter zu Macys, in der Hoffnung, dass sich dieses merkwürdige Gefühl dort verlieren würde. Als sie allerdings dort mit der Rolltreppe nach oben in die Abteilung für Abendkleidung fuhr, war sie ganz sicher, dass ihr jemand folgte. War das etwa doch eins von Gregs blöden Spielen?

Lea blieb stehen und sah nach unten auf das Gewimmel der Menschen zwischen den künstlichen Palmen und den Springbrunnen, den Hot-Dog-Ständen und Souvenirläden. Niemand schien Interesse an ihr zu haben.

Betont langsam schlenderte Lea weiter und drehte sich dann blitzschnell um. Diesmal würde sie Greg erwischen!

Als sie den Kopf drehte, spürte sie mehr, als sie es sehen konnte, dass jemand hastig aus ihrem Blickwinkel flüchtete, wie ein Luftzug oder ein Schatten. Obwohl sie von so vielen Menschen umgeben war und ihr keine unmittelbare Gefahr drohte, brach ihr der Schweiß aus. Sie konnte sich nicht erklären, was da vor sich ging, und überlegte, ob sie nicht lieber nach Hause fahren sollte. Um sich zu beruhigen, setzte sie sich auf eine der weiß gestrichenen Bänke.

Menschen strömten an ihr vorbei, ohne sie zu beachten. Nicht ein Einziger schenkte ihr auch nur einen zweiten Blick.

Lea rief sich innerlich zur Ordnung. Nein, sie würde nicht weglaufen. Und wenn jemand es darauf anlegte, sie zu ängstigen, dann hatte er Pech gehabt. Sehr wahrscheinlich würde derjenige sogar den Spaß daran verlieren, wenn sie ihn einfach ignorierte.

Lea straffte die Schultern, stand auf und konzentrierte sich auf die vertraut-sentimentalen Songs von Ray Charles, die der Pianospieler bei Macys gerade spielte. Während sie durch die Abteilung für Abendkleider schlenderte, kehrte ihre gute Laune nach und nach zurück. Hier war niemand außer ihr und der Verkäuferin, einer elfenhaften Frau asiatischer Abstammung, die die Umkleidekabinen bewachte.

Lea probierte ein Schlauchkleid im Empirestil mit dunkelblauen Pailletten an und betrachtete sich im Spiegel. Wenn sie den Bauch einziehen und nie mehr atmen würde, könnte es gehen. Sie lächelte sich bedauernd zu und verabschiedete sich von diesem Kleid.

»Wie wäre es denn mit dem hier?«, fragte eine bekannte Stimme. Lea drehte sich um und sah nur ein schwarzes schlichtes Kleid mit tiefem Ausschnitt.

»Nick?«, fragte sie verblüfft.

»Bingo!« Nick ließ das Kleid sinken und lächelte sie an.

»So ein Zufall.« Leas Atem ging schneller, gleichzeitig überlegte sie, was Nick hier in der Kleiderabteilung wollte. Hatte er sie vielleicht belogen, und es gab sehr wohl eine Ehefrau in seinem Leben? Doch welcher Mann kaufte seiner Frau schon ein Abendkleid?

»Stimmt, das ist wirklich ein unglaublicher Zufall. Ich war auf der Suche nach einer Krawatte und habe dich plötzlich oben auf der Rolltreppe gesehen. Ich wollte nicht laut hinter dir herrufen, weil ich dachte, das wäre dir vielleicht unangenehm. Deshalb bin ich dir gefolgt. Darf ich dein Einkaufsberater sein?«

»Einkaufsberater für Kleider?« Lea war völlig perplex. Keiner ihrer Männer wäre jemals auf die Idee gekommen, sie beim Shoppen zu begleiten.

Er grinste.

»Warum nicht? Stella meinte immer, ich hätte einen exquisiten Geschmack. Probier das doch mal.«

Zögernd nahm Lea das Kleid und verschwand damit in der Umkleidekabine.

Schon als sie es überstreifte, wusste sie, dass Nick einen Treffer gelandet hatte. Das seidige Material fiel körpernah und betonte ihre Rundungen. Der tiefe Ausschnitt lenkte den Blick auf ihr volles Dekolleté, der Stoff umspielte ihren Bauch, und das Kleid hatte zudem exakt die richtige Länge bis zur Wadenmitte, wodurch ihre Beine lang und schlank wirkten.

Sie trat aus der Kabine, um es Nick zu zeigen.

Er stieß einen bewundernden Pfiff aus, der Lea sofort an Freds Kommentare zu den immer neuen Studiofotos von Moira denken ließ.

»Du siehst aus wie eine Göttin«, sagte er, und Lea konnte nicht mal eine winzige Spur von Ironie heraushören.

»Du übertreibst.«

»Aber nein. Komm mal her, dann zeige ich dir, wie sehr du mir darin gefällst.« Nick hob die Arme und winkte ihr, näher zu kommen.

Lea sah sich um. Niemand zu sehen. Sie ging auf Nick zu und ließ sich umarmen.

»Und? Kannst du meine Begeisterung fühlen?«, fragte er.

Lea schoss die Hitze in ihre Wangen.

»Ja«, flüsterte sie. Es fühlte sich gut an. Doch sie mussten vorsichtig sein, hier im Beverly Center waren überall Kameras installiert.

Nick nahm ihr Gesicht in seine Hände und küsste sie. »Wenn du willst, helfe ich dir beim Umziehen«, schlug er vor.

Lea dachte, ihr könnte nicht mehr heißer werden, so sehr erregte sie einerseits dieser Gedanke, andererseits verursachte er ihr Angst. »Aber was ist mit der Verkäuferin, die die Umkleidekabinen bewacht?«

»Die musste mal ganz dringend ihre Nase pudern …« Nick nahm ihre Hand und zog sie zu den Umkleidekabinen.

»Aber …« Lea wusste nicht, was sie noch sagen sollte, denn die Asiatin war tatsächlich verschwunden, und sonst war weit und breit niemand.

Er zog sie mit sich und zerrte an dem roten Samtvorhang. Die Kabine war großzügig geschnitten, an allen Seiten verspiegelt und mit einem ebenfalls roten Samthocker ausgestattet, auf dem Leas Kleider auf einem unordentlichen Haufen lagen.

»Du hast mir so gefehlt«, sagte er, legte seine Arme um sie und presste seinen Mund auf den ihren. Leas Lippen öffneten sich sofort, als hätten sie den ganzen Tag nur darauf gewartet, und spielten mit seiner Zunge.

»Aber du solltest das schöne Kleid lieber ausziehen, noch gehört es dir ja nicht, oder?«

Nick ging in die Knie, umfasste den Saum des Kleides und schob es langsam nach oben, dabei berührten seine Finger die Haut ihrer Beine. Lea konnte die Erregung, die sie dabei erfasste, kaum aushalten und ging ebenfalls in die Knie. »Nein, nein, nicht so hastig«, flüsterte Nick. »Bleib stehen!« Er zog ihr das Kleid über den Kopf und betrachtete Lea voller Bewunderung.

»Du bist so schön«, murmelte er, und Lea glaubte ihm. Eine Welle der Freude schwappte durch ihren Körper und brandete in ihren Schoß. Ein letzter Rest Vernunft ließ sie fragen: »Aber wenn jemand kommt?«

»Was soll schon passieren?«

Lea konnte sich jede Menge vorstellen, zum Beispiel eine Anzeige wegen Erregung öffentlichen Ärgernisses. Doch ehe sie weiter darüber nachdenken konnte, spürte sie Nicks Lippen zart in ihren Kniekehlen, was sie aufstöhnen ließ.

»Schsch …«

Nicks Mund glitt höher, er knabberte an ihrem Höschen, bis seine Hände ihm zu Hilfe kamen. Lea konnte kaum noch stehen, sie zitterte am ganzen Körper, aus Lust, aus Angst, aus Scham.

»Und wie hat Ihnen das Kleid gefallen?«, fragte plötzlich eine zarte Stimme vor dem Vorhang, gerade als Lea dachte, sie müsse ohnmächtig werden.

Aber Nick hörte nicht auf, und jetzt wollte sie auch nicht mehr, dass er aufhörte.

»Ist alles in Ordnung mit Ihnen?«, fragte die Verkäuferin besorgt.

Lea löste sich widerstrebend von Nick, atmete tief durch und sagte mit, wie es ihr selbst vorkam, unglaublich zitternder Stimme: »Nein, nein, alles bestens. Das Kleid ist ein Traum, ich nehme es. Vielleicht können Sie es ja schon mal einpacken.« Sie griff nach dem Kleid, öffnete den

Vorhang nur einen winzigen Spalt, reichte es nach draußen und hoffte, dass man Nick dabei nicht sehen konnte.

»Danke, ich werde es an die Kasse bringen. Kann ich sonst noch etwas für Sie tun?«, erkundigte sich die Verkäuferin.

»Nein, danke«, antwortete Lea.

Als die Verkäuferin endlich gegangen war, ließ sich Lea auf den Hocker fallen. Nick kniete vor ihr und umarmte sie.

»Das war knapp«, flüsterte sie und musste grinsen.

»In jeder Hinsicht«, stimmte Nick ihr zu und lachte ebenfalls.

Energisch stand Lea auf. »Aber wir sollten unser Glück nicht überstrapazieren. Geh jetzt lieber!«, forderte sie ihn auf. Nick zögerte einen Moment, als wollte er noch etwas sagen, erhob sich dann aber und ließ sich nach draußen schieben, nachdem Lea durch den Vorhang gespäht und sich vergewissert hatte, dass niemand in der Nähe war.

Lea seufzte, als sie alleine war, streifte rasch ihre Unterwäsche über und betrachtete sich dann im Spiegel. So etwas passierte ihr? Ihr, die sie ein hellblaues Höschen und einen nicht dazu passenden BH trug, in jenem Hautton, den Verkäuferinnen immer euphemistisch als Champagner bezeichneten? Sie sah doch schrecklich aus.

Nein, eben nicht! Ihre Augen glänzten, ihre Lippen waren vom Küssen geschwollen und rot, und ihr Körper erschien ihr unglaublich sexy. Lea warf ihrem Spiegelbild ein Küsschen zu. Diesen Tag würde sie in ihrem Gedächtnis als *ihren* Tag abspeichern. Als einen Glückstag, in dessen Erinnerung sie sich immer dann einhüllen konnte, wenn alles andere schief lief.

Als Lea zur Kasse kam, war ihr Kleid bereits bezahlt. Die asiatische Elfe überreichte es ihr in der Luxustüte von Macys und warf Nick bewundernde Blicke zu. Lea war so verblüfft, dass sie nicht wusste, was sie sagen sollte. Erst als sie an dem Pianospieler vorbei zu den Rolltreppen gingen, klärten sich ihre Gedanken. »Nick, das geht nicht. Du kannst mir nicht so ein teures Kleid schenken.«

»Und warum nicht?«

»Weil wir uns noch nicht lange genug kennen, weil ich gar nicht weiß, was aus uns wird, weil ich deine Verlegerin bin ...« Lea gingen die Argumente aus.

»Das Wichtigste hast du dabei übersehen. Ich möchte der wunderbarsten Frau der Welt eine Freude machen, ganz einfach.«

»Aber ... das ist ...« ... einfach viel zu gut, um wahr zu sein, beendete Lea den Satz innerlich. Da musste doch ein Haken sein.

»Wo steht dein Auto?«, fragte er, als sie den Ausgang der Mall am San Vicente Boulevard erreicht hatten.

»Auf der anderen Seite.«

Nick brachte sie zu ihrem Auto.

»Und was machen wir jetzt?«, fragte Lea und bemühte sich um ein verführerisches Augenzwinkern.

Nick grinste. »Zu dir oder zu mir?«, fragte er.

»Zu dir, dann kannst du mir gleich deine ganze Krawattensammlung zeigen.«

Nick schlug sich mit der Hand an die Stirn. »O Mann, die Krawatte, die hab ich völlig vergessen, nachdem ich dich gesehen hatte.«

»Sollen wir zurückgehen?«, fragte Lea, obwohl sie dazu nicht die geringste Lust hatte.

Nick schüttelte den Kopf. »Ich kann dir ja andere Krawatten vorführen. Mit und ohne Hemden … Aber warum fahren wir nicht lieber zu dir? Meine Wohnung ist nicht so schön wie deine.«

»Ich bin aber doch so neugierig zu sehen, wie du wohnst«, schmeichelte Lea. Er zuckte mit den Schultern und gab sich geschlagen. Sie stieg eilig in ihr Auto, suchte überall nach ihrer Sonnenbrille, fand sie aber nirgends und fuhr dann mit zusammengekniffenen Augen, aber trotzdem laut singend hinter Nicks Toyota her.

Lea war überrascht festzustellen, dass Nick in einem Apartmenthotel wohnte. Und ihre Überraschung wurde noch größer, als sie das Apartment dann betraten. Es war eine Loft, in der bis auf das Bad alle Räume ineinander übergingen. Der Kontrast zwischen den beiden gewaltigen dunklen Ledersofas und den hellblau gestrichenen Wänden war etwas zu hart, um gemütlich zu wirken. Vor der Küchenzeile stand ein ebenfalls brauner Esstisch mit einer Glasplatte und vier dunkel gebeizten Korbstühlen drum herum.

Lea hatte noch nie so eine klinisch aufgeräumte Wohnung gesehen. Nirgends lagen Zeitungen herum, es gab weder Kleidungsstücke noch Handtücher, Sonnenbrillenetuis, Geldmünzen oder Kugelschreiber, Zettel oder Quittungen. Nur ein Buch lag auf dem Tisch. Neugierig nahm sie es in die Hand. Eine Studie über den Umgang mit Drogenabhängigen. Herausgegeben von der Vereinigung der Amerikanischen Psychiater. Seltsam, was wollte er denn bloß damit?

Sie ging weiter in die Küche. Der Kühlschrank war voll bunter Magnetköpfe, aber sie hielten nicht einen einzigen

Zettel fest, nicht mal den Flyer vom nächsten Pizzaservice. Lea öffnete die Tür. »Wow«, entfuhr es ihr. Jetzt war klar, warum Nick keinen Lieferdienst brauchte. Der Kühlschrank war randvoll mit Lebensmitteln: Ananas, Mangos, Shrimps, Käse, Joghurts, Champagner …

Nick war hinter sie getreten und hatte seine Hände zärtlich auf ihren Nacken gelegt. »Wie du gerade entdeckt hast, ist Kochen eines meiner zahlreichen Hobbys.«

»Das trifft sich gut, denn ich merke gerade, dass ich unglaublichen Hunger habe«, kommentierte Lea und drehte sich schelmisch grinsend um. Nick nahm diesen Wink nur zu gerne auf: »Gut, du leistest mir Gesellschaft, während ich uns eine Kleinigkeit zaubere.«

Lea setzte sich auf einen der Korbstühle, sah ihm beim Kochen zu und nippte dann und wann an dem Glas Champagner, das er ihr eingeschenkt hatte. Sie kam aus dem Staunen nicht mehr heraus. Denn während er kochte, spülte er alles, was er nicht mehr brauchte, sofort wieder ab, so dass in dem Moment, wo das Essen auf dem Tisch stand, auch schon alles wieder aufgeräumt war. Niemand, den sie kannte, war so ordentlich. Vor allem, wenn sie selbst kochte, was nur selten vorkam, richtete sie ein schreckliches Chaos an. Und nie schaffte sie es, alles gleichzeitig fertig zu haben. Da waren die Kartoffeln noch fast roh, während das Steak schon ledrig geworden war. Und zum Aufräumen der Küche brauchte sie dann immer länger als zum Kochen *und* Essen zusammen.

Nick war beim Schneiden und Hacken geschickt wie ein Profikoch. Knoblauch und Tomaten fielen in perfekten Würfeln wie von selbst auseinander, und alles blieb wie von Zauberhand sauber. Lea trug beim Kochen immer eine Schürze, um jederzeit ihre Hände abwischen zu können, doch trotz der Schürze musste sie sich danach komplett umziehen, weil überall Fett- oder Tomatensaucenspritzer gelandet waren. Nick hatte sich nur lässig ein Geschirrtuch um die Hüften gebunden, was unglaublich sexy aussah – vielleicht weil es nicht ganz um ihn herumreichte und über der Wölbung seines Pos aufklaffte –, und dieses Tuch war selbst jetzt immer noch fleckenfrei. Er wischte gerade seine Hände daran ab und reichte ihr einen großen Teller, auf dem er das Essen verlockend angerichtet hatte: Rosa Shrimps schwammen zusammen mit Knoblauch, roten Chilis, Tomaten und Rosmarin in goldfarbenem Olivenöl.

Nick brach ein Stückchen Brot ab, tunkte es in das heiße, aromatisch duftende Olivenöl und fütterte Lea damit.

»Köstlich«, schwärmte sie und prostete ihm zu. Sie war überwältigt. Dieser Mann konnte anscheinend alles: kochen, lieben, Einkaufsberater sein, Auto fahren.

Seine Wohnung fand sie allerdings etwas merkwürdig. Obwohl alles da zu sein schien, kam es ihr so vor, als fehlte etwas, sie wusste nur nicht genau, was. Allerdings konnte sie sich auch nicht erinnern, wann sie das letzte Mal in einer Wohnung gewesen war, die von einem allein lebenden Mann bewohnt wurde.

Nick hatte inzwischen die Teller in die Spülmaschine geräumt und Schokolade für das Dessert erwärmt. Er tauchte die erste Erdbeere in die heiße Masse und hielt Lea die Frucht hin. Diese öffnete nur zu gerne ihren Mund, umschloss die Beere mit den Lippen und gab sich deren fruchtigem, säuerlich frischem Geschmack und dem bittersüßen der warmen dunklen Schokolade wohlig hin. Sie schluckte, seufzte und küsste Nick voller Behagen.

»Du bist wirklich ein wunderbarer Koch«, lobte sie. »Aber vom Servieren verstehst du nur wenig, glaube ich. Hast noch nichts von der neuesten Sitte der Japaner gehört?«

Nick schüttelte amüsiert den Kopf.

»Besonders reiche oder wichtige Geschäftsleute bekommen das Sushi direkt auf jungen Frauenkörpern serviert ... ich glaube, ich zeige dir das mal.«

Nick begann zu verstehen und lächelte. »Aber wir haben gar kein Sushi ...«

»Umso besser, ich persönlich finde Erdbeeren mit Schokolade auch viel köstlicher ...« Lea zog ihre Bluse aus, dann ihren BH. Sie freute sich an Nicks bewunderndem Blick, sah das Verlangen in seinen Augen aufblitzen und griff nach der Platte mit den Erdbeeren. Sie ging zu dem dunklen Sofa hinüber, wunderte sich dabei über sich selbst, dass sie sich so frei und sicher fühlte, so genau wusste, was sie wollte. Ungeduldig zerrte sie an ihrem Rock, streifte ihn und auch ihr Höschen ab und legte sich nackt auf das kühle Leder.

Sie verteilte die Erdbeeren zwischen ihren Brüsten, um ihren Nabel, auf ihrer Scham, dann schloss sie die Augen und wartete auf Nick.

Sie musste nicht lange auf ihn warten.

Schon fühlte sie seinen warmen Atem auf ihrer Haut, der sie dazu brachte, sich ihm entgegenzuwölben, was ihn zwang, schneller und schneller nach den davonrollenden Erdbeeren zu schnappen, und jedes Mal streichelte seine Zunge dabei ihre Haut, jedes Mal nahm die feuchte Hitze zwischen ihren Schenkeln weiter zu, bis sie sich dann Nicks tastender Zunge, seinen Händen und schließlich seinen kräftigen Stößen völlig ergab.

Eng umschlungen schliefen sie beide schließlich ein.

13. Kapitel

Der Klingelton ihres Handys drang in Leas Schlaf und weckte sie. Verwirrt schlug sie die Augen auf und brauchte ein paar Minuten, bis ihr klar wurde, wo sie sich befand. In Nicks Wohnung.

Sie ärgerte sich, dass sie vergessen hatte, ihr Handy auszuschalten, nachdem sie Moira gestern Abend nicht erreicht hatte. Zum Glück hörte das Läuten wieder auf, ohne Nick zu wecken.

Sie berührte Nicks Schulter und hielt dann inne, um ihn zu betrachten. Er lag völlig entspannt neben ihr. Seine geschwungenen Lippen lagen sanft aufeinander, und er atmete ruhig, ohne jedes Geräusch.

Ihr Handy klingelte erneut. Lea sprang genervt aus dem Bett, stürmte zu ihrer Handtasche und wollte es gerade ausschalten, als ihr Blick auf das Display fiel.

Sie erstarrte.

Das war ihre Nummer.

Jemand rief von *ihrer* Wohnung aus an.

Hastig drückte sie auf »Annehmen«. Leises Lachen drang an ihr Ohr, dann sagte eine Stimme: »Was so ein kleiner Funke in einer Wohnung wie deiner anrichten kann …«

Dann herrschte Stille.

Leas Verstand wollte nicht glauben, was er da gerade gehört hatte, aber ihr Körper reagierte sofort mit Herzrasen. Ihre Gedanken überschlugen sich. Sie musste sofort nach Hause und nachschauen, was da los war. Fieberhaft überlegte sie, ob das die Stimme von jemandem gewesen war, den sie kannte. Aber die unheimlichen Worte waren so leise geflüstert worden, dass sie noch nicht einmal sagen konnte, ob ein Mann oder eine Frau gesprochen hatte. Gleichzeitig fragte sie sich, warum jemand so etwas tat, ihr antat.

Hektisch suchte sie ihre Kleider zusammen und zog sich an.

»Lea?« Nick gähnte. »Wo willst du denn hin?«

Lea versuchte, es zu erklären, und schon nach den ersten Worten sprang Nick auf, griff nach seinen Jeans und ließ sich nicht davon abbringen, sie nach Hause zu begleiten.

»Wer auch immer solche Drohungen gegen dich ausstößt, wird heute Nacht sein blaues Wunder erleben!« Er griff nach einem Baseballschläger, der verdeckt unter Mänteln und Jacken an der Garderobe lag.

»Was hast du denn damit vor?«

Nick lachte grimmig. »Dieser Kerl kriegt nur das, was er verdient. Er hat dich geängstigt, und dafür wird er büßen.«

»Sollten wir nicht lieber die Feuerwehr rufen?« In Gedanken sah Lea den frisch renovierten Häuserblock in Schutt und Asche liegen, ihr Apartment nur noch ein verkohlter Haufen, aus dem ein paar Rauchschwaden aufstiegen. Und plötzlich dachte sie an April. Ihr wurde übel, sie mussten schneller handeln, viel schneller.

Lea wählte den Notruf der Feuerwehr und erklärte die Situation. Die Frau in der Zentrale meinte, ihnen läge keine Meldung aus Venice vor, aber sie würde einen kleinen

Einsatztrupp hinschicken. Brandherde breiteten sich bei der Hitze schnell aus.

Als Lea und Nick kurze Zeit später vor dem dunklen Wohnblock ankamen, war die Feuerwehr schon da.

Ein Mann in Uniform kam auf sie zu. »Jeff MacDonald, Einsatzleiter«, blaffte er knapp. »Haben Sie die Zentrale verständigt?«

Lea und Nick bejahten.

»Unsere Infrarotkameras konnten keine verdächtigen Wärmequellen entdecken. Wir fahren wieder.«

»Aber jemand hat gedroht, meine Wohnung anzuzünden. Möchten Sie nicht mitkommen und dort nachschauen?«

Jeff MacDonald seufzte, als wäre Lea ein besonders begriffsstutziges Kind, warf einen Blick auf Nick und zuckte dann mit den Schultern. »In Ordnung. Gehen wir.« Dann bemerkte er den Baseballschläger in Nicks Hand und schüttelte missbilligend den Kopf. »Den lassen Sie mal hier unten.« Seine Stimme duldete keinen Widerspruch.

Sehr unwillig stellte Nick den Schläger an der Hauswand ab. Dann erst folgte MacDonald Nick und Lea ins Wohnhaus, dessen Tür Lea schon aufgesperrt hatte. Sie rannte vor in den dritten Stock, öffnete dort zitternd die Haustür und rief nach April.

April. Hoffentlich hatte ihr derjenige, der in ihrer Wohnung gewesen war, nichts getan.

Nichts war zu hören, und die kleine Katze ließ sich auch nicht blicken. Lea sah sich überall nach ihr um und bemerkte dabei nicht das kleinste Anzeichen dafür, dass jemand in der Wohnung gewesen war. Alles schien wie immer. Keine Unordnung, es lag auch nicht der Hauch eines fremden Geruchs in der Luft.

Jeff MacDonald untersuchte mit Nick zusammen die gesamte Wohnung. Lea sah ihnen zu und ließ sich völlig erschöpft auf ihr Sofa fallen. Sie schwitzte, gleichzeitig war ihr kalt, und ihr Herz klopfte immer noch so schnell, als wäre sie Marathon gelaufen.

Wo mochte April stecken?

Plötzlich kam ihr ein merkwürdiger Gedanke.

»Gibt es die Möglichkeit, dass jemand mich anruft, auf dem Display meine Nummer erscheint, derjenige aber gar nicht hier ist?«, fragte Lea den Feuerwehrmann.

Der sah sie ungläubig an. »Lady, ich kann Ihnen zwar sagen, dass es hier im Gebäude keinen Brandherd gibt, aber solche technischen Spitzfindigkeiten fallen nicht in meinen Zuständigkeitsbereich. Da müssten sie schon die Polizei anrufen. Allerdings, wenn Sie meine Meinung hören wollen, ich denke, das könnte möglich sein.« Er zögerte. »Sind Sie denn sicher, dass es wirklich Ihre Nummer war? Wenn man aus dem Schlaf gerissen wird, kann man sich schnell mal irren.« Er wandte sich an Nick. »Haben Sie die Nummer auch gesehen?«

Nick warf Lea einen bedauernden Blick zu, sah dann wieder zu MacDonald und schüttelte den Kopf.

Lea kam sich vor wie eine Idiotin. Sie musste die beiden einfach überzeugen. Aufgeregt wühlte sie in ihrer Tasche nach dem Handy. »Die Anrufliste wird Ihnen beweisen, dass ich mich nicht getäuscht habe!«

Doch die Anrufliste enthielt seltsamerweise keinerlei Einträge.

Lea warf das Handy auf das Sofa. »Aber das ist doch

nicht möglich! Es müssten doch wenigstens die Anrufe von gestern noch drauf sein. Ich habe doch keine Wahnvorstellungen.« Sie warf Nick einen flehenden Blick zu.

»Lea, ich glaube dir doch, wirklich!« Er ging einen Schritt auf sie zu und streichelte beruhigend ihren Arm.

»Das wär's dann ja wohl, oder?«, brummte MacDonald und wandte sich zur Tür.

Nick und Lea begleiteten ihn nach draußen und dankten ihm für seine Unterstützung.

Kaum hatte Lea die Tür hinter ihm geschlossen, hörte sie leises Maunzen.

April!

Lea folgte dem Miauen und entdeckte das Tier, das verängstigt in der hintersten Ecke oben auf dem Besenschrank in der Küche hockte. Sie lockte die Katze mit gurrenden Lauten und schüttete Futter in ihren Fressnapf. Nach einer Ewigkeit sprang April herunter, umstreifte Leas Beine und schnurrte.

Nick setzte sich auf einen der Küchenstühle und seufzte. »Hast du zufällig ein alkoholfreies Bier? Ich könnte jetzt eines brauchen.«

Lea reichte ihm eine Flasche und gesellte sich zu ihm. Sie konnte immer noch nicht fassen, was heute Nacht passiert war. Ständig griff sie nach Nicks Hand, um sich zu vergewissern, dass er auch wirklich bei ihr war. Sie fragte sich, was sie getan hätte, wenn dieser Anruf sie alleine erwischt hätte. Eine Gänsehaut rieselte ihren Rücken herunter.

Schweigend sahen sie April beim Fressen zu.

Nicks müdes Gesicht löste in Lea das Bedürfnis aus, ihn in den Arm zu nehmen. Schließlich hatte er seinen Schlaf geopfert für nichts und wieder nichts. Doch bevor sie ihn umarmen konnte, war er aufgestanden und hatte die Balkontür entriegelt. »Lass uns rausgehen. Es ist so eine schöne Nacht!«

Obwohl die Sonne schon lange untergegangen war, strahlte die Hauswand immer noch etwas von der Hitze des Tages ab. Der leichte Wind vom Pazifik wehte Lea eine Locke ins Gesicht und machte diese Wärme erträglicher. April kam zu ihnen und kuschelte sich auf Leas Schoß.

»Wie einfach so ein Katzenleben ist.« Nicks Feststellung klang so sehnsüchtig, dass Lea sich wunderte und den Eindruck hatte, sie müsse ihn ein wenig trösten.

»Okay«, antwortete sie und bemühte sich um einen heiteren Tonfall, »so ein Katzenleben ist vielleicht einfach, doch dafür können wir zum Beispiel lesen.«

»Würdest du diese Fähigkeit nicht auch gern gegen diese absolute Gewissenlosigkeit eintauschen?«

»Wie meinst du denn das?

»Eine Katze tötet, wenn sie will, ohne sich danach Vorwürfe zu machen oder sich zu schämen ...«

»Katzen töten doch nicht zum Spaß, sondern nur, wenn sie hungrig sind.« Lea verstand nicht, worauf Nick hinaus wollte. Wie kam er denn jetzt auf so etwas? Hatte er nicht begriffen, wie froh sie war, ihre Katze unversehrt zu finden?

»Das ist Unsinn!« Nick sah sie tadelnd an, als wäre Lea eine Grundschülerin, die das kleine Einmaleins nicht gelernt hat. »Katzen werden durch alles Mögliche zur Jagd gereizt, und sind sie erst mal auf der Pirsch, erwischen sie ihr Opfer auch. Ganz egal, ob sie Hunger haben oder nicht.«

»Aber es ist doch nicht erstrebenswert, nur um der Jagd

willen zu jagen?« Lea wollte nicht über Jagd reden, sondern über Liebe. Sie war noch immer aufgewühlt, sie sehnte sich nach Nähe und hätte sich am liebsten schon wieder in Nicks Arme geworfen.

»Ach ja? Und wie erklärst du dir dann die große Zahl der Jäger in den USA, die nun wirklich nicht vom Hunger dazu getrieben werden, Tiere zu erschießen?«

Lea hörte nur mit einem Ohr zu, sie wollte dieses Gespräch jetzt beenden. »Vielleicht sind das bloß archaische Verhaltensmuster, die besonders bei Menschen zum Tragen kommen, die ...«, sie grinste, setzte sich auf seinen Schoß und sah ihm voll in die Augen, »... mit Katzen genetisch eng verwandt sind.«

Aber Nick lächelte nicht, sondern fragte sehr ernst nach: »Dann glaubst du also, der Wille zu töten sei genetisch bedingt?«

Lea seufzte, stand auf und nahm wieder auf ihrem Stuhl Platz. »Wie kommst du denn jetzt darauf? Nein, ich glaube nicht, dass das genetisch bedingt ist.«

Na gut, vielleicht sollte sie sich freuen, dass er mit ihr reden wollte. Moira beschwerte sich immer wieder darüber, dass Fred sich nie mit ihr unterhielt.

»Wirklich nicht?« Er wandte ihr sein Gesicht zu, voller Anspannung, als wäre es für ihn von größter Wichtigkeit, was sie jetzt antwortete.

»Nein, ich glaube, der Wille zum Töten entspringt dem freien Willen des Menschen und nicht seinen genetischen Anlagen. Außer bei Geisteskranken, bei denen kann man nicht von einem freien Willen sprechen.«

»Du wärst also bereit, die Tochter eines Serienkillers zu adoptieren?« Er hielt ihren Blick fest.

»Was stellst du mir denn da für Fragen?« Lea fühlte sich überfordert. Aber er machte keine Anstalten einzulenken, wollte offensichtlich unbedingt eine Antwort von ihr. »Ich weiß ja nicht einmal, ob ich überhaupt ein Kind adoptieren würde«, wich sie schließlich aus.

»Na gut, dann frage ich anders. Wenn deine Tochter einen Freund hätte, dessen Vater wegen diverser Lustmorde zum Tode verurteilt worden ist, würde dich das nicht beunruhigen?«

»Nick, bitte! Es ist mitten in der Nacht, ich hatte einen äußerst beunruhigenden Anruf, der mich völlig durcheinandergebracht hat, und jetzt fragst du mich auch noch solche Sachen.«

»Bitte antworte mir!« Seine Stimme war gedämpft, aber eindringlich.

Seufzend antwortete Lea: »Ich weiß nicht. Aber, nein, das wäre wahrscheinlich ungerecht, denn der Sohn kann nicht für die Taten seines Vaters verantwortlich gemacht werden, oder?«

»Und wenn du herausfinden würdest, dass der nette Freund deiner Tochter kleine Vögel oder süße Kätzchen quälen und töten würde …«

Lea streichelte April, die um ihren Stuhl herumstrich. »Das ist doch alles rein hypothetisch. Warum sollte ich mir darüber den Kopf zerbrechen?«

»Weil es Spaß macht, sich über alles Mögliche den Kopf zu zerbrechen. Ich dachte, du wärst eine Frau für Gedankenexperimente.« Lea spürte, dass Nick unzufrieden mit ihr war, und das machte sie unglücklich, denn sie wollte keinen, nicht den geringsten Misston zwischen ihnen wissen.

Sie schob seine Verstimmung darauf, dass sie beide müde waren, sie sollten jetzt schlafen, eng aneinandergeschmiegt.

Doch noch bevor sie etwas sagen konnte, stand Nick auf. »Ich habe morgen sehr früh einen Termin«, erklärte er, »und würde gern wieder nach Hause fahren. Wäre das okay für dich? Jetzt, wo hier alles klar ist?« Er lächelte sie innig an und streckte seine Arme nach Lea aus.

»Kein Problem«, hörte sie sich sagen, obwohl der Gedanke daran, allein in der Wohnung zu sein, ein mulmiges Gefühl in ihr wachrief. Verstand er nicht, dass sie nach allem, was passiert war, gerne die Nacht mit ihm verbracht hätte? Lea fragte sich, ob sie Nick überfordert hatte. Fühlte er sich vielleicht bedrängt? Oder, und das war das Schlimmste, was sie sich vorstellen konnte, glaubte er wie der Feuerwehrmann, dass es diesen Anruf gar nicht gegeben hatte?

Nick, der doch bisher stets so aufmerksam gewesen war und sogar manchmal ihre Gedanken zu lesen vermochte, erschien ihr geistesabwesend, als würde ihn etwas beschäftigen, worüber er mit ihr nicht reden konnte. Leas Kehle verengte sich mit jedem Schritt, den sie näher zur Tür kamen, aber sie gab sich Mühe zu lächeln, als Nick sie zum Abschied küsste. »Schließ gut hinter mir ab«, sagte er und verschwand in der Dunkelheit.

Lea blieb vor der Tür stehen und wünschte, sie hätte den Mut gehabt, ihn zum Bleiben aufzufordern. Obwohl April sich an ihre Beine schmiegte und wie aufmunternd miaute, fühlte Lea sich zum ersten Mal sehr allein in ihrer Wohnung. Nein, nicht allein. Einsam.

14. Kapitel

Ich hab's geschafft, sie in Panik zu versetzen. Endlich bin ich mittendrin! Allerdings wird es schwieriger, als ich dachte, denn um nicht aufzufallen, muss ich Emotionen wiederbeleben. Und es entsetzt mich, dass meine Gefühle trotz allem, was passiert ist, wie ein totes Herz mit Elektroschocks wiederbelebt werden können. Und schlimmer noch, es braucht nicht mal Elektroschocks dazu!
Es gibt Minuten, in denen ich tatsächlich vergesse, warum ich hier bin. Minuten, in denen mein Dasein plötzlich einen Sinn zu haben scheint, der über die Bestrafung hinausgeht, nur weil ich wahrgenommen werde als Mensch. Ich fürchte diese Momente, sie machen mich schwach.
Das muss sich wieder ändern. Ich darf meinen Plan niemals aus den Augen verlieren. Denn es ist der einzige Plan, den ich habe. Jemals gehabt habe. Seitdem.
Davor hatte ich keine Pläne, weil ich daran geglaubt habe, dass in Liebe leben ausreichen würde. Dass Liebe Gott ist. Ich muss dauerhaft bekifft gewesen sein, blind und taub. Ein Blick in die *L. A. Times* hätte mir auch damals schon sagen können, dass die Wirklichkeit ein wenig facettenreicher ist als »Gott ist Liebe«.
Allein heute Morgen wurden sechsundvierzig Männer wegen Kindesmissbrauch verhaftet, es gab vier Tote in einem Bandenkrieg, ein Säugling wurde, in seinem Kinderwagen liegend, von einem drogenumnebelten Junkie totgefahren, und das waren nur die L. A.-Lokalnachrichten.

»Gott ist Liebe«, dieser Satz bohrt sich heute wie ein Eiszapfen durch meine Schädeldecke. Nur wer derart kindischen Mist glaubt, quält sich dann monatelang mit der Frage »Warum ich?« Es hat ewig gedauert, und es musste erst noch jemand sterben, bis ich kapiert hatte, dass die Antwort lächerlich einfach ist und heißen muss: Zufall. Einen anderen Gott gibt es nicht.
Immerhin war es auch Zufall, der mich auf ihre Fährte gebracht hat. Wenn dieser Kerl nicht aufgekreuzt wäre, hätte ich wahrscheinlich nie davon erfahren, hätte es verpasst, meinem Leben ein Ziel zu geben, und wäre noch immer nicht dort, wo ich jetzt bin. Mittendrin.

15. Kapitel

Sechs Wochen später stand Lea bereits um sechs Uhr morgens vor dem Aufzug in der Tiefgarage. Sie wollte das Büro wenigstens zwei Stunden für sich alleine haben. Daran, dass im Verlag neuerdings so viele Menschen arbeiteten, hatte sie sich noch nicht ganz gewöhnen können.

Zum einen war da Shana, die mit ihrer guten Laune für ein sehr angenehmes Arbeitsklima sorgte. Das war auch bitter nötig, denn seit Martha von Dads Heiratsplänen erfahren hatte, war sie nicht mehr wiederzuerkennen. Sie lachte kaum noch und konnte sich nur mit Mühe durchringen, freundlich am Telefon zu sein. Sogar ihre Frisur schien an Schwung verloren zu haben. Lea war bis dahin gar nicht bewusst gewesen, wie sehr Martha ihren Vater geliebt hatte. Es war schrecklich, mit anzusehen, wie sehr sie unter seiner bevorstehenden Hochzeit mit Ruth litt. Aber Lea hoffte trotzdem, dass Martha bald wieder zur Normalität zurückkehren würde.

Sie brauchte alle ihre Mitarbeiter in Bestform. Denn schon eine Woche nach der Auslieferung von *Fatal Velvet* stand fest, dass dieses Buch völlig neue Maßstäbe in Sachen Verkaufszahlen setzte. Lea hatte nie zu hoffen gewagt, dass der Thriller es auf Anhieb in die bekannteste Talkshow Amerikas schaffen würde. Und nun sollte Nick *Fatal Velvet* in der Oprah-Winfrey-Show vorstellen. Vor sieben Millionen Fernsehzuschauern! Unglaublich!

Wo blieb nur wieder der Aufzug? Sie sollte sich wirklich bei der Hausverwaltung beschweren.

Nach der Sendung würde der Thriller zum Tagesgespräch werden.

Zum Glück hatte Lea für den Vertrieb William Smithers einstellen können. Sie kannte den agilen Schwarzen aus New York und wusste, dass er schon lange von einem Job in Kalifornien geträumt hatte. Sogar die Tatsache, dass es ein vorerst zeitlich befristetes Angebot war, hatte ihn nicht davon abgehalten, die Stelle anzunehmen. Ein echter Glücksfall, denn Smithers war ein Macher-Typ, der unter Stress geradezu aufblühte und nichts mehr hasste als Routine.

Außerdem hatte Lea Cathy Jones als zweite Sekretärin eingestellt, was Martha, die zwanzig Jahre lang die einzige Sekretärin bei Big-Surprise gewesen war, mit misstrauischer Empörung zur Kenntnis genommen hatte. Dabei war Cathy eine nette Frau um die fünfzig, die neben Martha wie ein »altes Mädchen« wirkte. Lea wusste nicht genau, was diesen Eindruck entstehen ließ. Vielleicht war es die Kombination von Cathys Kinderpony, der sichelförmig über ihren Augenbrauen abgeschnitten war, und dem langen, glatten, ordentlich gescheitelten Haar, das eher zu einem Teenager gepasst hätte.

Endlich kam der Aufzug. Lea stieg ein, betrachtete sich im Spiegel und fand, dass sie großartig aussah, was natürlich nicht nur an dem Erfolg, sondern auch an Nick lag. Verliebt zu sein war die beste Verjüngungskur, die es gab. Sie hatten sich zwar seit drei Wochen nicht gesehen, weil sie beide beruflich so stark eingebunden waren, aber er schickte ihr täglich liebevolle E-Mails, in denen er sie »Meine geliebte schwedische Göttin« nannte, was sie jedes Mal wieder glücklich lächeln ließ. Und jetzt kam er auch noch in die Oprah-Winfrey-Talkshow!

Lea schenkte ihrem Spiegelbild ein triumphierendes Lächeln. Das sollte Ruths Kritik an den Programmerweiterungen endgültig den Wind aus den Segeln nehmen.

Lea konnte es kaum erwarten, endlich in ihr Büro zu kommen, und sich in die Arbeit zu stürzen.

Plötzlich ging das Licht aus. Der Aufzug blieb kurz stehen, dann sackte er ab. Immer schneller raste er ins Nichts. Lea schrie auf. Sie stützte sich an den Wänden ab, tastete gleichzeitig verzweifelt nach den Schaltern, dem Nothaltknopf, fand ihn schließlich und hämmerte in Panik mit der Faust dagegen.

Mit einem Satz blieb der Aufzug stehen. Lea wurde zu Boden geschleudert, ihr Kopf schlug an die Kabinenwand, ein scharfer Schmerz durchzuckte ihren Knöchel. Noch bevor sie sich aufrichten konnte, fuhr der Aufzug mit einem knarrenden Geräusch ruckelnd wieder an.

Lea blieb auf dem Boden sitzen, hielt angespannt die Luft an und wartete.

Plötzlich erklang Musik. Geigenklänge, aber seltsam verzerrt.

Lea war irritiert, denn der Aufzug in diesem Gebäude hatte sonst keine Musikuntermalung. Doch noch ehe sie sich weiter Gedanken darüber machen konnte, blieb der Aufzug wieder stehen. Dann fuhr er, wie von Geisterhand gezogen, ganz sachte nach oben … nur um kurz darauf erneut stehen zu bleiben. Würde er in dieser Position bleiben oder endgültig abstürzen?

Angestrengt lauschte Lea auf ein mögliches Knarren oder Knirschen. Die Geigenklänge vermischten sich mit ihrem dröhnenden Herzschlag. Erst nach mehreren Minuten, die ihr wie Stunden vorkamen, wagte sie es aufzustehen. Der Aufzug bewegte sich nicht mehr. Leas Knie zitterten so stark, dass sie sich an den Wänden festhalten musste. Mit dem rechten Fuß konnte sie kaum auftreten, so weh tat der Knöchel. Unvermittelt ging die Beleuchtung wieder an, blendete sie für einen Moment. Nachdem sich ihre Augen an die Helligkeit gewöhnt hatten, fiel ihr Blick auf ihr Spiegelbild, und sie fragte sich entsetzt, ob das dieselbe Frau war wie vorhin.

Sie war bleich, ihre Haare standen wirr vom Kopf ab, ihre Kleider waren verknittert und schmutzig. Und die ganze Zeit ertönte weiterhin diese seltsame Musik.

Vorsichtig drückte sie auf den »Tür-auf«-Knopf und hoffte inständig, er möge funktionieren.

Unglaublich, die Aufzugtüren glitten auseinander, als sei nichts geschehen. Sie war im siebten Stock.

Erleichtert taumelte Lea hinaus zur Tür des Verlages und steckte den Schlüssel ins Schloss. Sie trat ein und erkannte sofort, dass doch schon jemand da war. Gott sei Dank. Sie schleppte sich zum Empfang, wo Cathy saß.

»Ich muss mich mit den Akten vertraut machen«, murmelte diese entschuldigend, als hätte sie etwas falsch gemacht, was Lea rührend fand. Alles, alles war großartig, rührend, wunderbar. Am liebsten hätte Lea geweint, so froh war sie, dem Aufzug entkommen zu sein. Jetzt konnte sie verstehen, warum manche Menschen panische Angst davor hatten, in einen Lift zu steigen.

»Was ist denn mit Ihnen passiert?«, fragte Cathy

entsetzt, nachdem sie jetzt erst Leas bleiches Gesicht bemerkt hatte. Woraufhin Lea in hysterisches Kichern ausbrach und Cathy erzählte, was ihr passiert war.

Nur von der Musik, die sie gehört hatte, sagte sie nichts, denn sie war sich ganz sicher, dass in dem Aufzug keine Anlage installiert war. Sie beschwichtigte Cathy, die sie sofort in die Notaufnahme eines Krankenhauses bringen wollte, versicherte ihr, es gehe ihr gut, und bat sie, die Hausverwaltung anzurufen. Sie konnte es sich nicht leisten, gerade jetzt Mitarbeiter zu verlieren, nur weil der Aufzug kaputt war.

»Und fragen Sie doch mal nach, ob wir neuerdings Musik im Aufzug haben? Wenn, dann sollen die das wieder abstellen, ja?«

Cathy nickte ernst und nahm sofort den Telefonhörer in die Hand.

Lea schwankte noch immer beim Gehen, als wäre sie auf einem Schiff. Bei jedem Schritt schmerzte ihr Knöchel. Sie humpelte in die Teeküche und holte sich einen Icepack aus dem Kühlschrank, den sie seit einer Wurzelspitzenresektion dort aufbewahrte. Nachdem sie an ihrem Schreibtisch Platz genommen hatte, drapierte sie das Eis auf ihrem leicht geschwollenen Knöchel und schrieb Nick eine E-Mail. Zwar schilderte sie darin die Ereignisse dieses Morgens, aber sie gab sich Mühe, sie witzig klingen zu lassen, damit er sich keine Sorgen machte. Danach fühlte sie sich wieder so gut, dass sie sich den Akten auf ihrem Tisch widmen konnte.

Das Klopfen an ihrer Tür riss sie mitten aus einer Kalkulation.

»Moira.« Lea sprang ganz automatisch auf, um die

Freundin zu begrüßen, aber im selben Augenblick, als sie ihren Knöchel belastete, durchzuckte sie ein unangenehmer Schmerz. Aufstöhnend ließ sie sich wieder auf ihren Stuhl zurückfallen. »Was für eine Überraschung. Ich hoffe, du bist nicht mit dem Aufzug gefahren.«

Moira schüttelte den Kopf. »Nein, er ist gesperrt. Ich hab schon gehört, was dir passiert ist, du Ärmste.«

Sie setzte sich umständlich.

»Was ist los?« Lea fragte sich, ob Moira und Fred vielleicht ernsthafte Probleme hatten. Es war nicht Moiras Art, Überraschungsbesuche zu machen, dazu war ihre Freundin viel zu kontrolliert, und Überraschungen waren der Feind jeglicher Perfektion.

Moira rutschte unbehaglich auf ihrem Stuhl herum.

»Ist was mit Fred und dir? Bist du schwanger?«

Moira lachte, als hätte Lea einen besonders tollen Witz gemacht. »Nein, es geht um dich.«

»Um mich?«

»Es ist mir peinlich, aber ich muss es dir trotzdem sagen.«

Leas Gedanken überschlugen sich, doch es fiel ihr beim besten Willen nicht ein, was Moira meinen könnte.

»Ja?«

»Es geht um Nick.«

»Ich finde es auch schade, dass ihr ihn noch nicht kennen gelernt habt, aber er war ständig wegen seiner Baustellen unterwegs.«

Moira zupfte an ihrem makellos gebügelten Rock herum. »Genau darum geht es ja.«

»Jetzt mach es doch nicht so spannend.«

»Ich habe Fred natürlich von Nick erzählt, und du weißt

ja, wie Fred ist. Er macht sich ständig Sorgen um unsere Sicherheit.«

Lea dämmerte etwas, unwillkürlich richtete sie sich gerade auf. »Du willst aber nicht wirklich sagen, dass Fred Nick mal eben durch den LAPD-Computer gejagt hat, um herauszubekommen, ob er schon mal verhaftet wurde?«

Moira wurde rot.

»Das gibt's ja wohl nicht!« Lea schlug mit der Faust auf den Tisch. Sie war nicht Freds Tochter, er war nicht verantwortlich für sie! Was für eine Unverschämtheit! »Ich bin sicher, er hat nicht mal einen Strafzettel wegen Falschparkens gefunden!«

»Das stimmt.«

»Na also, wo ist dann das Problem?«

»Es gibt in ganz Amerika keine Architektenvereinigung, bei der Nick Petersen Mitglied ist.«

»Na und?«

»Das bedeutet: Er ist kein Architekt!«

»Nur weil er kein Vereinsmeier ist? Was für ein Blödsinn. Moira, ich finde euer Verhalten ziemlich unerfreulich, lass es uns am besten vergessen, ja!«

Moira stand auf. »Es tut mir auch leid, dass Fred das getan hat. Ich weiß auch nicht, warum er so neugierig war. Aber ich hatte das Gefühl, ich müsste dir trotzdem sagen, was dabei herausgekommen ist.«

»Danke. Jetzt weiß ich, Nick war noch nie straffällig. Aber das war mir auch so klar. Das sagt mir mein Gefühl.«

»Gefühle können gewaltig danebenliegen.«

»Moira, richte Fred von mir aus, wenn er so was noch

einmal macht, dann sind wir nicht länger Freunde. Ich finde es hinterhältig, jemanden derart auszuspionieren!«

Jetzt war Lea trotz der Schmerzen in ihrem Knöchel aufgesprungen und zur Tür gegangen.

»Bitte, Lea, du hast Recht. Ich hätte meinen Mund halten sollen.«

»Dazu ist es jetzt zu spät …«

»Lea, es tut mir leid, bitte erzähl Nick nichts davon. Verzeihst du mir?«

Verblüfft bemerkte Lea, dass Moira so aussah, als würde sie gleich in Tränen ausbrechen. Sie humpelte zu ihr hinüber und umarmte sie kurz. »Ich weiß, du hast es gut gemeint, aber manchmal gehst du einfach zu weit.« Lea ließ Moira los und lächelte sie an. Moira sah so elend aus, dass Lea nicht anders konnte, als sie aufzuheitern. »Wenn ich da nur an den letzten Mann denke, mit dem du mich verkuppeln wolltest … hattet ihr den vorher eigentlich auch ausspioniert?«

Moira schlug die Hand vor die Augen. »Okay, okay, ich hab's begriffen. Wann kriegen wir denn jetzt den Traumprinzen endlich mal zu sehen?«

Lea zuckte mit den Schultern. Nick mit Moira und Fred zusammenzubringen, schien ihr im Augenblick nun wirklich nicht angebracht. »Jetzt muss er erstmal nach Chicago in die Oprah-Winfrey-Show. Vielleicht danach.«

»Okay. Freunde?« Moira bot ihr die Handfläche zum Draufklatschen an. Aber dazu konnte sich Lea noch nicht durchringen. Sie nickte nur.

Erst nachdem Moira gegangen war, wurde ihr die Tragweite dessen bewusst, was die beiden getan hatten. Sie selbst würde nicht mal ihre Angestellten ausspionieren, wenn sie die Möglichkeit dazu hätte. Das war wirklich das Letzte. Sie würde Nick kein Sterbenswörtchen davon verraten. Was für einen Eindruck musste das auf ihn machen?

Plötzlich dachte sie an Ruth. Die hatte Dad bestimmt auch überprüfen lassen.

Cathy kam herein und erinnerte Lea an ihren Termin mit einer Autorin aus der Erotik-Reihe. Ob sie ein Taxi bräuchte angesichts ihres lädierten Fußes, fragte sie.

Lea schüttelte den Kopf, es würde schon gehen. Sie erkundigte sich, ob Shana sie zu dem Termin begleiten würde. Diese sollte die Reihe in Zukunft komplett übernehmen, damit Mark wieder Zeit hatte, neue Ideen zu entwickeln. Aber Shana und Mark waren noch bei der Pressekonferenz in der Bar des Lipton-Hotels, Shana würde direkt von dort zum »Eternity« fahren.

Lea humpelte mühsam die sieben Stockwerke zur Tiefgarage hinab, fragte sich, ob sie ihre Kräfte nicht doch etwas überschätzt hatte, und stemmte mit letzter Kraft die schwere Eisentür zur Garage auf. Der Geruch nach Benzin und Autoabgasen drängte sich unangenehm in ihre Nase. Ob es wohl irgendwo auf der Welt eine Tiefgarage gab, die nach Rosen und Flieder duftete? Mit spiegelglatten Böden, auf denen sich Öllachen gar nicht erst bilden konnten, und mit Wandgemälden statt hässlicher Parolen? Warum bauten Architekten nicht mal so was?

Nick. Sofort flammte ihr Zorn auf Moira wieder auf. Natürlich war Nick Architekt.

Was war denn das? Schon von weitem sah sie einen Zettel auf ihrer Windschutzscheibe. Wo kam der denn her?

Sie humpelte dichter an ihr Cabrio heran und blieb verblüfft stehen. Kein Zettel. Ein toter Vogel lag auf der Windschutzscheibe unter dem Scheibenwischer.

Ekel und Mitleid wallten in ihr auf. Sie trat einen Schritt näher. Es war ein Spatz. Auf den graubraunen, zarten Federn sah das geronnene Blut aus wie ein riesiger dunkler Farbklecks. Die dunklen Knopfaugen starrten seltsam, wie eingefroren, an die Betondecke und ließen Lea trotz der Hitze frösteln. Unwillkürlich dachte sie an ihre Fahrt in dem defekten Aufzug heute Morgen. Wie durch ein Wunder war sie heil geblieben, ihr Körper hatte nur einige blaue Flecken und eine leichte Zerrung am Knöchel davongetragen. Ein unangenehmer Geschmack breitete sich in ihrem Mund aus. War das ein dummer Zufall? Warum lag der Vogel ausgerechnet auf ihrem Auto?

Suchend sah sie sich in der Garage um, beinahe hoffte sie, jemand würde kommen und ihr helfen. Aber außer dem Summen der Neonröhren war nichts zu hören.

Woher der Vogel wohl gekommen war? Konnte er hereingeflattert sein, als das Tor aufging? Oder war er durch eines der schießschartenartigen Löcher in der Außenwand hereingekommen?

Was sollte sie denn jetzt mit ihm machen?

Lea fühlte sich merkwürdig müde, hätte am liebsten ihren Kopf auf den Kotflügel gelegt und geweint. Stattdessen straffte sie ihre Schultern und atmete tief durch, schließlich hatte sie einen Termin. Sie kramte in ihrer Handtasche nach einem Taschentuch. Man sollte tote Tiere nicht mit der bloßen Hand anfassen.

Sie sah sich in der Garage um, als wäre sie im Begriff,

etwas Verbotenes zu tun, wickelte das Taschentuch um ihre Hand und griff vorsichtig nach dem Vogel. Er wirkte so winzig, so ergreifend schwach in ihrer Hand und rührte sie plötzlich zu Tränen. Er würde nie mehr fliegen, zwitschern und singen.

Lea, ermahnte sie sich, das ist nur ein toter Vogel. Jetzt sei nicht so sentimental. Trag ihn zu den Mülltonnen, und wirf ihn weg!

Doch schon während sie sich das sagte, stieg sie stattdessen in ihr Auto und legte den Vogel mit dem Taschentuch neben sich auf den Sitz. Sie würde ihn nach draußen bringen und irgendwo begraben.

Lea fuhr los und reihte sich in den zäh fließenden Verkehr auf dem Wilshire Boulevard ein. Sie fuhr zum Griffith-Park, der auf dem Weg zum »Eternity« lag, und bettete den Vogel dort unter einen Baum in eine kleine Mulde. Danach fühlte sie sich erleichtert. Das war wirklich besser, als ihn in den Müll zu werfen.

Langsam ging sie zurück zu ihrem Auto und stieg ein. Wenn sie zügig fuhr, konnte sie es gerade noch rechtzeitig ins »Eternity« schaffen. Doch ein Blick in den Spiegel zeigte ihr, dass sie völlig verstört aussah. Sie musste dringend auf andere Gedanken kommen, wenn sie das Gespräch mit Shana und der Autorin gut über die Bühne bringen wollte.

Lea legte eine CD ein, die Moira ihr vor einiger Zeit geschenkt hatte, und hoffte, dass der Cha-Cha-Cha sie aufheitern würde. Das war das Mindeste, was Moira nach diesem Morgen für sie tun konnte!

Geigenklänge klangen kratzend aus den Lautsprechern.

Entsetzt schnappte Lea nach Luft. Beinahe hätte sie aufgeschrien. Sie wollte weg, weg aus diesem Wahnsinn, und trat panisch aufs Gas. Obwohl sie sofort wieder bremste, erwischte sie den Pick-up vor ihr in der Schlange. Ein uralter Pick-up, wie sie trotz ihrer Verwirrung und ihres Schreckens registrierte. Der Fahrer kam sofort herausgestürzt und rannte auf sie zu. Ringsherum hupte es wie verrückt. Ein Schwall Spanisch ergoss sich über sie, aber Lea saß immer noch da wie betäubt und hörte diesen merkwürdigen Geigenklängen zu.

Was passierte da mit ihr?

Der Mann hämmerte an ihre Scheibe. Lea schaltete den CD-Player ab, stieg aus und bemerkte den Schmerz in ihrem Knöchel, aber diese Empfindung war seltsam dumpf. Sie versuchte, sich zu konzentrieren und all ihr Spanisch zusammenzukratzen. »Policia«, bot sie an und holte ihr Handy aus dem Auto.

Aber der Mann schüttelte heftig den Kopf, zeigte auf seine völlig ramponierte Stoßstange und auf Leas unversehrten BMW. Er zog einen zerknitterten Geldschein aus seiner Hosentasche und wedelte damit vor ihren Augen herum. Er wollte Geld.

Ihr Vater hatte ihr eingehämmert, immer die Polizei zu rufen, ganz egal, was passiert war und was der andere sagte, aber soweit Lea den Mann verstand, fuhr er ein Auto ohne Versicherung und wollte keinen Ärger. Sie hörte alles, was er sagte, wie durch eine Wand. In ihrem Kopf explodierten diese Geigenklänge wieder und wieder, und sie hatte nur noch einen einzigen Wunsch: nach Hause zu fahren und zur Ruhe zu kommen. Sie gab dem Mann alles Bargeld aus ihrem Geldbeutel. Es schien ihm zu genügen, denn er stieg in sein Auto und fuhr davon.

Mit letzter Kraft rief Lea Shana an und bat sie, das Autorentreffen alleine durchzuziehen und später bei ihr vorbeizukommen. Dann stieg sie ein und fuhr Richtung Venice. Sie vermied es, auch nur einen Blick auf den CD-Player zu werfen.

16. Kapitel

Sofort nachdem sie ihre Haustür aufgesperrt hatte, rief Lea nach April, weil ihr Verlangen, sich an etwas Weiches, Lebendiges zu klammern, übermächtig groß war. Aber die Katze ließ sich nirgends blicken. Lea humpelte nach oben, goss sich einen Drink ein und trank gierig. Dann setzte sie sich auf ihren Balkon, legte den lädierten Fuß auf den zweiten Stuhl, atmete die warme, salzgeschwängerte Luft ein und schloss die Augen. Mit jedem Atemzug wurden ihre Beine und Arme schwerer, müde legte sie ihren Kopf zurück.

Lea schrak auf. Das Eis in ihrem Glas war restlos geschmolzen, und April hatte sich an den verletzten Fuß gekuschelt. Sie musste eingeschlafen sein, denn sie konnte sich nicht erinnern, wann die Katze zu ihr gekommen war. Der Wind war aufgefrischt und spielte mit ihrem Haar. Jetzt, in der friedlichen Nachmittagssonne, schien ihr ihre Aufregung von heute Morgen etwas übertrieben. Sie atmete tief durch. Es gab für alles eine logische Erklärung, man musste sie nur finden. Lea glaubte nicht an Übersinnliches.

Jemand hupte fröhlich vor ihrem Haus. Shana.

Lea schleppte sich zur Tür und ließ sie herein.

Shana trug, ganz anders als sonst, ein schwarzes Business-Kostüm mit hochhackigen Schuhen, die sie gleich im Flur auszog und dabei befreit aufstöhnte. Sie überreichte Lea eine dicke Mappe mit Exposés und sah sich dann neugierig um. »Toll, deine Wohnung. Ist hier in dem Haus vielleicht noch etwas frei?«

»Bis jetzt wohnt jedenfalls noch niemand außer mir hier. Ich gebe dir die Nummer des Maklers, wenn du möchtest.« Dabei fiel Lea der Mann von neulich auf dem Balkon wieder ein. Sie hatte immer noch nicht angerufen und nachgefragt, was der dort unten zu suchen gehabt haben mochte, und sie hatte auch immer noch keine Erklärung für den merkwürdigen Anruf neulich abends gefunden.

Barfuß folgte Shana ihr mit bewundernden Ausrufen bis in die Küche, entdeckte April und lockte sie zu sich. Witzig und pointiert erzählte sie dann von ihrem Treffen mit der Autorin. Es tat Lea gut, Shana zuzuhören, sie wirkte so normal nach all den verstörenden Ereignissen vom Vormittag.

Shana war offensichtlich begeistert, dass sie die Erotik-Reihe jetzt eigenständig betreuen sollte, und sprudelte eine Idee nach der anderen hervor. Doch dann unterbrach sie sich mitten im Satz und wollte unbedingt wissen, warum Lea nicht an dem Termin teilgenommen hatte. Diese erklärte es ihr, nur die Sache mit der Musik ließ sie weg, weil es so bizarr klang. Sie versuchte, sich über ihre Reaktionen auf den defekten Aufzug und auf den toten Vogel lustig zu machen, weil es dann auch in ihren Ohren harmloser klang, banaler.

Aber als sie den Vogel erwähnte, wurde Shana ganz blass.

»Was ist denn?« Hatte Shana vielleicht eine Vogelphobie?

»Man sagt, ein toter Vogel bringe Unglück!«

»Aber du wirst doch nicht an so lächerliche Albernheiten glauben?«

Shana räusperte sich. »Na ja, einmal auf Maui, da fanden wir eine tote Möwe auf meinem Surfbrett, und alle anderen aus meiner Clique haben gesagt, ich sollte besser nicht raus an diesem Tag. Mein Zwillingsbruder Robert und ich fanden das idiotisch. Schließlich sieht man ja öfter mal eine tote Möwe am Strand. Aber Tatsache ist, dass ich genau an diesem Tag einen Unfall hatte. Nichts Schlimmes, nur eine Rippenprellung, aber, na ja, man kommt doch ins Grübeln.«

»Und wenn mir April einen toten Vogel bringen würde?«

»Das ist natürlich etwas anderes ... Aber ich hab mich nach meinem Unfall ein bisschen mit diesen Dingen befasst und einiges herausgefunden. Weißt du denn, was für ein Vogel es war?«

Lea verdrehte die Augen. Sie wollte sich jetzt nicht noch ausführlich über den toten Vogel unterhalten. Sie wollte, dass Shana ihr sagte, dass das alles Blödsinn sei und ein dummer Zufall und sonst nichts!

»War es eine Schwalbe? Eine Elster oder etwa ein Zaunkönig?«

»Ein Spatz.«

»Gut, dann ist es nicht so schlimm. Eine tote Schwalbe hätte sehr großes Unheil nach sich gezogen, ein toter Zaunkönig den sicheren Tod. Man sagt, dass sich Geister in Spatzen verwandeln. Und die Spatzen folgen dem Wirbelwind, dessen Gestalt der Teufel gern annimmt.«

»Shana!« Lea stöhnte genervt auf. »Der Teufel, ich bitte dich ...!«

Shana grinste, aber es war nicht sehr überzeugend.

»Hast du einen Talisman oder ein Amulett, das dich in den nächsten Tagen beschützen könnte?

»Nein, warum auch?«

»Ich glaube, es wäre besser, vielleicht stehen deine Sterne gerade schlecht.«

Shana griff in ihren Ausschnitt und zog unter ihrem Kleid eine silberne Kette mit Anhänger hervor. »Das trägt man gegen den bösen Blick. Es ist kein starkes Amulett, aber besser als nichts.« Sie legte es behutsam in Leas Handfläche.

Es war ein daumennagelgroßes dunkelblaues Auge aus Glas. Lea bekam eine Gänsehaut. Die kalte, starre Pupille erinnerte sie an den erfrorenen Blick der Vogelaugen, die sie so seltsam hart aus dem zarten, blutverklebten Federflaum angestarrt hatten. Ihr Magen verkrampfte sich. Sie schluckte und versuchte zu lächeln. Shana meinte es ja gut. Aber Lea konnte dieses Amulett nicht annehmen.

»Danke.« Sie hielt es Shana wieder hin. »Ich kann das nicht annehmen.«

»Du musst es tragen, bitte. Jetzt, wo du meine Halbschwester bist, fühle ich mich verantwortlich.« Shana stand auf und legte das Amulett kurzerhand um Leas Hals, trat einen Schritt zurück und prüfte das Ergebnis. »Es steht dir gut.«

Bevor Lea noch weiter protestieren konnte, klingelte es. April sprang auf und rannte davon.

»Erwartest du jemanden?«, fragte Shana.

Lea schüttelte den Kopf.

»Bleib sitzen, ich gehe schon.« Shana sprang leichtfüßig nach unten. Lea konzentrierte sich darauf zu hören, wer das war, und erkannte Nicks Stimme.

Nick! Drei Wochen hatte sie ihn nicht gesehen, aber jetzt, wo sie ihn wirklich brauchte, kam er sofort. Lea entspannte sich, unwillkürlich seufzte sie tief. Sie fühlte sich, als würde sie in letzter Sekunde von einem sinkenden Schiff gerettet.

Plötzlich drangen Fetzen des Gesprächs zwischen Shana und Nick an ihr Bewusstsein. Shana erzählte ihm auf dem kurzen Weg nach oben schon fast alles, was passiert war. Mit raschen Schritten ging er auf Lea zu und umarmte sie ganz sachte.

»Schatz, was machst du bloß für Sachen!«

Wie unglaublich gut er aussah. Dieses Lächeln, das sich in seinen Bernsteinaugen spiegelte und die goldgrünen Einsprengsel aufleuchten ließ. Unter seinem grauen Anzug trug er ein orangefarbenes T-Shirt mit einer Zahl darauf. Wieder einmal bewunderte Lea sein Gespür für lässige Kleidung. Jetzt legte er seine Hand auf ihren verletzten Fuß. Seine kräftige, warme Hand, die so anbetungswürdig zärtlich sein konnte.

Hinter seinem Rücken zwinkerte Shana ihr zu. Shana! Lea hatte für den Moment völlig vergessen, dass diese überhaupt da war.

Shana räusperte sich demonstrativ. »Ich sehe, du bist jetzt in besten Händen, dann gehe ich mal. Falls du mich brauchst, ruf mich an, ja? Ich finde allein raus.«

Erleichtert hörte Lea kurz darauf die Haustür ins Schloss fallen. Wie einfühlsam von Shana.

»Sehr sympathisch, deine Assistentin!«, lobte auch Nick, setzte sich dann auf den zweiten Stuhl und legte Leas Fuß vorsichtig auf seinen Schoß.

»Na?«

»Ich bin so froh, dich zu sehen. Ich war völlig durcheinander. Glaubst du, dass ich verrückt bin?«, fragte sie.

»Verrückt nach mir, hoffe ich.« Er lächelte sie an.

Lea schüttelte den Kopf. »Nein, im Ernst. Ich habe Shana nicht alles gesagt, was passiert ist.« Sie berichtete ihm von der merkwürdigen Geigenmusik im Aufzug und im Auto.

»Das ist wirklich seltsam. Und du sagst, im Aufzug gibt es keine Lautsprecher?« Nick griff sich nachdenklich ans Kinn. »Hmm. Hast du die CD aus deinem Auto mitgenommen?«

»Daran habe ich nach dem Unfall nicht mehr gedacht, ich war zu verwirrt.«

Nick sprang auf. »Ich hole sie. Vielleicht wissen wir dann mehr. Wo sind deine Autoschlüssel?«

Lea zeigte nach unten und genoss es, sitzen zu bleiben und alles in Nicks Hände zu legen. Es kam ihr wie eine Ewigkeit vor, bis er wieder zurück war.

Er sah sie besorgt an und schüttelte den Kopf. »Ich hab nur diese CD gefunden.« Er hielt die Gute-Laune-CD von Moira hoch. »Und ich habe das ganze Auto abgesucht, weil ich dachte, sie sei vielleicht durch den Unfall irgendwohin geschleudert worden.«

»Da war keine andere CD?« Lea konnte das nicht glauben. »Was willst du damit sagen? Denkst du, ich habe mir die Musik nur eingebildet?«

Nick schüttelte den Kopf. »Nein, natürlich nicht. Allerdings …«

»Was allerdings?« Leas Herz zog sich zusammen, plötzlich wurde ihr klar, wie wichtig es für sie war, dass Nick sie ernst nahm.

»Na ja, vielleicht hast du bei dem Absturz im Aufzug etwas ganz anderes gehört. Möglicherweise haben die Kabel durch Reibung ein seltsames Geräusch erzeugt, oder die Metallteile im Aufzug haben vibriert. Es ist auch denkbar, dass dein Gehirn Erinnerungen an eine ähnlich schreckliche Situation, in der du, vielleicht als Kind, einmal Geigen gehört hast, wieder wachgerufen hat.«

»Kurzum, du hältst mich doch für irre?«

»Nein.« Nick küsste sie auf den Mund. »Du hattest einfach nur einen schrecklichen Tag.«

»Und der Vogel?«

Nick zuckte mit den Schultern. »Ehrlich gesagt, glaube ich nicht an solchen Hokuspokus wie Zeichen. Ich gebe ja zu, so etwas passiert selten in einer Tiefgarage, aber es *kann* passieren, genauso wie die Sache mit dem Aufzug. Wir sollten jetzt für den Rest des Tages einfach etwas Schönes machen. Etwas ganz Außergewöhnliches ...« Er lächelte sie an.

Lea hielt gespannt den Atem an.

»Was hältst du davon, wenn wir deinem lädierten Fuß Entspannung gönnen und ein bisschen im Meer schwimmen gehen?«

»Schwimmen? Im Meer?«, fragte Lea so überrascht, als hätte Nick vorgeschlagen, den Mount Everest zu besteigen.

Sie hatte noch nicht einmal im Meer gebadet, seit sie nach L. A. gezogen war.

»Ist doch verrückt, wir leben in Los Angeles, das Meer ist direkt vor unserer Haustür, aber wir nutzen es kaum. Warum ist das wohl so?«, fragte Lea.

Nick zuckte mit den Schultern. »Vielleicht, weil der

Mensch das, was er jeden Tag haben kann, nicht mehr zu schätzen weiß. Wer will schon dauernd Kaviar?«

Lea tippte mit dem Zeigefinger auf seine Brust. »Wenn diese Theorie stimmt, dann sollten wir uns auch nicht öfter als einmal im Monat sehen.«

Er ergriff den Zeigefinger und führte ihre Hand sanft an seinen Mund. »Das wäre aber sehr schade. Du bist um einiges verführerischer als diese Fischeier.« Er lächelte, als Lea ihn anschnaubte, und sagte dann wieder ganz ernst: »Ich möchte immer mit dir zusammen sein. Und ich kann mir nicht vorstellen, dass sich das ändert.«

Er ließ ihre Hand los. »Kannst du gehen?«

Lea stand vorsichtig auf. Der Schmerz in ihrem Knöchel war zwar da, aber es war nicht mehr so schlimm wie heute Morgen. Sie nickte und machte sich auf die Suche nach einem Badeanzug, der irgendwo in ihrem Kleiderschrank vergraben war.

Als sie endlich ihren grünen Einteiler gefunden hatte, drehte sie sich um zu Nick, der inzwischen mit April gemütlich auf ihrem Bett saß und ihr zusah.

Lea wedelte mit ihrem Badeanzug. »Und du?«

»In meiner Tasche. Das hab ich mir angewöhnt, um auch spontan zwischen meinen Terminen schwimmen gehen zu können.«

Sie zogen sich ihre Badesachen an und schlenderten langsam mit den Handtüchern über den Schultern zum Strand.

Die Sonne ging bereits unter, und das Licht hatte nichts mehr von der schneidenden Härte des Mittags, sondern flirrte orangerosa über dem Meer, das sich klargrün und manchmal pflaumenfarben schimmernd vom Himmel abhob. Ein sanfter Wind versetzte die Palmwedel der Uferpromenade in sanfte Schwingungen, kräuselte das Wasser, ohne Wellen hervorzubringen, und streichelte Leas Haut, als ob er sagen wollte: Hab keine Angst, gib dich ganz hin.

Lea schüttelte bei diesen Gedanken über sich selbst den Kopf, worauf Nick mit einer fragend hochgezogenen Augenbraue reagierte. Sie lächelte ihn an, wollte aber jetzt nicht reden. Alles erschien ihr wie verzaubert. Über dem Himmel und dem Pazifik lag ein Wispern, das sie einhüllte, die Verletzungen des Tages schrumpfen und ihren Atem freier werden ließ.

Lea zog ihr Strandkleid über den Kopf, warf es auf den Sand und rannte, nur noch leicht hinkend, ins Wasser. Sie schnappte nach Luft und wusste plötzlich wieder, warum sie so selten im Pazifik schwimmen ging. Das Wasser war so eisig kalt, dass ihr Herz schneller und schneller schlagen musste, um den Temperaturschock auszugleichen. Ihre Haut prickelte, und gleichzeitig hatte sie das Gefühl, unglaublich lebendig zu sein. Am liebsten hätte sie laut »Ja!« gerufen, ohne zu wissen, zu was sie eigentlich ja sagte.

Auf einmal spürte sie eine warme, zärtliche Berührung in ihrem Rücken. Nick war hinter sie geschwommen und umarmte sie. Ja, dachte sie, ja, das ist gut. Sie drehte sich um, presste sich an Nicks Körper und küsste ihn leidenschaftlich. Erst als sie keine Luft mehr bekamen und Lea sich von den missbilligenden Blicken der anderen Strandbesucher beinahe durchbohrt fühlte, lösten sie sich voneinander. Noch ganz außer Atem sah Lea die Ader an Nicks Hals heftig pochen, wie ein Echo zu ihrem Herzschlag, sah silberne Wasserperlen aus seinen Wimpern tropfen, sah die zarte Grube zwischen seinen Schlüsselbeinen, sah, wie seine muschelrosa Zunge das Salz von seinen Lippen leckte, und so, mitten im Meer, wurde ihr beinahe schmerzhaft bewusst, wie bedingungslos sie das liebte, was sie sah.

Ihn liebte.

17. Kapitel

Sie frisst mir schon aus der Hand. Sie vertraut mir. Gut.
Ich glaube nicht, dass sie ein Gewissen hat. Sie kann unmöglich nichts davon wissen, und falls doch, dann nur, weil sie nicht sehen wollte.
Es ist immer wieder unfassbar für mich, dass es Menschen gibt, denen es nichts ausmacht, am Tod anderer Menschen zu verdienen. Ein weiteres Indiz dafür, wie unwesentlich sich der Mensch nur von den Tieren entfernt hat. Und welch hohen Preis hat er für diesen minimalen Unterschied gezahlt.
Wem nützt Bewusstsein? Bewusstsein unterbricht den instinkthaften Kreislauf von Leben und Sterben mit so unsinnigen Fragen wie der nach dem Warum, dem Wann, dem Warum wir? Und obwohl ich diese Sinnlosigkeit erkannt habe, verbringe ich Nächte damit, herauszufinden, ab wann es schief gelaufen ist und ob es eine Chance gegeben hätte, alles zu verhindern.
Ich muss vorsichtiger sein. Mir immer wieder die alten Fotos anschauen, damit ich nicht in Versuchung komme, sie zu mögen. Nein, du bist unehrlich, denn du magst sie ja längst. Das wird die Bestrafung umso schwieriger machen.
Doch wer hat gesagt, dass es leicht sein würde? Es ist meine letzte Mission, ich kann den richtigen Zeitpunkt abwarten, aber ich sollte mit meinen Aufwärmübungen weitermachen.

Es wundert mich, dass der Umzug so einfach für mich war. Doch letztlich habe ich nur Wüste gegen Wüste vertauscht.

18. Kapitel

Drei Tage später war die Stimmung in dem winzigen, fensterlosen Konferenzraum ausgesprochen gut. Lea hatte alle Big-Surprise-Mitarbeiter zusammengetrommelt, um Nicks Auftritt in der Oprah-Winfrey-Show gemeinsam anzuschauen und danach bei Drinks und Sandwiches zu feiern.

Lea hatte auch Moira eingeladen, allerdings erst, nachdem diese sich noch einmal wortreich entschuldigt hatte, in Nicks Leben herumspioniert zu haben.

»Das war schon mal toll«, jubelte Shana in der ersten Werbepause der Oprah-Winfrey-Show und führte ein kleines Freudentänzchen auf, bei dem ihr Pferdeschwanz wild hin und her hüpfte. Cathy und Martha betrachteten sie mit dem gutmütigen Lächeln, das die meisten Menschen für tollpatschige junge Hunde reserviert haben. Mark grinste zufrieden, und Lea hätte am liebsten mit Shana mitgetanzt. Bis jetzt, da waren sich alle einig, war Nicks Auftritt sehr gut gelaufen.

Lea war so aufgeregt gewesen, dass sie kaum stillsitzen konnte. Würde Nick sich verhaspeln? Wie würde er aussehen?

Doch Nick wirkte in seinem dunkelgrauen, lässig geschnittenen Anzug, als wäre er ein Medienprofi, beantwortete gelassen Oprahs Fragen, lachte und machte Witze.

Nach der Werbung wurde auch sehr deutlich, was der

Moderatorin so gut an dem Buch gefallen hatte. Ihrer Meinung nach ging es in dem Buch nicht nur um einen Serienkiller, sondern um die zentrale Frage, wie weit Liebe gehen darf. Winfrey war besonders davon beeindruckt, wie die Ehefrau im Buch reagiert, nachdem sie entdeckt hat, dass ihr über alles geliebter Mann ein Serienkiller ist. Sie beschließt nämlich nach zähem Ringen mit sich selbst, zusammen mit ihm Selbstmord zu begehen, um ihn nicht verraten zu müssen. Eine während der nächsten Werbepause unter den Zuschauern durchgeführte Blitzumfrage ergab, dass achtzig Prozent der Männer, aber nur fünfundsechzig Prozent der Frauen diese Haltung ablehnten und meinten, jede Liebe hätte Grenzen.

Es war auch eine Therapeutin eingeladen, die unter anderem berichtete, inhaftierte Serienmörder erhielten Fanpost von Frauen, die sogar bereit seien, diese Männer zu heiraten. Darüber entspann sich eine lebhafte Diskussion, in deren Verlauf immer wieder das *Fatal-Velvet*-Cover in die Kamera gehalten wurde.

Lea war überglücklich, denn selbst wenn viele Menschen die Haltung der Heldin nicht nachvollziehen konnten, war dieses Medienecho großartig, immerhin sahen im Schnitt sieben Millionen Menschen diese Show.

Während sie Nick bei der Diskussion beobachtete, konnte sie kaum glauben, dass sie nicht nur leidenschaftlichen Sex gehabt hatten, sondern er außerdem noch ihr Einkaufsberater gewesen war und für sie gekocht hatte. Das kam ihr geradezu absurd vor, so fern und so kühl professionell, wie er auf dem Bildschirm wirkte. Und genau diese scheinbare Unerreichbarkeit machte sein Lächeln so unglaublich sexy. Kein Wunder, dass sogar Oprah Winfrey nicht abgeneigt schien, mit ihm zu flirten.

Natürlich ging es im letzten Teil der Sendung dann darum, wie großartig es von Nick sei, den letzten Wunsch seiner todkranken Schwester zu erfüllen. Das schien Nick ein bisschen peinlich zu sein, aber Lea war sicher, dass niemand außer ihr das bemerkt hatte.

Moira tippte Lea auf die Schulter. »Er war unglaublich. Fast zu gut, um wahr zu sein! Ich muss ihn jetzt endlich einmal persönlich kennen lernen. Keine Ausreden mehr! Ich meine, wenn er es mit sieben Millionen Fernsehzuschauern aufnehmen kann, dann muss er sich doch um Fred und mich keine Sorgen machen, oder?«

Lea fand sehr wohl, man müsse sich Sorgen machen, wenn man Freunde hatte, die sich wie Moira und Fred benahmen. Aber dann ermahnte sie sich, dass sie Moira verziehen hatte, was bedeutete, dass sie dieses Thema ein für alle Mal abhaken musste.

Bevor sie Moira antworten konnte, steuerte schon Smithers mit einem Glas in der Hand auf sie zu. »Na, dann wollen wir mal hoffen, dass es so weitergeht.«

»Sie haben Großartiges geleistet, Will. Ich habe es kaum für möglich gehalten, dass Sie es schaffen könnten, *Fatal Velvet* in so kurzer Zeit in so hoher Stückzahl nachzudrucken und in derart vielen Buchläden unterzubringen. Auf Sie, Will!« Sie stießen an.

Lea musste den Kopf weit nach hinten legen, um Smithers in die Augen zu schauen. Er war fast zwei Meter groß, schlank, athletisch, und Lea konnte immer noch nicht glauben, was er ihr neulich abends nach einem langen Tag mit einem verlegenen Lächeln anvertraut hatte.

Sein Interesse an einem Job in Kalifornien hätte nichts mit dem Klima oder dem Pazifik zu tun, sondern nur mit seiner heimlichen Leidenschaft.

An der Stelle hatte Lea schon peinlich berührt die Luft angehalten, schließlich wollte sie die privaten Passionen ihrer Mitarbeiter lieber nicht kennen.

Doch dann hatte er sie breit angegrinst und erklärt, seine Leidenschaft seien die Vögel. Einerseits war es für Lea fast unmöglich, sich den elegant gekleideten, charmanten Smithers allein mit einem Fernglas im Wald vorzustellen, andererseits bewegte er sich so geschmeidig, als wären er und seine Umwelt miteinander verschmolzen.

Moira mischte sich ein. »Willst du mich nicht vorstellen?«, fragte sie, und Lea sah in Moiras Augen dieses unternehmungslustige Funkeln, das ihr sexuelles Interesse signalisierte. Sie hatte plötzlich eine Vision davon, wie die neben Smithers winzig wirkende Moira mit ihm im Point Lobos State Reserve auf Vogelpirsch ging, und musste sich sehr beherrschen, um nicht zu grinsen.

Nachdem sie die beiden einander vorgestellt hatte, schlenderte Lea zu Martha und Cathy hinüber, um sich zu erkundigen, wie die beiden mittlerweile miteinander zurechtkamen.

»Oh, Lea, Mr. Petersen war so wunderbar«, schwärmte Martha, deren Frisur heute eine einschneidende Änderung erfahren hatte. Das auftoupierte »Baiserhäubchen« war einem fransigen Kurzhaarschnitt gewichen. Die Ähnlichkeit mit Doris Day war zwar weg, aber dafür sah sie zehn Jahre jünger aus. Jetzt wirkte Cathy noch mehr als vorher neben ihr wie ein altes Mädchen. Lea wusste selbst nicht genau, warum sich ihr immer diese Formulierung aufdrängte, wenn sie Cathy ansah, aber sie passte. So als hätte Cathy irgendwann aufgehört zu wachsen. Sie stieß auch mit diesen beiden an, dankte ihnen für die gute Mitarbeit und fragte Martha scherzhaft, wie sich denn Cathy so machen würde. Cathy wurde rot, Martha lachte und meinte, sie wüsste gar nicht mehr, wie sie je ohne Cathy ausgekommen wäre. Cathy hätte ein phänomenales Gedächtnis.

»Und wie gefällt es Ihnen bei uns?«, fragte Lea Cathy direkt.

Diese strich ihren Sichelpony aus der Stirn. »Gut. Viel besser, als ich gedacht hätte.«

»Wie meinen Sie das?«, fragte Lea.

»Ich musste gesundheitsbedingt eine kleine Pause machen und war nicht sicher, ob ich wirklich gut genug sein würde.«

Cathy hatte sich so zurückhaltend ausgedrückt, dass sich Lea nicht traute nachzufragen, welche Krankheit Cathy denn gehabt hatte.

Shana gesellte sich zu ihnen. »Echt schade, dass Stella Bernardi schon tot ist. Aber vielleicht liegt das Schreiben in der Familie. Hast du Nick mal gefragt, ob der vielleicht auch schreibt? So etwas kommt ja vor. Prost!«

Das hatte Lea Nick in der Tat schon gefragt, und Nick hatte ausweichend geantwortet. Er hätte es mal mit autobiografischem Schreiben versucht im Rahmen einer Therapie, aber es hätte ihm keinen besonderen Spaß gemacht. Als Lea wissen wollte, warum er eine Therapie gemacht hatte, hatte er nur mit den Schultern gezuckt und gemeint, das würde sie sicher nicht wirklich wissen wollen, und das Thema gewechselt. Seitdem zerbrach Lea sich den Kopf, was er wohl für eine therapeutische Behandlung in Anspruch genommen haben mochte, ein Mann, der sich derart souverän im Fernsehen präsentieren konnte. Das Einzige, was Lea sich vorstellen konnte, war so etwas wie Klaustrophobie oder Spinnenangst. Oder vielleicht war der Tod seiner Schwester traumatisch für ihn gewesen?

Lea betrachtete die angebrochenen Sektflaschen und die abgegessenen Sandwichplatten und bezweifelte stark, dass jetzt noch jemand in der Lage war zu arbeiten. Sie räusperte sich und bat um Aufmerksamkeit, dann erklärte sie den heutigen Arbeitstag für beendet, was Shana in Jubelschreie ausbrechen ließ.

»Dafür wird es morgen sicher umso härter, ich bin sicher, die Telefone werden heiß laufen. Also, seid bitte alle pünktlich!«

Moira verabschiedete sich und flüsterte Lea ins Ohr: »Ich werde später noch diesen süßen Smithers treffen. Bitte sag Fred, falls er anruft, dass ich noch mit zu dir gegangen bin, ja?«

Lea zuckte mit den Schultern, schließlich waren die beiden erwachsen. Martha und Cathy folgten Moira lachend und schwatzend. Lea hatte den Eindruck, dass sich zwischen den beiden eine Freundschaft zu entwickeln begann. Schließlich waren nur noch Shana und Lea übrig.

»Glaubst du, dass Mark eine Freundin hat?«, fragte Shana, während sie die letzten Platten in die Teeküche räumten.

»Mein Vater glaubt, er sei schwul, aber meiner Meinung nach täuscht er sich da.«

Shana lächelte verträumt. »Ich hab ihn beobachtet.

Wenn er Schlagzeug spielt, völlig versunken in das, was er tut, dann sieht er noch viel besser aus als sonst.«

»Das klingt, als hättest du dich in ihn verliebt.«

Shana nickte.

Lea zog das Amulett aus ihrem Ausschnitt, das sie immer noch trug, weil Shana es um keinen Preis der Welt hatte zurücknehmen wollen.

»Dann kannst du doch sicher jede Menge Glück gebrauchen.« Sie hielt es ihr hin.

Shana schüttelte den Kopf. »Ich habe etwas viel Besseres, etwas für die Liebe und nichts gegen den bösen Blick. Schau her.« Sie zog eine hellrosafarbene Kugel aus der Hosentasche. »Rosenquarz. Er entspricht der Zahl Sieben, dem Planeten Venus und damit dem Luftelement. Er erhebt uns über die drei ersten Chakren zum ersten überpersönlichen Chakra, dem Herzchakra.«

Lea schüttelte den Kopf, während sie die Lichter ausschaltete. »Shana, ich kann nicht glauben, dass du solchen Hokuspokus ernst nimmst.«

»Du bist eben eine Ungläubige. Wart's nur ab. Ich hab Mark heimlich auch so eine Kugel in seine Tasche geschummelt …«

»Du spinnst! Lass uns gehen, ja?«

Shana holte ihre Tasche, die genau wie ihre übrige Kleidung in Schwarz gehalten war, dann sperrte Lea ab, und sie fuhren zusammen in die Tiefgarage.

Lea brachte es nach wie vor nicht über sich, allein mit dem Aufzug zu fahren, und war froh, dass Shana bei ihr war. Am liebsten wäre sie gleich wieder ausgestiegen, als die Türen zugingen. Ihr Puls beschleunigte sich, und sie hatte Mühe, gleichmäßig zu atmen.

Lautsprecher hatten die Mechaniker keine gefunden, dafür ein kleines Relais, mit dem man die Aufzugselektronik manipulieren konnte. Daraufhin hatte die Hausverwaltung die Polizei eingeschaltet, die aber keine weiterführenden Spuren entdecken konnte. Lapidar wurde darauf hingewiesen, ein Aufzug sollte eben grundsätzlich besser bewacht sein.

Mit trockenem Mund wartete Lea darauf, dass die Fahrt endlich vorbei war. Sie versuchte, das Zittern in ihren Knien zu unterdrücken, konnte nicht sprechen und fragte sich immer wieder, ob sie sich diese Musik nur eingebildet hatte oder ob sie wirklich da gewesen war. Hier im Aufzug spürte sie plötzlich auch wieder den Schmerz in ihrem Knöchel, als löste allein die Erinnerung Schmerz aus.

Shana fühlte Leas Ängste und griff nach ihrer Hand. »Wir haben es gleich geschafft.«

Zusammen stiegen sie aus dem Aufzug und verabschiedeten sich, denn Leas Auto stand auf Parkdeck drei, und Shana musste zum Parkdeck sieben.

19. Kapitel

Ich musste an mich halten. Beinahe hätte ich mich verraten.
Niemand hier macht seine Hausaufgaben.
Nur ich.
Gründlich.
Immerhin ist mir klar geworden, dass es allerhöchste Zeit wird, den Schnitter vorbeizuschicken.

20. Kapitel

Während Lea im dämmrigen Licht der unruhig brummenden Neonröhren so schnell wie möglich ihr Cabrio ansteuerte, bedauerte sie, dass sie zu Shana so herablassend gewesen war. Wenn diese an esoterischen Dingen Spaß hatte, warum musste sie ihr das vermiesen? Lea konnte sich gut vorstellen, wie Ruth sich über Shana lustig machte, und sie wollte wirklich keinerlei Ähnlichkeiten mit Ruth aufweisen. Nächstes Mal würde sie Interesse zeigen, ohne gleich alles zu bewerten.

Seit Lea den toten Vogel gefunden hatte, fühlte sie sich in der Garage noch viel unwohler als vorher. Sie hatte den Schlüssel schon griffbereit, um sofort einzusteigen und loszufahren.

Als sie näher zu ihrem Auto kam, flackerte die Neonröhre über Leas Parkplatz noch einmal nervös auf und verlosch dann.

Sie ging, so schnell es ihr Knöchel zuließ, beeilte sich einzusteigen, warf ihre Tasche auf den Rücksitz, schnallte sich an, drehte den Schlüssel, gab Gas und fuhr schwungvoll an.

Der Wagen rumpelte und erzeugte ein merkwürdiges dumpfes Geräusch, das Lea den Fuß sofort wieder vom Gas nehmen und bremsen ließ.

Was war das denn? Ihr Herz raste. Was zur Hölle war das?

Hatte sie etwas überfahren? War etwas vom Auto abgefallen?

Lea sah sich in der Garage um. Wie immer war kein Mensch zu sehen. Sie zwang sich auszusteigen, um nachzuschauen, was los war.

Obwohl es nicht besonders hell war, registrierte sie es jetzt sofort. Alle vier Reifen waren platt! Warum war ihr das nicht gleich beim Einsteigen aufgefallen?

Weil es so dunkel war.

Sie starrte die Autos neben ihrem an. Nichts. Sie ging ein paar Schritte weiter. Nichts. Alle anderen Autos waren in Ordnung.

Warum ihr Auto?

Was sollte das alles?

War das Greg, der sich rächen wollte, weil sie nicht auf seine Mails reagierte? Nicht, seit er sie im Hotel hatte warten lassen.

Scheiße. Scheiße. Scheiße.

Ihre Angst wich plötzlich aufwallendem Zorn, Zorn, der so mächtig war, dass sie gern mit den Fäusten auf ihr Auto getrommelt hätte, Zorn, der ihre Kehle verengte. Sie schluchzte, hätte am liebsten geschrien und dachte dann, was soll's, es ist ja eh keiner da, der mich hört.

Das Schlagen einer Autotür ließ sie aufschrecken.

Sie sollte nicht zu lange allein in der Garage sein. Und hatte sie nicht gelesen, manche Frauen würden gerade deshalb zum Opfer, weil sie so verletzlich aussahen, dass die Täter sich geradezu eingeladen fühlten, sie zu quälen?

Niemand sollte sie so sehen. Lea holte die Tasche aus ihrem Auto und ging mit resoluten Schritten zum Ausgang.

Kurz bevor sie beim Pförtner angekommen war, hupte es hinter ihr. Sie drehte sich um und erkannte Shanas hellblauen VW-Käfer. Shana kurbelte das Fenster herunter und erkundigte sich, was los sei. Als Lea ihr von den Reifen erzählte, wurde Shana weiß wie die Wand. Sie parkte neben der Pförtnerloge und bestand darauf, Lea nach Hause zu bringen.

Weil Shana so besorgt wirkte, hatte Lea das Gefühl, sie müsste den Vorfall etwas herunterspielen, damit der Pförtner sie nicht für hysterische Frauenzimmer hielt. Dieser wiederum war kaum aus der Ruhe zu bringen. Er schüttelte nur den Kopf, fragte sich, wie es »denen« wohl gelungen sei, die Videoüberwachung zu überlisten, und wollte wissen, ob etwas aus dem Auto gestohlen worden sei.

Lea hatte gar nicht überprüft, ob etwas fehlte. Allerdings bewahrte sie schon seit langem nichts Wertvolles mehr in ihrem Auto auf. Ihren tragbaren CD-Player ließ sie seit dem Unfall nicht mehr im Auto liegen, und sonst war da nichts, außer vielleicht ein paar Cents, Pfefferminz, Kleenex und einem Schreibblock.

»Sachbeschädigung ist das! Sie sollten das trotzdem anzeigen«, meinte der Parkwächter.

»Aber das bringt doch nichts«, mischte sich Shana ein. »Oder willst du jetzt noch eine Stunde auf dem Polizeirevier zubringen?«

Lea schüttelte den Kopf. Nein, sie würde Fred anrufen und ihn fragen, was am besten zu tun wäre. Nach der Sache mit Nick hatte sie etwas gut bei ihm. Sie vereinbarte mit dem Pförtner, dass er die Mechaniker aus der Werkstatt mit den neuen Reifen zu ihrem Auto begleiten würde, und überreichte ihm den Autoschlüssel zusammen mit einem dicken Trinkgeld. Sein Gesicht erhellte sich ein wenig, und als er die beiden verabschiedete, klang geradezu Anteilnahme in seiner Stimme mit.

Sie fuhren eine Weile schweigend. Lea dachte an den toten Vogel auf ihrer Windschutzscheibe und an den heutigen Vorfall mit den durchstochenen Reifen. War das nur ein dummer Zufall oder steckte System dahinter? »Glaubst du, das war etwas Persönliches?«, fragte Lea.

Shana zögerte mit einer Antwort, räusperte sich dann aber und sagte betont beiläufig: »Da hat einfach jemandem dein BMW nicht gepasst. Du kannst froh sein, dass sie nicht auch noch die Karosserie zertrümmert haben …«

»Und warum glaube ich dir dann kein Wort?«

»Wenn ich dir sagen würde, was ich wirklich denke, lachst du mich eh nur aus.«

»Und wenn ich nicht lache?«

Shana schwieg eine ganze Weile, bremste dann, weil sich schon wieder ein Stau vor ihnen gebildet hatte.

»Hier geht etwas Böses vor sich. Und du stehst mittendrin.«

Lea bekam eine Gänsehaut. »Unsinn!«

»Was habe ich gesagt? Denk ruhig, es wäre eine der vielen hirnlosen Gangs im irren L. A., die sich dein Auto vorgenommen hat. Alles nur Zufall, das Ganze, einfach nur blöder Zufall!«

»Und was soll ich deiner Meinung nach tun?«

»Gründlich überlegen, warum das alles passiert.«

Lea zuckte mit den Schultern. »Wenn ich das wüsste. Ich habe niemandem etwas getan. Ehrlich!«

»Das kann ich mir auch nicht vorstellen. Trotzdem, auch wenn ich mich wiederhole, du solltest dir die Zeit nehmen, darüber nachzudenken.«

Lea war verärgert. Da passierten all diese Dinge, und Shana schien auch noch zu vermuten, dass es irgendwie ihre Schuld war.

Shana legte ihre Hand auf Leas Arm. »Sei mir nicht böse, ich glaube einfach nur, dass du in etwas verwickelt bist, das nur du allein lösen kannst.« Sie drückte aufmunternd Leas Arm und zog dann ihre Hand wieder zurück. Es war Lea ein bisschen unheimlich, dass Shana offensichtlich ahnen konnte, was in ihr vorging.

Eine Weile quälten sie sich stumm durch den Verkehr. Schließlich brach Shana das Schweigen und fragte unvermittelt: »Entschuldige, aber ich will dich schon seit Tagen etwas fragen, und nie war der richtige Moment dafür. Deshalb frage ich einfach jetzt, okay?«

Lea nickte neugierig und hätte beinahe gewettet, dass es wieder um Mark gehen würde.

»Wie stehst du eigentlich zu der Hochzeit zwischen deinem Vater und meiner Mutter?«

Lea fühlte sich überrumpelt und rutschte verlegen auf den durchgesessenen Polstern des Käfers hin und her. »Das ist doch ganz allein die Sache der beiden, oder?«

»Ja, wenn sie in einem Vakuum leben würden, aber das tun sie eben nicht. Da sind wir, da bist du, da ist Mamas Geld …«

Shana bremste ab, um an einer roten Ampel zu halten.

»Na und?«

»Meine Geschwister haben Angst um das Erbe ihres Vaters.«

»Und du nicht?«

»Du weißt ja, ich bin das schwarze Schaf«, Shana grinste zu Lea hinüber, »völlig aus der Art geschlagen, na ja, und mein Zwillingsbruder Robert natürlich auch. Uns hat das Surfen immer mehr bedeutet als Geld auf der Bank. Apropos Bank, ich muss noch bei meiner Bank, der Washington Mutual, vorbei. Hey, genau da, an der Ecke Lindbrook und Broxton, ist auch ein ›Starbucks‹. Wie wär's, wenn wir noch einen Kaffee zusammen trinken?«

Lea fand, es wäre eine gute Idee, ihre Stiefschwester noch besser kennen zu lernen, und stimmte zu.

Eine Viertelstunde später saßen Lea und Shana in zwei großen herbstblattroten Ohrenledersesseln und schlürften ihre Getränke, Lea einen Eiskaffee, Shana einen Karamellcappuccino, zu dem sie einen Blaubeermuffin aß.

Shana stellte ihren Becher ab, wischte den Milchschaum von ihrer zarten Oberlippe und strahlte Lea an.

»Ich find's toll, eine Stiefschwester zu kriegen. Mit Linda und Rory hab ich mich nie verstanden.«

»Und was ist mit deinem Zwillingsbruder?«

»Robert ...« Shana ließ ihren Blick unruhig durch den Raum gleiten, dann antwortete sie: »Robert, na ja, den liebe ich natürlich, aber es war nicht immer einfach mit ihm. Er ist bloß drei Minuten älter als ich, aber fühlt sich für mich verantwortlich.« Shana hielt Lea auffordernd den Muffin hin.

»Ich habe nie Geschwister gehabt, ich stelle mir das spannend und lustig vor«, meinte diese, griff nach dem Muffin und biss ein großes Stück ab.

»Irgendwie schon, aber Robert wollte immer mit mir zusammen sein. Immer. Wir haben auch zusammen geboardet. Als ich verletzt wurde und aufhören musste, hat er auch aufgehört, dabei war er ein Topsurfer.«

»Hast du nicht gesagt, du wärst zu alt gewesen zum Surfen?«

Shana strich sich eine Locke hinters Ohr. »Na ja«, grinste sie, »das mache ich immer, damit die Leute mich nicht so mitleidig anschauen.«

»Was ist denn passiert?«

»Nachdem Robert und ich einige Riesenwellen bei Maui hinter uns hatten, haben wir uns eingebildet, wir könnten es mal bei Maverick's probieren, dort gibt es Voodoo-Wellen.«

Shana lachte, als sie Leas verständnislosen Gesichtsausdruck sah. »Na ja, auf Maui dauert so ein Ritt circa zwölf Sekunden, bei Maverick's gibt's bis zu vierzig Sekunden. Aber um das abzukürzen, mich hat's dort voll erwischt. Und es war nicht mal 'ne große Welle, sondern bloß so'n winziges Ding. Meine Schnur hat sich nicht vom Board gelöst, und die Welle hat mir mit dem Board das Knie zertrümmert. Robert musste mich rausziehen.«

Unwillkürlich starrte Lea auf Shanas Knie und unterdrückte den Wunsch, nach ihrem Amulett zu fragen, offensichtlich hatte es ihr ja nichts genutzt. Oder war das der Unfall gewesen, von dem sie gesprochen hatte?

Shana legte ihre Hand aufs rechte Knie. »Ich hab jetzt ein künstliches Kniegelenk, das ist ganz okay, aber mit dem Wellenreiten war es vorbei.«

»Und Robert, was macht der jetzt?«

»Er geht mir auf die Nerven!« Shana grinste.

»Warum?«

Robert torpediere jede Affäre, die sie hätte, erklärte Shana, und mische sich in alles ein. Alex, ihren letzten Freund, hätte er so lange genervt, bis dieser aufgegeben hätte.

»Wie genervt?«, fragte Lea.

»Er hat auf ›guten Kumpel‹ gemacht und ihn andauernd angerufen, sich mit ihm zum Squashen verabredet, zum Biertrinkengehen, hat ihn zu den Lakers geschleppt. Außerdem kam er immer dann zufällig vorbei, wenn ich gerade bei Alex war. Schließlich hat Alex das nicht mehr ausgehalten.«

»Kann ich gut verstehen.« Lea zögerte, das zu sagen, was ihr spontan dazu einfiel, aber dann konnte sie nicht anders. »Dieses Verhalten von deinem Bruder, das ist doch nicht normal, oder?«

Shana wurde ernst. »Ja, irgendwann hat es sogar unsere Mutter mitgekriegt und uns in eine Therapie gesteckt. Aber Robert ist ein großartiger Lügner, die Therapie hat ihm rein gar nichts gebracht. Aber mir! Ich habe es endlich geschafft, ihm klarzumachen, dass er sich aus meinem Leben raushalten soll. Ansonsten, so habe ich ihm gedroht, würde ich ihn ganz ausschließen. Das hat gewirkt. Doch seit ich wieder hier in L. A. bin und bei Mom wohne, fängt alles wieder von vorne an.« Shana seufzte. »Dabei fände ich Mark wirklich süß.«

»Ich glaube, Mark ist durchaus in der Lage, sich gegen deinen Bruder zu behaupten. Vielleicht probierst du's einfach mal.«

Sie tranken ihren Kaffee aus und machten sich wieder auf den Weg.

Während der Fahrt schwiegen sie, aber es war ein angenehmes, müdes Schweigen, in dem sich Lea sehr wohl fühlte.

»Wenn du magst, komm doch am Wochenende mal zum Frühstück vorbei.« Lea stieg aus und warf die Autotür zu.

»Ja, gern. Pass auf dich auf!« Shana hupte zweimal und brauste los.

Es kam Lea so vor, als hätte Shana alle Energie mitgenommen. Sie fühlte sich müde und schlapp. Eine heiße Dusche würde sie hoffentlich wieder fit machen.

Der Hausflur war endlich aufgeräumt, keine Farbeimer mehr, über die man stolpern konnte. Trotzdem, irgendetwas stimmte hier nicht. Aber was?

Leas Herz schlug schneller. Ihre Wohnungstür stand einen winzigen Spalt offen!

Werde ja nicht hysterisch, Lea, mahnte sie sich. Trotzdem kroch Gänsehaut ihren Rücken entlang. Unwillkürlich sah sie sich um, aber da war niemand.

Sie wusste ganz sicher, dass sie heute Morgen abgeschlossen hatte. Niemand in L. A. ließ seine Wohnungstür offen. Sofort dachte sie an den Anrufer, der aus ihrer Wohnung heraus angerufen hatte.

Auf keinen Fall würde sie da reingehen. Niemals.

Aber sie musste etwas tun. In jedem Fall erst mal weg von hier!

Lea drehte sich um und ging mit dem Rücken zur Wand die Treppe wieder hinab. Sie wünschte sich eine Waffe. Plötzlich hörte sie ein schwaches Maunzen aus ihrer Wohnung. Bilder von kräftigen Händen, die sich der wuscheligen Katze um den Hals legen und zudrücken, drängten sich vor ihre Augen.

Sie blieb stehen, hin und her gerissen. Ihr Herz raste mittlerweile. Wie sollte sie jetzt reagieren?

Tut mir leid, April, dachte sie dann und rannte nach draußen. Wenigstens war es hell. Während sie schwer atmend vor dem Gebäude stand, hämmerten die Schlagzeilen der letzten Woche durch ihren Kopf. *Irrer Vergewaltiger erwürgt seine Opfer mit Satinbändern, Stalker erstickt Frau mit Plastiktüte, Einbrecher schießt sich den Weg frei.* Sie musste die Polizei rufen!

Lea griff nach ihrem Handy und suchte mit zitternden Fingern nach Freds Nummer. Erst als sich seine Mailbox meldete, fiel ihr wieder ein, dass sie Moira vor hundert Lichtjahren versprochen hatte, für sie zu lügen. War das heute gewesen? Dann eben die 911.

Sie wählte den Notruf und wurde gebeten, Name, Adresse und den Grund ihres Anrufes zu nennen und in der Leitung zu bleiben. Dann herrschte bis auf die gelegentliche Ansage »Bitte legen Sie nicht auf!« Stille.

Sie bemerkte, wie stark ihre Hand zitterte. Sie registrierte das, als wäre ihre Hand ein fremdes Körperteil, das nicht zu ihr gehörte.

Endlich drang wieder eine Stimme aus ihrem Handy. Endlich wollte jemand genauer wissen, um was es ging. Sie brachte kaum ein Wort heraus und kam sich unsagbar lächerlich vor, als sie es schließlich schaffte, zu erklären, ihre Wohnungstür stünde offen. Doch die Frau am Telefon versicherte ihr, dass sie richtig gehandelt hätte und draußen bleiben solle, bis der Streifenwagen bei ihr sei.

Lea hockte sich auf das kleine Mäuerchen, das später einmal den Vorgarten zur Straße abgrenzen sollte, und atmete tief ein.

Aus den Augenwinkeln nahm sie eine schnelle Bewegung wahr. Sie sprang auf und drehte sich um. Niemand.

Nur ein kleiner brauner Salamander, der zwischen den staubigen Steinhaufen herumhuschte. April fiel ihr plötzlich wieder ein.

Während sie auf den Streifenwagen wartete, zählte Lea, um sich zu beruhigen, jede Ritze auf dem Plattenweg, sie registrierte jeden einzelnen Grashalm, der zwischen den Platten wuchs, und sie hatte fünfundzwanzig Kieselsteine gesammelt und aufeinander gestapelt. Aber ihre innere Unruhe wuchs mit jeder Minute, die sie auf die Polizei warten musste. Immer wieder hörte sie das schwache Maunzen von April. Dann dachte sie an den Vogel mit dem gebrochenen Genick und die zerstochenen Reifen. Warum passierte ihr das alles? Hatte Shana Recht und sie selbst war der Auslöser dafür?

Endlich bog der Streifenwagen mit heulenden Sirenen in die Straße ein und raste vors Haus. Die beiden Personen, die heraussprangen, konnte Lea erst beim Näherkommen unterscheiden. Auf den ersten Blick wirkten Captain Lois Farrell und Sergeant Kathryn Perez in ihren Uniformen wie stämmige, schwarzhaarige Zwillinge. Sie stellten sich knapp vor, fragten, was passiert sei, und stürmten dann sofort hoch in Leas Wohnung. Dabei gaben sie sich gegenseitig Deckung und durchsuchten alles.

Lea folgte den beiden langsam und blieb vor ihrer Wohnungstür stehen, so wie Captain Farrell es ihr erklärt hatte.

Die Polizisten kamen schließlich, grimmig lächelnd, wieder heraus. »Es ist niemand drin«, teilte Perez ihr mit.

Lea war erleichtert. »Und wie sieht es drinnen aus?«, fragte sie und wagte nicht, sich das Chaos vorzustellen.

»Sehen Sie bitte selbst nach.« Farrell winkte sie zur Tür.

Tief durchatmend ging Lea in ihre Wohnung.

Es war unglaublich!

Ihr hellblauer Bademantel lag exakt gefaltet auf dem gemachten Bett. Die Zeitung war kein Haufen loser Blätter mehr, sondern zu einem Stapel aufgeschichtet. Alles, einfach alles war perfekt aufgeräumt.

Leas Knie begannen zu zittern.

Es war *zu* aufgeräumt.

Sie hatte morgens ihre Handtücher auf den Boden geworfen, weil sie sie heute noch waschen wollte. Dort waren sie nicht mehr. Auch ihre Unterwäsche vom Vortag lag nicht mehr neben dem Wäschekorb, sondern ... o nein, hatte dieser Perverse sie etwa mitgenommen? Lea stürzte zum Wäschekorb. Nein, die Wäsche lag drin.

»Es ist so, als hätte jemand meine Wohnung gründlichst aufgeräumt«, erklärte sie den verdutzten Polizeibeamten.

»Hat vielleicht Ihre Putzfrau vergessen abzusperren?«, wollte Perez wissen.

»Fehlt denn überhaupt etwas?«, fragte Farrell.

Lea erklärte, sie habe zurzeit keine Putzfrau, und ging, gefolgt von den beiden Polizisten, nach oben, um ihren Schreibtisch zu überprüfen. »Nein, alles ist noch da. Fernseher, Computer, nichts fehlt. Aber wo ist April?«

»Wer ist April?«, fragte Farrell.

»Nur eine kleine Katze, die mir zugelaufen ist.«

Hektisch suchte Lea unter ihrem Bett, in dem begehbaren Kleiderschrank, unter dem Sofa, in der Küche auf den Oberschränken, an allen Plätzen, an denen sich April sonst gern versteckte, wenn Besuch im Haus war.

Aber sie konnte das Tier nirgends finden.

»Die Balkontür stand auch offen, vielleicht ist Ihre Katze nach draußen geflüchtet?«, überlegte Perez.

»Eins ist in jedem Fall klar, das hier ist kein gewöhnlicher Einbruch. Außerdem hat der Täter einen Schlüssel gehabt. Sie sollten sofort Ihre Schlösser auswechseln lassen.« Farrell notierte ein paar Dinge auf seinem Block.

»Haben Sie in letzter Zeit Ärger mit einem alten Verehrer gehabt, oder werden Sie von einer neuen Bekanntschaft oder einem Nachbarn belästigt?«

Lea schüttelte den Kopf, überlegte aber fieberhaft. Greg? Aber wenn sie ihn jetzt anschwärzte und er es gar nicht war, dann wäre er nur wieder wütend auf sie, und wer weiß, was er sich dann erst einfallen lassen würde. Sie musste mit Fred über Greg reden.

Nick liebte sie, hatte ihre Schlüssel nicht, und außerdem war er in Chicago. Sonst kannte sie in L. A. außer Moira und Fred nur ihre Angestellten – und warum sollten die so etwas tun? Die Stimmung bei Big-Surprise war gut. Sie hatte niemanden entlassen, im Gegenteil zahlreiche neue Mitarbeiter eingestellt. Aber was war mit dem geheimnisvollen Anrufer? Sie sah auf in Farrells Gesicht, um ihm davon zu erzählen, aber dann dachte sie daran, dass der Feuerwehrmann ihr keinen Glauben geschenkt hatte. Trotzdem, sie sollte es zur Sprache bringen. Lea räusperte sich. Doch genau in diesem Moment reichte Perez ihr die Hand zur Verabschiedung.

»Na dann, Miss, alles Gute, und tauschen Sie die Schlösser aus! Denken Sie immer daran, L. A. ist nicht nur die Hauptstadt des Glamours, sondern auch die Hauptstadt der Irren.« Die beiden verließen Leas Wohnung.

Lea sah ihnen vom Balkon aus nach und fühlte sich entsetzlich allein. Sie versuchte Nick anzurufen, erreichte aber nur seine Mailbox. Am liebsten hätte sie geweint, aber sie ermahnte sich, dass sie unbedingt noch einen Schlosser anrufen musste.

Zwei Stunden später bezahlte sie ihn, in bar und mit Extrabonus, denn nur so war es ihr gelungen, ihn sofort zu sich zu locken.

Lea fühlte sich noch verletzlicher, als sie die drei neuen Schlüssel für die Eingangs- und Balkontür in Empfang nahm. Als ob jeder Schlüssel für einen potenziellen Einbrecher stünde. Vielleicht hätte sie doch auf ihren Vater hören und in ein Apartmenthaus ziehen sollen, das ständig überwacht wurde? Aber diese Genugtuung würde sie ihm nicht geben.

Es war weder etwas gestohlen noch etwas beschädigt worden, bestimmt war auch April nichts passiert, kein Grund also, panisch zu werden. Sicher gab es eine ganz logische Erklärung: Sie selbst hatte wahrscheinlich nicht richtig zugesperrt, sich nicht vergewissert, dass der Riegel im Schloss war.

Ach ja?, hörte sie Shanas Stimme. Hier geht etwas Böses vor … Aber Lea weigerte sich, das zu glauben. Unsinn. Aber warum räumte jemand ihre Wohnung auf? Hatte vielleicht einer der Bauarbeiter ihre Wohnung offen vorgefunden, sie als Liebeslager benutzt und es danach mit dem Aufräumen übertrieben? Was für eine ekelhafte Vorstellung! Ekelhaft, aber nicht böse.

Lea zog die Bettwäsche ab und stopfte sie in ihre Waschmaschine. Der Gedanke, dass jemand anderes sie berührt haben mochte, war ihr widerlich. Sie ärgerte sich, dass

Nick nicht erreichbar war, und versuchte es bei Moira, aber die schien sich offensichtlich immer noch mit Smithers zu amüsieren.

Kaum hatte Lea aufgelegt, klingelte ihr Telefon. Nick! Das hoffte sie zumindest.

Aber es war Fred, der ihre Nummer auf seiner Mobilbox gefunden hatte und besorgt war, denn Lea hatte ihn noch nie bei der Arbeit angerufen.

Lea setzte schon an, ihm alles zu erzählen, als ihr wieder einfiel, dass Moira ja offiziell bei ihr war. Deshalb murmelte sie nur, sie hätte ihn bloß anrufen wollen, weil Moira nach der Party noch mit zu ihr gekommen sei.

»Ist alles okay mit dir?«, fragte er besorgt angesichts ihrer leisen Stimme.

»Na klar«, versicherte Lea und schämte sich, dass sie ihn derart anlog. Morgen würde sie mit Moira reden, das musste ein Ende haben.

Nachdem sie das Gespräch beendet hatten, duschte Lea, überprüfte noch einmal alle Schlösser und ging in ihr frisch bezogenes Bett. Doch sie war zu angespannt, um Schlaf zu finden. Selbst die Erinnerungen an die Erfolgsmomente des heutigen Tages brachten sie nur kurz auf andere Gedanken. Nick hatte *Fatal Velvet* berühmt gemacht. Sieben Millionen Zuschauer hatten das Buch gesehen, hatten den Mann gesehen, den sie liebte. Sie lag im Dunkeln, konnte immer noch nicht schlafen, stellte sich Nicks Körper vor, dachte an seine Hände auf ihrer Haut und überließ sich ihren Erinnerungen, bis sie eindämmerte.

Doch sie schlief nur unruhig, und schließlich wachte sie wieder ganz auf. Sie wusste sofort: Etwas war in ihrer

Wohnung! Lea versuchte, ihren Atem zu kontrollieren, um hören zu können, was sie geweckt hatte. Aber dafür schlug ihr Herz viel zu laut und dröhnte in ihren Ohren.

Sie setzte sich im Bett auf, und es schien ihr, als hätten die Wände Augen, Augen mit Wimpern, lang und scharf wie Krallen, die näher und näher kamen, um sie zu zerstören. Mit schweißnassen Händen knipste sie das Licht an. Ihre Wände sahen aus wie immer, alles war wie immer, nur sie selbst war völlig durcheinander.

Aber dann bewegte sich das Bett, und über ihr klirrte es leise. Lea starrte entsetzt zur Decke und erkannte in diesem Moment, warum ihr die Wände so feindlich vorgekommen waren.

Ihr Bett hatte sich bewegt und nicht die Wände! Sie erlebte gerade nur ein Erdbeben, ein nettes, kleines kalifornisches Erdbeben. Durch ihre Zeit in New York hatte sie völlig vergessen, wie oft die Erde nachts in Los Angeles bebte. Ein erleichterter Schluchzer entrang sich ihrer Brust, Tränen stiegen ihr in die Augen, und sie wusste nicht, ob sie lachen oder weinen sollte. Sie war froh, dass die Erde bebte – das war doch nicht normal, oder?

Ihr Bett bewegte sich nicht mehr, nur die Kristalllampe darüber klirrte noch leise. Aber Lea konnte trotzdem erst einschlafen, als es draußen hell wurde

Einige Tage nach dem großen Erfolg von *Fatal Velvet* bei Oprah Winfrey klopfte Cathy zaghaft an Leas Bürotür.

»Entschuldigen Sie bitte die Störung, hier ist ein Mann, der Sie unbedingt sprechen möchte.«

Lea sah überrascht auf, sie hatte geglaubt, alle wären längst nach Hause gegangen. »Um was geht es denn?«

Cathy starrte auf ihre Füße, wodurch die Haare wie ein Fliegenvorhang vor ihr Gesicht fielen. »Er sagt, es sei etwas Persönliches.«

Greg? Der schon wieder Geld von ihr leihen wollte, jetzt, nachdem *Fatal Velvet* zum Bestseller geworden war?

»Wie heißt er denn?«

»Marvin Bruckner.«

»Gut, lassen Sie ihn herein. Ich weiß, es ist schon spät, aber tun Sie mir bitte den Gefallen und bleiben Sie noch da, schließlich kennen wir den Mann nicht.«

Cathy nickte und holte Bruckner.

Sie führte ihn in Leas Büro und blieb dann im Raum stehen, was Bruckner mit einem fragenden Blick in Leas Richtung kommentierte.

»Cathy, danke, das ist sehr lieb von Ihnen. Es wäre nett, wenn Sie das Telefon so lange noch übernehmen könnten.«

Cathy wurde rot und verließ das Zimmer.

»Was kann ich für Sie tun?«, fragte Lea und betrachtete Bruckner genauer. Er war sehr groß und schlank, trug Jeans und eine senffarbene, abgeschabte Lederjacke mit Strickbündchen. Er wirkte wie ein Mann, der nicht lange um den heißen Brei redete, dem Äußerlichkeiten unwichtig waren und der gewohnt war, zu bekommen, was er wollte.

»Dieses *Fatal Velvet* ist nichts anderes als eine billige True-Crime-Story«, begann er ohne irgendwelche Förmlichkeiten. »Und ich behaupte, dieses Buch kann nur vom

Mörder höchstpersönlich geschrieben worden sein! All die vielen Details! Mein Vorschlag an Sie ist folgender: Sie verraten mir, wer das Buch verfasst hat, und ich schreibe Ihnen einen Artikel, der die Auflagen noch mal verdoppeln wird. Diese ganze ›Die-arme-Autorin-ist-an-Krebs-gestorben-Story‹ stinkt ja zum Himmel, das müssen Sie doch selbst zugeben.«

Lea merkte, wie die Wut in ihr aufstieg. Gab es denn in L. A. nur noch Verrückte? Was wollte er, sie erpressen?

»Wie kommen Sie denn darauf, dass es sich hier um True Crime handelt?«, fragte sie ihn betont ruhig und überlegte gleichzeitig, ob sie diese Möglichkeit überprüft hatten. Leider wusste sie auch sofort die Antwort: hatten sie nicht, weil sie nie auf die Idee gekommen wären, dass es etwas anderes als ein Roman sein könnte.

»Das sage ich Ihnen erst, wenn Sie mir den wahren Autor verraten.«

Lea lächelte, obwohl sich ihre Gedanken überschlugen. Was, wenn auch nur das Geringste an seinen Worten der Wahrheit entsprach?

»Ich versichere Ihnen, die Autorin ist tot. Leider! Wir hätten sonst sofort einen Vertrag über drei weitere Bücher angeschlossen.«

Bruckner starrte sie entgeistert an. »Ist das alles, was Sie auf Lager haben? Waren Sie denn schon mal an ihrem Grab, oder woher wissen Sie so genau, dass sie tot ist? Haben Sie die Todesurkunde gesehen?«

»Natürlich nicht!« Allerdings fiel ihr plötzlich ein, dass Nick ihr noch nie gesagt hatte, wo seine Schwester begraben worden war.

»Damit machen Sie sich zur Handlangerin des Mörders.«

»Das reicht. Also wirklich. Wer sind *Sie* denn überhaupt?«

Bruckner schluckte, als ob er nur mühsam weitere Anschuldigungen unterdrücken könnte, und griff dann in seine Lederjacke.

Lea hatte kurz die Vision, er würde eine Pistole herausziehen und sie damit bedrohen, bis sie ihm einen Namen nannte. Zum Glück zog Bruckner tatsächlich nur eine Visitenkarte hervor.

Er war Journalist und Buchautor. Aber, mahnte sich Lea, Visitenkarten konnte jeder drucken. Sie gab seinen Namen und seine angebliche Position bei Google ein, und tatsächlich, wenn er wirklich Marvin Bruckner war, dann war er jener Kriminalreporter der *New York Times*, der letztes Jahr einen Aufsehen erregenden Tatsachenroman über die Polizei von Los Angeles geschrieben hatte.

»Würden Sie mir jetzt bitte schildern, was Sie auf diese abstruse Idee gebracht hat?«, fragte sie, nachdenklich geworden, schließlich würde ein Reporter der *New York Times* nicht einfach irgendwelche haltlosen Behauptungen aufstellen. Was, wenn stimmte, was er ihr vorwarf? Welche Konsequenzen hatte das für sie? Sie würde nachher gleich ihren Anwalt anrufen, um zu erfragen, ob das rechtliche Probleme geben könnte.

Doch dann kam ihr noch eine andere Idee. Während sie ihn musterte und vorgab, ihm zuzuhören, aktivierte sie die Bildersuche bei Google und musste feststellen, dass der Mann, der vor ihr saß, keinerlei Ähnlichkeit mit Marvin Bruckner hatte, der er zu sein vorgab. Der echte

Bruckner war schwarz. Ein Betrüger also? Was konnte er nur von ihr wollen?

»Diese drei Mädchen im Roman wurden tatsächlich ermordet, und zwar 1985 in …«

Lea sprang wütend auf. »Ich möchte Sie bitten zu gehen, ich rede nicht mit Betrügern. Sie sind nicht Marvin Bruckner. Verschwinden Sie sofort aus meinem Büro.«

Bruckner schenkte ihr ein zerknirschtes Lächeln. »Wenn ich Ihnen gesagt hätte, dass ich freiberuflich arbeite, hätten Sie mich doch erst recht nicht angehört. Bitte, überlegen Sie es sich noch mal, und rufen Sie mich an, wenn Sie Ihre Meinung ändern sollten.«

»Gehen Sie!« Lea zitterte vor Zorn. »Sofort!«

Bruckner blieb vor ihr stehen.

»Oder ich rufe die Polizei!«

Er legte seine Visitenkarte und eine Mappe auf den Tisch. »Adresse und Telefonnummer sind korrekt. Schauen Sie sich das Material mal an. Ich sage Ihnen, dieses Buch wird Sie noch in die allergrößten Schwierigkeiten bringen. Ich möchte Sie warnen!«

Lea ging zum Telefon und machte Anstalten, den Notruf der Polizei zu wählen. Doch mit den Worten »Bemühen Sie sich nicht, ich bin schon weg« stürmte der falsche Marvin Bruckner aus ihrem Büro.

Unmittelbar danach klopfte Cathy an die offen stehende Tür. »Was war denn los?«, fragte sie.

Lea atmete tief durch, um sich zu beruhigen. »Nur ein Irrer, der mir Angst einjagen wollte. Wahrscheinlich muss man sich daran gewöhnen, dass Erfolg auch jede Menge Verrückte anzieht. Vielen Dank, dass Sie so lange geblieben sind.«

»Hab ich gern getan. Wie ein Verrückter hat er gar nicht ausgesehen.«

Lea sah Cathy lächelnd an. »Das tun Sie ja auch nur in schlechten Horrorfilmen, oder?«

Cathy nickte und lächelte zurück. Lea freute sich, denn das tat Cathy viel zu selten. Trotzdem war ihr nicht wirklich zum Lachen zumute. Morgen mussten sie unbedingt überprüfen, ob dieser Kerl Recht gehabt hatte, und wenn ja, dann musste sofort eine Strategie her, eine gute Strategie.

Cathy unterbrach Leas Gedankengang, indem sie fragte, ob Lea noch bei der Malerfirma wegen eines Termins anrufen oder ob sie das auf morgen verschieben wolle.

»Ach je«, ärgerte sich Lea, »die Maler habe ich ja ganz vergessen, die wollte ich doch schon längst angerufen haben. Das erledige ich gleich, damit es endlich vom Tisch ist.«

Lea vereinbarte einen Termin am nächsten Wochenende und bestätigte noch einmal, dass sie bei dem ausgewählten Farbmuster Rot und Gold bleiben wollte. Immer wieder war ihr Blick während des Telefonates zu der Visitenkarte und der Mappe des Unbekannten, die noch immer auf ihrem Schreibtisch lagen, zurückgekehrt. Einerseits war sie neugierig, wer der Unbekannte wohl in Wirklichkeit war, andererseits hatten seine perfiden Anschuldigungen Lea unangenehm berührt. Sie wollte nicht einmal für ein paar Sekunden darüber nachdenken, dass etwas von dem, was er behauptet hatte, wahr sein könnte. Aber warum tat ein Mann so etwas?

Die Neugier siegte über ihre Verärgerung, und sie streckte die Hand nach der Visitenkarte aus.

»Ich gehe jetzt«, sagte Cathy, die in diesem Augenblick schüchtern zur Tür hereinkam. »Wenn Sie wollen, warte ich noch auf Sie, dann können wir zusammen in den Aufzug …«

Lea sah gerührt auf. Das war nett von Cathy, denn Lea brachte es immer noch nicht über sich, allein mit dem Aufzug zu fahren. Die Karte von diesem Betrüger konnte sie sich auch morgen noch anschauen.

»Ja, warten Sie, ich komme gern mit. Danke.«

Lea schaltete ihren Computer aus, stand auf und griff hastig nach ihrer Tasche.

Als sie im Aufzug standen, hätte sie sich gern bei Cathy für ihr Entgegenkommen bedankt, doch diese starrte während der gesamten Fahrt in die Tiefgarage schweigend auf den Boden. Unten angekommen, verabschiedeten sie sich.

Leas Magen zog sich kurz zusammen, als sie den Tiefgaragengestank einatmete. Nach dem Vorfall mit den durchstochenen Reifen hätte sie ihr Auto am liebsten irgendwo anders geparkt, aber es gab in der Nähe des Verlags nirgends bewachte Parkplätze. Außerdem gehörten Tiefgaragen zum Leben, sie konnte ihnen genauso wenig entkommen wie Aufzügen. Sie musste lernen, damit wieder souverän umzugehen.

Je näher Lea zu ihrem Auto kam, desto angespannter und nervöser wurde sie. So musste sich eine Gazelle fühlen, die zu einem Wasserloch schlich, an dem sich auch Löwen herumtrieben. Das kleinste Geräusch würde sie in die Flucht schlagen. Lea merkte, dass sie mit angehaltenem Atem versuchte, so wenig Lärm wie möglich zu machen. Sehr gründlich untersuchte sie vor dem Einsteigen ihr Cabrio, soweit das bei dem schlechten Licht möglich war. Wieso reparierte eigentlich niemand diese kaputten Neonröhren?

Immerhin schienen alle Reifen okay zu sein, und auch sonst sah ihr Auto genauso aus wie heute Morgen.

Da hörte sie ein leises Geräusch.

Sie drehte sich um und erwartete fast schon, den angeblichen Marvin Bruckner, schäumend vor Wut, zu sehen, aber es war niemand da. Nur eine leere Pepsidose, die im Luftzug träge über den Betonboden rollte.

Erleichtert stieg Lea ein, vergewisserte sich, dass ihre Bowlingtasche auf dem Rücksitz lag, und fuhr los. Mit sehr gemischten Gefühlen sah sie dem heutigen Abend entgegen. Nick wollte endlich ihre besten Freunde kennen lernen. Er hatte schon Witze darüber gemacht, dass Lea ihn »geheim hielt«. Ob er ihr peinlich sei, hatte er gefeixt. Er konnte ja nicht wissen, dass Moira und Fred in seinem Leben herumgeschnüffelt hatten. Trotzdem hatte Lea damit gekontert, sie habe ja auch noch keinen seiner Freunde kennen gelernt.

Diesen Einwand hatte Nick damit vom Tisch gewischt, seine Freunde lebten alle in der Nähe von Rancho Bernardo, wo er ja auch seinen Hauptwohnsitz hatte. Er hatte dann weiter gefragt, ob denn beim Bowlen auch Freunde von Fred und Moira mit dabei wären. Schließlich machte das Spiel in einer großen Gruppe viel mehr Spaß.

Verblüfft hatte Lea festgestellt, dass sie gar keine Freunde von Fred und Moira kannte, nur ein paar Kollegen aus dem LAPD, denen sie mal bei einem Grillabend begegnet war. Aber wahrscheinlich waren das eben seine besten Kumpel, schließlich hatte er bei all den vielen Überstunden nicht viel Zeit übrig.

Warum war sie eigentlich so aufgeregt? Vielleicht doch wegen der Theorien, die der angebliche Bruckner verbreitet hatte? Nur mal angenommen, er hatte Recht und Stella Bernardi hatte das Buch nicht geschrieben, wer war dann der Autor?

Lea fröstelte.

21. Kapitel

Wie eine Keule ging der Lärm in der Bowlinghalle auf Leas Schädel nieder, das Donnern der Kugeln, der hektische Elektrobeat, das laute Stimmengewirr und das rhythmische Händeklatschen. Nur der Duft nach Minze, der gerade durch die Klimaanlage gepumpt wurde und den muffigen Geruch nach feuchten Socken, durchgeschwitztem Leder und Bier überlagerte, erfrischte sie ein wenig und verhinderte, dass sie sich völlig erschlagen fühlte.

Lea holte sich Bowlingschuhe am Counter und zog sich um, dann hielt sie Ausschau nach ihren Freunden. Da, auf Bahn sieben, direkt neben der Snackbar, winkte ihr Moira. Nick war noch nicht da.

Lea begrüßte Moira und fragte nach Fred. Moira zeigte gelangweilt mit ihrem Daumen über ihre rechte Schulter. Leas Augen folgten der Geste und sahen gerade noch, wie Fred Anlauf nahm, geschmeidig in die Knie ging und die orangefarbene Kugel mit Schwung abwarf. Er wandte sich Lea zu, ohne das Ergebnis abzuwarten. Als hinter ihm alle Kegel klappernd umfielen, zuckte er lässig mit seinen breiten Schultern, als wollte er sagen: Gelernt ist gelernt, und kam dann grinsend auf Lea zu. »Hallo«, sagte er, umarmte sie und küsste ihre Wange.

»Wo bleibt Nick?«, fragten Moira und Fred gleichzeitig.

»Ich weiß es nicht. Ich habe ihn seit Tagen nicht gesehen, er hatte so viel zu tun. Aber er hat versprochen zu kommen.«

In diesem Moment tippte jemand Lea auf die Schulter.

Nick grinste in die Runde, ließ sich Fred und Moira vorstellen und küsste Lea auf den Mund.

Dann hielt er einen Moment inne und betrachtete ihr Gesicht. »Ist etwas passiert? Du siehst besorgt aus«, meinte er.

Lea war verblüfft, dass ihm eine Veränderung an ihr aufgefallen war, hatte sie sich doch so bemüht, sich nichts anmerken zu lassen.

»Nein, es ist nichts«, murmelte sie dennoch, schließlich wollte sie den anderen nicht den Abend verderben.

Nick streichelte ihren nackten Arm. »Lea, bitte, ich kenne dich jetzt schon ein Weilchen. Also, was ist los?«

Moira verdrehte die Augen. »Leute, wir haben uns doch zum Spielen getroffen, oder?«

Lea ärgerte sich über Moiras Bemerkung, denn sie fand Nicks Besorgnis einfach rührend und war ganz sicher, dass Moira sich insgeheim nach einem Mann sehnte, der so verständnisvoll mit ihr umging. Deshalb berichtete sie jetzt doch von der Begegnung mit dem angeblichen Bruckner. Zu ihrer großen Überraschung reagierten ihre Freunde heftig, aber völlig unterschiedlich.

Nick wurde blass vor Sorge und schlug vor, in Zukunft einen Wachmann zu engagieren, der solche Irren gar nicht mehr reinlassen würde.

Moira dagegen fand diese Begegnung sehr aufregend und wollte wissen, wie der Kerl ausgesehen und ob er nicht doch noch mehr gesagt hatte.

Nick reagierte daraufhin pampig und meinte, was auch

immer dieser Betrüger erzählt habe, sei doch letztlich ohne jede Bedeutung. Dass er sich eines falschen Namens bedient hätte, sage doch schon alles. Seine Schwester Stella habe *Fatal Velvet* geschrieben, alles andere sei Unsinn.

Fred mischte sich ein und äußerte, genau wie Nick, seine Besorgnis darüber, dass offensichtlich jeder ungehindert in die Räume des Big-Surprise-Verlags vordringen konnte. Außerdem fügte er hinzu, er habe das Buch schließlich auch gelesen, und als Bulle hätte er doch erkennen müssen, wenn darin wahre Verbrechen geschildert worden wären. Es gäbe zwar öfter Serienmorde, aber so groß sei Kalifornien dann auch wieder nicht. Ob dieser falsche Marvin Bruckner denn irgendwelche Beweise für seine Theorie vorgebracht hätte?

Moira wirkte genervt und unterbrach an dieser Stelle das Gespräch der Männer mit Lea. »Hey, Jungs, wie ich schon sagte, wir sind zum Spielen hergekommen …«

Nick und Fred grinsten sich an, Fred seufzte. »Man sollte sie nie heiraten, diesen Ton kriegen sie erst nach der Hochzeit.«

Moira puffte Fred auf den Oberarm und verzog spöttisch ihren rechten Mundwinkel. Lea mischte sich ein, um eine Auseinandersetzung zu verhindern. »Dann wollen wir mal, ja?«

Sie bildeten per Los zwei Mannschaften und spielten dann gegeneinander. Nick, der mit Moira in einer Mannschaft war, zwinkerte Lea jedes Mal zu, wenn Moira in ihrem hellgrünen Minikleid demonstrativ in die Knie ging und sich dann so weit nach vorne beugte, dass man ihr

Höschen sehen konnte. Auch Fred registrierte das Verhalten seiner Frau sehr genau, und Lea fragte sich, wie ihm dabei zumute war. Dieser fing ihren Blick auf und lächelte gutmütig. »Sie muss eben immer demonstrieren, dass sie eine begehrenswerte Frau ist.«

Nach zwei Runden legten sie eine Pause ein und tranken ein Bier zusammen.

Nick prostete Fred zu. »Lea hat erzählt, Sie arbeiten bei der Polizei. Das finde ich sehr interessant. Was genau machen Sie denn?«

Fred nahm einen tiefen Schluck und wischte sich dann den Schaum von der Oberlippe, bevor er gemächlich antwortete.

»Ich bin Detective in der Abteilung für Kapitalverbrechen. Wir unterstützen die verschiedenen Dienststellen bei der Aufklärung solcher Fälle. Ich bin dem Westbüro zugeteilt, die sind zuständig für den Wilshire-, Hollywood-, West-Los-Angeles-, Pazific- und Traffic-Distrikt.«

»Wow, das klingt nach viel Arbeit!«

Fred wiegte den Kopf. »Na ja, wie man's nimmt. Bevor ich Detective wurde, war ich Captain in South-West. Sie wissen schon, die Abteilung, die Rodney King auf dem Gewissen hat. Das war Stress.«

»Verstehe. Darf ich noch etwas Persönliches fragen?«

»Natürlich. Jederzeit. Die Polizei, dein Freund und Helfer.« Fred grinste breit in die Runde und legte seinen Arm um Moira.

»Wenn man so lange Polizist ist, entwickelt man dann im Laufe der Zeit so etwas wie Intuition, die einem sagt: Der ist schuldig, der hat es getan?«

Fred ließ Moira wieder los. »Nick. Wenn Sie ein Grundstück zum ersten Mal sehen, wissen Sie dann schon, ob es als Baugrund für ein Haus geeignet ist?«

Nick zog eine Grimasse. Lea wusste, er war verärgert, konnte sich aber nicht erklären, warum.

»Natürlich nicht«, erwiderte Nick, »denn ich kann in den Boden nicht hineinsehen, habe keine Ahnung, ob da früher mal 'ne Müllhalde war oder eine Chemiefabrik.«

»Eben, und das kann ich auch nicht, in den Mensch reinschauen! Man kann sie nur anschauen ...« Fred zwinkerte den beiden Frauen zu. Dann wurde er wieder ernst. »Aber ich will Sie nicht anlügen. Um ehrlich zu sein, manchmal habe ich schon so ein Gefühl.«

»Und wenn die Beweise dann etwas anderes sagen als dieses Gefühl?«

Fred richtete sich auf und stellte sein Bierglas heftig auf den Tisch. »Ach, kommen Sie, Nick, was soll denn das? Sie glauben doch wohl nicht diesen Mist, den man in jedem dritten Hollywoodstreifen zu sehen bekommt? Das von dem korrupten Cop, der Beweismittel manipuliert.«

Nick trank sein Bier aus und wischte sich den Schaum an der Lippe weg. »Natürlich nicht, entschuldigen Sie, dass ich Sie verärgert habe.«

»Schon gut, das sind so die Vorurteile, mit denen man als Polizist leben muss. Daran bin ich gewöhnt, aber unter Freunden ... Ich möchte echt mal wissen, warum korrupte Cops so ein Lieblingsthema in den Medien sind.«

»Weil es sexy ist, unmoralisch zu sein«, flüsterte Moira und warf Lea einen spöttischen Blick zu, der diese nach einem Themenwechsel suchen ließ. Weil ihr aber nichts einfiel, stand sie auf. »Entschuldigt mich bitte einen Moment, ja?«

Moira folgte ihr sofort.

Lea wunderte sich, denn Moira war sonst eine bissige Kritikerin von Frauen, die paarweise zum Klo gingen, und vermutete, dass Moira die Gelegenheit nutzen wollte, ihr etwas zu sagen. Kaum hatten sie die Tür zu dem unangenehm hellen Waschraum geschlossen, kam sie ihr jedoch zuvor. »Jetzt sag schon, ist er nicht großartig?

Moira stellte ihr rosa Pailletten-Handtäschchen auf das blendend weiße Waschbecken und suchte nach ihrer Puderdose. Erst nachdem sie ihr Gesicht völlig eingestäubt hatte, antwortete sie.

»Stell dir vor, er wollte nicht mit mir ins Bett, mit dem stimmt doch was nicht.«

Lea schüttelte irritiert den Kopf. »Moira, ich rede von Nick.«

Moira grinste. »Ach so, ja, dem habe ich natürlich noch keine Einladung geschickt, ich rede von Smithers. In deinem Verlag arbeiten echt merkwürdige Typen. Dieser Smithers wollte mit mir eine Wanderung machen, stell dir das mal vor. Eine Wanderung!«

Lea unterdrückte ein boshaftes Grinsen. Smithers hatte einen Orden verdient!

Moira drehte sich wieder zum Spiegel und puderte noch einmal über ihre Nase. »Wieso stellst du so seltsame Männer ein? Und dieser super Attraktive, Mark, ist der eigentlich schwul?«

Lea stöhnte auf. »Keine Ahnung, und wenn, wär's mir egal. Jetzt sag doch endlich, was für einen Eindruck hast du von Nick?«

»Nett.«

Na bravo, dachte Lea, nichtssagender geht es ja kaum.

»Nett also?«

»Hmm.«

»Du willst mir im Ernst sagen, dass du Nick weniger attraktiv findest als all die öden Männer, die du mir in der Vergangenheit aufgedrängt hast?«

Moira nickte schweigend, weil sie gerade ihre Lippenkonturen nachzog.

Am liebsten hätte Lea sie am Arm gepackt.

Moira malte die Lippen mit einem Pinsel tiefrot aus, presste sie dann aufeinander und schmatzte ihrem Spiegelbild befriedigt zu. Jetzt wandte sie sich wieder zu Lea.

»Zugegeben, er sieht umwerfend aus, und er ist höflich. Aber irgendwas stimmt nicht mit ihm. Glaub mir, ich habe Antennen dafür.«

»Antennen? Das ist ja wohl die Untertreibung des Jahrhunderts, du hast sein Leben komplett ausspioniert.«

»Du willst das nicht hören, ich weiß. Aber ich bin sicher, er verschweigt dir etwas. Vielleicht ist er verheiratet? Ich meine, wo war er denn die ganze Zeit? Wieso hat er dich noch nie seinen Freunden vorgestellt? Gibt's denn überhaupt welche? Und warst du schon einmal in seinem Büro? Hat er überhaupt eins?«

Lea war sprachlos. Ihre engste Freundin konnte es offensichtlich nicht ertragen, dass Lea den besten aller Männer gefunden hatte, und wollte ihn miesmachen. Voller Empörung legte sie los: »Soll ich dir sagen, was ich glaube? Du erträgst es nicht, dass Nick nicht hinter dir her ist, so wie die meisten Kerle. Glaub ja nicht, dass ich nicht gesehen hätte, wie du versucht hast, ihn anzumachen. Ekelhaft! Und du nennst dich meine Freundin!«

Moira zuckte nur lässig mit den Schultern und brachte Lea damit noch mehr in Rage.

»Und falls ich rauskriegen sollte, dass ihr weiter in seinem Leben herumschnüffelt, dann trennen sich unsere Wege.«

Moira verließ den Waschraum, an der Tür drehte sie sich noch mal zu Lea um. »Ich verzeihe dir, weil ich weiß, dass du ihn liebst. Ich habe dir nur das gesagt, was dich selbst irgendwie beunruhigt, und nur deshalb bist du so sauer. Ruf mich an, wenn du reden willst.«

Lea kochte vor Wut. So ein Unsinn! Moira hatte sich aus ein paar Details, die sie ihr erzählt hatte, eine lächerliche Räuberpistole zusammengebastelt.

Doch ihr heftig flackernder Zorn angesichts von Moiras üblen Verdächtigungen wurde nach und nach von Zweifeln erstickt.

Konnte es sein, dass Moira doch Recht hatte? Nein, entschied sie, Moira hatte sich nur geärgert, weil Nick nicht mit ihr geflirtet hatte. In dieser Hinsicht hatte die Gute wirklich eine Macke!

Lea spritzte sich kaltes Wasser ins Gesicht und über die Handgelenke und versuchte, sich zu beruhigen. Aber eigentlich wollte sie sich gar nicht beruhigen. Sie wollte nach Hause gehen, mit Nick schlafen und alles andere vergessen, all diese gemeinen Andeutungen, die Moira von sich gegeben hatte. Wahrscheinlich war es für sie normal, so zu denken, schließlich war ihr Mann Polizist.

Lea nickte sich einmal aufmunternd zu. Sie würde jetzt gehen. Moira konnte sich bei Gelegenheit entschuldigen.

Als sie zur Bahn sieben kam, wurde sie von Fred und Nick aufmerksam gemustert. Moira tat so, als wäre alles in Ordnung, trotzdem hatten die beiden Männer mitbekommen, dass etwas nicht stimmte.

»Ich möchte gehen. Ich fühle mich nicht wohl« sagte Lea zu Nick.

Er sprang auf. »Dann begleite ich dich.«

Fred erhob sich und gab Lea ein Küsschen. »Was war denn los?«, flüsterte er. Sie zuckte mit den Schultern.

»Nichts.«

Auch Nick verabschiedete sich, dann verließen sie die Bowlinghalle.

Obwohl direkt neben dem Parkplatz der Santa Monica Freeway vorbeirollte, kam es Lea plötzlich erschreckend still vor. Nur Automotoren und Wind.

»Kommst du mit zu mir?«, fragte sie und wünschte sich nichts sehnlicher.

Nick zog sie an sich. »Ich komme gern mit, aber vorher möchte ich mehr über diesen Journalisten, oder was der Kerl auch immer ist, herausfinden. Es macht mir Sorgen, dass du von solchen Männern belästigt wirst.«

Gerührt küsste sie ihn auf die Nasenspitze. »Du bist so wunderbar. So hat sich niemand mehr um mich gekümmert, seit meine Mutter gestorben ist.«

»Jetzt übertreibst du aber.«

»Nein, überhaupt nicht. Komisch, ich hab schon lange nicht mehr an sie gedacht.«

»Jetzt bringe ich dich nach Hause, okay?«

Leas Herz schlug schneller. Sie wusste, wenn sie nur erst mit ihm schlafen würde, dann würde all das Abstruse, was Moira angedeutet hatte, aus ihrem Kopf verschwinden.

»Leider kann ich heute Nacht nicht bei dir bleiben, ich habe noch ein paar wichtige Dinge zu erledigen.« Als Nick Leas Enttäuschung bemerkte, küsste er ihre hängenden Mundwinkel. »Hey, Süße, lach bitte wieder, nur für mich, ich verspreche dir, morgen sehen wir uns. Okay?«

Lea nickte, stieg wortlos in ihr Cabrio und folgte Nicks Wagen. Während der Fahrt wirbelten Moiras düstere Bemerkungen durch ihren Kopf und vermischten sich mit den Anschuldigungen dieses Journalisten, der sich als Marvin Bruckner ausgegeben hatte. Und je dringender sie all das verdrängen wollte, desto zäher setzten sich die Zweifel in ihr fest. Als Lea aus ihrem Auto kletterte, fühlte sie sich so erschöpft, als hätte sie eine Hirnwäsche hinter sich.

»Nick, bitte, sag mir eins, bist du verheiratet?«, platzte sie heraus und schlug sich sofort wie ein Kind, das versehentlich ein Geheimnis verraten hat, mit der flachen Hand auf den Mund.

Nick starrte sie verdutzt an und brach dann in Gelächter aus. »Nein, natürlich nicht.« Seine Augen blitzten amüsiert. »Ach, jetzt verstehe ich, was deine Freundin Moira dir für einen Floh ins Ohr gesetzt hat. Also, ich bin nicht und war nie verheiratet. Ich muss heute einfach noch etwas arbeiten.«

Er zog Lea in seine Arme. Sein vertrauter Geruch beruhigte sie. Zärtlich küsste er ihren Hals und flüsterte ihr ins Ohr: »Lea, Liebste, ich bin bestimmt nicht perfekt, aber ich würde dich nie verletzen.«

»Und lügen? Würdest du mich anlügen?«

»Zweifelst du an mir? Dann sag mir, warum!«

Seine Stimme hatte auf einmal einen bitteren Unterton.

Er ließ sie los und trat einen Schritt zurück, die Lippen fest aufeinandergepresst.

Lea schämte sich. Was fiel ihr ein? Warum tat sie das?

Sie kam auf ihn zu, legte ihre Arme um ihn und zog ihn an sich, so fest sie konnte, doch er sträubte sich.

»Es tut mir leid«, erklärte sie. »Ich glaube, ich bin immer noch ein bisschen durcheinander, weil heute so viele merkwürdige Dinge passiert sind.«

»Das verstehe ich, aber ich finde es nicht in Ordnung, dass du sie mit mir in Verbindung bringst.«

»Du hast Recht. Es tut mir leid. Kommst du trotzdem noch mit rein?«

»Nur, wenn du damit leben kannst, dass ich nicht lange bleiben kann.«

Statt einer Antwort küsste Lea ihn voll auf den Mund, umspielte mit ihrer Zunge seine Lippen, bis er seinen Widerstand aufgab, leicht aufseufzte und sie willkommen hieß.

Seine Hände wanderten ihren Rücken hinunter, zogen sie näher.

Ein Glücksgefühl brandete in Lea auf und brachte all ihre Zweifel zum Schweigen. Nick und sie waren füreinander geschaffen.

Sie lösten sich voneinander, und Lea zog den Schlüssel aus ihrer Tasche und winkte Nick damit, einen viel versprechenden Ausdruck im Gesicht. Sie eilte voraus, wollte keine Zeit mehr verlieren. Nick stand hinter ihr, während sie ihre drei neuen Schlösser aufsperrte, umfasste liebkosend ihre Brüste und schmiegte sich immer enger an ihren Körper. Leas Hände zitterten. Schneller, dachte sie, schneller. Flüchtig erinnerte sie sich daran, dass sie ihm noch nichts von der offen stehenden Tür erzählt hatte.

Da, jetzt endlich war das letzte Schloss offen. Sie zog Nick über die Schwelle, riss ihre Bluse aus dem Rockbund und führte seine Hände an ihre nackte Haut. Wie befreit seufzte sie laut auf und überließ sich seiner Führung. Er hob Lea kurz entschlossen hoch und trug sie in ihre himmelblaue Dusche. Mit einer Hand drehte er den Wasserhahn auf. Angenehm warmes Wasser prasselte nieder. Schnell entkleidete er sich, trat dann nackt vor Lea und zog sie unter die Dusche. Lea sog keuchend die Luft ein, als ihre Kleider plötzlich nass an ihr klebten und Nick ihren Körper durch diese hindurch sanft massierte. Er zog ihr aufreizend langsam jedes Kleidungsstück einzeln aus, während Lea schon danach gierte, seinen nackten Körper endlich zu berühren. Aber er entzog sich ihr immer wieder, bis auch sie nackt unter dem dampfenden Strahl stand. Dann schäumte er eine Riesenportion Duschgel in seiner Hand auf und meinte lächelnd zu Lea: »Ich glaube, wir beide sind heute sehr, sehr schmutzig geworden.«

22. Kapitel

Wie kann man so unklug sein und einen Mord begehen, ohne sich zu vergewissern, dass das Opfer allein ist? Immerhin war es eine interessante Erfahrung.

Wie leicht so eine Hirnschale zu knacken ist. Wie einfach das aussieht.

Ich habe immer schon geahnt, dass Baseballschläger gefährliche Waffen sind.

Schade, dass es ihn jetzt getroffen hat, ich hätte ihn gern noch zu den Details in der Mappe befragt. Ich verstehe auch nicht, warum er getötet wurde. Soweit ich weiß, hat er ein anständiges Leben geführt und niemals jemanden verletzt. Zu mir jedenfalls war er sehr gut.

Aber da ist sie ja schon wieder, diese Frage nach dem Warum, die, und das hätte ich doch längst lernen müssen, niemals beantwortet werden kann. Es sei denn, Zufall wäre eine erlaubte Antwort.

Aber so möchte ich sie nicht bestrafen, hier ging alles so schnell. Sie sollen mehr leiden. So wie sie gelitten hat. Sie sollen sich eine Vorstellung davon machen können. Vielleicht dürfen sie Szenen aus dem Buch nachspielen. Aber daran arbeite ich noch.

Ich frage mich, was dieser Mann gesucht hat. Er war präzise in seinem Vorgehen und hat doch übersehen, dass ich da war. Dabei hätte er doch das Klo überprüfen müssen, oder? Wie gut, dass der Gang zur Toilette mit einem Vorhang abgetrennt ist, sonst hätte er mich erwischt.

Zuerst konnte ich nur seine Schuhe sehen, polierte schwarze Lederschuhe, vielleicht waren es sogar handgenähte, mit einem eigenartigen Lochmuster.
Das sah total lächerlich aus zu diesem dunkelblauen Jogginganzug. Aber dann, kurz bevor er die Wohnung verließ, drehte er sich zu mir um, und ich konnte sein Gesicht sehen. Dunkle Augen, dunkle Haare und so ein grimmig verzogener Mund. Ein schöner Mund. Er hat mich an jemanden erinnert. Ich hielt die Luft an, aus Angst, ihn auf mich aufmerksam zumachen, aber der Mann hatte es sehr eilig.
Ob er mich auch getötet hätte, wenn er mich entdeckt hätte? Ja. Obwohl er nicht sonderlich groß war für einen Mann, machte ihn seine wütende Entschlossenheit stark.
Und ich musste erkennen, dass ich nicht sterben wollte. Dabei dachte ich doch, mein Leben wäre mir egal.
Jetzt weiß ich, dass auch dies nur eine meiner lächerlichen Illusionen war, und gleichzeitig macht es mir deutlich, wie sehr der Mensch an seinem einen mickrigen Leben hängt, und das wiederum bedeutet für mich, sie hatte einen doppelten Grund zum Leben.
Sie hat gekämpft.
Das haben die bei der Obduktion festgestellt. Einer von den Polizisten hat es mir gesagt, als hätte mich das trösten können. Damals aber wollte ich, dass mir jemand sagt, sie sei friedlich eingeschlafen und hätte gar nichts mitbekommen. Ich erinnere mich nicht mehr, wer das war, alle Ereignisse sind wie in Nebel getaucht.
Umso klarer bin ich jetzt.

23. Kapitel

Hier ist die Liste mit den Autorinnen, die für die Erotik-Reihe in Frage kommen. Meiner Meinung nach …«

Marks Worte verschwammen in Leas Kopf zu einem bedeutungslosen Klangteppich. Sie unterdrückte ein Gähnen. Immer wieder schweiften ihre Gedanken ab zu dem gestrigen Abend mit Nick. Wie leidenschaftlich sie sich geliebt hatten … Plötzlich konnte sie verstehen, warum Männer ihre Familien verließen »nur« wegen einer Affäre. Sie hatte Sex eindeutig immer unterschätzt.

Nick und sie schienen wie füreinander geschaffen. Stets wusste der eine, was der andere brauchte, da war so viel Verständnis, Zärtlichkeit und Lust. Sie bereute es keine Minute, dass sie ihrem Grundsatz, Berufliches und Privates niemals zu vermischen, untreu geworden war. Es wäre das Allerdümmste gewesen, diese Gelegenheit nicht am Schopf zu packen und endlich wieder zu leben.

Sie bemerkte, dass der Klangteppich Stille gewichen war.

Mark sah sie mit gerunzelter Stirn an und hob seine rechte Augenbraue. »Wenn ich dich langweile …« Er nahm demonstrativ einen tiefen Schluck aus seinem Kaffeebecher.

Lea rief sich zur Ordnung und richtete sich auf. »Nein, nein, gar nicht, fahr nur fort.«

Doch in diesem Moment kam Shana hereingestürzt und

setzte sich ganz unbekümmert zu ihnen. Sie wollte mit Lea über die Verlobung übermorgen reden, daraufhin verdrehte Mark seine Augen und verließ fluchtartig Leas Büro.

Die Verlobung! Schon diesen Sonntag! Lea schlug sich mit der Hand an die Stirn. »Oh, Mist!«

Shana lachte über Leas verdutztes Gesicht und verriet ihr, was sich ihre Geschwister als Geschenk ausgedacht hatten.

Lea konnte es kaum glauben, aber sie hatte sogar vergessen, Nick zu fragen, ob er sie begleiten würde. Das musste sie sofort nachholen.

»Also, machst du mit?«, fragte Shana.

Lea entschuldigte sich, weil sie nicht zugehört hatte, und Shana erklärte ihr noch einmal, welche Idee sie und ihre Geschwister gehabt hatten: ein romantisches Wochenende auf Hawaii für die beiden Frischverlobten.

»Möchtest du dich an unserem Geschenk beteiligen?«

Lea nickte. Sie war froh, sich keine Gedanken darüber machen zu müssen, was Ruth van Dyke Freude bereiten würde.

Allerdings musste jeder fünfhundert Dollar beisteuern. So viel hätte Lea niemals für eine Verlobung ausgegeben, aber sie wollte nicht, dass die van Dykes sie für geizig hielten. Sie erklärte Shana, dass sie später einen Scheck ausstellen würde.

Shana wollte gern noch ein bisschen mit Lea plaudern, aber Lea musste dringend einiges an Arbeit nachholen. Sie vertröstete Shana daher auf einen anderen Tag.

Kaum war diese gegangen, klingelte Leas Telefon. Es war Moira, die sich entschuldigen wollte, weil sie ihr den

Abend gestern ruiniert hatte. Sie klang sehr deprimiert und erklärte, sie habe sich mit Fred so heftig darüber gestritten, dass dieser wutentbrannt die Wohnung verlassen hatte.

Gerade wollte Lea ihr ein paar tröstende Worte sagen, da fügte Moira noch hinzu, trotz allem wäre Nick für sie ein komischer Vogel.

»Nick ist definitiv kein komischer Vogel!«

»Vielleicht ist er ein Heiratsschwindler, so wie der um dich herumgurrt«, konterte Moira.

Sofort wurde Lea wieder ernst. »Das meinst du doch nicht im Ernst.«

»Jetzt überleg doch mal. All diese Dinge, die dir passiert sind. Der Vogel, der Aufzug, die zerstochenen Reifen. Wann hat denn das alles angefangen? Doch genau zu dem Zeitpunkt, als du Nick kennen gelernt hast. Vielleicht gibt es eine andere Frau, die eifersüchtig auf dich ist?«

Lea knallte den Hörer auf die Gabel. Sie legte ihren Kopf in die Hände und stöhnte.

Es klopfte an ihrer Tür. Martha trat ein, ohne das »Herein« abgewartet zu haben. Seit sie ihre Haare kürzer trug, schien die freundliche Verbindlichkeit, die sie jahrelang ausgezeichnet hatte, von ihr abgefallen zu sein. Ihr Lächeln wirkte wie in Metall gegossen. »Cathy holt Sandwiches für alle. Möchten Sie auch etwas?«

Lea lehnte dankend ab. Früher hätte das besorgte Kommentare seitens Marthas hervorgerufen, jetzt zuckte diese nur mit den Schultern und schlurfte davon.

Lea beschloss, Ordnung in ihren Kopf zu bringen und eine Liste zu schreiben mit all den Dingen, die zu erledigen waren. Sie legte den Block vor sich hin, schraubte die Kappe ihres Füllfederhalters ab und schrieb hoffnungsfroh das Wort »Zeitplan« auf das oberste Blatt Papier. Sie unterstrich es, malte Kringel drumherum, fügte Herzchen hinzu, Sternchen und Monde, als es schon wieder an der Tür klopfte. Martha verkündete ihr missbilligend, die Polizei sei da.

Verständnislos schob Lea einen Aktenordner über ihre kindlichen Kritzeleien. »Die Polizei?«

Fred kam herein und begrüßte sie. Dann setzte er sich auf den Sessel vor ihrem Schreibtisch. Er sah noch zerknautschter aus als sonst, was daran lag, dass er unrasiert war. Zwischen seinen dichten Augenbrauen stand eine steile Falte, die ihn zornig aussehen ließ.

»Jetzt sag schon, was los ist? Ist was mit Moira?«, fragte Lea, obwohl sie ja gerade eben mit dieser telefoniert hatte.

Fred verneinte und erzählte ihr dann, dass man Bruckner, der in Wirklichkeit Leonard Trotter hieß, tot in seiner Wohnung in West Hollywood gefunden hatte. Sein letzter Termin war gestern der bei Lea gewesen. Deshalb musste er sie jetzt fragen, um was es dabei gegangen war. Ganz offiziell.

»Was heißt denn tot? Wurde er ermordet?«

»Warum fragst du das?«, hakte Fred nach.

Lea zuckte mit den Schultern. »Wenn er nur falsch geparkt hätte, wärst du jetzt nicht hier, oder?«

»Also?« Fred war offensichtlich nicht gewillt, ihr weitere Auskünfte zu geben. »Was genau hat er gesagt?«

Lea erklärte ihm, er wisse bereits alles, doch Fred führte aus: »Gestern hast du nur von seinen Vermutungen und

Beschuldigungen gesprochen. Hat er denn gar keine Beweise für seine abstruse Theorie beigebracht?«

»Er wollte, aber ich habe ihn nicht ausreden lassen, habe ihm gedroht, dass ich die Polizei holen werde.« Was für eine Ironie! Lea schüttelte den Kopf.

Während Fred Lea aufmerksam musterte, fiel es ihr siedend heiß wieder ein. Über den lustvollen Erinnerungen an die gestrige Duschorgie mit Nick hatte sie völlig vergessen, dass der falsche Bruckner doch mehr als nur seine Visitenkarte zurückgelassen hatte. Aber wo war diese Mappe? Dieser Trotter hatte sie auf ihren Schreibtisch gelegt, aber dort war sie nicht mehr. Lea ließ ihren Blick unauffällig über ihren Schreibtisch wandern, konnte aber die Unterlagen nirgends sehen. Ob Martha oder Cathy sie vielleicht weggeräumt hatten? Sollte sie Fred davon erzählen? Nein, entschied sie, zuerst musste sie diese Mappe finden und selbst einmal hineinschauen. Es war ihr Buch, ihr Verlag und ihr Problem. Dann erst würde sie mit Fred darüber reden.

»Erzähl mir mehr über den Roman«, verlangte dieser jetzt.

»Ich dachte, du hättest ihn gelesen.«

Fred grinste. »Na ja, überflogen.«

Lea fasste den Inhalt für ihn zusammen.

»Jetzt erinnere ich mich wieder, darüber haben Moira und ich gestritten, was für ein Blödsinn das doch ist. Lieber Selbstmord zu begehen, als eine Anzeige bei der Polizei zu machen. Möchte wirklich gern wissen, was Trotter damit gemeint hat, dass das ein realer Fall sein soll.«

»Ich glaube, er meinte die ermordeten Mädchen.«

»Jeden Tag werden in L. A. Mädchen ermordet, das ist mir nicht genug.«

»Er war davon überzeugt, die vielen Details über die Mädchenmorde, die in diesem Roman beschrieben sind, könnte nur der echte Mörder gewusst haben.«

»Na gut, dann werde ich die entsprechenden Stellen im Roman, also Namen, Mordmethode, Leichenfundorte und so weiter, mal durch unseren Computer jagen. Vielleicht gibt es eine signifikante Übereinstimmung. Aber selbst wenn, die Autorin ist doch tot, oder?« Fred schüttelte den Kopf. »Das werden wir auch gleich mal überprüfen. Allerdings treten Frauen nur sehr selten als Serienkiller in Erscheinung. Na, bis jetzt sehe ich noch keinen Zusammenhang zwischen dem Roman, Trotters Theorie und dem Mord. Aber du verstehst bestimmt, dass wir jeder Spur nachgehen müssen. Momentan sieht es nach einfachem Raubmord aus.«

»Raubmord? Der Ärmste.« Lea konnte die Tatsache, dass der Mann, der sich als Marvin Bruckner ausgegeben hatte, tot war, kurz nachdem er behauptet hatte, der Roman sei von dem wahren Killer geschrieben, nicht so leicht als Zufall abtun. Aber das würde sie Fred nicht auf die Nase binden, nicht, solange sie nicht herausgefunden hatte, was sich in der Mappe befand. Ja, er war ihr Freund, aber er hatte auch Nick ausspioniert. Wenn sie diese Mappe wiederfand, dann würde sie als Erste hineinschauen!

Fred klappte sein Notizbuch zu und steckte es ein. Er bedankte sich für Leas Hilfe, stand schwungvoll auf, verabschiedete sich von ihr und verließ das Büro.

Lea atmete auf und machte sich sofort daran, die Mappe

von diesem Trotter zu suchen. Eigentlich hätte sie doch hier auf ihrem Tisch liegen müssen, wo er sie gestern Abend hingelegt hatte. Sie schob einen Stapel zur Seite und erstarrte mitten in der Bewegung, weil ihre Tür weit aufgerissen wurde.

»Cathy ist wieder da.« Martha wedelte mit einer braunen Tüte. »Sie hat ein Sandwich für Sie mitgebracht, nur für den Fall, dass Sie doch Hunger haben sollten.«

Lea bedankte sich zerstreut, nahm Martha die Tüte ab und suchte, sobald diese die Tür hinter sich geschlossen hatte, weiter nach der Mappe.

Wirre Gedanken wirbelten durch ihren Kopf. Immer wieder sah sie Trotter vor sich, wie er sie angestarrt hatte und darauf bestand, dass er Recht hätte. Nur mal angenommen, es wäre wirklich etwas dran an seiner Theorie. Was hatten dann diese ermordeten Mädchen mit seinem Tod zu tun?

Lea konnte die Mappe nirgends entdecken. Wo hatte er sie bloß hingelegt? Hatten Martha oder Cathy sie weggeräumt? Sie rief Cathy über die Hausleitung an und fragte bei ihr nach. Cathy äußerte sich sehr verwundert. Wie Lea darauf käme, dass sie Akten von ihrem Schreibtisch nehmen würden …? Hastig legte Lea auf. Sie wollte ihre Mitarbeiter nicht verärgern.

Aber merkwürdig kam es ihr doch vor.

Sie erinnerte sich an die Jahreszahl, die Trotter alias Bruckner erwähnt hatte. Es war das Jahr gewesen, in dem ihre Mutter starb. 1985.

Wenn er wirklich Recht gehabt hatte, was die Morde betraf, dann müsste darüber etwas in der Zeitung gestanden haben. Drei spektakuläre Morde waren auf einmal entdeckt worden. Im Buch spielte die Handlung im Anza Borrego State Park.

Zögernd ging Lea auf die Homepage der *L. A. Times*, ins Archiv. Sie gab als Zeitraum den ersten Januar bis zum einunddreißigsten Dezember 1985 ein, dann das Stichwort Mord. Es wurden mehr als dreitausend Treffer angezeigt.

Sie musste präziser werden. Mit klopfendem Herzen gab sie weitere Suchbegriffe ein: drei Opfer, weiblich, dann Anza Borrego. Sie klickte auf Suchen.

Bitte nicht, dachte sie, lass es nicht zu, dass Nicks Schwester wirklich eine True-Crime-Story geschrieben hat und ich es nicht gemerkt habe.

Aber, beruhigte sie sich, während ihr Computer die Seiten hochfuhr, vielleicht war es ja auch nur so, dass Stella Bernardi etwas über die realen Fälle gelesen hatte und sich davon zu einem Thriller inspirieren ließ. Das ging vielen Autoren so. Wie oft hatte sie es bei Palmers & Co erlebt, dass zeitgleich von verschiedenen Autoren dieselben Themen angeboten wurden – kein Wunder, alle Autoren lasen die gleichen Zeitungen.

Da!

Es gab mehrere Artikel, die sie gegen Gebühr herunterladen konnte. Sogar Fotos.

Es war entsetzlich.

Die Mädchen hatten sogar die gleichen Vornamen! Die achtzehnjährige Carol Appleby aus dem Roman, die von einem Musikfestival in Indio nicht mehr nach Hause kommt, entpuppte sich in der Zeitung als Carol Burnett. Die sechzehnjährige Melanie Makasian, die nach ihrer Wahl zur Highschool-Queen spurlos verschwunden war, wurde im Buch zu Melanie Papasian. Und die schwangere siebzehnjährige Mary-Ann Baker, die auf dem Weg von der Uni nach Hause ermordet worden war, hieß in Wirklichkeit Mary-Ann Jones.

Lea schob ihr Sandwich weit von sich, allein der Geruch verursachte ihr jetzt Übelkeit.

Alles, was im Buch über die Opfer erzählt wurde, entsprach den Tatsachen eines realen Falles. Warum hatte Stella Bernardi das getan? Es hätte doch genügt, die Namen der Mädchen völlig zu verändern und andere Fundorte der Leichen anzugeben. Niemand wäre je darauf gekommen, dass es hier um wahre Verbrechen ging.

Es musste einen Grund dafür geben. Lea hoffte, dass Nick mehr darüber wusste. Doch nein. Es wäre besser, wenn er nichts davon gewusst hatte. Denn sonst musste sie sich fragen, warum er es ihr verschwiegen hatte.

Sie rief Nick an, erreichte aber nur die Mailbox. Sie hinterließ ihm eine Nachricht, dass er sie umgehend anrufen sollte. Dringend.

Lea wünschte, sie hätte Leonard Trotter gestern mehr Aufmerksamkeit geschenkt. Wie war er bloß auf die Idee gekommen, die Beschreibungen der Verbrechen im Buch enthielten Details, die nur der Mörder wissen konnte?

Nach ihren Unterlagen musste Stella Bernardi 1985 vierzehn Jahre alt gewesen sein. Damit war es unmöglich, dass sie die Morde verübt hatte. Deshalb hatte Trotter auch nicht glauben wollen, dass sie die Autorin war. Aber, nur mal angenommen, Stella hätte den Thriller wirklich nicht geschrieben, wer war es dann?

Lea versuchte es noch einmal bei Nick. Nichts.

Und was war mit dem Rest der Geschichte?

Mit den beiden Hauptfiguren? Der Täter, der Feuerwehrmann ist und mittels seiner Kontakte zur Polizei den Verdacht auf den Bruder seiner Frau lenkt? War der in Wirklichkeit ebenfalls ein Feuerwehrmann?

Zum Glück, so ergaben Leas Internetrecherchen, war wenigstens das offensichtlich frei erfunden. Ein reisender Tierzubehörvertreter, der aufgrund der überwältigenden Beweislage schnell gefasst werden konnte, hatte ein Geständnis unterschrieben und sich dann in seiner Zelle aufgehängt. Was man der Tatsache zuschrieb, dass ihn Schuldgefühle überwältigten, nachdem bekannt wurde, dass sein letztes Opfer, Mary-Ann, schwanger gewesen war. Er hinterließ eine Frau und zwei Kinder.

Lea wusste nicht, was sie mit diesen Informationen anfangen sollte. Wie gern würde sie jetzt einen Blick in das Material von Leonard Trotter werfen! Wo konnte es nur geblieben sein?

Sie betrachtete die Fotos der ermordeten Mädchen. Sie sahen alle so jung und verloren aus mit ihren Achtziger-Jahre-Stufenschnitten, den übergroßen T-Shirts. Eines der Gesichter, das von Mary-Ann Baker, kam Lea merkwürdig vertraut vor, aber sie konnte nicht herausfinden, warum. War es, weil sie auch mal so eine petrolgrün karierte Bluse mit Schulterpolstern und weißem Kragen gehabt hatte? Oder waren es Mary-Anns Augen, die so fröhlich und unbekümmert in die Kamera geblickt hatten?

Je länger Lea darüber nachdachte, desto schrecklicher fand sie die Tatsache, dass sie einen Roman verlegt hatte, der den wirklichen Tod dieser Mädchen zum Inhalt hatte. Und plötzlich quälte sie der Gedanke an die zweite

Hauptfigur des Buches, die Ehefrau, die einen Mörder liebte und nicht verraten konnte. Solange das nur Fantasie gewesen war, hatte es ihr nichts ausgemacht. Aber jetzt, wenn sie diese drei Mädchen betrachtete, die so ernst lächelten und voller Erwartung in die Kamera geblickt hatten, wurde ihr schlecht.

Das Telefonklingeln erschreckte sie.

Hoffentlich war das endlich Nick.

Doch es war nur Cathy, die ihr mitteilte, Moira sei da und wolle sie unbedingt sprechen. Sie hätte schon alles versucht, um sie abzuwimmeln, aber Moira würde darauf bestehen, sie hätte Lea etwas Lebenswichtiges zu sagen.

Lea hatte Mühe, sich auf Cathys Worte zu konzentrieren. Nach der Entdeckung, die sie gerade gemacht hatte, kam ihr alles andere unwichtig vor.

Cathy räusperte sich, weil sie ein anderes Gespräch annehmen musste, und bat Lea, in der Leitung zu bleiben. Das Klicken erinnerte Lea plötzlich daran, wie sie den Hörer aufgeknallt hatte, weil Moira nicht aufhören wollte, Vermutungen über Nick anzustellen. Was würde diese sagen, wenn sie ihr die Fotos von den Mädchen zeigte?

Sie bat Cathy, Moira hereinzubringen.

»Seit wann hast du denn diesen Vorzimmerwachhund?«, schimpfte Moira. »Früher bin ich einfach zu dir reingegangen.«

»Seit hier jede Menge Irre rein- und rausgehen, passen wir einfach besser auf. Setz dich bitte. Ich bin wirklich neugierig, so oft tauchst du hier ja nicht auf. Also, was hast du mir so Lebenswichtiges zu sagen?«

Moiras zierlicher Körper versank in dem gewaltigen

Ledersessel. Sie zündete sich eine Zigarette an, was sie nur ganz selten tat. Außerdem wusste sie, dass Lea es hasste.

Lea seufzte tief. »Bitte, was ist denn los? Verlässt du Fred? Oder verlässt Fred dich? Hat man dich gefeuert?«

Moira lachte und verschluckte sich am Rauch. »Was für eine Idee! Nein, mit meinem Job ist alles okay, und Fred ist mit seiner Arbeit verheiratet, das weißt du doch. Es fällt mir nicht leicht, aber ich denke, ich muss es dir erzählen, auch wenn du mir gleich die Augen auskratzen wirst. Ich sag's trotzdem. Und um das klarzustellen, ich habe nicht darum gebeten, dass es passiert.«

Lea gab ihr mit einer matten Handbewegung zu verstehen, dass sie weiterreden sollte. Sie war sicher, es hatte mit Nick zu tun, und sie war nicht sicher, ob sie das hören wollte, ob sie weitere Hiobsbotschaften verkraften konnte.

»Du weißt, wir bereiten gerade die nächste Pharma-Tec-Messe vor. Deshalb war ich vorhin downtown im ›Two California Plaza‹, um Räumlichkeiten anzuschauen. Ich sitze in der Lobby und warte auf die Managerin, als vor mir die Aufzugtüren aufgehen, und rate, wer da rauskommt?«

Lea wurde flau, doch sie zuckte nur lässig mit den Schultern, um sich vor Moira keine Blöße zu geben.

Ihre Freundin beugte sich vor und legte ihre Hand auf Leas Arm. »Es war Nick, und er war nicht allein. An seinen Arm klammerte sich eine offensichtlich völlig verzweifelte Frau.«

»Verzweifelt?«, fragte Lea matt.

»Sie weinte, hatte schon geschwollene Augen vom Weinen und zitterte.«

»Und?« Lea versagte es sich zu fragen, wie die Frau ausgesehen hatte.

»Ich glaube, er hat mich nicht gesehen.«

Lea wusste nicht mehr, was sie glauben sollte. Ja, vielleicht gab es eine harmlose Erklärung. Vielleicht auch nicht. Eine tonnenschwere Müdigkeit lastete auf ihr. Sie wünschte, ihre Freundin wäre nicht gerade jetzt zu ihr gekommen, auch wenn sie wusste, dass Moira ihr nur einen Gefallen tun wollte.

»Lea, du weißt, ich wünsche dir von Herzen einen wunderbaren Mann. Aber was hat Nick da gemacht? Vielleicht ist er doch verheiratet, und das war seine Frau? Oder eine abservierte Geliebte? Wie auch immer, ich fand es sehr merkwürdig.«

»Ach ja?« Langsam stieg in Lea eine Art trotziger Wut hoch. »Ich habe keine Ahnung, was es zu bedeuten hat, ich werde Nick danach fragen. Kannst du jetzt bitte gehen? Ich hatte einen schweren Tag, und er ist noch nicht vorbei.«

Moira zuckte angesichts dieser deutlichen Abfuhr zusammen, drückte dann langsam ihre Zigarette aus und sah Lea an.

»Lea, sei vorsichtig, und pass auf dich auf! Du kannst mich jederzeit anrufen, ja?«

Lea atmete tief durch und war erleichtert, als Moira die Tür hinter sich schloss. Sie konnte jetzt nicht sitzen bleiben, sie musste ein paar Schritte gehen. Hastig nahm sie den Aschenbecher und ihren Sandwichteller, trug beides in die Teeküche, warf das Sandwich und die Zigarettenkippe in den Müll und spülte dann das gesamte Geschirr ab, das dort im Becken stand. Zum Glück war es eine Menge.

Während sie die Teller einweichte und in dem duftenden Schaum herumspritzte, versuchte Lea, ihre Gedanken in andere, ungefährlichere Gefilde zu lenken. Was würde sie morgen zu der Verlobung ihres Vaters anziehen? Am liebsten das schwarze Kleid, das Nick ihr geschenkt hatte. Schon wieder Nick.

Nick.

Sie musste mit ihm reden, ihn nach Stella fragen, nach dieser Frau, mit der Moira ihn gesehen hatte. Und nach seiner Arbeit. Er musste ihr endlich Antworten geben. Plötzlich kam es ihr so vor, als wäre er ihr immer nur ausgewichen.

Aber dann dachte sie an Greg, mit dem sie sich nie so verbunden gefühlt hatte wie mit Nick. Nick erlaubte ihr, an seinen Gefühlen Anteil zu nehmen, Greg hatte die seinen immer für sich behalten.

Nein, sie gab sich einen Ruck. Vielleicht war Moira auch nur eine alte Hexe, die ihr Nick einfach nicht gönnte. Was, wenn Moira gelogen hatte? Was, wenn Nick Architekt und nie mit einer Frau im »Two Plaza« gewesen war? War sie nicht schon sehr oft Zeugin gewesen, wie Moira Fred angelogen hatte? Aalglatt gelogen hatte? Sie war manchmal sehr naiv, da hatte ihr Vater schon Recht. Immer ging sie davon aus, dass die Menschen um sie herum die Wahrheit sagten. Wirklich ein Kinderglaube!

Sie musste mit Nick reden. Und sie wünschte sich nichts mehr, als mit ihm zusammen zur Verlobung zu gehen. Gestern Nacht noch, nachdem er gegangen war und sie völlig gelöst und glücklich zurückgelassen hatte, hatte sie gedacht, es wäre so etwas wie ein gutes Omen, mit ihm zusammen auf eine Verlobung zu gehen.

Die Erkenntnis, dass sie schon anfing, genauso abergläubisch wie Shana zu denken, brachte Lea zum Lächeln. Mit feuchten Händen griff sie nach dem Talisman, den diese ihr gegeben hatte. Sie hatte sich schon daran gewöhnt, ihn zu tragen, mittlerweile gefiel er ihr sogar.

Hinter ihr räusperte sich jemand.

Lea drehte sich um. Es war Cathy, die ihr mit einer Schachtel winkte. Es war eine Flower-Power-Schachtel.

Sofort erinnerte sich Lea an die Blumen, die Nick ihr nach ihrer ersten Begegnung geschickt hatte, Anemonen. Ganz egal, ob Nick Architekt war oder nicht oder ob seine Schwester sich von der Realität hatte inspirieren lassen oder nicht, sie liebte Nick. Und sie schämte sich, dass sie Moira überhaupt zugehört hatte.

Lea trocknete sich die Hände ab, nahm die Schachtel entgegen und trug sie in ihr Büro. Was er wohl diesmal geschickt hatte? Sie lächelte in sich hinein, weil sie ganz sicher war, dass sie in diesem Karton eine Anspielung auf ihre leidenschaftliche gestrige Nacht finden würde. Erwartungsvoll hob sie den Kartondeckel … und schreckte zurück und schrie voller Entsetzen auf.

In dem Karton schwammen die Teile einer brutal zerstückelten nackten Barbiepuppe in einer roten Flüssigkeit, die aussah wie eine Mischung aus Ketchup und Blut.

Lea fühlte sich wie erstarrt. Bekam keine Luft.

Offensichtlich musste sie doch lauter geschrien haben, als ihr bewusst war, denn Cathy kam mit einer Vase in der Hand hereingestürzt. Sie sah Lea ins Gesicht und fragte besorgt, ob etwas passiert sei. Statt einer Antwort zeigte Lea wortlos auf die Schachtel.

Cathy sah hinein und verzog angewidert das Gesicht.

»Das ist ja ekelhaft.« Sie sah Lea mit großen Augen an. »Von wem ist denn das?«

Lea massierte ihre Schläfen. In ihrem Schädel rauschte es, sie hatte Mühe, Cathy zu verstehen. Diese rannte aus dem Zimmer und holte in Sekundenschnelle alle anderen Mitarbeiter. Shana und Mark kamen herein, gefolgt von Smithers und Martha. Sie alle warfen einen Blick in die Schachtel und fuhren angewidert zurück.

»Das sieht aber sehr bedrohlich aus«, bemerkte Smithers. »Ich finde, Sie sollten die Polizei holen.«

»Smithers hat Recht!«, meinte auch Mark. Shana und Martha nickten stumm und synchron dazu, als seien sie vollkommen sprachlos.

Lea dachte an Trotter. War das ein Zufall oder nur ein geschmackloser makabrer Scherz? Sie musterte ihre blassen Mitarbeiter und hatte das Gefühl, sie müsste als Chefin etwas tun, um sie zu beruhigen, auch wenn sie am liebsten ihren Kopf auf ihre Arme gelegt und geweint hätte. »Ich schätze, die Polizei hat genug damit zu tun, ernsthaften Verbrechern auf die Spur zu kommen«, sagte sie daher leichthin und fragte dann nach: »Cathy, wer hat das gebracht? Und wann genau wurde es geliefert? War das auch wirklich für mich bestimmt? Wie sah der Bote denn aus, Cathy?«

Cathy wurde rot. »Lea, es tut mir leid, aber ich habe nicht darauf geachtet, wie er aussah. Es war einfach irgendein Bote. Ich hab ihm einen Dollar Trinkgeld gegeben. Ich glaube, er hatte eine Mütze auf, so ein Baseballcap.«

Shana untersuchte den Karton akribisch. »Seht mal, da schwimmt ja noch eine Babypuppe herum …« Sie deutete auf ein winziges Plastikteil.

»Na und?« Mark schüttelte den Kopf. »Es sollte uns egal sein, was da schwimmt, und erst recht egal, wer das geschickt hat. Wahrscheinlich war's nur ein fanatischer Autor, den wir abgelehnt haben.« Mark grinste bei dem Versuch, einen Witz zu machen, wurde dann aber angesichts von Shanas empörtem Blick sofort wieder ernst. »Wir sollten diesen Dreck ganz einfach in den Müll werfen.«

Lea richtete sich auf und fühlte sich erleichtert. »Das ist der beste Vorschlag, den ich heute gehört habe. Wir sollten diesem Zeug genau die Bedeutung geben, die es hat. Ab in den Müll damit!« Sie sah Mark bittend an.

Er verstand sofort, was sie sagen wollte, klappte den Deckel der Schachtel zu und trug sie aus dem Büro hinaus. Die anderen blieben schweigend an Leas Schreibtisch stehen.

In der bedrückten Stille konnten sie sogar die Aufzugtüren hören, die hinter Mark zuschlugen.

»Ja, dann gehen wir mal wieder an die Arbeit«, schlug Martha schließlich vor und schüttelte den Kopf. »Solange Ihr Vater noch hier war, sind nie solche Dinge passiert.« Sie verließ das Zimmer. Lea hätte ihr am liebsten hinterhergebrüllt: Da war der Verlag auch kurz vorm Bankrott, aber das sparte sie sich. Was würde das bringen? Nichts.

Shana und Smithers warfen sich besorgte Blicke zu.

»Jemand hasst Sie«, sagte Smithers.

Das schien Lea mittlerweile offensichtlich. All die Dinge, die ihr passiert waren ... Shana hatte Recht gehabt. Jemand verfolgte sie mit abgrundtiefem Hass.

Lea zitterte am ganzen Körper. Sie fühlte, dass sie gleich die Beherrschung verlieren würde. In ihrem Kopf drehten sich Bilder und Gedanken wie in einem verrückt gewordenen Kaleidoskop. Sie musste Shana und Smithers schnell loswerden, bevor sie völlig zusammenbrach. Sie räusperte sich und versuchte, Autorität in ihre Stimme zu legen. Aber sie konnte selbst hören, wie jämmerlich sie klang.

»Ach was, jeder Gedanke, den man an diesen Mist verschwendet, ist vergeudete Lebenszeit. Lassen Sie uns besser mit unserer Arbeit weitermachen. Ich muss dringend zwei wichtige Anrufe erledigen.«

Smithers und Shana zögerten erst, als wäre es Verrat, in diesem Moment zu gehen, gingen dann aber doch langsam in Richtung Bürotür. Als die beiden endlich draußen waren, legte Lea die Stirn auf ihren Schreibtisch und versuchte, die Ruhe, die sie vorgegeben hatte, auch wirklich zu fühlen. Doch stattdessen schluchzte sie, ihr ganzer Körper wurde heftig geschüttelt und ihre Knie zitterten.

Sie hatte Angst. Entsetzliche Angst. Jemand wollte sie nicht nur quälen, sondern töten.

Aber warum?

Sie hatte noch nie jemanden so stark gekränkt oder verletzt, dass eine solche Wut, eine solche Rache gerechtfertigt wäre. Wenigstens nicht wissentlich.

Greg sah sich zwar als den Gekränkten, aber er wollte Geld und Spaß. Auf so eine Idee wie mit dieser Barbie würde er gar nicht kommen.

Und sonst? Sonst wusste sie niemanden. Es gab zwar mal eine Kollegin, die verärgert gewesen war, weil Lea ihr den Job bei Palmers & Co vor der Nase weggeschnappt hatte, damals in New York, aber das war Jahre her.

Lea suchte überall nach einem Taschentuch, fand schließlich eine Kleenexbox in einer Schreibtischschublade und schnäuzte sich. Sie hatte solche Sehnsucht nach Nick. Sie wünschte sich, jemand nähme sie in den Arm und versicherte ihr, dass alles wieder gut werden würde. Auch wenn das eine Lüge war, die allenfalls sehr kleine Kinder noch glaubten. Lea selbst hatte diesen Satz nach dem Tod ihrer Mutter für puren Hohn gehalten. Nichts wurde wieder gut. Trotzdem sehnte sie sich danach. Wärme und Geborgenheit.

Sie versuchte wieder, Nick telefonisch zu erreichen. Nichts. Lea atmete immer noch unregelmäßig und zwang sich, ihren Schreibtisch aufzuräumen, um ruhiger zu werden. Doch lange hielt sie es nicht mehr im Büro aus. Als sie eine halbe Stunde später auf dem Weg zum Aufzug an Martha und Cathy vorbeikam, bemerkte sie, wie bedrückt die beiden immer noch aussahen, und fühlte sich schuldig. Dieser Terror verstörte ihre gesamte Belegschaft.

Sie sagte ein paar beruhigende Worte und wandte sich zum Gehen. Plötzlich fingen beide gleichzeitig an zu reden, aber dann hörte Cathy abrupt auf. Martha erklärte Lea, dass sie sich nicht einigen konnten, wer am Wochenende die Malerarbeiten beaufsichtigen sollte. Lea war verblüfft und erleichtert. Ihre Angestellten hatten die Sache also schon wieder vergessen und waren zum Alltag zurückgekehrt. Umso besser.

»Mir ist das egal, Hauptsache, eine von Ihnen ist da. Wie wäre es, wenn eine den Samstagvormittag, die andere den Nachmittag übernimmt?«

»Auf keinen Fall! Es reicht doch, wenn für eine von uns das Wochenende ruiniert ist«, erklärte Cathy mit fester Stimme.

»Na, dann bleibt Ihnen nur, Streichhölzer zu ziehen.« Lea lächelte. Es fühlte sich so fremd an, die Mundwinkel nach oben zu ziehen, dass sie sich fragte, wann sie das letzte Mal gelächelt hatte. Sie blieb stehen und warf den beiden einen, wie sie hoffte, trotz ihrer verquollenen Augen aufmunternden Blick zu. Martha schüttelte zunächst den Kopf, kramte dann aber tatsächlich ein Streichholzbriefchen aus ihrer Handtasche hervor. Mit großem Ernst bereitete sie alles vor. Cathy gewann den Wochenenddienst.

»Na dann«, sagte Lea, die ungläubig zugesehen hatte, »viel Spaß!«, und wünschte sich, während sie die sieben Stockwerke zur Tiefgarage hinabrannte, die Probleme in ihrem Leben könnten immer so einfach gelöst werden.

24. Kapitel

Noch nie hatte ihr ein Cocktail so gut geschmeckt. Lea verstand plötzlich sehr gut, wie leicht man zum Alkoholiker werden konnte. Das Getränk ließ eine angenehme Wärme sich in ihrem Körper ausbreiten, und auf einmal sah alles schon viel besser aus. Wie trügerisch und wie angenehm.

Um sich abzulenken, war sie noch einkaufen gewesen, hatte sich, kaum in der Wohnung angekommen, ihr verschwitztes Kostüm vom Leib gerissen und ihr liebstes und ältestes T-Shirt angezogen, in dem sie sich normalerweise immer getröstet fühlte. Aber heute beruhigte sie gar nichts. Nicht einmal das Meer, das spiegelglatt, wie schwarzer Beton, vor der Küste lag.

Der Himmel war von dicken, staubiggrauen Wolken überzogen, die unheilvoll auf den Pazifik drückten. Wenn sich das nicht bald entlud, fiel die Verlobung morgen glatt ins Wasser, dachte Lea und nahm einen großen Schluck von ihrem Martini, hoffend, dass sie bald vollends betäubt sein und einschlafen würde.

Zweimal rief sie nach April, gab es dann aber auf. Vielleicht war die Katze ja nur eine Streunerin, die sich bei ihr satt gefressen hatte und dann weitergezogen war.

Lea presste das kalte Glas an ihre Stirn, als könne sie so das Durcheinander in ihrem Kopf klären. Als es an ihrer Haustür klingelte, brauchte sie einen Moment, um zu erkennen, dass es nicht nur die Eiswürfel waren, die in ihrem leeren Glas klirrten.

Es war Nick mit einer großen Tüte voll indischem Essen. Der appetitanregende Duft nach Kardamom, Koriander und Ingwer drang ihr in die Nase. Doch als sie die Schachteln sah, die Nick wie selbstverständlich auf ihrem Küchentisch auspackte, musste sie an die Flower-Power-Schachtel und die Barbieteile in der blutroten Flüssigkeit denken, und der Hunger verging ihr schlagartig. Sie gab einen erstickten Laut von sich und rang nach Luft.

Nick drehte sich sofort zu ihr um. »Lea, was ist denn los?«

Sie erzählte ihm, was passiert war, berichtete von der offen stehenden Tür, von den Anrufen, von Trotters Tod und von dem Barbiekarton. Nick hielt ihre Hand, hörte ihr aufmerksam zu und unterbrach sie kein einziges Mal. Sofort fühlte sich Lea besser. Allerdings flüsterte eine leise Stimme weiterhin in ihrem Hinterkopf: Und warum konfrontierst du ihn nicht mit dem, was Moira beobachtet hat? Und der Frage nach seinem Beruf? Stattdessen fragte sie: »Was glaubst du, warum hat deine Schwester die Fälle dieser Mädchen in *Fatal Velvet* aufgenommen, und warum hat sie deren Namen nicht besser verschleiert?«

Nick knabberte an einem der Papadams und versicherte, Stella müsse ihre Gründe gehabt haben. Als Lea wissen wollte, ob er davon gewusst hatte, griff er statt einer Antwort in eine Schachtel, zog ein knallrotes Fleischstückchen von einem Chicken-Tikka-Spieß ab und steckte es in seinen Mund. Nachdem er so drei Stücke gegessen hatte, sagte er nachdenklich: »Du solltest für eine Weile weg aus deiner Wohnung. Vielleicht zu Moira, was meinst du?«

Zu Moira? Seine Frage versetzte Lea einen Stich ins Herz. Warum schlug er nicht vor, dass sie zu ihm ziehen sollte? War er nur nicht auf die Idee gekommen oder hatte Moira mit all ihren Vermutungen Recht und es gab eine andere Frau?

»Ich würde nur zu dir ziehen.«

Nick verschluckte sich. Er legte seine Hand auf die ihre. Lea fühlte den Impuls, sie sofort wegzureißen, denn sie war ganz sicher, dass er Nein sagen würde.

»Lea, das tut mir leid, aber es geht nicht. Ich darf keine Untermieter aufnehmen. Du weißt ja, ich wohne in einem Aparthotel.«

»Dann lass uns doch in dein Haus nach Rancho Bernardo gehen.«

Nick schüttelte den Kopf. »Lea, ich verstehe ja, dass du am liebsten weglaufen möchtest, aber das ist nicht die richtige Lösung. Außerdem arbeiten wir doch beide hier in Los Angeles, oder nicht?«

Er beugte sich zu ihr und ließ seine Lippen leicht wie Schmetterlingsflügel über ihren Mund huschen. »Liebste, vertrau mir. Wir werden das hier zusammen durchstehen.«

Lea hielt ihn fest und drückte sich eng an ihn. »Dann zieh du doch hier bei mir ein. Das ist dann auch noch billiger für dich!«

Er löste sich von ihr und erklärte, das wäre momentan wegen seiner Arbeit einfach nicht möglich. Und wenn sie zusammenzögen, dann doch wohl in eine Wohnung, die sie gemeinsam ausgesucht hätten. Eine große Wohnung, in der auch Platz für Kinder sei.

Lea war sprachlos. Er wollte nicht zu ihr ziehen, obwohl er es für gefährlich hielt, dass sie alleine blieb, und redete im gleichen Atemzug von Kindern. Eine Gänsehaut lief ihr über den Rücken. Etwas stimmte hier ganz und gar nicht. Das war alles unlogisch. Tränen stiegen ihr in die Augen.

Nick seufzte. »Wenn es dir so wichtig ist, dann werde ich versuchen, alles zu regeln. Aber ich kann frühestens in einer knappen Woche bei dir einziehen. Wäre das für dich okay?«

Lea konnte nicht verhindern, dass ihr Tränen die Wangen herabliefen. Sie war so erleichtert. Eine Woche war gar nichts. In einer Woche würde er hier einziehen.

Sie lachte und schluchzte gleichzeitig. Nick küsste jede einzelne Träne weg. »Schsch. Es gibt doch jetzt gar keinen Grund mehr zu weinen.«

Er reichte ihr ein paar Gemüse-Samosas, und obwohl Lea keinen Hunger hatte, knabberte sie unter seinen auffordernden, fürsorglichen Blicken dann doch an einem herum.

»So ist es gut. Hat dieser Kerl, dieser Trotter, wirklich gar nichts in deinem Büro zurückgelassen?«, fragte er unvermittelt.

Lea hatte den Mund voll und schüttelte den Kopf.

Nick sah sie aufmerksam an. »Ich bin sicher, dass du lügst. Dann hast du immer diesen verlegenen Schulmädchenblick. Ich mag es nicht, wenn du mich anlügst.«

Lea fühlte, wie ihr das Blut ins Gesicht schoss. Eigentlich wollte sie Nick nicht anlügen, aber mittlerweile hatte sie das Gefühl, dass diese Mappe von Trotter zuallererst ihr gehörte und auch zuerst von ihr angeschaut werden sollte. Andererseits würde Nick in einer Woche bei ihr einziehen. Da konnte sie doch keine Geheimnisse vor ihm haben. Sie berichtete ihm von der Mappe und dass sie verschwunden sei und sie deshalb der Polizei auch nichts davon gesagt hätte.

Nick wurde ganz aufgeregt. »Aber das ist ja großartig! Vielleicht können wir dann herausfinden, was hinter alldem steckt! Lass uns in dein Büro fahren und dort alles auf den Kopf stellen!«

Das war das Letzte, was Lea heute noch wollte. Sie war froh, dass ihr Büro übers Wochenende gestrichen werden und sie dann nichts mehr an den heutigen Tag erinnern würde. Außerdem fühlte sie sich sehr erschöpft.

Nick ging aufgeregt in ihrer Küche herum. »Das ist unsere Chance.«

Lea schüttelte den Kopf. »Nick, ich kann nicht.«

Nick stellte sich hinter sie und massierte sanft ihren Nacken. »Ich verstehe das. Dann gib mir die Büroschlüssel. Ich fahre nachsehen, und wenn ich etwas finde, dann bringe ich es her, und wir schauen es uns gemeinsam an, ja?«

Lea genoss seine warmen Hände an ihrem Hals, trotzdem hatte sie ein merkwürdiges Gefühl. Ihre Büroschlüssel gab sie sonst nie aus der Hand. Ihre Angestellten hatten zwar Schlüssel zur Eingangstür, doch nur an Leas Schlüsselbund hing der komplette Schlüsselsatz: Zugang zum Lager, zum Safe et cetera.

Wie konnte es sein, dass sie Bedenken hatte, ihm den Büroschlüssel zu geben? Nick, der ihre intimsten Seiten kannte und den sie bei sich einziehen lassen wollte?

Er bemerkte ihr Zögern und flüsterte in ihr Ohr: »Vertrau mir. Denn nur darin besteht die Liebe, im Vertrauen, darin, dass du deinen Geliebten erkennst, ihn annimmst.«

Etwas an diesen Worten kam Lea merkwürdig vertraut vor. Hatte er das schon einmal zu ihr gesagt?

Sie gab sich einen Ruck und überreichte ihm ihre Schlüssel, als wären es die Kronjuwelen.

»Aber nur unter einer Bedingung.«

»Und die wäre?«

»Du begleitest mich am Sonntag zu der Verlobung meines Vaters, abgemacht?«

Nick grinste wie ein kleiner Junge. Er versprach, sie pünktlich abzuholen und sich zu melden, wenn er in ihrem Büro die Unterlagen von Leonard Trotter fände. Dann verschwand er.

Lea stand vor den Schachteln mit dem indischen Essen und wusste nicht, ob das, was sie getan hatte, richtig war. Unablässig gingen ihr Nicks Worte durch den Kopf. Woran erinnerten sie sie bloß?

Stürmischer Wind kam endlich auf, vertrieb die Schwüle, und Regentropfen stürzten auf das Dach ihres Balkons. Lea beugte sich vor, um die Schachteln zusammenzuräumen, bevor sie vom Wind durch die Küche geblasen wurden.

Plötzlich fühlte sie etwas Warmes an ihren Beinen entlangstreifen.

»April!«

Sie hob das Tier hoch, und die Katze schnurrte an ihrem Hals wie ein Viertaktmotor.

»Wo bist du nur gewesen, du Treulose, du Streunerin?«

Lea war sicher, dass der Duft des Essens die Katze angelockt hatte, und fütterte April mit den übrig gebliebenen Stückchen Hühnerfleisch. Draußen donnerte es, aber der Regen ließ schon wieder nach. Und jetzt?, dachte sie, und wie geht es weiter mit mir, mit dem Verlag, mit Nick?

Urplötzlich wusste Lea, woher sie Nicks Worte von vorhin kannte. Sie hatte sie gelesen. In *Fatal Velvet*. Sie ging zu ihrem Laptop, in dem das Manuskript gespeichert war, und suchte nach dem Wort »Vertrauen«.

»Es ist wichtig, dass sie dir vertrauen, denn nur so bist du ihr Herr. Dazu muss man sie locken, sie kommen lassen, ihnen Halt geben. Sie sollen eins werden mit dir. Nur wenn dir das gelingt, wirst du erleben, wie mächtig ihr Schmerz und also deine Freude sein kann. Nur wenn sie sich vom absoluten Vertrauen aus auf die Reise der Qual und endlich die des Todes begeben, wirst du zu ihrem Meister.«

Lea schüttelte sich. Jetzt, wo sie die Bilder der Opfer gesehen hatte, um die es ging, kam ihr der Killer noch viel perverser vor als vorher. Sie hoffte sehr, dass Nick diese verdammte Mappe fand, damit sie sich ein für alle Male vergewissern konnte, dass der angebliche Bruckner nur Hirngespinste, aber keinerlei ernst zu nehmende Beweise dafür gehabt hatte, dass jemand anders als Stella Bernardi die Autorin von *Fatal Velvet* war.

Doch das war nicht die Textstelle, die sie gesucht hatte. Lea ließ den Computer weiterforschen. Da war es. Es waren Zeilen, die die Gedanken der Ehefrau des Mörders beschrieben:

»Ich vertraue ihm. Denn darin besteht die Liebe: im Vertrauen, darin, dass du deinen Geliebten erkennst, ihn annimmst, mit all seinen Schwächen, seinen Gemeinheiten, seinen Unmenschlichkeiten. Liebe kann nicht beschränkt sein. Niemals. Moralische Grenzen in der Liebe sind ein Paradoxon, denn moralische Grenzen sind der Tod jeder Liebe.«

Warum hatte Nick das zitiert? Nein, Lea korrigierte sich, er hatte es nicht *zitiert*, sondern einfach so gesagt. Ob ihm bewusst gewesen war, dass diese Worte aus dem Roman stammten? Glaubte er, was da stand?

Lea spürte das Bedürfnis, diesen Tag von sich abzuwaschen. Sie ließ Wasser in ihre Badewanne laufen, träufelte »Cleopatras Bademilch« hinein, ein Geschenk von Moira. Sofort verbreitete sich ein wohltuender Duft nach Orangen, Milch und Honig in ihrem Badezimmer. Sie zog sich aus, stieg vorsichtig in die Wanne und versuchte mit geschlossenen Augen zu entspannen. Aber sofort rasten Bruchstücke der eben noch einmal gelesenen Textstellen durch ihren Kopf:

»Es ist wichtig, dass sie dir vertrauen … Liebe kann nicht beschränkt sein … denn nur so bist du ihr Herr …«

Lea öffnete die Augen wieder und hatte plötzlich Angst.

Hatte sich etwas bewegt? Nein, nur April lag vor der Wanne und putzte sich. Da war niemand, trotzdem wagte Lea kaum zu atmen. Was war los? Reichten jetzt schon die Worte eines Buches allein aus, um sie zu beunruhigen?

Aufmerksam sah sie sich im Badezimmer um. Der Gedanke, dass jemand in ihrer Wohnung gewesen war, überwältigte sie unvermittelt. Wer? Und warum hatte sie darüber nicht länger nachgedacht? Weil all diese anderen Dinge passiert waren. Aber warum fiel es ihr ausgerechnet jetzt wieder ein?

April maunzte und rannte weg. Leas Herz raste. Hatte die Katze etwas gehört? Das leise Öffnen der Balkontür vielleicht? Sie lauschte mit angehaltenem Atem, aber sie konnte nur das Hämmern ihres eigenen Pulses hören.

Ihr Blick blieb an dem Regal mit den Handtüchern hängen.

Sie wusste, etwas war anders, aber was? Und dann erkannte sie es. Lea rollte ihre Handtücher immer nur zusammen, bevor sie sie ins Regal räumte, jetzt aber waren sie akribisch gefaltet. Gänsehaut raste über ihren Rücken.

Seit wann war das so? Hatte sie das neulich einfach nur übersehen, oder war der Unbekannte noch einmal in ihrer Wohnung gewesen? Oder war er immer noch da?

Lea wollte wegrennen, doch sie zitterte unkontrolliert am ganzen Körper. Sie musste aus dem Wasser heraus, hatte Angst zu stürzen und dann völlig hilflos zu sein. Krampfhaft hielt sie sich am Wannenrand fest und zog sich mit aller Kraft hoch, dabei sah sie sich panisch in ihrem Badezimmer um.

Nach einer Ewigkeit, wie ihr schien, stand sie nackt und bebend vor der Wanne, wollte keins der Handtücher benutzen, die der Unbekannte angefasst hatte, suchte nach etwas anderem, um sich zu bedecken, fand nichts, rannte ins Schlafzimmer, schnappte sich ihren Morgenmantel und schlüpfte tropfnass hinein.

Nick, wo war Nick? Warum war er nicht gleich hier eingezogen?

Lea konnte kaum atmen, so sehr konzentrierte sie sich darauf, jedes Wimmern zu unterdrücken. Wie ein Mantra wiederholte sie immer wieder leise: »Alles wird gut, ich habe alles unter Kontrolle.« Sie schlich sich in die Küche und zerrte dort einen Hammer aus dem Werkzeugkasten, programmierte dann die Notrufnummer der Polizei in ihr Handy ein und steckte es, so präpariert, in die Seitentasche des Morgenmantels. Danach kontrollierte sie jeden Winkel ihrer Wohnung. Sogar unter ihrem Bett schaute sie nach.

Als sie sich dabei zufällig in den verspiegelten Schranktüren sah, zuckte Lea zusammen. Die Seide ihres hellblauen Morgenmantels klebte an ihr wie eine zu weite zweite Haut, ihre Locken standen wirr vom Kopf ab, und der Hammer, den sie in der rechten Hand fest umklammert hielt, wirkte geradezu lächerlich. Sie sackte neben April aufs Bett und begann erst tonlos, dann immer schriller zu kichern. Als die Katze sie entsetzt ansah und mit buschig aufgestelltem Schwanz vom Bett sprang, verwandelte sich Leas Lachen in ein Schluchzen.

Smithers hatte Recht, der ihr all das antat, hasste sie, und was noch viel schlimmer war, es musste ein Mensch sein, der ganz in ihrer Nähe war. Die zerstochenen Reifen, die zerstückelte Barbiepuppe, die perfekt aufgeräumte Wohnung. Jemand wollte sie zermürben. Aber warum?

In New York hätte sie einfach zu Tom rübergehen und

sich trösten lassen können, aber hier in Los Angeles war sie immer noch sehr isoliert. Sie hatte nicht mal Nachbarn, geschweige denn einen Freundeskreis. Trotzdem hatte sie sich geborgen gefühlt. Wie trügerisch kam ihr das jetzt vor.

Sie rief nach April, die zögernd angelaufen kam, dann aber doch auf ihren Arm sprang. Die Wärme der Katze tat ihr gut. Ihr sanftes Schnurren beruhigte Lea. Sie atmete tief durch, stand mit dem Tier im Arm auf, ging hinüber ins Bad und warf die Handtücher in die Waschmaschine. Eins nach dem anderen.

Dann mixte sie sich noch einen Drink, legte sich aufs Bett und wartete auf Nicks Anruf. Irgendwann schlief sie völlig erschöpft ein.

25. Kapitel

Ich glaube, es wird höchste Zeit. Die Ermordung von Trotter hat viel zu viel Staub aufgewirbelt. Zum Glück habe ich es gerade noch geschafft, seine Unterlagen an mich zu nehmen. Ich verstehe nicht, dass sie nicht mehr in Panik geraten ist, dabei war der Einfall mit der Flower-Power-Kiste doch so gut.

Immerhin hat sie sich weiter isoliert. Das ist gut, so wird sie leichter zu erwischen sein, wenn ich dann endgültig Nägel mit Köpfen mache.

Ich muss vor allem deshalb bald handeln, weil sich manchmal Zweifel zu Wort melden, die mich davon abhalten wollen, die beiden zur Rechenschaft zu ziehen. Sie verseuchen mein Hirn mit Anmerkungen wie: ›Davon werden sie auch nicht lebendig!‹ oder noch lästiger: ›Auge um Auge, Zahn um Zahn, das ist doch nicht dein Stil.‹

Dann muss ich mich daran erinnern, wie viel Geld es ihnen bringt. Nicht, dass mich das Geld interessieren würde. Geld ist mir egal. Mich interessiert das Leid. Sie sollen leiden. Und ich bin gespannt, wie viel davon sie aushalten können.

Und noch spannender ist die Frage: Wie viel werde ich ertragen? Ab wann lässt das Leid anderer einen abstumpfen? Ab wann prickelt das Leid anderer wie Adrenalin durch die eigenen Adern?

Das wird meine letzte interessante Erfahrung sein, bevor ich die Konsequenzen aus der Sache ziehe.

26. Kapitel

Schon zehn nach neun! Nick hatte versprochen, sie um viertel vor neun abzuholen. Sie würden zu spät kommen!

Lea zupfte den Saum des schwarzen Kleides, das Nick ihr gekauft hatte, zurecht und betrachtete sich noch einmal. Sie sah elegant aus. Niemand würde auch nur ahnen, was sie in den letzten Tagen durchgemacht hatte. Und das war auch gut so, denn sie wollte nicht, dass ihr Vater sich an seinem Verlobungstag Sorgen um seine Tochter machen musste.

Nick hatte die Mappe von Leonard Trotter auch nicht gefunden. Und gerade weil diese spurlos verschwunden war, setzte sich bei Lea mehr und mehr die fixe Idee fest, all diese Dinge würden erst dann aufhören, wenn sie endlich wusste, was in der Mappe stand.

Nervös hielt sie auf dem Balkon nach Nick Ausschau. Da! Endlich hupte es zweimal. Sie vergewisserte sich noch einmal, dass alle Fenster geschlossen waren, schloss sorgfältig alle Türen ab und rannte zu seinem Auto. Als er sie kommen sah, sprang er auf, eilte um seinen Wagen herum zur Beifahrerseite und hielt ihr feierlich den Schlag auf.

»Ich weiß, ich bin spät, aber ich hatte noch etwas Wichtiges zu erledigen.«

Bevor Lea, die bereits im Wagen Platz genommen hatte, zu einer kritischen Erwiderung ansetzen konnte, zog er ihren Büroschlüssel aus der einen Hosentasche seines eleganten schwarzen Anzugs. Dann griff er in die andere und holte mit dem Habitus eines Zauberers eine kleine goldene Schachtel hervor. Beides legte er ihr behutsam in den Schoß. Dann schloss er die Beifahrertür, ging um den Wagen herum und setzte sich wieder auf den Fahrersitz.

»Ich hatte gehofft, dass du dieses Kleid anziehen würdest.«

Leas Herz klopfte. Eigentlich war sie verärgert, weil er sie heute hatte warten lassen und weil er ihr vorgestern Abend die Schlüssel nicht wieder zurückgebracht hatte. Aber offensichtlich wollte er sich mit diesem Geschenk entschuldigen.

Was wohl in der Schachtel war?

Ein Verlobungsring etwa?

Sie sah ihn an, ihr Blick glitt über sein vertrautes Gesicht, an seinem Körper herunter und verweilte auf den schlanken kraftvollen Händen, die so zärtlich sein konnten. An seiner einen Handkante fiel ihr ein tiefer roter Kratzer auf.

»Was hast du denn da gemacht?«, fragte sie entsetzt.

»Das passiert, wenn man den Mixer reinigt und der Stecker noch drin ist!« Er rang sich ein Lächeln ab. »Hat höllisch geblutet, deshalb musste ich mir schnell noch ein frisches Hemd anziehen. Tut mir leid, dass ich so spät dran bin. Aber jetzt mach doch endlich auf!«

Lea griff nach dem Deckel der kleinen Schachtel, sie hielt erwartungsvoll die Luft an.

Blutstropfen funkelten sie an, Blut! Die zerstückelte Barbie schob sich vor ihr inneres Auge, und sie schnappte entsetzt nach Luft, dann zwang sie sich, noch einmal hinzuschauen, und sie erkannte, dass es eine wunderschöne altmodische Granathalskette war.

Nick bremste scharf.

»Was ist denn, gefällt sie dir nicht?«, fragte er.

»Sie ist wunder-, wunderschön.«

»Meine Schwester hat sie von unserer Großmutter geerbt. Ich habe sie reinigen lassen, weil ich dachte, sie würde zu dem schwarzen Kleid und deinen rotblonden Locken gut aussehen.«

Er beugte sich zu ihr. »Darf ich sie dir umlegen?«

Lea nickte. Geschickt nahm Nick den Talisman von Shana ab und drapierte die Granatkette um ihren Hals. Ungewohnt kalt und schwer drückten die Steine auf ihre Haut.

Lea legte Shanas Talisman in das Kästchen und nahm sich vor, es ihr bei der Feier zurückzugeben.

Nick schenkte ihr ein bewunderndes Lächeln. »Ich habe gewusst, dass dir Granate stehen würden. Du siehst aus wie eine Göttin!«

Lea warf einen Blick in den Beifahrerspiegel und musste ihm Recht geben. Göttin war vielleicht ein wenig übertrieben, aber der Granatschmuck brachte ihre graugrünen Augen zum Leuchten und verlieh ihrem Gesicht etwas Geheimnisvolles.

»Ich danke dir, es ist umwerfend. Können wir trotzdem jetzt weiterfahren?«, fragte sie, denn sie waren bereits eine halbe Stunde zu spät, und ihr Vater hasste Unpünktlichkeit.

»Kein Problem, geliebte Eisprinzessin!« Er startete den Motor, Lea beugte sich gerührt zu ihm und küsste ihn leidenschaftlich. »Von wegen Eis …«, murmelte sie.

Sie kamen eine ganze Stunde zu spät.

Als sie ihr Auto abstellten, war Lea wieder beeindruckt von diesem eleganten Palast, der sich strahlend weiß gegen die Landschaft abhob. Der Garten und die Terrasse waren mit duftenden weißen Rosen und Freesien geschmückt. Überall standen Bedienstete herum, die schnell und unaufdringlich zur Stelle waren, kaum dass man seinen Champagner ausgetrunken hatte. Lea fragte sich, wie dieser Prunk bei der Hochzeit noch überboten werden sollte.

Es waren sehr viele Gäste da, so dass Lea ihren Vater nicht sofort finden konnte. Er wirkte in seinem weißen Gehrock mit Zylinder wie verkleidet, aber er lächelte Lea so glücklich zu, dass sie es sich verkniff, ihn zu fragen, auf welchen Maskenball er eigentlich gehen wollte.

Lea stellte Nick ihrem Vater vor und registrierte zufrieden, dass die beiden einander sympathisch zu sein schienen. Sie ihrerseits wurde ihren neuen Stiefgeschwistern vorgestellt und spürte, wie ihr eine Welle der Abneigung entgegenschlug. Sie war sehr froh, nicht allein gekommen zu sein. Nick bildete eine Art Puffer zwischen ihr und der Van-Dyke-Sippe, seine Anwesenheit umgab sie wie ein schützender Kokon.

Schließlich trat Ruth zu ihnen. Sie sah unglaublich dynamisch aus für eine Achtundsechzigjährige und trug ein schlichtes cremefarbenes Seidenkleid, in dem ihre Figur wirkte wie die einer Sechzehnjährigen. Nachdem sie Lea und Nick zu dem Erfolg in der Oprah-Winfrey-Show gratuliert hatte, fragte sie Lea, ob sie sich schon daran gewöhnt hätte, dass ihr Vater nach der Hochzeit van Dyke heißen würde.

Leas Magen zog sich zusammen. Niemals hätte sie Ruth

gegenüber zugegeben, dass ihr Vater es leider versäumt hatte, ihr davon zu erzählen. Vielmehr antwortete sie, so freundlich sie konnte, dass es natürlich seine Privatsache sei, welchen Namen er tragen wolle. Insgeheim aber kam es ihr so vor, als würde ihr Vater damit endgültig von den van Dykes verschlungen.

Nick schien ihre Gedankengänge zu erahnen. Er streichelte ihr beruhigend über die Schultern, flüsterte ihr ins Ohr, wie bezaubernd sie aussähe, und führte sie dann, als die Zeremonie losging, in eine der vorderen Stuhlreihen.

Lea wunderte sich, dass Shana immer noch nicht da war.

Neben ihr hätte sie sich ein bisschen wohler in ihrer Haut gefühlt.

Nach dem offiziellen Teil des Nachmittags wurden Lea und Nick plötzlich von Ruths Kindern umringt. Es kam Lea beinahe so vor, als hätte Ruth diese instruiert, sie sollten Lea herzlich in der Familie willkommen heißen, denn anders als vorhin gaben sich plötzlich alle Mühe, mit ihr ins Gespräch zu kommen.

Rory, der Älteste, war Architekt wie Nick und verwickelte diesen in ein Gespräch über Mies van der Rohe und die junge Moderne, obwohl Nick ihm zu verstehen gab, dass er heute nicht über die Arbeit reden wollte.

Linda wollte leicht herablassend wissen, wie sich das Nesthäkchen Shana in Leas Firma denn so mache. Shanas Zwillingsbruder Robert zwinkerte Lea hinter Lindas Rücken zu, so als ob er ihr sagen wollte, nimm uns alle einfach nicht so ernst.

Lea schwärmte von Shanas Freundlichkeit, ihren genialen Einfällen und ihrer Spontaneität und fragte dann ihre Stiefgeschwister, wo Shana eigentlich so lange bliebe?

»Früher hätte ich gesagt, sie ist bestimmt surfen, heute herrscht ein herrlicher Wind draußen in Zuma Beach«, antwortete Robert und starrte sehnsüchtig auf das weit entfernt liegende Meer. »Aber heutzutage ist sie nicht mehr so verrückt. Ich bin auch ziemlich beunruhigt, weil sie nicht wieder aufgekreuzt ist. Heute Morgen hat sie behauptet, sie hätte etwas im Verlag vergessen, und seitdem ist sie wie vom Erdboden verschwunden. Ich hab ihr angeboten, sie hinzufahren, aber sie wollte partout nicht.« Mit einem unangenehmen Grinsen fügte Robert dann noch hinzu: »Vielleicht wollte sie gar nicht ins Büro, sondern zu ihrem neuen Lover.«

Rory mischte sich ein. »Robert, bitte! Unsere jüngste Schwester war schon immer ein Querkopf. Vielleicht ist sie einfach spontan nach Pfeiffer Beach runtergefahren, starrt die Wellen an und vergießt ein paar Tränen.«

»Idiot!« Robert tippte sich mit dem Finger an die Stirn und drehte sich abrupt weg.

Rory ignorierte das und wandte sich wieder an Nick. »Das ist ja seltsam, dass Sie sagen, Sie haben das Generali-House am Sepulveda Boulevard entworfen. Aber wird das denn nicht von Miller & Miller betreut?« Er stockte und betrachtete Nick mit deutlich mehr Respekt. »Oder arbeiten Sie etwa für die?«

Nick verdrehte die Augen in Leas Richtung.

»Es ist eine, nun ja, Art von Kooperation. Und würden Sie mich jetzt kurz für einen Moment entschuldigen, ich muss dringend etwas mit Lea besprechen.«

Nick führte Lea weg vom Trubel in die Stille des weitläufigen Gartens. »Dein armer Vater, der wird den Rest seines Lebens damit verbringen, die wichtigen, richtigen Leute kennen zu lernen.« Er grinste Lea an. »Bin ich froh, dass du in der Buchbranche bist ...«

»Da ist es mindestens genauso wichtig, die richtigen Leute zu kennen. Danke, dass du mitgekommen bist, ich weiß nicht, wie ich das hier ohne dich überstanden hätte. Wollen wir jetzt etwas essen?«, fragte sie.

»O ja, es gibt da etwas Unwiderstehliches, darauf hätte ich sogar großen Appetit«, sagte er mit vor Erregung heiserer Stimme und knabberte an ihrem Hals.

»Nick, nicht, man kann uns sehen ...«

»Na und? Die sind doch alle nur neidisch! Weißt du was, lass uns verschwinden.«

Nichts hätte Lea lieber getan. Aber wäre das fair ihrem Vater gegenüber? Sie war seine einzige Verwandte. Sie sah sich verstohlen nach ihm um. Er unterhielt sich gerade mit dem Bürgermeister von Los Angeles und schien sich prächtig zu amüsieren. Davon hatte er immer geträumt: endlich zu den oberen Zehntausend zu gehören. Eben trat Ruth zu ihrem Vater, und Lea beobachtete gerührt, wie er sofort ihre Hand nahm und drückte. Nein, ihr Vater würde sie nicht vermissen.

»Und was schwebt dir vor?«, fragte sie Nick.

»Was möchtest du denn gerne?«

»Ans Meer. Einfach nur faul am Meer herumliegen. Es war so eine grauenhafte Woche, ich habe das Gefühl, davon kann ich mich in zehn Jahren nicht erholen.«

»Da weiß ich etwas viel Besseres für dich, als am Strand zu faulenzen. Etwas, das dich wirklich auf andere Gedanken bringen wird.«

Als er Leas Gesichtsausdruck bemerkte, fügte er noch hinzu: »Nein, nicht was du denkst, etwas ganz anderes, aber dazu müssen wir erst noch bei deiner Wohnung vorbeifahren und dein Badezeug holen. Lass dich überraschen. So viel verrate ich dir: Wir gehen nicht schwimmen!«

Lea versuchte, ihren Vater auf sich aufmerksam zu machen, weil sie sich kurz von ihm verabschieden wollte, aber er war derart von Menschen umringt, dass sie es aufgab.

Sie würde ihn morgen anrufen.

Nachdem Lea zu Hause ihren Badeanzug an und darüber ihr hellblaues T-Shirt-Kleid gezogen hatte, war Nick mit ihr in Richtung Santa Barbara weitergefahren. »Wir besuchen einen Freund«, hatte er erklärt. Lea genoss es, chauffiert zu werden und keine Ahnung zu haben, wo es hinging.

Am Strand von Carpinteria hielt Nick an. Sie stiegen aus und gingen Richtung Meer zu einem Holzhäuschen am Strand.

»O nein!«, stöhnte Lea, als sie erkannte, was Nick vorhatte.

Parasailing!

»Doch! Du wirst schon sehen, es ist wunderbar.«

Lea hielt die Hand über die Augen und sah, hoch über dem weißsilbern glitzernden Meer, bunte Segel, die riesenhaften Regenschirmen gleich durch die Luft schwebten. Darunter hingen Menschen, klein wie Spielzeugpuppen.

»Mein Freund Carlos macht das schon seit fünf Jahren. Ich habe es ausprobiert, und es ist ein unbeschreibliches

Gefühl, in der Luft zu schweben, und gar nicht gefährlich. Falls das Segel in sich zusammenfällt, stürzt du ja bloß ins Meer …« Er grinste sie an wie ein Junge, der gerade sein lang ersehntes erstes Computerspiel ausgepackt hat.

Nick nahm Leas Hand, zog sie zu dem kleinen Holzhaus, handelte dort den Preis mit Carlos aus, und schon war sie angeseilt und stand auf dem kleinen Motorboot, mit dessen Hilfe die Gleitschirme nach oben gebracht wurden.

»Bist du bereit?«, fragte Carlos, und sie nickte, obwohl sich Angst in ihr breitzumachen begann. Schließlich gehörte sie nicht gerade zu den Supersportlerinnen des Jahres.

Aber es war doch ganz leicht. Das Boot fuhr an, der Schirm blähte sich auf, Lea wurde sanft vom Boden des Bootes gezogen, und je schneller das Boot fuhr, desto weiter schraubte sie sich in die Höhe. Nick winkte ihr zu und wurde immer kleiner. Sie fühlte sich schwerelos, leicht. Der Wind rauschte in ihren Ohren, so dass das Tuckern des Motorbootes nur noch schwach zu hören war. Das Meer lag grünblau unter ihr.

Sie atmete tief durch. Nick hatte Recht gehabt.

Hier oben zwischen Sonne und Meer war alles gut. Hier schrumpften die Ereignisse der letzten Woche: ihr unangebrachtes Misstrauen Nick gegenüber, der Streit mit Moira, Trotters Tod, diese in Blut schwimmende Barbiepuppe, der Unbekannte in ihrer Wohnung, genauso wie die Erfolge mit *Fatal Velvet.* Alles schwand dahin, es blieb nur noch ein Licht, ein Funkeln, ein Hauch.

Sie wünschte sich, sie könnte ewig hier oben schweben.

27. Kapitel

Summend schloss Lea die Tür zum Verlag auf. Sie war sehr gespannt, wie ihr Büro in Rot und Gold aussehen würde.

Unwillkürlich rümpfte sie beim Eintreten die Nase. Es roch merkwürdig. Nach Farbe, aber auch noch nach etwas anderem. Vielleicht war es das Lösungsmittel, mit dem die Maler versucht hatten, die Tapeten von den Wänden zu kriegen.

Sie beschloss, erst einen Kaffee aufzusetzen und erst dann in ihr Büro zu gehen.

Die Kaffeemaschine war eingeschaltet, was Lea wunderte, denn normalerweise achtete Martha oder Cathy darauf, dass alle Geräte übers Wochenende abgeschaltet waren. Die Leitungen in dem Gebäude waren ziemlich veraltet, erst vor drei Monaten hatte es in der Werbeagentur im Stockwerk über ihnen gebrannt, weil man vergessen hatte, den Wasserkocher auszuschalten. Immerhin musste sie auf diese Weise nicht warten, bis das Gerät betriebsbereit war.

Während Lea sich einen Latte macchiato zubereitete, ließ sie den gestrigen Tag noch einmal Revue passieren. Der schönste Sonntag seit Jahren lag hinter ihr. Wenn es nach ihr gegangen wäre, hätte er doppelt so lange dauern können. Nach dem Parasailing waren sie zurück in Leas Wohnung gefahren und hatten sich geliebt. Später am Abend waren sie zur Strandpromenade geschlendert, hatten unter den venezianischen Arkaden bei »Big Daddys« die besten French Fries von Los Angeles gekauft, einem Hundemasseur bei der Arbeit zugeschaut und sich dann zu den Hunderten von Trommlern am Strand gesetzt, die jedes Wochenende ab zwei Uhr ihre Drum Circles feierten. Träge hatten sie den Rhythmen gelauscht und waren erst lange nach Sonnenuntergang in Leas Wohnung zurückgekehrt. Kein einziger Misston hatte diesen Tag getrübt.

Lea balancierte ihren Becher vorsichtig in ihr Büro. Als sie die Tür öffnete, schlug ihr dieser merkwürdige Geruch wie eine Wolke entgegen. Es roch widerlich, erinnerte sie an eine Führung durch den New Yorker Schlachthof, die sie einmal anlässlich einer Buchvorstellung hatte über sich ergehen lassen müssen. Per Knopfdruck öffnete sie die Jalousien, um Licht hereinzulassen. Dieser Geruch! Hatten die Maler vielleicht etwas verschüttet? Oder Hot Dogs in ihrem Mülleimer entsorgt, die jetzt vor sich hingammelten? Lea erinnerte sich, dass die Putzfrau wegen der Maler erst für heute Abend wieder bestellt war. Denn die Handwerker wollten heute bei Tageslicht noch letzte Korrekturen vornehmen.

Wow! Die rote Wand hinter den Mahagonimöbeln ließ den Raum wie das Zimmer einer Königin wirken, und das Gold auf der anderen Seite verstärkte diesen Eindruck noch, ergänzte das Rot und machte es wärmer.

Aber warum lag auf dem Sofa noch eine rote Stoffplane von den Malern herum? Hoffentlich hatte die Farbe nicht ihr Sofa ruiniert.

Lea trat näher heran und entdeckte, dass das Stück Stoff nicht rot, sondern rostbraun gefärbt war, und je näher sie kam, desto stärker wurde jener abstoßende Geruch. Sie hatte plötzlich Angst, was sich unter dem Stoff verbergen würde, und traute sich kaum nachzuschauen. Mit spitzen Fingern fasste sie die Plane und hielt dabei die Luft an.

Da!

Sie zuckte zurück.

Eine rotblonde Locke quoll hervor.

»Shana!«

Lea riss das Tuch weg. Es war Shana, unnatürlich steif, in einem schwarzen glänzenden Kleid. Sie war tot. In ihrer Brust steckte ein Messer, um dessen Griff sich eine lange Glasperlenkette verheddert hatte.

Lea wollte wegrennen, konnte es aber nicht, wollte schreien, doch sie brachte keinen Ton heraus. Wie versteinert blieb sie stehen und starrte Shana an. Ein dunkler Fleck hatte sich um den Griff des Messers ausgebreitet. Blut. Die Halskette glitzerte im Licht, erinnerte Lea an den Talisman, den ihr Shana gegeben hatte. Das Auge gegen den bösen Blick. Sie hätte ihn längst zurückgeben müssen.

Lea bemerkte erst jetzt, dass sie weinte. Sie beobachtete sich selbst, wie sie beinahe in Zeitlupe über Shanas Locken strich. So, als ob ihre Berührung etwas wiedergutmachen könnte. Sie wunderte sich, dass sie keine Angst hatte. Alles, was sie spürte, waren Entsetzen und Trauer. Immer wieder murmelte sie Shanas Namen vor sich hin.

Sie sollte die Polizei rufen. Shanas Zwillingsbruder Robert fiel ihr ein. Und sie dachte an ihren Vater und Ruth. Jetzt würde eine Beerdigung deren erstes gemeinsames Erlebnis werden und nicht die Hochzeit.

Shana war tot.

Tot.

Tot.

Und eine leise Stimme in Leas Kopf fragte: Warum Shana? Schließlich war die zerstückelte Barbie an Lea adressiert gewesen.

Etwas Entsetzliches war hier vorgegangen, für das ihre Vorstellungskraft nicht ausreichte. Lea schleppte sich zum Telefon, da hörte sie leise Schritte im Gang.

War der Mörder zurückgekommen? Sie musste sich in Sicherheit bringen. Hektisch sah Lea sich nach einem Versteck um. Nach einer Waffe.

Zu spät, die Tür ging auf.

»Was ist denn hier los?«, fragte Cathy, dann sah sie Shana und wurde so blass, dass Lea zu ihr eilte, um sie zu stützen. Sie führte Cathy nach draußen. »Ich glaube, es sollte niemand mehr hier reinkommen.« Sie trat mit der Sekretärin zusammen in den Flur und schloss die Tür zu ihrem Büro. »Wir rufen von Marthas Telefon die Polizei an.«

»Aber ...« Cathy sackte in sich zusammen. Lea versuchte zu verhindern, dass sie zu Boden fiel, und fing sie im letzten Moment auf. Was jetzt? Sie ließ Cathy vorsichtig auf den Boden gleiten und fühlte nach ihrem Puls. Nichts! Um Gottes willen, das konnte sie nicht zulassen.

»Stirb jetzt bloß nicht!«, stieß sie verzweifelt hervor. Hatte Cathy nicht irgendwann erzählt, sie hätte gesundheitsbedingt eine Weile beruflich pausieren müssen? Was, wenn Cathy schon einmal einen Herzinfarkt gehabt hatte? Lea rannte zum Telefon und rief den Notarzt, dann hetzte sie zurück zu Cathy. Sie rüttelte die am Boden Liegende, doch Cathy schlug ihre Augen nicht auf.

Plötzlich fiel Lea Shana wieder ein. Sie musste die 911 anrufen!

Und sie wusste mit tödlicher Sicherheit, es war alles allein ihre Schuld. Wenn Shana nicht hier gearbeitet hätte, wenn sie nicht etwas vergessen hätte, wenn Shana ihr nicht das Amulett gegeben hätte. Wenn, wenn …

Lea verließ Cathy, behielt sie aber im Auge und rief endlich die Polizei.

Cathy wurde zum Glück wenige Minuten später schon abgeholt und zur Beobachtung in das Kaiser Foundation Hospital in der Cadillac Avenue mitgenommen. »Sieht aber eher nach einem Kreislaufkollaps aus als nach einem Herzanfall«, meinte der Sanitäter und tätschelte beruhigend Leas Arm.

Kurze Zeit später wimmelte es im Büro von Polizisten. Fred hatte die Spurensicherung gleich mitgebracht.

Lea kam es vor, als wäre sie in die Handlung eines Films geraten. All diese Menschen in ihren weißen Schutzanzügen, mit den Hauben auf den Köpfen und den Plastiküberzügen über den Schuhen wirkten vertraut wie ein Werbespot und gleichzeitig wie von einem anderen Stern. Sie war in das Besprechungszimmer geflüchtet und starrte dort die fensterlosen Wände an. Sie sah Ruth und ihren Vater im weißen Cut vor sich und stellte sich vor, wie zwei Polizisten ihnen die Nachricht übermitteln und ihr ganzes Glück zerstören würden.

Lea machte sich schwere Vorwürfe. Sie hätte mit Fred über den Vorfall mit der zerstückelten Barbie reden müssen. Hätte nicht alles verdrängen und einen unbeschwerten Tag mit Nick verbringen dürfen.

Jemand klopfte an die Tür. Es war Mark. Er war grau im

Gesicht, setzte sich wortlos zu ihr und griff nach ihrer Hand.

»Warum?«, fragte er mit heiserer Stimme. »Warum Shana?«

Lea zuckte mit den Schultern.

Die Tür wurde aufgerissen. Fred kam herein. Er hatte Schweißperlen auf der Stirn und sah Lea mitleidig an.

»Lea, ich muss mit dir unter vier Augen sprechen. Würden Sie uns bitte für einen Augenblick alleine lassen, ja?«

Fred sah bei diesen letzten Worten Mark an, der nickte und wortlos das Zimmer verließ.

»Lea, hast du etwas zu trinken? Du siehst nicht gut aus.«

»Ich brauche nichts.«

»Hast du eine Ahnung, was Shana im Verlag gewollt haben könnte?«

Lea schüttelte den Kopf. Dann fiel ihr siedend heiß ein, was Robert gesagt hatte. Shana habe etwas vergessen. Vielleicht den Scheck für das Verlobungsgeschenk?

»Hatte Shana einen Schlüssel?«

Lea nickte.

»Wer verfügt noch alles über einen Schlüssel zum Büro?«

Lea zählte ihre Angestellten auf, ihren Vater, die Putzfirma. Dann fiel ihr ein, dass sie Nick den Schlüssel gegeben hatte, aber das war am Freitagabend gewesen. Und samstags konnte Shana noch nicht hier gelegen haben, denn da waren die Maler in ihrem Büro gewesen unter Cathys Aufsicht.

»Hatte Shana Feinde?«

Lea zuckte hilflos mit den Schultern. Sie hatten sich doch gerade erst angefreundet.

Freds Handy piepste. »Entschuldige.« Er verließ den Raum.

Lea starrte wieder auf die Wände. Shana war tot.

Als Fred wieder hereinkam, sah er Lea besorgt an, ging erneut hinaus und kam einige Minuten später mit einem Glas Wasser zurück. »Du musst jetzt stark sein. Das, was ich dir mitteilen muss, wird schwer für dich.«

Fragend sah Lea ihn an.

»Es fällt mir wirklich nicht leicht, Lea. Bitte glaub mir, ich würde dir lieber etwas anderes sagen …«

Was wollte er nur? Lea fiel beim besten Willen nichts ein, was noch schlimmer sein könnte als Shanas Leiche in ihrem Büro. Sie trank von dem lauwarmen Wasser. Es schmeckte nach Eisen, nach Blut. Sie würgte es wieder hoch und spuckte es in den Abfalleimer.

»Es ist wegen Nick …« Fred holte tief Luft.

Lea lächelte Fred mühsam an. Was wollte er denn jetzt mit Nick?

»Lea, ich habe mich getäuscht. Trotter, alias Bruckner, hatte doch Recht mit seiner Theorie. Und es besteht tatsächlich eine Verbindung zwischen seiner Ermordung und diesem Roman.«

Lea blieb stumm. All diese Toten, was sollten denn die mit dem Erfolg eines Buches zu tun haben?

»Ich habe mich nur nicht gleich erinnert, weil ich zu der Zeit in Barstow war, wo ich die Weiterbildung zum Detective gemacht habe.«

»Ich versteh gerade gar nichts mehr.«

»Also, was ich dir sagen will, ist, dass Nick dich belogen hat.«

Obwohl Lea sich noch in einem Schockzustand befand, drang der Satz zu ihr durch und versetzte ihr einen Stich.

»Aber Shana ist tot, was soll denn das mit Nick zu tun haben?«

»Wart's ab. Nicks Schwester lebt. Sie ist jedenfalls nirgendwo in den Vereinigten Staaten als verstorben verzeichnet.«

Das Zimmer begann sich um Lea zu drehen. Freds Schweißperlen glitzerten silbrig unter den Neonröhren.

Wer war nicht tot? Wer war tot? Verzweifelt fixierte sie einen Knopf an Freds Jacke, um sich besser konzentrieren zu können.

»Es kommt noch besser.« Als Fred Leas Gesichtsausdruck sah, korrigierte er sich hastig. »Ich meine, es tut mir leid, aber ich habe noch mehr Hiobsbotschaften für dich. Nick und seine Schwester sind die Kinder des Serienkillers, der in *Fatal Velvet* beschrieben ist.« Er legte Lea beruhigend die Hand auf ihren Arm. »Ich weiß, das ist jetzt schwer für dich zu glauben, aber es gibt Beweise dafür. Höchstwahrscheinlich hat Nick das Buch selbst geschrieben. Vielleicht hat er Tagebücher seines Vaters verwendet und so Hinweise in den Roman eingebracht, die nie an die Presse gelangt sind, und das ist Trotter aufgefallen.«

Bei Freds Worten hatte sich Lea mehr und mehr der Hals zugeschnürt. Alles begann sich um sie zu drehen, immer schneller, immer schneller. »Shana«, stammelte sie, und dann verlor sie das Bewusstsein. Als sie wieder zu sich kam, lag sie am Boden, Fred und Martha knieten neben ihr mit erschrockenen Gesichtern.

Lea wollte sich aufrichten, aber ihr wurde sofort wieder

schwarz vor Augen. Mark kam herein und brachte ein Glas Wasser, diesmal war es frisch und eiskalt, und nötigte Lea, das in kleinen Schlucken zu trinken.

Diese musste plötzlich Tränen zurückhalten. Sie zitterte.

»Sie braucht einen Arzt«, hörte Lea Mark zu den anderen sagen, so als ob sie selbst gar nicht da wäre. »Ich bringe sie zu ihrem Hausarzt.«

Zustimmendes Gemurmel machte sich breit.

Mark und Fred hielten ihr die Hand hin, um ihr beim Aufstehen zu helfen. Mühsam zwang sich Lea dazu, sich aufzurichten. Eigentlich wollte sie nicht aufstehen, wollte nirgends hingehen, wollte ihre Ruhe. Aber sie wollte auch nicht länger von den anderen beobachtet werden wie eine Fliege unterm Mikroskop. Sie zwang ihre Beine, die immer wieder unter ihr nachzugeben drohten, ihren Dienst zu versehen.

»Es geht mir gut. Kümmert euch lieber um Shana.« Lea ließ die Hände von Mark und Fred los, taumelte und wurde von Mark wieder untergehakt. »Ich bringe Lea nach Hause und rufe ihren Arzt an«, sagte er mit fester Stimme. Fred und Martha nickten.

»Wir unterhalten uns dann später weiter.« Fred warf Lea einen beruhigenden Blick zu und verschwand.

»Hat jemand Shanas Mutter angerufen?«, erkundigte sich Martha.

»Ja, ich.« Marks Stimme klang brüchig.

Zusammen fuhren er und Lea hinunter in die Tiefgarage. Dort verfrachtete er sie in seinen Wagen und fuhr mit ihr Richtung Venice.

Lea gratulierte sich dazu, dass sie endlich verstanden

hatte, wie diese Stadt tickte. Der gnadenlos blaue Himmel dort draußen, die glänzenden Hochhausfassaden, das alles, dachte sie, sind nur Kulissen. Wenn ich es nur schaffen könnte, meinen Kugelschreiber durch die Pappe zu bohren, dann würde jedem klar werden, wie hässlich diese Stadt in Wirklichkeit ist. Was für Monster in ihr leben.

Als sie vor der Tür zu ihrer Wohnung standen, konnte Lea sich nicht erinnern, wie sie vom Auto zum Haus und die Treppe hoch bis hierher gekommen waren. Mark schloss ihre Haustür auf, öffnete die Tür, spähte in die Wohnung und hielt Lea dann zurück.

»Was ist?«, fragte Lea und drängte Mark zur Seite, bis er mit den Schultern zuckte und nachgab.

Chaos. Wohin sie auch sah, Chaos. Die Sofapolster lagen am Boden, Schubladen waren herausgerissen, in dem begehbaren Kleiderschrank sah es aus, als hätte ein Wirbelsturm darin getobt. Alles war durcheinander. Sie wunderte sich, wie kalt sie das ließ. Es erschien ihr lächerlich, sich darüber aufzuregen, nachdem sie heute Morgen Shana gefunden hatte. Erst der plötzlich in ihr aufkommende Gedanke an April schreckte sie aus ihrem apathischen Zustand.

»April!« Lea rief nach der Katze, die sie heute Morgen in der Wohnung eingesperrt hatte. Sie stürmte in die verwüstete Wohnung, suchte überall, spähte unter das Bett, schaute im Bad unter dem Handtuchregal nach und in der Küche. Doch ohne Erfolg.

Sie bemerkte, wie Mark sie irritiert ansah.

»Sollten wir nicht die Polizei rufen?«, fragte er.

»Ich werde Fred benachrichtigen. Bestimmt hat das alles mit Shanas Tod zu tun.«

»Du kannst nicht hierbleiben. Wo soll ich dich hinbringen?«

»Ich weiß es nicht …«Lea ging im Kopf ihre Möglichkeiten durch: ihr Vater, ein Hotel oder Moira. Sie hatten sich zwar gestritten, aber Moiras Haus erschien ihr der sicherste Ort zu sein. Wenn das Haus eines LAPD-Beamten nicht sicher war, was dann?

Lea rief bei Moira an, um sicherzugehen, dass diese auch zu Hause war. Doch als sie Moiras Stimme hörte, brachte sie kein Wort heraus, reichte den Hörer kraftlos an Mark weiter, der Moira erklärte, was passiert war, wenige Minuten später auflegte und Lea zunickte. Diese packte etwas Wäsche ein, dann verließen sie die Wohnung.

Auf dem Weg zum Auto blieb Mark plötzlich stehen.

»Hast du eine Ahnung, was der Mörder in deinem Büro gewollt haben könnte?«

Lea war sich ziemlich sicher, dass der Mörder die Mappe von Bruckner gesucht hatte und von Shana dabei überrascht worden war. Aber darüber wollte sie nicht sprechen. Nicht jetzt.

Sie schüttelte nur den Kopf und erklärte Mark dann, wo Moira wohnte. Sie stiegen ein und fuhren los.

Mark sah Lea während der Fahrt dauernd von der Seite an, als wisse er, dass sie ihm nicht alles gesagt hatte. »Was hat Fred dir im Konferenzraum noch erzählt?«, setzte er seine Befragung schließlich fort.

In Leas Mund breitete sich ein bitterer Geschmack aus. Sie konnte sich nur noch vage an Freds Worte erinnern. »Er hat, glaube ich, über Nick gesprochen.«

Mark sah sie durchdringend an. »Du glaubst?«

»Mir ging's nicht gut.«

»Also über Nick. Aber was soll denn Nick …«

»Halt an«, unterbrach ihn Lea, »halt um Gottes willen sofort an!« Mark lenkte den Wagen an den Straßenrand, und Lea schaffte es gerade noch, die Autotür aufzureißen, dann übergab sie sich auf die Straße.

Die Erinnerung an das, was Fred gesagt hatte, war plötzlich wieder in ihr Bewusstsein gedrungen und hatte ihr den Magen umgedreht: Nicks Schwester war nicht tot. Nick war der Sohn eines Serienkillers.

Mark reichte ihr sein Taschentuch. Dann erzählte sie ihm alles, woran sie sich erinnerte.

Auf Marks Gesicht wechselte sich Überraschung mit Enttäuschung und Zorn ab.

»Er hat uns also reingelegt.«

Lea wollte ihm widersprechen, doch dann erinnerte sie sich an ihre merkwürdige Unterhaltung mit Nick darüber, ob sie das Kind eines Mörders adoptieren würde. Auf einmal machte alles Sinn.

»Ich verstehe immer noch nicht, was das alles mit Shana zu tun haben soll?«, unterbrach Mark ihre Gedanken.

»Ich auch nicht. Vielleicht habe ich etwas falsch verstanden. Ich war so durcheinander.«

Sie waren währenddessen weitergefahren und hatten schließlich Moiras kleines Haus erreicht. Erleichtert sah Lea deren schwarzen Lexus in der Einfahrt stehen. Sie dankte Mark und klingelte bei Moira Sturm.

Moira öffnete sofort, sagte nichts und nahm Lea wortlos in die Arme. Lea stützte sich schwer auf ihre zierliche Freundin und wünschte sich, das alles wäre nie passiert.

Mark war ihnen gefolgt. »Lea braucht einen Arzt«, sagte er.

»Ich kümmere mich um alles, danke, Mark.« Moira nickte ihm beruhigend zu und schloss die Tür, ohne ihn hereinzubitten.

»Du brauchst mir nichts zu sagen«, wandte sie sich dann an Lea. »Fred redet sonst nie über seine Arbeit, aber diesmal hat er eine Ausnahme gemacht. Komm rein.« Moira führte Lea in die Küche, ließ sie am Tresen Platz nehmen und reichte ihr einen Eistee. »Alles wird wieder gut. Du solltest erst mal duschen und dann eine Runde schlafen. Ich muss dann später allerdings zur Arbeit, aber hier bei uns bist du sicher. Ich gebe dir eine Tablette, die wird dich entspannen.«

Lea, die außer Aspirin keine Medikamente nahm, wenn es nicht unbedingt sein musste, hätte auch eine ganze Handvoll Pillen genommen. Sie wollte nur noch schlafen, diesen Schmerz nicht mehr fühlen. Sie beobachtete, wie Moira in ihrer Human-pharma-Box herumwühlte, schließlich etwas fand und ihr zwei Kapseln hinlegte.

»Nimm das, und geh duschen! Ich werde dir in der Zwischenzeit das Gästebett beziehen.«

Lea starrte die Tabletten an. Sie konnte sich einfach nicht rühren. Moira kam zurück und umarmte sie. Dann gab sie Lea die Pillen direkt in die Hand und reichte ihr ein Glas Wasser. »Willst du, dass ich hierbleibe und auf dich aufpasse, während du schläfst?«

Lea wollte schon nein sagen, dann beschloss sie, nicht die Heldin zu spielen, und nickte erleichtert. Sie schluckte die Tabletten, spülte mit viel Wasser nach, griff nach ihrer Tasche, rutschte vom Barhocker und schleppte sich ins

Bad. So mussten sich Zombies fühlen. Tot, aber man atmete trotzdem.

Als sie geduscht hatte, war das Bett fertig. Moira hatte die Decke zurückgeschlagen und klopfte auffordernd auf das Kopfkissen, als wäre Lea eine kleine Katze oder ein Hund. April, dachte Lea noch, doch dann versank der Gedanke in dem dichten Nebel, der sich in ihrem Kopf auszubreiten begann. Sie legte sich gehorsam hin. Ein Geräusch ließ sie noch einmal aufschauen sie sah Moira etwas in ihrer Tasche suchen. »Moira …«, flüsterte sie, weil sie wissen wollte, wonach diese suchte, aber dann war sie eingeschlafen, bevor sie den Satz beenden konnte.

28. Kapitel

Beinahe wäre ich angesichts dieser Toten weich geworden.
Alles war wieder da:
Die Verzweiflung über diese Endgültigkeit.
Der Versuch zu trösten, selbst Trost zu finden.
Das Scheitern.
Das Gesabbel des Priesters.
Das zweite Loch in der Erde, weniger schlimm als das erste, das bis heute ohne Stein geblieben ist.
Der Versuch, mich selbst auszulöschen, ist kläglich gescheitert. Statt in der Freiheit meines Todes versinken zu dürfen, wurde ich eingesperrt und überwacht. Zu meinem Besten. Lächerlich! Wie kann es für jemanden, der schon lange erstarrt ist, ja der nicht einmal mehr die Klinge seines eisigen Schmerzes fühlt, noch ein Bestes geben?
Dann endlich war ich wieder frei. Frei, meinen Schmerz in Strafe umzuwandeln. Doch mit dem Bestrafen löst sich die Erstarrung, man fängt an zu leben und wird weich.
Glücklicherweise – ein Wort, das ich in meinem Leben nie mehr in den Mund nehmen wollte, doch jetzt passt es – glücklicherweise hat mir diese Leiche rechtzeitig die Augen geöffnet.
Allerdings schnüffelt so viel Polizei herum. Es wäre im Augenblick unklug zu handeln. Oder sollte ich erst recht sofort aktiv werden?

Ich bin nicht sicher. Dabei ist alles vorbereitet. Der Laden ist gemietet, die Werkzeuge sind bestellt. Das Auto ist gekauft. Ich bin bereit für den letzten Akt.

29. Kapitel

Moira hatte sie zum Frühstück geweckt, sonst würde sie noch immer schlafen. Wie betäubt saß Lea in ihrem Jogginganzug am Tresen in Moiras Küche und sah ihr zu, wie sie Kaffee kochte und Orangensaft presste. Für Lea hatte sie zwei Croissants in der Mikrowelle aufgewärmt.

»Am besten bleibst du heute den ganzen Tag hier. Du kannst dich ja ein bisschen in den Garten legen, wenn du willst.«

»Moira, ich möchte dir sagen …«

»Nicht der Rede wert, genau dafür sind Freunde doch da, oder?« Moira goss Kaffee in ihren Autobecher, überprüfte ein letztes Mal ihr perfektes Make-up und griff nach ihrer Handtasche.

»Lass uns später reden, ich muss mich beeilen. Die Konferenz fängt in drei Tagen an, da gibt es noch sehr viel vorzubereiten, bis nachher.« Und schon war sie verschwunden.

Lea knabberte lustlos an einem Croissant. Sie war dankbar, dass Moira nicht darauf bestanden hatte zu reden. Über Nick zu reden. Sie musste ihre Gefühle erst einmal sortieren. Über alles nachdenken.

Was hatte es denn zu bedeuten, dass er der Sohn eines Serienkillers war? Nick selbst war kein Killer, nur der Sohn eines Mörders und damit letztlich auch ein Opfer.

1985, da war er noch ein Kind, genau wie sie selbst! Aber warum hatte er sie angelogen?

Der Kratzer an seiner Hand, der Schlüssel zum Büro … konnte es sein, dass sie mit einem Mörder geschlafen hatte? Nein, das war doch nicht möglich. Das hätte sie doch spüren müssen.

Ach ja?, gab eine kleine hässliche Stimme in ihrem Kopf zu bedenken. Du hast dich ihm an den Hals geworfen wie eine Verhungernde, hast nicht eine Sekunde gezögert. Wann hättest du denn da etwas spüren wollen?

Je länger sie darüber nachdachte, desto mehr Verdachtsmomente kamen ihr in den Sinn. Ihr Automotor sprang nicht an, und Nick tauchte auf. Sie ging shoppen, und Nick erschien wie aus dem Nichts auf der Bildfläche. Alles immer ganz zufällig, und das in so einer Riesenstadt wie L. A. Sie gab Nick den Schlüssel zum Büro, und genau dort wurde Shana ermordet.

Sie erinnerte sich an die Interviews, die sie in der *L. A.Times* gelesen hatte. Gespräche mit den Frauen dieser korrupten Police Officer aus South Los Angeles. Die hatten auch nicht glauben wollen, was ihren Männern vorgeworfen wurde. Auftragsmord. Die Ehefrauen waren aus allen Wolken gefallen. Nicht *ihre* Männer, da waren sie ganz sicher, so etwas würde doch jede Frau spüren. Leider entpuppte sich das als Unsinn, denn die Beweise waren erdrückend, und alle Männer wurden rechtskräftig als Mörder verurteilt.

Lea war plötzlich wieder so erschöpft, dass sie zurück ins Bett ging. Sie fühlte sich wie zerschlagen, in ihrem Kopf wirbelten Gedankenfetzen. Bilder von Shana mit dem Messer in der Brust tauchten auf, vermischten sich mit Bildern des toten Vogels, mit den Geigenklängen, die sie gehört hatte, wurden zu einem alptraumhaften Film, in dem Lea den, der all das zu verantworten hatte, stets nur als Schatten sah. Als verschwommenen Schatten.

Tränen schossen ihr in die Augen, ein Schluchzen entrang sich ihrer Brust, als würde sie jetzt erst begreifen, was es bedeutete, dass Shana tot war. Zu Asche oder zu Erde werden würde. Unbegreiflich, dass diese lebendige, freundliche Frau nicht mehr da war.

Es klingelte. Moira, die etwas vergessen hatte? Aber die hatte doch einen Schlüssel?

Lea wollte nicht zur Tür gehen, sondern für immer hier liegen bleiben. Sie schluchzte, aber das Klingeln hörte nicht auf.

Schließlich rannte sie doch zur Tür, bemerkte dabei, wie benebelt sie immer noch war, und riss sie auf.

Nick! Er sah schrecklich aus, unrasiert, übernächtigt und bleich. Seine Augen wirkten groß und rastlos, beinahe wie die eines Wahnsinnigen.

»Ich habe überall nach dir gesucht. Und als ich dich nirgends finden konnte, bin ich fast verrückt geworden aus Sorge um dich!«

Panik verdrängte ihren Schmerz. Sie warf die Tür zu, aber er hatte schon den Fuß dazwischen gestellt.

»Ich schreie, wenn du nicht sofort gehst.«

»Ich habe das nicht gewollt, das musst du mir glauben.«

Leas Brust schnürte sich zusammen. Was meinte er damit?

»Ich werde dir alles sagen, was du wissen musst. Aber das tue ich nur, wenn ich sicher sein kann, dass du mich liebst.«

Er bedrohte sie! Und wenn sie ihn nicht liebte, hatte sie dann kein Recht auf die Wahrheit?

»Ach? Und wann kann so einer wie du sicher sein, dass er geliebt wird? Falls du so eine Liebe meinst, die sich über alle Regeln des Menschseins hinwegsetzt, so eine wie in *Fatal Velvet,* dann muss ich dich enttäuschen. Ich bin nicht so eine Frau wie diese Cynthia! Für mich heißt lieben nicht Liebe um jeden Preis!« Das brach aus Lea heraus, als hätte sie schon seit Wochen darauf gewartet, es zu sagen. Und sie dachte bei sich, wenn Nicks Schwester jemals eine Tote mit einem Messer in der Brust gesehen hätte, würde sie die Liebe zu einem Mörder niemals in dieser Form glorifiziert haben.

Sie hämmerte und drückte gegen die Tür, um sie endlich schließen zu können, aber Nick gab nicht nach.

»Nein, so eine Liebe meine ich nicht.«

Lea atmete auf. Er war ruhiger geworden.

»Wenn es dir ernst ist und du wirklich mit mir reden willst, dann können wir uns in einer halben Stunde im ›Café Shultz‹ auf der Melrose treffen«, schlug sie vor. Sie wollte auf keinen Fall allein mit ihm sein, solange nicht klar war, was hier vor sich ging.

Sein Gegendruck an der Tür ließ nach.

»Wie du willst, dann treffen wir uns im ›Shultz‹. Offensichtlich hast du Angst vor mir, das schmerzt mich sehr. Ich bin kein Mörder, verstehst du? Gib mir die Chance, es zu erklären, ja?«

»In einer halben Stunde dort.«

Lea war jetzt vollkommen wach. Ihr Herz raste, und ihre Beine zitterten. Sie bestellte ein Taxi und beeilte sich, fertig zu werden.

Er war schon da, saß an einem Ecktisch, gespenstisch beleuchtet von dem blinkenden rosa Neonflamingo, der das Markenzeichen des »Shultz« war.

Lea setzte sich zu ihm, sie bestellten sich beide einen Latte macchiato und warteten, bis diese gebracht wurden. Dann setzte Nick zu seinen Erklärungen an: »Lea, bitte, du musst mir glauben. Ich bin nicht mal der Sohn eines Mörders. Mein Vater war unschuldig. Das alles ist eine sehr lange Geschichte, die nichts, aber auch gar nichts mit Shanas Tod zu tun hat. Mein Vater Zacharias Brown wurde 1985 zu Unrecht verhaftet. Er hat diese Mädchen nicht getötet. Er hat sich in der Zelle aufgehängt, weil er unschuldig war.«

Warum sollte sich ein Unschuldiger aufhängen, fragte sich Lea. Sie trank einen Schluck von ihrem Latte macchiato und verbrannte sich die Zunge. Aber sie spürte es kaum. Behaupteten nicht alle, die im Knast saßen, sie wären unschuldig? Sicher war das nur eine fromme Lüge, die Nicks Mutter ihren Kindern erzählt hatte, um sie zu schützen. Nick konnte einem leid tun. Doch das war keine Entschuldigung dafür, dass er sie nach Strich und Faden belogen hatte.

Er räusperte sich und legte seine Hand leicht auf ihren Arm, wie um sich ihrer Aufmerksamkeit zu vergewissern. Lea zog den Arm sofort zurück. Sie wollte ganz klar im Kopf sein, und jeder Hautkontakt mit Nick brachte sie durcheinander. Immer noch. Trotz allem. Sie griff nach dem Zuckertütchen und kippte Zucker in ihren Latte macchiato.

»Meine Mutter ist nach dem Tod meines Vaters aus Anza Borrego weggezogen, an einen Ort, an dem niemand wusste, wer wir waren und wer unser Vater war. Sie war sehr verbittert und beäugte uns misstrauisch, als könnten wir jederzeit zu genauso einem Monster werden, wie unser Vater ihrer Meinung nach eines war.« Er hielt inne. »Herrgott, Lea! Kannst du mal aufhören, in deinem Kaffee herumzurühren? Bitte, sieh mich wieder an! Es ist mir wichtig, dass du mich verstehst!«

Lea ignorierte seine Aufforderung und zuckte mit den Schultern. Sie würde sich nicht durch Blicke aus seinen Bernsteinaugen manipulieren lassen. Heute nicht.

Er seufzte und redete dann weiter.

»Mutter wurde sehr religiös und heiratete einen viel älteren Mann aus ihrer Kirchengemeinde, als ich dreizehn und Stella fünfzehn Jahre alt war. Unser Stiefvater adoptierte und erlöste uns von dem Namen unseres Vaters. Auch er betrachtete unsere Entwicklung voller Argwohn. Wir wurden bei den kleinsten Verstößen geschlagen und hart bestraft, um ›das Böse‹ aus unserem Blut zu vertreiben, wie er es genannt hat. Natürlich hat das Stella und mich sehr zusammengeschweißt. Unser Stiefvater hat immer deutlich gemacht, wir wären anders als unsere Mutter, denn die hätte das Blut des Killers ja nicht in ihren Adern, nur wir.«

Nick unterbrach seine Erklärungen und trank einen Schluck Kaffee. Er betrachtete Lea aufmerksam. »Es ist eine hässliche Geschichte, wie aus einem Lehrbuch für Psychologen.«

Sie nickte schweigend. Was sollte sie auch sagen. Es klang alles wie eine reißerische Titelstory, in der nicht mal ein Funke Wahrheit steckte.

»Er erinnerte uns täglich daran, dass der Apfel bekanntlich nicht weit vom Stamm fällt. Besonders auf mich hatte er ein Auge geworfen. Ich wurde sehr oft geprügelt. Stella versuchte immer, mich vor ihm zu beschützen. Einmal wurde es so schlimm, dass sie mit einem Baseballschläger auf ihn losging.«

In Lea breitete sich schlagartig eine Kälte aus, die sie selbst erschreckte. War Leonard Trotter nicht genau damit getötet worden? Und hatte Nick nicht so einen Schläger dabeigehabt, als sie nachts nach dem Drohanruf zu ihrem Apartment gefahren waren?

Nick spürte, dass sie sich innerlich zurückzog. »Lea, nein, wir sind keine Familie von Mördern. Mein Stiefvater war nicht tot, nur verletzt. Aber Stella musste von zu Hause weg, denn es war klar, was für ein Leben sie danach erwartet hätte.«

Lea erinnerte sich an das Bild, das er ihr von Stella gezeigt hatte. Dieses schmale Gesicht mit den dunklen Augenringen, das Lachen und der trotzdem eher traurige Eindruck, den Lea von dieser Frau gehabt hatte. Damals hatte sie das auf die drohende Krebserkrankung zurückgeführt.

Nick erklärte hastig, was danach passiert war, als hätte er Angst, dass Lea einfach gehen würde. Er hatte zu Hause bleiben müssen, bis er es mit Hilfe eines Sportstipendiums an die Universität von Kalifornien schaffte. Natürlich hielt er immer Kontakt mit Stella, und es machte ihm Sorgen, dass sie mehr und mehr abrutschte, und zwar genau in das Milieu, das ihre Eltern mit ihrer Erziehung hatten verhindern wollen. Stella wurde drogensüchtig und verschaffte sich das Geld für ihre Sucht als Kleinkriminelle. Schließlich heiratete sie auch noch Thomas

Bernardi, einen Dealer, der eines Tages ohne ein Wort aus ihrem Leben verschwand. Danach war Stella völlig gebrochen und hatte deshalb Nick immer öfter um Geld gebeten.

Hier hielt Nick kurz inne, um sich zu überzeugen, dass Lea ihm noch zuhörte, dann fuhr er fort: »Ich hatte in der Zwischenzeit eine Ausbildung zum Therapeuten gemacht und mich auf Drogentherapie spezialisiert.«

»Warum hast du dann behauptet, Architekt zu sein?«, fragte Lea und entschuldigte sich in Gedanken bei Moira, weil sie ihr nicht geglaubt hatte.

»Weil ich meine Patienten schützen musste. Es bestand immerhin die Gefahr, dass mein Name durch die Medien gehen würde, falls das Buch erfolgreich wäre. Nick Petersens gibt es viele. Die Leute erinnern sich aber in aller Regel nicht an den Namen, sondern nur an den Beruf eines Menschen, über den sie in der Presse lesen oder der in einer Fernsehshow auftritt. Da war doch der kahlköpfige Lehrer, der all die Banken ausgeraubt hat, sagen sie. Oder: Denk an diesen Polizisten, der die Kinder missbraucht hat. Ich habe die ganze Zeit als Therapeut weitergearbeitet, und keiner meiner Patienten hat den Rummel um das Buch mit mir in Verbindung gebracht.«

Lea konnte sich das nicht vorstellen. Sieben Millionen Zuschauer hatten die Oprah-Winfrey-Show gesehen, und darunter sollte keiner seiner Patienten gewesen sein und ihn erkannt haben? Vielleicht war er ja auch gar kein Therapeut, sondern einfach ein Lügner, ein Hochstapler, ein Nichts, und Moira hatte Recht mit all ihren Verdächtigungen gehabt.

»Neulich hätte Moira mich beinahe erwischt«, fuhr

Nick in diesem Augenblick fort, »da war ich mit einer Patientin, die unter Höhenangst leidet, oben auf dem ›Two California Plaza‹.«

»Ach ja?« Leas Stimme verriet ihre Skepsis. Das klang doch eher so, als hätte er sich das nur ausgedacht, weil er nicht sicher sein konnte, ob Moira ihn gesehen und Lea davon berichtet hatte. Wie war sie überhaupt darauf gekommen, einem Mann zu vertrauen, der eine Schauspielerin als seine Schwester ausgab? Sie war wirklich viel zu gutgläubig. Sogar Mark hatte geahnt, dass mit Nick etwas nicht stimmte.

Nick starrte sie an, wartete auf ein Zeichen von ihr.

Doch Lea zuckte nur müde mit den Schultern und signalisierte ihm fortzufahren.

»Irgendwann wollte ich Stella kein Geld mehr für ihre Sucht geben, denn ich wusste, sie würde sonst nie davon loskommen.

Sie war fassungslos und dachte, ich mache Witze, als ich ihr Geld nur noch unter der Bedingung geben wollte, dass sie sich einer Therapie unterzieht. Nachdem sie gemerkt hatte, wie ernst es mir damit war, ist sie aus meinem Leben verschwunden.«

Lea hörte nicht mehr wirklich zu. Stattdessen betrachtete sie Nicks Gesicht. Sie war ihm so nahe gewesen und hatte ihm vertraut. Je länger er redete, desto verwirrter wurde sie. Nur eines wurde ihr unmissverständlich klar: Es war hier nie wirklich um sie gegangen.

»Lea, bitte hör mir doch zu! Ich habe überall nach meiner Schwester gesucht, sogar einen Privatdetektiv beauftragt, doch es fehlt jede Spur von ihr. Trotzdem bin ich sicher, dass sie lebt.«

»Und wer hat denn nun das Buch geschrieben?«

»Ich.« Nick lächelte heute zum ersten Mal.

»Und warum hast du mir das nicht gleich gesagt? Gleich am allerersten Abend?« Sie spürte, wie die Enttäuschung an ihrem Herzen nagte. All seine Finten und Tricks. Deshalb war ihm der Text des Romans so geläufig, dass er nicht einmal bemerkte, wenn er daraus zitierte. Was hatte er da geschrieben? »Nur wenn sie dir voll vertrauen, bist du der Herr über ihr Schicksal …« Sie lächelte bitter in sich hinein. Vertrauen! Nick hatte ihr Vertrauen ausgenutzt und sie ständig belogen. Sie wie eine Schachfigur hin und her geschoben. Als sie sich geliebt hatten, wieder und wieder, und sie sich so geborgen und verstanden gefühlt hatte – war das auch nur ein Teil seines Spiels gewesen? Wie lächerlich sie sich benommen hatte. Wie hatte sie glauben können, es wäre ihm jemals um sie gegangen? Am liebsten hätte sie die Arme auf den Tisch gelegt und ihren Kopf darauf gebettet. Aber so etwas war im »Shultz« nicht denkbar. Man würde sie hinauswerfen.

Er sah sie auffordernd an.

Lea räusperte sich. Ihre Stimme klang so müde, wie sie sich fühlte. »Ich wünschte, du hättest viel früher mit mir über alles gesprochen. Wie soll ich dir jetzt noch vertrauen?«

»Ich konnte doch nicht wissen, wie sich das alles entwickelt.«

»Warum, Nick, warum?«

»Ich dachte, Stella würde sich melden, wenn jemand die Geschichte unseres Vaters unter ihrem Namen schreibt. Nur deshalb bin ich auch zur Oprah-Winfrey-Show gegangen. Ich wollte, dass Stella davon erfährt und sich empört beim Verlag meldet. Aber Fehlanzeige.«

Lea merkte, dass sie gegen ihren Willen wieder anfing, ihm zu glauben. Er sah so verletzlich aus.

Unsinn, sie zwang sich, skeptisch zu bleiben. Er wollte sie nur weiter um den Finger wickeln, um sie in der Hand zu haben. Vielleicht brauchte er ein Alibi wegen Shana.

Und doch, wenn sie diese Lippen sah, diesen sensiblen, pflaumenfarbenen Mund, dann wollte ein Teil ihres Körpers ihn küssen, ihn streicheln.

Sie zog ihre Schultern energisch nach hinten. Weg mit diesen Gedanken! Nach Greg hatte sie sich vorgenommen, nie mehr so dumm zu sein. Greg, ach, Greg, beinahe hätte sie gelächelt. Da hatte sie sich wirklich gesteigert: vom Tennisprofi zum Killer.

Nick hatte aufgehört zu reden. Er legte seine Hand auf die von Lea, die sie nicht schnell genug wegziehen konnte, und so spürte sie seine Wärme bis tief in ihren Schoß und hasste sich dafür.

»Willst du gehen?«, fragte er.

Sie schüttelte den Kopf, wider besseres Wissen war sie neugierig auf den Rest.

Er räusperte sich. »Wenn man zum Therapeuten ausgebildet wird, muss man selbst eine Therapie durchlaufen. Natürlich war es schrecklich, sich der Tatsache zu stellen, dass mein Vater ein Mörder war. Trotzdem habe ich im Laufe meiner Therapie gemerkt, dass ich mehr über ihn erfahren wollte, und fing an zu recherchieren. Dabei sind mir merkwürdige Dinge aufgefallen. Die Akte meines Vaters bei der Polizei war verschwunden. Nur sein Anwalt hatte noch Unterlagen. Er behauptete, mein Vater sei unschuldig, ja, er ist sogar so weit gegangen, anzudeuten, mein Vater habe sich nicht freiwillig erhängt. Man hätte ihm seinen Gürtel gleich bei der Aufnahme in die Haftanstalt abgenommen, da sei es doch unwahrscheinlich, dass er ihn später einfach so zurückbekommen haben sollte. Der Anwalt erzählte mir sogar, dass es in Anza Borrego damals eine sehr starke private Bürgerwehr gegeben hat, die mit Parolen wie ›Hängt ihn!‹ durch die Straßen gezogen ist. Die Bürgerwehr hatte sich nach dem Tod des ersten Mädchens gebildet mit dem Ziel, für mehr Sicherheit zu sorgen. Diese Bürgerwehr kennst du aus meinem Buch. Viele Beamte und aufrechte Männer waren Mitglied in der Bürgerwehr. Mein Vater nicht.«

Etwas in seinen Worten berührte Lea. Sie verstand plötzlich, wie sehr Nick sich als Junge gewünscht haben musste, seinen Vater rehabilitieren zu können. Aber wie weit war er dabei gegangen?

»Ich kam mehr und mehr zu der Überzeugung, dass der wahre Täter immer noch frei herumläuft, und mein Buch sollte ihn aufscheuchen.«

»Aufscheuchen …« Lea biss sich auf die Lippen. »Sind Shana und dieser Leonard Trotter tot, nur weil *du* jemanden aufscheuchen wolltest?«

Nick massierte seine Schläfen. »Ich weiß es nicht.«

»Und was ist mit mir? Warum bricht man in meine Wohnung ein? Warum werden meine Reifen zerstochen oder liegen tote Vögel auf meiner Windschutzscheibe? Warum schickt mir jemand zerstückelte Barbiepuppen?«

Nick ballte seine Hände so fest zu Fäusten, dass seine Knöchel ganz weiß wurden.

»Um Gottes willen, Lea, ich wollte dich nie in Gefahr

bringen! Deshalb habe ich dich gebeten, woanders hinzuziehen.«

»Alles fing an, kurz nachdem wir uns kennen gelernt haben. Vielleicht steckst du dahinter. Ganz alleine du.« Lea wusste nicht mehr, was sie glauben sollte. Sie betrachtete Nick, als sähe sie ihn zum ersten Mal. Er war stark. Kräftig. Einen Moment lang drängte sich Lea das Bild auf, wie seine Hand ein Messer umfasst hielt und zustach. Sie schüttelte den Kopf. Nein, so etwas wollte sie sich nicht vorstellen.

»Woher stammt die Verletzung an deiner Hand?«, fragte sie tonlos.

»Du glaubst mir nicht! Das kann ich wohl im Augenblick auch nicht erwarten. Aber ich werde dir beweisen, dass ich unschuldig bin. Ich würde niemals einen Menschen verletzen. Ich bin Therapeut, es ist mein Beruf, Menschen zu helfen! Ich habe mir gestern Morgen wie immer einen Saft gemacht und beim Reinigen in der Eile übersehen, dass der Stecker noch steckte. Prompt hatte ich die Hackmesser in der Haut.«

Lea wusste nicht mehr, was sie glauben konnte und was nicht. Sie wünschte sich, endlich alleine zu sein, um über all das, was er ihr erzählt hatte, nachzudenken. Sie hatte nicht das Gefühl, dass sie auch nur die Hälfte davon verstanden hatte.

»Ich möchte jetzt gehen.«

»Das wirst du nicht!« Seine Stimme klang gepresst, als müsste er sich sehr beherrschen, nicht zu schreien.

Lea zuckte zurück, als hätte er sie geschlagen.

Nick registrierte es und stand schockiert auf. »Lea, es tut mir leid.« Er kam einen Schritt auf sie zu, wie um sie zu umarmen, überlegte es sich dann aber anders und ging, nachdem er einen Fünf-Dollar-Schein auf den Tisch gelegt hatte, zur Tür.

Nachdem Lea bezahlt hatte, fiel ihr ein, dass sie gar keinen Schlüssel zu Moiras Wohnung hatte, und daher beschloss sie, einen Spaziergang zu ihrem Büro zu machen, ihr Auto zu holen und dann erst wieder zurück zu Moira zu fahren.

30. Kapitel

Als Lea einige Stunden später vor dem Haus ihrer Freundin parkte, stürmte ihr Moira schon entgegen.

»Lea, wo bist du gewesen? Ich habe mir solche Sorgen gemacht, als du nicht ans Telefon gegangen bist, dass ich hergefahren bin, um nach dir zu sehen. Wo warst du?«

»Ich habe mich mit Nick getroffen.«

»Nach allem, was du über diesen Dreckskerl weißt, triffst du dich noch mit ihm? Bist du völlig wahnsinnig?«

Moira drehte sich um und ging kopfschüttelnd wieder zurück ins Haus. Lea folgte ihr.

»Fred hat gesagt, die Beweise gegen Nick verdichteten sich.«

»Es tut mir leid. Aber ich dachte, ich müsste ihm eine Chance geben.«

»Wir hatten vereinbart, dass du hierbleibst.«

Lea ging auf Moira zu. »Du bist wirklich die beste Freundin, die man sich wünschen kann …«

»Aber?«, fragte Moira mit einem spitzen Unterton.

»Kein Aber.«

Besänftigt holte Moira ein Mineralwasser aus dem Kühlschrank und goss zwei Gläser ein.

»Du hattest übrigens Recht, Nick ist kein Architekt. Er ist Therapeut.«

»Therapeut? Für was denn? Klingt für mich schon

wieder nach einer Lüge. Hat er dir verraten, wer diese Frau war, mit der ich ihn gesehen habe?«

Lea nickte. »Eine Patientin.«

Moira verdrehte die Augen. Das erinnerte Lea an unzählige Abende, an denen sie über nichts anderes als über Männer und deren Macken geredet hatten, Abende, die ihr jetzt Lichtjahre entfernt schienen.

»Hat Fred dir etwas Neues über Shanas Tod gesagt? Weiß man schon, wann die Beerdigung sein wird? O Gott, ich muss meinen Vater anrufen, und Ruth!«

»Wirst du jetzt vernünftig sein und hierbleiben? Kann ich dich wieder allein lassen? Ich habe wirklich viel zu tun.«

Lea nickte und erklärte Moira, sie sei auch deshalb im Büro gewesen, um dort Bescheid zu sagen, wo sie zu erreichen war.

»Hast du denn bei alldem überhaupt etwas gegessen? Du siehst ziemlich blass aus.«

Lea schüttelte den Kopf. »Ich habe keinen Hunger.«

»Das kommt nicht in Frage, so sehr ich sonst dafür bin, mal eine Mahlzeit auszulassen. In Krisensituationen braucht man einfach ein Trostessen. Ich bestelle dir eine Pizza.«

Verblüfft starrte Lea ihre Freundin an. Pizza war eine der sieben Todsünden in Moiras Augen. Diese nickte. »Ja, du brauchst heute wirklich dringend etwas richtig Dekadentes. Ich bestell dir eine Frutti di Mare, das ist doch deine Lieblingspizza, oder? Mit der machst du es dir vor dem Fernseher gemütlich und vergisst einfach mal für zwei Stündchen, was passiert ist. Das wird dir guttun.«

Ohne Leas Antwort abzuwarten, griff Moira nach dem

Flyer eines Pizza-Lieferservices, der an der Kühlschranktür hing, und bestellte. Dann vergewisserte sie sich, dass Lea genug Bargeld zum Bezahlen hatte, und machte sich wieder auf den Weg zur Arbeit.

Lea rief ihren Vater an und fragte beklommen nach Ruths Zustand.

»Sie hält sich großartig, wie immer, und lässt sich nichts anmerken. Sie hat sogar schon einen wunderschönen Sarg bestellt. Sobald Shanas Leiche freigegeben ist, wird Ruth sich dann um die Beerdigung kümmern.«

Er klang beinahe so, als ob er Ruth gern getröstet hätte und es ihn kränkte, dass sie ihn nicht brauchte.

»Los Angeles wird auch immer unberechenbarer. Früher sind solche Sachen bei uns nicht passiert. Irgendwo in L. A. South vielleicht, aber doch nicht in unserem Verlag!«

Lea schenkte es sich, ihren Vater darauf hinzuweisen, dass überall in L. A. Verbrechen passierten und man nirgends wirklich sicher war.

»Bestimmt haben die Maler die Tür aufgelassen. Was hatten die überhaupt im Büro zu suchen?«

Lea schwieg.

»Na, wenigstens ist Shana nicht missbraucht worden, das hätte für Ruth alles noch viel schlimmer gemacht.«

Lea fragte sich, wie man angesichts der Leiche seines Kindes über so etwas froh sein konnte, aber dann schalt sie sich unsensibel und kalt. Wahrscheinlich klammerte sich die Mutter an jeden Strohhalm.

»Shana sah friedlich aus, als ich sie gefunden habe. Ich glaube nicht, dass sie lange leiden musste«, sagte Lea deshalb.

»Mein Gott, wenn ich mir vorstelle, es hätte dich erwischt ...« Die Stimme ihres Vaters schien zu ersticken.

Lea war gerührt. Er machte sich Sorgen um sie. Offensichtlich war noch nicht bis zu ihm durchgedrungen, dass der Mord möglicherweise im Zusammenhang mit dem von ihr veröffentlichten Thriller stand. Sie hoffte, dass er nie davon erfahren würde.

Vielleicht hatte er ja auch Recht. Jeden Tag wurden in L. A. Frauen von Psychopathen umgebracht.

Um ihn nicht noch mehr zu beunruhigen, erklärte Lea ihrem Vater, sie sei wegen eines Wasserschadens vorübergehend bei Moira eingezogen, und bat ihn, sie zu benachrichtigen, sobald der Termin für Shanas Beerdigung feststand.

Kaum hatte sie aufgelegt, klingelte es wieder. Es war Mark.

»Lea, endlich mal eine gute Nachricht. Stell dir vor, *Fatal Velvet* ist für den Edgar Award nominiert worden!«

Lea wusste nicht, ob sie lachen oder weinen sollte.

»Ist das nicht großartig?«, fragte Mark.

»Ja«, murmelte sie, »ja, das ist es.«

»Dann hat noch Robert angerufen, Shanas Bruder. Er will unbedingt mit dir sprechen. Ich wusste gar nicht, dass ihr so einen engen Kontakt habt?«

»Haben wir auch nicht, aber ich werde ihn anrufen.« Lea fragte sich, ob sie das wirklich tun würde. Was, wenn auch Robert ihr die Schuld an Shanas Tod gab?

Nachdem sie das Gespräch beendet hatte, setzte sie sich auf das hässliche braune Sofa und zappte durch das Fernsehprogramm. Es tat ihr gut, Stimmen zu hören und Menschen zu sehen. Sogar die Werbespots waren Balsam für ihre verletzte Seele. Wenigstens im Fernsehen war die Welt noch in Ordnung.

Als es an der Tür klingelte, hatte sie schon wieder vergessen, dass Moira Pizza bestellt hatte. Am liebsten hätte sie auf das Klingeln gar nicht reagiert, doch schließlich tat ihr der Pizzabote leid, und sie schleppte sich zur Haustür.

»Gerade wollte ich wieder gehen, aber dann dachte ich: ›Sie hat Geburtstag, da kann es schon mal länger dauern‹ …«, erklärte ihr der Mann in der roten, leicht angeschmuddelten Uniform. So wie er aussah, hätte er in viele Serien gepasst: blond, markant, blauäugig, sympathisch.

Lea bezahlte und nahm den Karton entgegen. Dann erst wurde ihr klar, was er gerade gesagt hatte. Sie rief hinter ihm her: »Wie kommen Sie denn darauf, dass ich Geburtstag habe?«

»Das hat die Lady gesagt, die die Überraschung für Sie in den Karton gelegt hat. Nur eine Karte. Wollte Ihnen ’ne Freude machen.«

»Halt, warten Sie!«, schrie Lea hinter ihm her, aber sie hörte nur noch einen Motor aufheulen.

Ihr war heiß und kalt zugleich. Der Karton in ihrer Hand zitterte. Sie trug ihn in die Küche, als wäre er eine hochexplosive Bombe, stellte ihn auf den Tisch und ging so weit weg, wie es in der Küche möglich war.

Lea starrte den Karton an. Sie musste ihn nicht aufmachen. Sie konnte ihn einfach dort stehen lassen, so wie er war, bis Fred nach Hause kam.

Ihre Zunge klebte am Gaumen, ihre Kehle war wie ausgedörrt. Nur eine Karte, hatte der Mann gesagt, nur eine

Karte. Sie musste sich dem stellen. Sie konnte und wollte nicht weglaufen. Sie würde das Ding öffnen.

Lea ging ein paar Schritte auf den Karton zu. Lächerlich!

Mit Schwung öffnete sie den Deckel. Mitten auf der Pizza, in der öligen Tomatensoße, lag der Umschlag. Sie ergriff ihn, nahm ein Messer und schlitzte das Kuvert auf.

Darin war tatsächlich eine Geburtstagskarte mit einem lächerlichen Cartoon. »Wieder ein Jahr älter«, stand da, und vor das »ein« hatte jemand mit einem dicken Eddingstift ein »k« gesetzt. Kein Jahr älter. Und darunter stand nur: »Bald ist es so weit!«

Lea zerriss die Karte in kleine Stücke, schleuderte diese in den Müll und wusch sich die Hände lange unter heißem Wasser, so als hätte sie verseuchtes Material angefasst. Tief atmete sie den aufsteigenden Wasserdampf ein, um sich zu beruhigen. Erst als ihre Hände krebsrot waren, konnte sie wieder aufhören.

Was hatte der Pizzabote gesagt? *Die Lady*. Kein Mann, eine Frau hatte ihm die Karte gegeben. Zu dumm, dass er einfach losgefahren war, jetzt würde sie nie erfahren, wie diese Frau ausgesehen hatte. Aber vielleicht hatte man sie für diese Übergabe ja auch bezahlt, und jemand anderer steckte dahinter.

Doch niemand hatte gewusst, dass Moira eine Pizza für sie bestellt hatte. Niemand, außer Moira ... Aber nein, das würde die ihr nicht antun!

Nachdenklich warf Lea die Pizza in den Müll, ohne sie noch einmal anzuschauen.

Tatsache war, wer auch immer sie quälen wollte, wusste,

wo sie sich aufhielt. Auf was wartete derjenige dann noch? Ging Shana auf sein Konto, oder hatte Shanas Tod mit all dem anderen gar nichts zu tun?

Plötzlich fiel Lea etwas ein. Sie rannte in die Küche und holte die Schnipsel der unheimlichen Botschaft wieder aus dem Mülleimer Die Schrift! Vielleicht konnte sie an der Schrift etwas erkennen. Nachdem sie Tomatensoße und Scampireste von den Überresten der Karte abgekratzt hatte, konnte sie sie wieder zusammensetzen. »Bald ist es so weit!«

Versuch, dich zu erinnern, spornte sie sich an. Kennst du jemanden, der solche schwungvollen »B«s malt? Dessen Schrift so ineinander verschlungen ist? Dabei fiel ihr auf, dass sie von Nick zwar viele liebevolle E-Mails bekommen hatte, aber noch nie etwas Handschriftliches. Oder doch? Ja, damals in dem Karton mit den Anemonen war eine Notiz gewesen, aber an die Schrift konnte sie sich nicht mehr erinnern. Marks Schrift dagegen kannte sie, die war eckiger.

Aber es war ja auch möglich, dass ihr Verfolger jene Frau, die die Karte dem Pizzaboten ausgehändigt hatte, gebeten hatte, die Botschaft zu schreiben. »Seien Sie doch so gut, Miss, es ist nur ein kleiner Scherz …«

Als Lea das klar wurde, räumte sie die Schnipsel wieder zusammen und warf sie zurück in den Müll. Sie kontrollierte alle Türen und Fenster und legte sich auf das Bett, konnte aber nicht schlafen. Ruhelos wanderte sie daher durch die Wohnung und fühlte sich seltsam unbehaglich inmitten der unzähligen Fotos von Moira. All diese Augen, die einen zu verfolgen schienen …

Lea schüttelte sich. Drehte sie jetzt langsam durch, war

dies etwa das Ziel dieser Aktionen? Hatte es vielleicht nichts mit ihr oder ihrem Verlag, sondern nur mit der Hochzeit ihres Vaters zu tun? Sie fing an zu überlegen. Das erste Mal hatte ihr Vater sie darauf aufmerksam gemacht, dass jemand sie beobachtete. Das war an dem Tag gewesen, als er ihr von Ruth erzählt hatte. Konnte da ein Zusammenhang bestehen? Wollte sie jemand aus der Van-Dyke-Sippe aus dem Weg räumen? Hatte Shana nicht erzählt, ihre Geschwister seien wegen des Erbes beunruhigt? War Shana einfach nur die Erste, die man erledigt hatte? Vielleicht war das ja auch der Grund, warum Robert im Verlag angerufen hatte. Möglicherweise hatte er ja denselben Verdacht. Oder wurde sie einfach nur verrückt?

Lea war kalt, und sie sehnte sich nach April, nach jemandem, an dem sie sich wärmen konnte.

Morgen musste sie sich unbedingt um die Katze kümmern und eine Lösung finden.

31. Kapitel

Fred war erst am Morgen nach Hause gekommen und hatte Lea bei einem hastig eingenommenen Frühstück von seinen Ermittlungen berichtet. Dabei hatte er ihr nicht verschwiegen, dass im Zusammenhang mit Shanas Ermordung immer mehr Indizien gegen Nick aufgetaucht waren. Nick selbst sei jedoch spurlos verschwunden.

Man hatte zuerst Fasern von Nicks Jacke an Shanas Kleid entdeckt, dann noch ein Haar. Allerdings fehlte jede Spur von den Kleidern, die Nick zur Tatzeit getragen haben musste. Er vermutete, dass Nick diese einfach weggeworfen hatte, weil ganz sicher Blutspuren darauf gelangt waren. Die Mordwaffe stammte aus der Teeküche im Büro, deshalb ging man von einem spontanen, ungeplanten Mord aus.

Nachdem er ihr all diese Verdächtigungen präsentiert hatte, wollte Fred wissen, wann genau Lea sich am Sonntag mit Nick getroffen hatte. Obwohl er sich bei dem Gespräch bemühte, sie behutsam zu behandeln, war ihr die Gewissheit, mit der er Nick ständig als Mörder bezeichnete, auf die Nerven gegangen. Deshalb hatte sie ihn schließlich spöttisch gefragt, ob man die Kleider, die Nick angeblich zur Tatzeit getragen hatte, nicht einfach nur deshalb nicht finden konnte, weil er gar nicht der Killer war. Sie wollte auch wissen, welches Motiv Nick denn gehabt haben sollte, Shana umzubringen.

Fred hatte nur geseufzt und ihr dann erklärt, in der Tat sei das noch ein Schwachpunkt in der ganzen Theorie. Man würde auch immer noch weiter nach anderen Tätern Ausschau halten. Ebenso wie man in Erwägung zöge, dass Shana Nick erpresst haben könnte. Ein Gedanke, den Lea unglaublich lächerlich fand. Auf so eine Idee konnte nur jemand kommen, der Shana nicht gekannt hatte.

»Als ob es in L. A. nicht genügend Psychopathen gibt, die grundlos morden!«, hatte Lea daraufhin zu Fred gesagt. Dann hatte sie ihm von dem Einbruch in ihrer Wohnung erzählt. Fred war sehr ungehalten, dass sie ihn nicht sofort angerufen hatte. Murmelte etwas von wichtigen Spuren, die auch nicht besser würden, wenn man sie erst Wochen später untersuchte.

Lea zuckte nur mit den Achseln, schließlich hatte seine Frau ihr die starken Schlaftabletten gegeben.

Fred telefonierte mit den Kollegen von der Spurensicherung und schickte sie in Leas Wohnung, dann verschwand er unter der Dusche.

Seine Worte hatten Lea stärker durcheinandergebracht, als sie sich eingestehen wollte. Sie beschloss, spazieren zu gehen, um ihre Gedanken zu sortieren und sich zu beruhigen. Und auf dem Rückweg würde sie in ihrer Wohnung nach April sehen.

Während sie mit ihrem Cabrio zum Strand fuhr, tat es ihr leid, so unfreundlich zu Fred gewesen zu sein. Schließlich war sie froh, dass er die Ermittlungen in diesem Fall führte. Allein der Gedanke, intime Details vor seinen Kollegen ausbreiten zu müssen, war Lea entsetzlich peinlich.

Ihr fiel siedend heiß ein, dass sie Fred gegenüber Nicks

Haus in Rancho Bernardo nicht erwähnt hatte, beruhigte sich dann aber damit, dass die Polizei genügend Möglichkeiten besaß, alle Wohnorte von Nick zu überprüfen beziehungsweise herauszufinden.

Am Strand angekommen, atmete Lea erst mal tief durch. Hier, so nahe am Meer, fühlte sie sich frei und angesichts der vielen anderen Menschen auch sicher. Ihre nackten Füße gruben sich tief in den feuchtkalten Sand. Der Pazifik blendete ihre Augen mit seinem schneidenden Blau. Wind peitschte über den Ozean, erfüllte die Luft mit Wassertropfen, so dass ihre Sonnenbrille in kürzester Zeit überkrustet war von Salzkristallen. Weiter draußen tummelten sich Surfer, die in ihren Neoprenanzügen wie schwarze Delphine wirkten und Lea an Shana erinnerten. Voodoo-Wellen …

Wie traurig, dass sie Shana jetzt nicht mehr wirklich kennen lernen würde. Sie war die Einzige der Van-Dyke-Sippe, die ihr sympathisch gewesen war.

Lea wanderte den Strand entlang und wunderte sich selbst über die Entschlossenheit, mit der sie vorwärts ging. Als ob sie ein Ziel hätte, den Weg wüsste. Dabei war sie müde, hatte noch viel stärker als damals nach der Scheidung von Greg das Gefühl, in einem schwarzen Loch zu versinken.

Wie hatte sie nur glauben können, Nick sei in sie verliebt? Sie hätte sich darüber klar sein müssen, dass sie nicht Cinderella und ihr Leben kein Märchen war. Allenfalls eins von Andersen, in dem man der Schönheit und Herrlichkeit erst mit dem Tod teilhaftig werden konnte.

War es nicht hier gewesen, wo sie mit Nick über

Andersens Märchen gesprochen hatte? Wie falsch sie das verstanden hatte. In Wirklichkeit war sie von Nick nur benutzt worden, um sein Buch zu veröffentlichen. Das war alles. Und er hatte sie bloß geküsst, um sie besser manipulieren zu können. Scham brannte in Leas Brust, so stark, dass sie am liebsten gerannt wäre, als ob sie damit alles auslöschen könnte. Sie sprintete wirklich los, musste aber nach wenigen Metern schon wieder stehen bleiben, rang nach Luft, merkte, wie ihr die Tränen in die Augen stiegen. Nicht mal mehr laufen konnte sie noch. Sie schleppte sich weiter.

Selbstmitleid würde ihr nicht helfen, das hatte auch damals mit Greg nichts genutzt.

Plötzlich hatte sie wieder das Gefühl, jemand würde sie beobachten. Sogar hier am Strand, wo so viele Menschen waren. »Kein Jahr mehr«, hatte auf der Karte gestanden, und: »Bald ist es so weit!« Sie blieb wie angewurzelt stehen. Nein, das musste ein Ende haben. Ruckartig drehte sie den Kopf, und tatsächlich, jemand rannte auf sie zu. Ein halbwüchsiger Schwarzer. Ein bezahlter Killer? Sie überlegte, ob sie wegrennen sollte. Manchmal wurden Menschen auf offener Straße erschossen.

»Madam«, keuchte der Junge, »Madam, Sie haben da etwas verloren!« Er reichte ihr einen Schlüsselbund, der ihr bei ihrem großartigen Spurt aus der Hosentasche gefallen sein musste. Lea schämte sich und bedankte sich überschwänglich. Sie gab ihm zwei Dollar, woraufhin der Junge verschwand.

Etwas weiter weg vom Wasser setzte sich Lea in den Sand, um sich zu beruhigen. Sie zitterte. Wenn sich nicht bald etwas in ihrem Leben änderte, würde sie demnächst durchdrehen. Sie streckte die Beine aus und bettete ihre Füße in die obere Schicht Sand, die sich in der Sonne aufgeheizt hatte. Doch sobald sie ihre Zehen etwas tiefer bohrte, spürte sie die kühlere darunter liegende Sandschicht. Lea zog ihre Windjacke fester um sich und betrachtete die kreischenden Möwen, die sich mit ausgebreiteten Flügeln im Brandungswind über den schaumigen Wellen treiben ließen.

Etwas in ihr weigerte sich zu glauben, dass Nick ein Mörder sein könnte, der sowohl Shana als auch Bruckner getötet haben sollte, auch wenn alle Beweise gegen ihn sprachen. Aber sie hatte damals auch nicht glauben wollen, dass Greg eine Affäre nach der andern hatte. Vielleicht war sie auf diesem Auge eben blind.

Sie musste sich schützen. Sie musste ihr Leben schützen. Und das all derer, die sie liebte, für die sie verantwortlich war. War Shana getötet worden, weil jemand sie mit Lea verwechselt hatte? Aber das Messer hatte vorne in Shanas Brust gesteckt, und selbst ein Blinder hätte dann den Unterschied bemerken müssen.

Bei dem Gedanken daran, dass der Talisman Shana vielleicht beschützt hätte, schauderte Lea. Sie nahm sich vor, auf dem Rückweg, wenn sie nach April sehen würde, den Talisman zu suchen und anzulegen. Irgendwie hatte sie das Gefühl, Shana würde das gutheißen.

Fred hatte ihr gesagt, dass die Beerdigung von Shana in drei Tagen stattfand. So lange würde sie überlegen, wie sie weitermachen wollte. Seit zwei Tagen war sie nicht mehr im Büro gewesen. Der Gedanke, den Raum betreten zu müssen, in dem Shana ermordet worden war, erfüllte Lea mit Abscheu.

Das rote Büro. Rot war eben nicht nur die Farbe der Liebe. Sie schauderte wieder.

Eine Frisbeescheibe zischte haarscharf an Leas Kopf vorbei. Eine weißhaarige, braun gebrannte Frau stürmte herbei, entschuldigte sich atemlos und warf die Scheibe zurück zu ihrem Partner. Lea nahm das zum Anlass, aufzustehen und weiterzugehen. Während sie den Sand von ihren Shorts klopfte, schlenderte sie vor bis zum Wasser. Der Wind war wieder stärker geworden und hatte das glatte Blau der Meeresoberfläche aufgerissen, weiße Spitzen krönten die graugrünen Fluten.

Zeit zurückzugehen.

Während sie am Strand zurückspazierte, fragte sie sich, ob nur ihr Leben in den letzten Tagen völlig umgekrempelt worden war. Alle anderen Spaziergänger, Jogger, Kinder und Mütter sahen so glücklich aus. So als sei das Schlimmste, was an diesem klaren, sonnigen Tag am Meer passieren könnte, der Auftritt einer Pamela Anderson im roten *Baywatch*-Badeanzug, die sich daranmacht, einem leichtsinnigen Surfer das Leben zu retten. Dieser Gedanke brachte Lea zum Lächeln.

Was für eine Idee!

Mit großen Schritten ging sie zurück zum Auto und atmete dabei tief die jodhaltige Luft ein. Sie hatte einen Entschluss gefasst. Shana war tot, das war entsetzlich – aber es hieß nicht, dass sie, Lea, nicht glücklich darüber sein durfte, dass ihr Herz noch schlug. Sie würde ab sofort damit aufhören, sich zu bedauern. Und sie würde herausfinden, wer hinter diesen Gemeinheiten steckte! Sie würde endlich aufhören, Opfer zu sein. Sie würde zurückschlagen, mit allen Mitteln.

32. Kapitel

Alles schien heute zu strahlen. Der eisblaue Himmel, die wachsig-weißen Callas auf dem cremefarben schimmernden Sarg. Gerade so, als gäbe es einen Grund, angesichts von Shanas Tod glücklich zu sein. Dieses Strahlen bedrückte Lea zutiefst. Sie fand, man hätte Shanas Leiche verbrennen und ihre Asche ins Meer streuen sollen, dorthin, wo sie so glücklich gewesen war. Aber was fällt dir ein, ermahnte sie sich gleich darauf. Ruth hat ihre Tochter verloren und jedes Recht, die Beerdigung so zu gestalten, wie sie es wünscht.

Zum Glück hatte Ruth darauf verzichtet, Shana zur Schau zu stellen. Der Sarg war geschlossen, und neben ihm standen zwei weiße Kerzensäulen, die im hellen Sonnenlicht kaum wahrnehmbar flackerten.

Ihre Trauer über Shanas Tod schnürte Lea die Kehle zu. So vieles konnte sie jetzt nicht mehr sagen: Es wäre schön, dich als Halbschwester näher kennen zu lernen. Danke für deinen Glücksbringer, schau, wie gut er mich beschützt hat. Bis jetzt lebe ich noch, trotz all der schrecklichen Drohungen.

Tränen liefen über ihre Wangen. Lea senkte den Kopf, weil sie das Gefühl hatte, angestarrt zu werden. Man weinte hier offensichtlich nicht. Man trauerte stumm.

Der Duft von Mimosen stieg Lea immer wieder in die Nase und machte sie noch trauriger. Ein Organist spielte Stücke von Chopin. Merkwürdigerweise erinnerte sie das an die Geigenklänge, die sie im Aufzug und im Auto gehört hatte. Warum?

Als Lea Ruth ihr Beileid ausgesprochen hatte, war diese ihr fremder denn je vorgekommen. Beherrscht, ja sogar kühl hatte Ruth ihre Hand gedrückt und sie dabei auf Abstand gehalten. Ihr Vater stand neben Ruth, genauso beherrscht, aber blass, mit Schatten unter seinen Augen. Ihn hatte Lea umarmt, doch auch er erschien ihr in dieser Umgebung wie aus Marmor. Shanas leibliche Geschwister standen neben ihrer Mutter, als wollten sie sie beschützen. Robert, Shanas Zwillingsbruder, sah als Einziger verweint aus, was seine Geschwister mit verstohlenem Kopfschütteln kommentierten. Ihre missbilligenden Blicke schienen ihn aufzufordern, sich etwas mehr zu beherrschen. Angesichts der vielen Menschen, die gekommen waren, um mit Ruth zu trauern, war es ja vielleicht auch angebracht. Aber Lea wurde von Roberts Tränen mehr berührt als von dem weißen Pomp und der Musik. Sie traute sich kaum, ihm zu kondolieren, aber als er sie spontan umarmte, hatte sie das Gefühl, wenigstens einer aus diesem Clan hätte ihr vergeben, dass Shana in ihrem Büro getötet worden war. Er flüsterte ihr ins Ohr: »Wir müssen dringend reden!« Bevor sie nachfragen konnte, schüttelte er den Kopf. »Später.«

Endlich konnte sie sich setzen und die Trauerfeier über sich ergehen lassen. Lag es wirklich erst zehn Tage zurück, dass sie mit Nick auf diesem Grundstück gewesen war?

Seit sie sich mit ihm im »Shultz« getroffen hatte, war er wie vom Erdboden verschluckt. Die Polizei fahndete nach ihm. Fred und Mark waren sich einig darin, dass Nick sich abgesetzt hatte.

Mark saß neben Lea, heute zum ersten Mal in einem schlichten dunklen Anzug, ohne jedes exzentrische Accessoire. Der Pfarrer begann seine Rede, und dann folgten die Fürbitten. Lea war überrascht, dass auch Mark zu den Sprechern gehörte.

Nachdem das Zeremoniell beendet war, erhoben sich alle, um den Sarg zu seiner letzten Ruhestätte in der Familiengruft zu begleiten.

Lea stieg zu ihrem Vater in die extra für diesen Zweck angemietete schwarz glänzende Limousine. Schweigend fuhren sie zum Friedhof, der in der klaren Sommersonne aussah wie frisch geputzt und gerade deshalb besonders deprimierend auf Lea wirkte. Sie hörte nichts von den Gebeten des Pfarrers, weil sie darüber nachdachte, wie es mit ihr jetzt weitergehen sollte. Erst das dumpfe Geräusch der Erde auf dem Sargdeckel unterbrach ihren Dämmerzustand und jagte ihr eine Gänsehaut über den Körper. Was, wenn sie ins Büro gefahren wäre, um den Scheck zu holen, und statt Shana in dem Sarg läge?

Auf der Rückfahrt erklärte Lea ihrem Vater, sie werde nicht mit zum Leichenschmaus kommen, sie sei sehr erschöpft.

Er kommentierte das mit einem knappen Nicken und mit den Worten: »Ich habe nichts anderes erwartet. Ruth hält sich vorbildlich, und meine Tochter macht schlapp.«

Lea seufzte und verzichtete auf den Hinweis, dass die feindliche Einstellung der Familie seiner Verlobten es ihr nicht gerade leichter machte. Aber sie ließ sich auch nicht moralisch erpressen. Vielleicht, wenn er gesagt hätte, er würde ihre Gegenwart brauchen …

Sie fuhr zurück in ihre Wohnung, um noch einmal nach

April zu suchen. Wieder war sie entsetzt von dem Chaos, das sie erwartete, als sie die Wohnungstür aufschloss. Sie hatte noch nicht die Kraft gehabt, hier aufzuräumen. Wo die Leute von der Spurensicherung Fingerabdrücke genommen hatten, konnte Lea deutlich an den Pulverspuren erkennen. Sie war froh, dass sie mit ihrer Arbeit fertig waren.

Wehmütig betrachtete sie ihre früher so gemütliche Wohnung und fragte sich, ob sie sich hier je wieder zu Hause fühlen würde.

»April!«, rief sie. Sie hörte die Katze maunzen, konnte aber nicht herausfinden, von wo das Geräusch gekommen war. April! Endlich! Sie hatte die Hoffnung, das Tier noch einmal wiederzusehen, ja schon fast aufgegeben.

Lea suchte sich zunächst einen Weg durch die Unordnung und steuerte ihren begehbaren Kleiderschrank an, um ihr schwarzes Kostüm aus- und etwas Bequemeres anzuziehen, bevor sie wieder zu Moira fuhr. Als sie in der Unterwäsche dastand und gerade dabei war, ein anderes Kleidungsstück auszuwählen, hörte sie ein Geräusch, dann wurde sie am Kopf getroffen. Nach einer Schrecksekunde erkannte sie April, die von einem Regalbord auf sie herabgesprungen war. »April, du hast mich zu Tode erschreckt!«, tadelte Lea das Tier mit strenger Stimme. Sie entschied sich für Jeans und T-Shirt und beeilte sich, fertig zu werden. Die Katze strich die ganze Zeit um ihre Beine und schnurrte, wie um Lea versöhnlich zu stimmen. Lea sah amüsiert zu ihr herunter. »Einen Moment musst du dich noch gedulden, bis ich angezogen bin.«

In diesem Moment fiel es ihr auf. Mit der Katze war etwas nicht in Ordnung. Leas Herz fing an, schneller zu schlagen. Sie bückte sich zu April, und dann erkannte sie es: Jemand hatte einen etwa fünf Zentimeter breiten, geraden Streifen ihres Fells abrasiert. Genau auf der Mitte von Aprils Rücken.

Lea nahm die Katze auf den Arm. Da erst bemerkte sie, dass diese auch etwas um ihren Hals trug. Es sah aus wie eine Schlinge, an der etwas baumelte. Sie nahm es April ab. Es war ein Glückskeks.

Ein Glückskeks!

Lea brach den Keks auf und zog mit zitternden Fingern den Zettel hervor. Sie las: »Konfuzius sagt, als Nächstes bist du dran!«

Krampfhaft hielt Lea April fest und sprang auf. Offensichtlich war schon wieder jemand in ihrer Wohnung gewesen, hatte die Katze tyrannisiert und dieses Geschenk für sie zurückgelassen. Sie mussten hier raus. Sie wollte auch nie wieder hierher zurück. Es musste ein Ende haben, alles, alles, alles! Sie musste in ein Hotel. Irgendwohin, wo niemand wusste, wer sie war.

Lea griff sich eine Tasche, warf noch ein paar Kleider hinein, klemmte April, die wild um sich schlug und Lea tiefe Kratzer versetzte, kurzerhand unter den Arm und verließ die Wohnung. Sie setzte sich in ihr Cabrio und fuhr zu Moira, in der Hoffnung, die Katze bei ihr lassen zu können. Dann würde sie sich ein Hotelzimmer suchen und niemandem sagen, wo sie zu finden war.

Lea klingelte Sturm an Moiras Haustür. Es war kein Auto zu sehen. Aber das beige Garagentor war geschlossen, vielleicht stand Moiras Wagen ja drin.

Moira öffnete sofort. Lea war froh, denn sie hätte April nicht eine Sekunde länger festhalten können, es war schon schwer genug gewesen, das Tier wieder aus dem Auto zu locken.

»Lea, wie siehst du denn aus? Komm rein!« Doch als sie April bemerkte, wurde Moira unsicher. »Warum hast du denn die Katze mitgebracht? Fred hasst Katzen!«

»Ich *bitte* dich!«

Moira öffnete die Tür weit und signalisierte Lea einzutreten.

»Entschuldige, komm rein, mir wird schon etwas einfallen. Was ist denn jetzt wieder los?«

Lea erklärte Moira, was passiert war und dass sie deshalb überlegt hatte, in ein Hotel zu ziehen, wo niemand sie kannte. »Und falls du mir jetzt sagen willst, dass es für dich sonnenklar ist, dass Nick hinter alldem steckt, dann gehe ich sofort. Denn wenn ich eins nicht glaube, dann, dass er Tiere quält. Das kann ich mir einfach nicht vorstellen.« Lea setzte die Katze auf den Boden, wo diese mit aufgestelltem Schwanz stehen blieb.

Als Lea sich wieder aufrichtete, taumelte sie. Moira sprang zu ihr und stützte sie.

»Du zitterst ja am ganzen Körper. Komm, ich mach uns erst mal einen Drink. Etwas Starkes.«

Lea beugte sich zu April, aber die sprang entsetzt zur Seite und versteckte sich unter einem der braunen Ledersessel.

»Hier!« Moira stellte einen Wodka-Orangensaft vor Lea und hob ihr eigenes Glas. »Jetzt setz dich und trink das.«

Leas Hand zitterte so stark, dass Flüssigkeit auf den Tisch schwappte, als sie das Glas anhob. Das Getränk brannte in ihrer Kehle, und dann breitete sich Wärme in ihrem Körper aus. »Danke.«

»Dafür sind Freunde da. Aber du hast Recht, es ist eine gute Idee von dir, in ein Hotel zu ziehen. Auch wenn ich dich lieber bei mir hätte.«

»Aber was mache ich mit April?«

»Tierpension?«

»Das klingt schrecklich, so wie Waisenhaus.«

»Wie wäre es dann mit deinem Büro? Oder ist jemand von deinen Mitarbeitern allergisch?«

»Nicht, dass ich wüsste. Aber es wäre mir unter den gegebenen Umständen auch egal. Ja, das ist eine gute Lösung. Ich werde April dorthin bringen, fürs Erste jedenfalls.«

Lea trank einen großen Schluck und fühlte sich etwas besser. Sie hatte das Gefühl, langsam die Kontrolle über die Situation zurückzubekommen.

Jetzt erst bemerkte sie, wobei sie Moira gestört hatte. Auf dem Küchentisch lagen neue Fotos ihrer Freundin. Diesmal trug sie darauf ein rotes Kleid mit einer Korsage und einem weiten bauschigen Rock, dazu hochhackige ebenfalls rote Sandaletten. Darin sah Moira aus, als würde sie zur Oscar-Verleihung gehen.

Lea seufzte und trank noch einen Schluck. Sie war so ausschließlich mit sich beschäftigt gewesen, dass sie in den letzten Monaten nicht ein einziges Mal gefragt hatte: »Hey, Moira, und wie geht's dir?« Sie musterte ihre Freundin mit einem prüfenden Blick. Moira hatte Ringe unter den Augen, und die Falte, die von der Nase zum Mund führte, war tiefer geworden.

Lea tippte mit dem Zeigefinger auf das Foto.

»Du siehst hierauf toll aus, aber ich verstehe nicht, wofür du all diese Porträts brauchst. In eurer Wohnung ist doch schon jeder Zentimeter mit Fotos von dir zugekleistert.«

»Es macht mir Spaß. Und es ist doch ein harmloses Hobby, oder nicht?« Moira stürzte einen großen Schluck Wodka herunter.

»Und was sagt Fred dazu?«

Moira zuckte mit den Schultern. »Er ist doch sowieso nie da und dann gerne müde. Ja, am Anfang, da hatten wir viel Spaß, aber das ist lange her.« Moira lächelte in sich hinein, als ob sie sich an etwas besonders Schönes erinnern würde. »Aber kaum hatte er mich auf den Geschmack gebracht, hatte er schon keine Lust mehr, jedenfalls nicht auf mich.«

»Glaubst du denn, dass es andere Frauen gegeben hat?«

»Da bin ich sicher. Fred braucht Sex.«

»Und es stört ihn nicht, wenn du eine Affäre nach der anderen hast?«

»Ich glaube nicht, dass er es mitkriegt.«

Lea konnte sich das nicht vorstellen. Fred war schließlich Polizist. Oder hatte er, was seine Frau anging, Scheuklappen auf?

»Aber«, Moira schob die Fotos achtlos zusammen, als ob Lea ihr die Freude daran verdorben hätte, »was reden wir hier über Fred und mich. Du bist es, die dringend Unterstützung braucht. Soll ich dich zum Hotel begleiten?«

Beschämt lehnte Lea ab. Sie nahm sich vor, mit Moira ein langes Gespräch zu führen, sobald die Morde aufgeklärt waren. Aber jetzt durfte niemand wissen, in welchem Hotel sie wohnte, nicht einmal ihre beste Freundin. Nur so konnte Lea sicher sein, in Ruhe gelassen zu werden.

Nachdem sie den Wodka ausgetrunken hatte, suchte sie

April, die nur mit viel Zureden dazu zu bewegen war, auf Leas Arm zu springen. Dann verabschiedete sie sich von Moira, drückte sie ganz fest, als könnte diese Umarmung zeigen, wie sehr sie ihre Freundin schätzte, und fuhr zur nächsten Tierhandlung. Kurze Zeit später hatte sie einen geflochtenen Katzentransportkorb gekauft, in dem April sich erstaunlicherweise sehr wohl zu fühlen schien, außerdem Katzenstreu und ein Katzenklo sowie jede Menge Dosenfutter.

Dann schleppte sie das alles in den siebten Stock des Bürohauses, in dem sich der Verlag befand. In den Aufzug traute sie sich allein immer noch nicht. Erst als sie atemlos keuchend vor ihrer Bürotür stand, wurde ihr mulmig. Es war das erste Mal seit Shanas Tod, dass sie hierher zurückkam. Wollte sie wirklich da hineingehen? Allein? Warum hatte sie nicht Moira gebeten mitzukommen? Lea gab sich die Antwort gleich selbst: Weil Moira sowieso schon so viel für sie getan hatte.

Sie versuchte, sich zu beruhigen: Es war nicht gefährlich hineinzugehen. Der Mörder wusste, die Mappe war nicht im Büro.

Aber vielleicht glaubte er ja, sie hätte die Mappe irgendwo versteckt oder den Inhalt gelesen und stellte deshalb eine Gefahr dar? Vielleicht wäre es doch besser umzukehren?

April maunzte genervt. Sie wollte aus dem Korb raus. Vielleicht hatte sie auch Hunger, und wo sollte Lea sonst mit dem Tier hin?

Lea sprach sich Mut zu. Sie könnte ja mal vorsichtig zur Tür reinschauen. April würde bestimmt wittern, wenn da jemand sein sollte.

»Also, April, sei brav, und gib Acht!«, flüsterte sie und öffnete die Tür zum Verlag. Der Geruch von getrocknetem Blut, Farbe und scharfen Reinigungsmitteln legte sich beißend auf ihre Lungen. Sie atmete flacher. Hoffentlich schadeten die Dämpfe April nicht. Lea ging mit dem Katzenkorb durch den dämmrigen Flur, der gerade noch hell genug war, dass sie die Beleuchtung nicht einzuschalten brauchte. Sie überlegte, wo sie das Katzenklo am besten unterbringen konnte. Immer wieder blieb sie stehen und lauschte in die Stille. Nichts.

Warum trat sie eigentlich nur mit den Zehenspitzen auf und bemühte sich so darum, leise zu sein? Das hier war ihr Büro!

Sie räusperte und reckte sich. Sie musste unbedingt ihr Büro wieder in Besitz nehmen.

Für heute Abend könnte sie das Katzenklo im Vorraum zur Toilette unterbringen, morgen würde sie dann weitersehen. April miaute kläglich.

Lea trug den Korb in die Teeküche, öffnete ihn und sah der Katze zu, wie sie vorsichtig herausstieg, ihren Körper streckte, als hätte sie Stunden darin verbracht. Dann strich April ihr um die Beine, als wollte sie Lea anspornen, sich mit dem Futter etwas zu beeilen. Diese suchte überall nach dem Dosenöffner, sogar im Werkzeugkasten hinter der Tür. Wieso war der nirgends?

»Dann kriegst du heute Abend eben Trockenfutter.« Sie holte ein Tellerchen aus dem Schrank über der Kaffeemaschine und schüttete die kleinen braunen Brocken darauf, daneben stellte sie etwas Milch. April sah sie mit einem enttäuscht wirkenden Blick an, der Lea zum Lachen brachte. Sie bückte sich und strich dem Tier über den Kopf. »Tut mir leid.«

Lea richtete sich wieder auf und beschloss, einen kurzen Besuch in ihrem Büro zu wagen. Das Sofa, auf dem Shana gelegen hatte, hatte sie schon abholen lassen.

Cathy fiel ihr plötzlich ein, die hatte sie völlig vergessen. Hoffentlich ging es ihr gut. Sie musste sich unbedingt erkundigen, ob sie noch im Krankenhaus war oder schon zu Hause, und ihr Blumen schicken.

Lea schritt betont forsch den Gang entlang, als würde ihr jemand zuschauen.

Da hörte sie ein Stöhnen.

Abrupt blieb sie stehen. Sie hatte sich verhört, oder?

Nein, da war es wieder.

Sie rannte zurück in die Küche und griff nach dem erstbesten Teil aus dem Werkzeugkasten. April sprang entsetzt zur Seite. Lea zögerte und musterte ihre Waffe. Was konnte sie mit diesem Schraubenschlüssel schon ausrichten? Egal, besser als nichts.

Das Stöhnen war sowieso sehr leise gewesen, es hatte nicht wirklich beängstigend geklungen, versuchte Lea sich zu beruhigen. Doch ihr Herz war anderer Meinung, es schlug Stakkato-Alarm, verursachte ein Dröhnen in ihren Ohren.

Sie schlich wieder zurück zu ihrem Büro und versuchte, durch das Schlüsselloch zu schauen, konnte aber nichts erkennen. Da hörte sie es wieder, dieses Stöhnen, eigentlich war es mehr ein lang gezogenes Seufzen. Sie riss entschlossen die Tür auf.

Ihr Vater saß vor ihrem Schreibtisch und hatte den Kopf auf die verschränkten Arme gelegt.

»Daddy?« So hatte sie ihn schon lange nicht mehr genannt. Als er ihre Stimme erkannte, riss er den Kopf hoch und versuchte so zu tun, als sei er nur gerade eingenickt. Sein Gesicht über dem weißen Hemd wirkte fahl.

»Was machst du denn in meinem Büro?«, fragte Lea bestürzt.

Er zuckte mit den Schultern.

»Ich schätze, ich wollte mich mal wieder wie der Chef fühlen.« Er versuchte zu grinsen, aber es wirkte nicht sehr überzeugend.

»Was ist denn los? Warum bist du nicht bei Ruth?«

Lea kam näher an ihren Schreibtisch.

»Ruth …« Er rang nach Luft. »Also, Ruth …« So sehr er sich auch Mühe gab, nicht die Beherrschung zu verlieren, er konnte Lea nicht täuschen, sie konnte seinen Schmerz beinahe fühlen.

»Also, Ruth hat gesagt, über die Hochzeit müssten wir noch mal reden. Im Augenblick könnte sie sich nicht vorstellen, den Mann zu heiraten, der vielleicht den Tod ihrer Tochter verursacht hat …«

»Oh …« Lea überlegte, was sie Ermutigendes dazu sagen konnte. »Aber das ist ungerecht! Du hast doch nichts mit Shanas Ermordung zu tun!«

»Es bleibt eine Tatsache, dass es meine Idee war, sie in unseren Verlag einsteigen zu lassen.«

»Na und? Ruth war begeistert von deiner Idee, oder etwa nicht?«

»Warum hast du mein Büro rot streichen lassen?«

»Willst du damit etwa sagen, die Farbe habe den Mord an Shana provoziert?«

Ihr Vater sank in sich zusammen. »Nein, natürlich nicht.« Dann richtete er sich mit einem Ruck wieder auf und zeigte mit ausgestrecktem Arm auf sie. »Ruth hat vom Polizeichef persönlich gehört, dass der einzige Verdächtige, den sie haben, der Mann ist, mit dem du auf unserer Verlobung warst. Nick Petersen. Du hast, und es tut mir wirklich leid, das sagen zu müssen, bei Männern noch nie eine gute Hand bewiesen …«

Leas Magen zog sich zusammen. »Was soll das denn jetzt?«

Ihr Vater sprang auf und stellte sich wild gestikulierend vor sie.

»Es ist doch eine Tatsache, dass dein Ehemann ein kleiner Casanova war! Und der Kerl davor erst. Ich erinnere mich mit Grausen an diesen lächerlichen Pete, der sich für einen Intellektuellen hielt, nur weil er kein Geld verdient hat. Oder wie hieß der andere noch … John Beecham, der seine kriminelle Ader als Immobilienhändler ausgelebt hat.«

»Das reicht jetzt!« Leas Blut schien zu brodeln, sie hatte Angst, sie würde gleich etwas ganz und gar Fürchterliches tun, ihren Vater möglicherweise sogar ins Gesicht schlagen.

Auch ihr Vater war mittlerweile im Gesicht rot angelaufen. »Ich werde nicht zulassen, dass du mein Leben zerstörst!«, schrie er sie an.

»Nicht ich zerstöre dein Leben, sondern du selbst. Was willst du von einer Frau wie Ruth? Einer Frau, die den Polizeichef zu ihren Busenfreunden zählt? Die so reich ist, dass du daneben wie ein Bettler dastehst? Was kannst du so einer Frau denn geben?«

Lea hätte sich am liebsten auf die Zunge gebissen, aber jetzt war es zu spät.

»Ich habe jedenfalls nicht erwartet, dass meine Tochter sich zur Krönung all ihrer Fehlgriffe einen Mann wählt, der offensichtlich als Mörder meiner Stieftochter gesucht wird.«

Lea hatte keine Ahnung, was sie darauf erwidern sollte. Aller Zorn war schlagartig einer überwältigenden Müdigkeit gewichen. Sie zuckte mit den Schultern. April kratzte an der Tür. Lea ließ sie herein.

»Seit wann gibt es bei uns im Büro Katzen?«

Lea überlegte, ob sie ihrem Vater erzählen sollte, warum April wirklich hier war, verzichtete dann aber darauf. Er würde all die Belästigungen nur als Beweis dafür sehen, dass Lea sich mit den falschen Leuten einließ.

»Du weißt doch, meine Wohnung hat einen Wasserschaden, und ich lebe vorübergehend im Hotel. Dort nehmen sie aber keine Katzen.«

Ihr Vater bückte sich und versuchte, April zu sich zu locken.

»Warum hast du sie nicht zu mir gebracht? Du weißt, ich liebe Tiere.«

Tiere ja, Töchter nein, dachte Lea verbittert und beobachtete erstaunt, dass April sich auf den Arm nehmen und kraulen ließ. Vielleicht kam er auch mit Tieren besser klar, weil die eher das taten, was er von ihnen erwartete.

»Wo ist eigentlich das Sofa hingekommen?«, fragte er.

»Shana …«, sagte Lea und setzte sich auf einen Stuhl, ihre Beine wollten keine Sekunde länger stehen. Sie fühlte sich schwach.

»Lea, es tut mir leid! Es tut mir leid, dass du sie gefunden hast, was ich über deine Männer gesagt habe, ach, einfach alles. Ich bin sehr durcheinander.« Ihr Vater kam zu ihr herüber, setzte April auf den Boden und blieb dann zögernd neben Lea stehen.

»Lea …« Er räusperte sich, als wollte er noch etwas hinzufügen, doch dann wandte er sich ab und verließ das Büro.

Lea lauschte seinen immer leiser werdenden Schritten. Sie sollte ihn jetzt nicht einfach so gehen lassen, sollte ihm folgen und vorschlagen, zusammen essen zu gehen. Aber sie fühlte nur eine bleierne Erschöpfung, und als sie sich endlich in Bewegung setzte, da hörte sie auch schon, wie die schwere Eingangstür ins Schloss fiel.

April und sie waren allein.

Beklommen sah sich Lea in ihrem Büro um. Sie hatte erwartet, dass sie sich unwohl fühlen würde. Aber es schien beinahe alles so wie immer. Nur wenn ihr Blick die kahle Stelle, an der das Sofa gestanden hatte, streifte, durchfuhr sie jedes Mal ein Schauder. Sie fragte sich, wie schnell sie sich an diesen Anblick gewöhnen würde.

Mittlerweile war es dunkel geworden, höchste Zeit, sich ein Hotel zu suchen. Als sie sich in ihren Schreibtischstuhl setzte, sprang April auf ihren Schoß, was Lea sehr beruhigte.

Sie schaltete ihren Computer ein, registrierte achtunddreißig neue E-Mails, seit sie das letzte Mal hier gewesen war, beschloss aber, diese zu ignorieren, und suchte stattdessen im Internet nach einem günstigen Hotel in der Nähe. Aber dann sagte sie sich, es sei sicherer, alle Faktoren, die einen möglichen Verfolger zu ihr führen könnten, auszuschalten und nur den Zufall bei der Hotelsuche entscheiden zu lassen. Sie scrollte durch eine Liste aller Hotels in L. A. und klickte schließlich, ohne hinzusehen, auf irgendeinen Namen. Das »Westwood Inn«. Glück gehabt, denn das war nicht allzu weit entfernt vom Verlag. Sie rief dort an und reservierte ein Zimmer, dann schaltete sie den Computer wieder aus und stand auf.

Als ihr Telefon klingelte, fuhr sie zusammen, nahm dann aber automatisch ab. Es war Shanas Zwillingsbruder Robert, der sich sofort mit ihr treffen wollte und verärgert war, weil sie sich nicht bei ihm gemeldet hatte. Seine Aussprache klang verwaschen, als hätte er ein paar Drinks zu viel gehabt, und er wurde zornig, als Lea zögerte. Sie versuchte trotzdem, ihn zu vertrösten, denn er hörte sich an, als wäre er nicht mehr in der Lage, Auto zu fahren, und sie war so unendlich müde.

Aber er ließ nicht locker und versprach, mit dem Taxi zu kommen. Schließlich gab Lea nach, und sie verabredeten sich in der Bar des »Lipton«.

Als Lea zwanzig Minuten später durch die Lobby zur Bar schritt, erinnerte sie sich daran, wie sie hier auf Greg gewartet hatte, und es kam ihr vor, als wäre das schon Jahre her. Diesmal saßen ein paar Touristen aus dem mittleren Westen in der lila gestylten Bar, die sich gegenseitig ihre Einkäufe vorführten und dabei laut und grölend lachten. Leas Auftauchen wurde mit einem Seitenblick registriert, aber sonst nahm niemand von ihr Notiz.

Sie bestellte ein Mineralwasser und bezahlte sofort, als es gebracht wurde, damit sie gehen konnte, wann immer sie wollte. Nur für den Fall, dass Robert unangenehm werden würde. Als dieser nach weiteren zwanzig Minuten endlich kam, sah er fürchterlich aus. Er trug immer noch den Anzug, den er am Morgen bei der Trauerfeier getragen hatte, allerdings war dieser jetzt stark verknittert, Roberts Augen waren geschwollen und rot. Er ließ sich auf eines der winzigen Lounge-Sesselchen fallen und bestellte sofort einen Gin Tonic. Lea wartete darauf, dass er etwas sagte, schließlich hatte er um dieses Treffen gebeten. Doch Robert starrte stumm auf seine Knie, als läge dort eine Zeitung mit spektakulären Neuigkeiten. Erst nachdem sein Drink serviert worden war und er einen großen Schluck hinuntergestürzt hatte, fing er an zu sprechen: »Ich hätte sie nicht allein lassen dürfen.«

Lea gab einen unartikulierten Laut von sich.

»Wir haben immer alles zusammen gemacht. Jedes Mal, wenn ich sie aus den Augen gelassen habe, ist eine Katastrophe passiert.«

»Ich hatte den Eindruck, dass Shana ganz gut auf sich selbst aufpassen konnte«, widersprach Lea und bemühte sich dabei um einen sanften Ton.

Aber er schien sie gar nicht zu hören, denn er redete einfach weiter. »So ist es damals zu dem Unfall gekommen, und jetzt ist sie tot … Ich hab ihr gleich gesagt, dass sie nicht bei einem von Mutters Projekten mitmachen soll.«

Lea überlegte, ob sie das kommentieren oder ihn einfach reden lassen sollte.

»Shana wollte erst nicht, aber nachdem sie Sie kennen gelernt hatte, war sie total begeistert, wie immer, wenn sie etwas Neues angefangen hatte. Aber etwas hat ihr Sorgen gemacht.« Er kippte den Rest des Drinks herunter und winkte dem Kellner, der auch sofort herangeeilt kam.

Robert gab ihm sein leeres Glas und beantwortete die Frage des Kellners mit einem Nicken.

Lea kam sich lächerlich vor mit ihrem Mineralwasser und bestellte ebenfalls einen Gin Tonic.

»Sorgen? Warum hat sie sich Sorgen gemacht?«

Robert zuckte mit den Schultern. »Sie wollte es mir nicht sagen, solange sie nicht sicher war, aber sie hatte einen Verdacht.«

»Was für einen Verdacht?«

»Ich weiß es nicht. Sie meinte, es würden merkwürdige Dinge vorgehen. Einmal war sie völlig fassungslos, weil sie nicht glauben konnte, dass jemand im Verlag Ihnen so was antun könnte.«

Jemand von ihren Mitarbeitern hätte ihr etwas antun wollen? Das konnte Lea nicht ernsthaft glauben. Mark oder Smithers? Nein, das konnte sie sich nicht vorstellen. Dann Martha oder Cathy? Absolut undenkbar. Trotzdem musste sie mehr wissen.

»Mehr hat Shana nicht gesagt?«

Robert schüttelte den Kopf.

»Es ist wichtig, versuchen Sie, sich zu erinnern!«

Der Kellner knallte die Drinks vor sie hin und legte den Kassenbon dazu. Robert reichte ihm seine Kreditkarte und trank sein Glas gleich zur Hälfte aus.

»Ich hätte sie nicht aus den Augen lassen dürfen.«

Lea nippte an ihrem Gin Tonic, ihre Gedanken überschlugen sich. Am liebsten hätte sie Robert geschüttelt, um mehr Informationen aus ihm herauszupressen. »Hat sie angedeutet, ob sich ihr Verdacht gegen einen Mann oder eine Frau richtet?«

Robert schüttelte den Kopf. »Keine Ahnung.«

Lea durchzuckte der Gedanke, dass ihr Vater Recht gehabt haben könnte und Mark das faule Ei war, das Shana Sorgen bereitet hatte. War es möglich, dass Shana sie über Mark ausgefragt hatte, nicht weil sie, wie Lea fälschlicherweise angenommen hatte, in Mark verliebt war, sondern weil sie etwas über Mark wusste, das Shana sich nicht erklären konnte? Aber warum sollte Mark Lea diesen Barbie-Karton schicken, und was hätte das dann mit Shanas Tod zu tun? Nein, Mark war genauso erschüttert über Shanas Tod gewesen wie Lea. Oder war er einfach nur ein grandioser Schauspieler? Spielte er wirklich jeden Abend Jazz in der »Bakery«? Oder hatte er ganz andere, perverse Hobbys?

Nein, das war doch alles an den Haaren herbeigezogen. Sie betrachtete Robert genauer. Unter Umständen erfand er nur etwas, um davon abzulenken, dass Shana vor ihm Angst gehabt hatte, vor seiner Eifersucht. Hatte Shanas Tod möglicherweise gar nichts mit den anderen Vorkommnissen zu tun? Fred hatte gesagt, dass man von einem ungeplanten Mord ausging. Wäre doch möglich, dass Robert seine Schwester in einem Anfall von Eifersucht ermordet hatte …

Entschlossen trank Lea ihr Glas aus. Sie konnte nicht mehr klar denken. Sie brauchte dringend Schlaf. Hastig verabschiedete sie sich von Robert und fuhr mit dem Taxi zum »Westwood Inn«.

Ihr Zimmer lag im vierzehnten Stock, sie musste mit dem Lift fahren. Doch das schaffte sie erst, als andere Gäste kamen, die im Restaurant auf dem Dach essen wollten. Schnell zwängte Lea sich dazu und war froh, als sie wieder aussteigen konnte.

In ihrem Zimmer verriegelte sie die Tür sofort, schleuderte die Schuhe von sich und legte sich auf ihr Bett, dessen rosa-auberginefarbiger Polyesterbezug derart elektrisch aufgeladen waren, dass er unter ihr knisterte.

Nur eine Minute, dachte sie, dann gehe ich duschen.

Doch kaum hatte ihr Kopf das Kissen berührt, versank sie auch schon in tiefen Schlaf.

33. Kapitel

Für Menschen wie mich ist South Los Angeles immer noch ein Paradies. Hier gibt es so viele Möglichkeiten, jemanden verschwinden zu lassen.

Ich habe nicht lange suchen müssen, um das Richtige zu finden. Der Vermieter wollte nicht mal wissen, was ich mit diesem leer stehenden Videoladen vorhabe.

Man kann in das Geschäft nicht hineinschauen, weil die Scheiben schwarz verklebt sind und an einigen Stellen noch ein paar Plakatreste vor sich hin gammeln, die den verheißungsvollen Streifen *Free Willy fucks his way* ankündigen.

Für mich war allein ausschlaggebend, dass der Laden über einen Keller, ein ehemaliges Lager, verfügt. Der ist zwar feucht und unter den herumliegenden, fast zu Schleim gewordenen Kartonresten bewegt sich ständig etwas, aber dafür ist er absolut schalldicht.

Bei uns wäre es undenkbar, einen an den Händen gefesselten »Besoffenen« aus dem Auto über die Straße in ein Gebäude zu zerren. Aber hier schert das niemanden. Gut.

Ich frage mich, ob sich jemand eingemischt hätte, wenn ich ihn ohne Kopf vom Auto zum Shop geschleppt oder mit einer großen Knarre vor mir hergetrieben hätte.

Es wundert mich, dass keiner von den herumlungernden Teenagern versucht hat, mich auszurauben. Die meisten sehen aus, als würden sie für einen Schuss ihre Mutter verkaufen. Ihre Seelen haben sie schon verkauft.

Sogar mein Auto haben sie in Ruhe gelassen, vielleicht spüren sie, dass unsere Hoffnungslosigkeit verwandt ist.
Wie leicht er mir in die Falle getappt ist, man müsste sich beinahe schämen! Aber nur beinahe, schließlich beschreibt er minutiös, wie meine Tochter ermordet wurde. Und dabei tut er noch so, als würde sie das erregend finden. Allein der Gedanke daran gibt mir die nötige Energie. Und wenn ich mir dann noch klarmache, dass er damit Geld verdient, Geld, das sich aus unserem Leben verabschiedet hat, kaum dass Mary-Ann ermordet wurde … Und wo immer wir hinkamen, hatte sich unsere Geschichte schon herumgesprochen. Ich bin erstickt im Mitleid, erstickt am Schweigen.
Kein Wunder, dass wir dem ein Ende machen wollten. Doch nicht einmal dies war mir erlaubt. Mich haben sie gerettet.
Gerettet!
Danach war ich im Dauernebel, hätte mich beinahe mit allem arrangiert, ach, was heißt arrangiert, ich habe geatmet. Gedämmert. Ja. Aber dann stand er vor der Tür und hat diese Fragen gestellt. Daraufhin hab ich mir Fragen gestellt.
Alles, von dem ich dachte, dass es betäubt sei, erwachte wieder zum Leben. Ich erwachte zum Leben. Seither habe ich darauf verzichtet, die Tabletten zu nehmen. Das Dämmern gegen den Schmerz getauscht.
Hat behauptet, er würde für Gerechtigkeit sorgen.
Lächerlich. Gerechtigkeit bedeutet für ihn, Geld zu scheffeln. Für mich bedeutet es Strafe. Warum soll der Sohn eines Serienkillers auch noch Geld für die Verbrechen seines Vaters kassieren?
Weil der Kitzel, den das Leid anderer auslöst, salonfähig ist. In New York gibt es jedes Jahr eine Ausstellung mit so genannter Kunst von Knastbrüdern. Diese Kunstkenner sind

nicht mal davor zurückgeschreckt, Bilder des Massenmörders und Kannibalen Shawcross auszustellen. Der Mann hat zweihundertfünfzig Jahre für die Morde an elf Prostituierten abzusitzen. Und warum wurden seine herzigen Bilder von Schmetterlingen und Pferden dann schließlich doch noch zurückgezogen? Weil eine Bleistiftskizze von Lady Diana dabei war. Das fand dann irgendwer plötzlich geschmacklos. Shawcross hat's nicht weiter gejuckt, der hat dann vom Knast aus über eBay weitergemacht. Schmetterlinge von Kannibalen, das hat Stil, ja, das wollen die Leute überm Sofa. Dafür geben die Geld aus.
Sein Vater hat meine Familie ausgelöscht. So endgültig, dass es direkt poetisch klingt, oder finden wir nicht immer das besonders poetisch, was unausweichlich ist, uns in unsere Grenzen verweist? Ich hoffe sehr, dass er eine gewisse Poesie in seinem langsamen Verdursten erkennen wird.
Mich wundert nicht, dass er mich nicht wiedererkannt hat. Für ihn war ich nur eine Quelle, kein Mensch. Und er hat keine Sekunde gezögert zu kommen, um Lea zu retten. Was für ein Märchenprinz!
Jetzt liegt er hier drin, schön verpackt, mein Geschenk an euch.
Mein Geschenk an die Gerechtigkeit.

Ihr war nicht klar, dass sie längst beobachtet wurde. Ihr Geschenk an die Gerechtigkeit war bereits zum Bestandteil eines ganz anderen Plans geworden.

34. Kapitel

Am nächsten Morgen erwachte Lea nur zäh aus dem Schlaf, als hätte sie zu viele Schlaftabletten genommen. Gähnend setzte sie sich auf und betrachtete das Zimmer. Es war scheußlich, vom blass petrolblauen Teppichboden mit seinen riesigen Blumenmotiven bis hin zu den auberginefarbenen Plastikvorhängen an den Fenstern und den amateurhaften Sonnenuntergangsbildern, alles einfach scheußlich. Lea streckte sich und schleppte sich in das winzige Badezimmer, in dem der Geruch von Chlor hart gegen den des Schimmels kämpfte. Sie wollte nach Hause! In ihr Bad. In ihr herrliches blaues Bad. Auch wenn sie nicht wusste, ob sie sich dort jemals wieder zu Hause fühlen würde, hatte sie doch Sehnsucht.

Während sie unter der Dusche nach und nach wacher wurde, drängten sich langsam Bilder in ihr Bewusstsein. Das Chaos in ihrer Wohnung, Shana tot auf ihrem Sofa mit dem Messer in der Brust. Sie sah Details grotesk vergrößert, zum Beispiel Shanas Kette, in der sich der Griff des Messers verheddert hatte.

Die Bilder schienen Lea mit ihrer Last zu erdrücken, ihr die Luft zu nehmen. Ihr wurde schwindelig, und sie kauerte sich bei voll aufgedrehtem Wasserstrahl auf den Boden der Dusche, als ob das Prasseln des Wassers auf ihrem Rücken diese Bilder auslöschen könnte. Trauer spülte in ihr hoch, genauso wie Wut, und sie schluchzte so heftig, dass sie dabei beinahe das Gleichgewicht verlor. Das Wasser rann über ihr Gesicht in ihre Augen und vermischte sich mit ihren Tränen.

Sie wollte die Kontrolle über ihr Leben zurück. Sie wollte die Zeit zurückdrehen.

Nein, das stimmte nicht, denn was bliebe ihr dann? Ein Verlag am Abgrund.

Der Verlag. Lea sagte sich, dass der Verlag das einzig Stabile in ihrem Leben war, wenigstens im Augenblick, und dass es höchste Zeit war, dorthin zurückzukehren. Sie richtete sich wieder auf und duschte sich kühl ab. Heute würde sie wieder ins Büro gehen und dabei genau beobachten, wer in ihrem Büro nicht ganz koscher war. Sie musste versuchen, wieder ein normales Leben zu führen. Und Nick zu vergessen.

Nick! Wenn er unschuldig war, wie er behauptet hatte, warum war er dann abgetaucht? Warum meldete er sich nicht? Gerade, wenn er zu Unrecht verdächtigt wurde, müsste er sich doch bei ihr melden und ihr alles erklären. Warum tauchte er einfach ab? Das wirkte wie ein Schuldeingeständnis.

Trotzdem fiel es Lea schwer, zu glauben, dass sie sich in einen Mörder verliebt haben sollte. Als sie versuchte, ihr deprimierend blasses und übernächtigtes Gesicht mit Make-up zu kaschieren, sah sie im Spiegel statt der ihren Nicks Augen vor sich, erinnerte sich, wie sie sich geküsst hatten, damals im Meer, und sie zum ersten Mal jenes schmerzhaft lustvolle Ziehen in der Herzgegend gespürt hatte, das sich immer einstellte, wenn sie sich verliebte. Seine goldbernsteinfarbenen Augen hatten so offen gewirkt, so voller Liebe hatte er sie betrachtet. Er müsste ein verdammt guter Schauspieler sein, wenn das wirklich alles gelogen sein sollte.

Lea schüttelte den Kopf, vermalte dabei die Lippenkontur, lachte nervös und schminkte sich neu.

Dann fiel ihr plötzlich wieder ein, was der Pizzabote gesagt hatte: Eine Frau hatte ihm die Karte gegeben. Eine Frau …

Moira hatte Nick mit einer verzweifelten Frau gesehen …

Ja, vielleicht konnten die Bosheiten, mit denen sie gequält worden war, wirklich nur dem Hirn einer Frau entspringen. Handtücher zu falten, statt sie zu rollen. Würde so ein kleiner Unterschied einem Mann überhaupt auffallen?

Für einen Moment hatte Lea die fixe Idee, Ruth könne die Drahtzieherin hinter dem Ganzen sein. Vielleicht wollte sie Lea irremachen, damit der Verlag endgültig Pleite gehen und ihr weitere Peinlichkeiten ersparen würde? Nein, das war ja völlig abstrus.

Lea stürmte aus dem Bad, schnappte sich ihre Handtasche und verließ ihr muffiges Zimmer. Sie ging zu Fuß die Treppen hinunter, schenkte sich das Frühstücksbüfett und fuhr mit dem Taxi zum Verlag.

Martha, Mark, Cathy, die offensichtlich wieder gesund war, und Smithers waren schon da. Sie schienen an der Empfangstheke eine Art Kriegsrat abzuhalten. Oder kam ihr das nur so vor, weil sie ihre Mitarbeiter zum ersten Mal seit Shanas Tod versammelt sah?

Lea hatte den Eindruck, dass ihr Auftauchen das Gespräch zum Verstummen brachte.

»Guten Morgen!«, begrüßte sie ihre Truppe und bemühte sich, heiter zu wirken.

»Hi«, entgegnete Mark. Dann ergriff Martha das Wort. »Wissen Sie vielleicht, wie diese Katze in die Damentoilette gekommen ist?«

Lea lachte erleichtert und erklärte, warum April im Büro war.

Sie registrierte, dass Cathy etwas zu ihr sagte, bekam es aber nicht richtig mit. »Wie geht es Ihnen denn?«, fragte sie nach.

»Gut«, erklärte Cathy und platzte dann hervor: »Das war alles meine Schuld!« Sie sah Lea unsicher an. »Ich hatte an dem Tag zu wenig gegessen und vor allem nicht genug getrunken, das hat den Kreislaufkollaps ergeben. Es tut mir wirklich leid, dass ich Ihnen solche Umstände gemacht habe.«

»Ich bitte Sie, mich hat es später auch noch erwischt. Eine Leiche zu finden, das kann einen schon umhauen. Hauptsache, es geht Ihnen jetzt wieder gut.«

Cathy nickte und reichte Lea den Stapel Post, der sich in der Zwischenzeit angesammelt hatte. Lea klemmte ihn unter den Arm und ging zu ihrem Büro. Dort bemerkte sie gerührt, dass jemand eine Vase mit kalifornischem Goldmohn auf ihren Schreibtisch gestellt hatte. Sie legte die Post ab und schaltete ihren Computer ein.

Noch mehr E-Mails, eine von Nick. Lea stockte der Atem. Das war unmöglich. Nick wurde von der Polizei gesucht, wie hatte er es da geschafft, ihr eine Mail zu schicken? Sie klickte die Mail an und las gierig.

Meine geliebte schwedische Göttin,
du musst mir helfen. Bitte komm so schnell wie möglich runter in die Tiefgarage. Wir treffen uns an deinem

Autostellplatz.
Ich liebe dich.
Nick.

Was meinte er mit »so schnell wie möglich«? Die Mail war vor fünf Minuten abgeschickt worden.

Lea sprang auf, umkreiste ihren Schreibtisch, versuchte, ihren Puls zu beruhigen. Wenn sie ihm helfen wollte, musste sie ruhig bleiben. Ganz ruhig. Wollte sie ihm überhaupt helfen? Er hatte sie doch nur belogen und benutzt. Sie sollte ihn besser überreden, sich mit Fred zu treffen. Dann würde sich alles aufklären. Ganz sicher.

Aber wenn Nicks Geschichte der Wahrheit entsprach, dann würde er davon nichts halten, schließlich war sein Vater unschuldig im Gefängnis gestorben. Kein Wunder, dass sein Vertrauen in die Polizei begrenzt war. Außerdem war Fred davon überzeugt, dass Nick schuldig war. War es möglich, dass sich ein so erfahrener Cop wie Fred irrte?

Was konnte Nick von ihr wollen? Sollte sie ihn mit dem Auto über die Grenze nach Mexiko bringen?

Aber nur mal angenommen, nicht die Polizei, sondern der Killer war hinter Nick her … vielleicht hatte Nick ja doch die Mappe und war in Gefahr? Oder vielleicht waren der Killer *und* die Polizei hinter ihm her.

Nein, es gab ganz klar nur eine Lösung, sie musste sofort Fred anrufen. Lea atmete tief durch. Ja, das wäre eigentlich die richtige Lösung, doch sie konnte nicht anders, sie musste Nick eine letzte Chance geben.

Lea packte ihre Handtasche, ging zum Empfang, wo Martha gerade telefonierte. Sie flüsterte »Ich muss weg, bin gleich wieder da! Sagen Sie Mark Bescheid, ja?« in Marthas Richtung und stürmte die Treppen nach unten.

Nahmen denn die Stufen gar kein Ende?

Endlich erreichte sie die schwere Eisentür und stemmte sie auf.

Ob er sich verstecken würde? Oder hatte er vielleicht ein Auto gemietet und wartete darin? Völlig außer Atem rannte sie zu ihrem Stellplatz und ärgerte sich, dass sie heute Morgen relativ hohe Stöckelschuhe zu ihrem Kostüm angezogen hatte. Die Garage kam ihr riesig vor und so hell, als wären ausgerechnet heute alle Neonröhren repariert worden.

Sie erreichte ihren Platz. Ein Van mit schwarzen Scheiben parkte darauf. Das war bestimmt Nick.

Lea spähte durch die Scheibe, aber sie konnte nichts sehen. Sie klopfte an die Seitentür, und erst in dieser Sekunde, blitzartig, durchzuckte sie der Gedanke, die Mail könne ja unter Umständen auch von jemand anderem stammen. Aber das war unmöglich, diese Anrede, das musste Nick gewesen sein, beruhigte sie sich. Sie klopfte wieder.

Plötzlich hörte sie ein Geräusch hinter sich, aber bevor sie sich wegdrehen konnte, legte sich schon eine Schlinge um ihren Hals. Lea riss ihre Hände hoch, um sie zwischen den Draht und ihren Hals zu schieben, aber wer immer die Schlinge in Händen hielt, war schneller, und wenn sie nicht erdrosselt werden wollte, musste sie nachgeben. Aber sie wehrte sich weiter und landet hart auf dem ölverschmierten Betonboden. In ihrer Schulter knackste es schmerzhaft, und ihr Knöchel, der noch von dem Sturz im Aufzug her empfindlich war, knickte brutal um. Ihr

Angreifer beugte sich über sie, doch Lea sah nur eine grotesk hässliche Plastikmaske mit dem Gesicht von George W. Bush, die vor eine schwarze Strickmütze gebunden worden war. Bevor sie ihn näher betrachten konnte, drückte er ihr einen stinkenden Lappen aufs Gesicht, wovon ihr schwindelig wurde. Ein merkwürdig wattiges Gefühl breitete sich in ihrem Körper aus und verwandelte den Schmerz in Müdigkeit. Dann wurde es leiser und leiser um sie herum, bis sie in völliger Stille versank.

35. Kapitel

Lea kam zu sich. Aber sie kämpfte dagegen an, denn mit dem Erwachen kam der Schmerz. Mit jedem Atemzug schnitt ein Messer in ihre Schulter, und wenn sie deshalb zusammenzuckte, durchfuhr ein so starkes Stechen ihren rechten Knöchel, dass ihr Tränen in die Augen schossen. Ihre Hände und Füße waren gefesselt. Zudem waren sie vor ihrem Bauch derart straff miteinander verbunden, dass Lea nur zusammengekrümmt liegen konnte, wenn sie nicht wollte, dass ihr die Fesseln ins Fleisch schnitten.

Es war kalt und feucht hier. Lea presste die Kiefer fest zusammen, damit ihre Zähne aufhörten zu klappern. Jedes Mal, wenn sie zusammenzuckte oder tief atmete, brach ihr wieder der Schweiß aus, der sofort kalt wurde und sie wieder zum Zittern brachte.

Sie zwang sich, die Augen zu öffnen. Es war anstrengend, sie offen zu halten, weil sie geschwollen waren, doch Lea versuchte es trotzdem. Noch konnte sie nichts sehen, aber sie hoffte, dass sie sich mit der Zeit an die Dunkelheit gewöhnen würden. Konzentrier dich auf deine Umgebung, sonst kommst du hier niemals raus, ermahnte sie sich. Der Schmerz macht dich zum Gefangenen deines Körpers, versuch, ihn zu ignorieren.

Neben ihrem Kopf bewegte sich etwas. Lea zuckte zurück, die Bewegung rächte sich sofort mit auflodernden Schmerzen in der Schulter und dem Knöchel. Dann hörte sie das Quieken. Eine Ratte! Lea gab einen schrillen Laut von sich, in der Hoffnung das Tier zu vertreiben, und versuchte, sich aufzurichten, doch das war unmöglich. Glühende Messer bohrten sich durch ihre Schulter, ihr wurde übel. Um nicht ohnmächtig zu werden, biss sie sich fest auf die Unterlippe. Sie musste unbedingt herausfinden, welche Bewegungen sie machen konnte, ohne diese entsetzlichen Schmerzen auszulösen. Sehr vorsichtig bewegte sie ihre Hände, dann die Füße, aber dennoch durchfuhr sie neuer Schmerz. Das war also nicht möglich.

Als Nächstes versuchte sie, irgendwie vorwärts zu kommen. Sie ignorierte den Schmerz in ihrer Schulter und schob sich seitlich zentimeterweise voran. Schweiß rann ihr über den Rücken, aber es war immerhin möglich.

Erschöpft blieb Lea liegen. Sie musste sich kurz ausruhen, um Pläne zu schmieden, und sie wusste vor allem eins ganz sicher: Sie musste hier raus! Sie atmete konzentriert, aber ihre Gedanken schweiften ab, tobten sinnlos durcheinander. Warum war sie hier, wer verbarg sich hinter dieser Maske? Nick natürlich. Nick hatte sie reingelegt. Und was hatte er jetzt mit ihr vor? Würde er sie so töten, wie das der Killer in seinem Roman getan hatte, oder hatte er noch ganz andere Ideen, was man Frauen alles antun konnte? Ihre Zähne begannen wieder zu klappern vor Kälte und Angst.

»Du musst ihr Vertrauen gewinnen, nur dann wirst du ihr Herr sein …« Das hatte bei ihr ja gut geklappt. Sogar als alle anderen längst überzeugt waren, dass Nick ein niederträchtiger Mörder war, hatte sie noch geglaubt, sie wisse es besser, und war allein in die Garage gegangen.

Wie ein Huhn, das freiwillig auf die Schlachtbank wandert.

Nein! Lea biss sich erneut auf die Unterlippe, um diesen Wahnsinn abzustellen. Sie musste klar im Kopf werden. Es hatte keinen Sinn zu grübeln, warum sie hier war, allein die Frage, wie sie hier rauskommen konnte, zählte. Denn wenn es ihr nicht gelang zu fliehen, würde sie in diesem Loch sterben. Qualvoll sterben.

Plötzlich sah sie Urgroßmutters Bild vom Moorsee vor sich. Die flirrenden Birkenblätter, die so hellgrün vor den weißen Birkenstämmen leuchteten. Was würde Alma an ihrer Stelle tun? Lea wusste nur eins mit Gewissheit: Alma hätte nie aufgegeben, und das würde sie auch nicht tun. Und wenn sie erst wieder draußen war, dann würde sie nach Schweden fahren und sich diese Landschaften in der Wirklichkeit ansehen. Doch dazu musste sie erst mal hier raus.

»Hallo?«, flüsterte plötzlich eine Stimme aus der Dunkelheit. »Hallo?«

Lea war im ersten Moment erschrocken, aber dann rannen ihr Tränen der Erleichterung aus den Augen. Da war ein anderer Mensch! Sie war gar nicht allein, sie waren zu zweit! Das bedeutete eine doppelte Chance! Lea unterdrückte ein Schluchzen, um ihre Schulter zu schonen.

»Hallo?«, flüsterte die Stimme, eindringlicher nun als die beiden ersten Male. Wer immer dort sprach, war Lea ganz nahe.

»Ja, hier!«, gab diese jetzt zurück. Das Sprechen bereitete ihr Mühe. Ihre Zunge klebte am Gaumen, ihre Stimmbänder schienen eingerostet zu sein, und ihre Lippen waren aufgesprungen.

»Lea, bist du das?«, fragte jemand voller Bestürzung.

»Nick?« Eine Welle der Erleichterung durchflutete Lea. Nick war bei ihr. Er war ein Opfer wie sie. Kein Täter. Leas Herz jubelte vor Erleichterung, obwohl die Schmerzen ihr beinahe den Verstand raubten.

»Nick?«, fragte sie noch einmal.

»Ja, ich bin's. Bitte, rede weiter, dann kann ich vielleicht zu dir hinüberkriechen.«

Lea wusste erst nicht, was sie sagen sollte, doch dann vermischte sich ihre Verzweiflung mit ihrer Erleichterung darüber, dass sie nicht allein war, und sie stammelte wieder und wieder seinen Namen. Rief und lockte ihn lauter und lauter, feuerte ihn an, bis sie endlich Nicks Atem auf ihrem Gesicht fühlen konnte.

»Nick!« Lea spürte seine Wärme neben sich und war wieder voller Hoffnung, dass sie es schaffen würden zu fliehen.

»Lea!« Nick seufzte so tief, dass Lea ihren Namen kaum verstand.

»Bist du auch gefesselt?«, fragte sie.

»Ja«, bestätigte Nick und fragte dann hastig: »Lea, welcher Tag ist heute?«

»Ich weiß es nicht genau. Wenn heute der Tag ist, an dem ich hierher verschleppt wurde, dann ist es Montag.«

»Dann bin ich schon vier Tage in diesem Loch. Bist du verletzt?«, fragte Nick.

»Nichts Schlimmes.« Lea konnte jetzt ganz schwach den Umriss von Nicks Körper erkennen. »Und du?«

»Die Fesseln schnüren mir das Blut ab, und mein Knie ist verletzt. Aber ich weiß nicht, wie das passiert ist und wie ich hierhergekommen bin. Ich erinnere mich nur noch daran, dass ich mit dir im ›Shultz‹ war, um dir alles zu erklären, aber du wolltest mir nicht glauben. Dann bin ich ziellos durchs Valley gefahren. Ich habe darüber nachgedacht, wer dir all diese Dinge angetan haben könnte. Dabei war ich schrecklich wütend auf mich, auf dich, auf meine Vergangenheit ... Danach bin ich nach Hause gefahren, weil ich duschen wollte. Gerade als ich mich wieder angezogen hatte, kam eine SMS auf meinem Handy an. Von dir. Du wolltest mich unbedingt sprechen, und weil ich mittlerweile von der Polizei gesucht würde, sei die Tiefgarage im Verlag der beste Treffpunkt.«

Wieder raschelte es, Lea fuhr zusammen.

»Ratten«, stammelte sie. »Nick, eines dieser Biester schnuppert an meinen Füßen.«

»Du musst dich bewegen, das verscheucht sie.«

Lea hob trotz der Schmerzen, die es ihr verursachte, ihre gefesselten Füße und schloss aus dem nachfolgenden Rascheln, dass die Ratte tatsächlich davongelaufen war. Hoffentlich war es nur eine und nicht gleich ein ganzes Rudel! Unwillkürlich schüttelte Lea sich, und sofort schnitten die Fesseln in ihr Fleisch.

»Au«, entfuhr es ihr.

»Was ist?«, erkundigte sich Nick besorgt.

»Nichts, ich glaube, die Ratte ist weg. Erzähl weiter, bitte.« Allein seine Stimme flößte ihr die Gewissheit ein, dass sie es zusammen hier rausschaffen würden. Sie schlängelte sich näher an ihn heran.

Er räusperte sich, trotzdem klang seine Stimme rau und brüchig. »Auf deinem Parkplatz in der Tiefgarage stand ein schwarzer Van. Als ich herantrat, legte mir jemand eine Schlinge von hinten um den Hals, betäubte mich, und voilà, hier bin ich.« Er hustete trocken.

»Konntest du etwas sehen?«, fragte Lea.

»Nein, der Kerl trug eine Maske. Und wie hat er dich gefangen genommen?«

»Es lief genauso ab wie bei dir.«

»Das verstehe ich nicht, Lea. Zuerst habe ich gedacht, es wäre der Killer, der mich erwischt hat und sichergehen will, dass ich nicht noch mehr Unheil stifte. Ich habe gedacht, ich wüsste, wer es ist, aber dann macht das hier keinen Sinn.«

»Wieso denn nicht?«

Nick sprach langsam, so als ob ihm das Reden sehr schwer fiele: »Warum sollte uns jemand gefangen halten? Es wäre doch viel schlauer, wenn er mich gleich getötet hätte, dann wäre er mich los. Der Mann, der diese Mädchen getötet hat, ist hochgradig gestört und liebt Gewalt. Er würde uns hier nicht einfach so liegen lassen, er würde uns vielmehr quälen. Das liebt er.«

Ein Geräusch unterbrach Nick, ein lautes Knacksen, so als wären im Keller überall Lautsprecher verborgen. Und tatsächlich erklangen dann schwebende, seltsam eintönige Geigenklänge, genau wie die, die Lea im Aufzug gehört hatte.

Leas Haare sträubten sich, Angst durchflutete ihren Körper wie eine riesige Welle und schnürte ihr die Luft ab.

Als die Musik abbrach, erklang eine blecherne Stimme, die unecht klang. Lea war sich sicher, dass sie elektronisch verändert worden war.

»Na, ich hoffe, es gefällt Ihnen in Ihrem Etablissement.«

Die Stimme verzog sich zu einem unangenehmen Lachen und fuhr dann fort: »So, und jetzt, zu Ihrer Unterhaltung, ein kleiner Ausschnitt aus dem großartigen Machwerk: *Fatal Velvet!*«

Danach wurde laut und dröhnend vorgelesen. Die dunklen Töne bohrten sich in Leas Magen, die hohen kratzten an ihrem Trommelfell. Sie verstand nur wenig vom Text.

»Warum tut er das?« Lea schrie laut, um den Lärm zu durchdringen.

»Ich weiß es nicht«, schrie Nick zurück. »Wenn wir das wüssten, dann wäre uns klar, warum wir hier sind.«

Nach einer qualvoll langen Zeit brach das Vorlesen endlich ab, und die Übertragung endete mit einem weiteren kurzen Musikstück, wieder Geigenklänge. »Das war eine Aufnahme von Mary-Ann kurz vor ihrem Tod. Sie war sehr begabt. Ich hoffe, es hat euch gefallen. Ich weiß noch nicht, was ich mit euch machen werde, in jedem Fall wird es dauern. Lange, sehr lange.«

Es knackste wieder, dann war es still. Allerdings raschelte und quiekte es verdächtig, so als hätte der Lärm die Ratten im Keller hungrig gemacht.

Lea drückte sich immer noch zitternd an Nick. »Das war die Musik, von der ich dir erzählt habe.«

»Er hat Mary-Ann erwähnt. Eines der ermordeten Mädchen. Das muss etwas zu bedeuten haben.«

»Wir müssen etwas tun. Wir können doch hier nicht verrotten!«

»Aber was denn?« Nick klang unendlich mutlos. »Ich habe versucht, meine Fesseln durchzubeißen, aber das hat nicht geklappt. Mir ist so schwindlig. Hast du vielleicht etwas zu trinken? Unser Entführer hat mir zwar mal eine

Cola gebracht, aber das ist Lichtjahre her.« Nicks Stimme klang jetzt noch viel heiserer als eben, so als müsse er alle Energie aktivieren, um überhaupt Töne von sich zu geben.

Lea erkannte, sie durfte keine Zeit verschwenden. Sie musste alles tun, um ihn und sich hier rauszubekommen. Wasser, er brauchte Wasser!

Sie erinnerte sich nicht, ob ihre Handtasche mit in den Keller gelangt war. Immerhin hatte sie sie über der Schulter getragen, als sie das Büro verlassen hatte. War die Tasche in der Garage verloren gegangen? Oder war sie zusammen mit ihr hier hineingeworfen worden? Es bestand zumindest eine winzige Chance, dass die Tasche mit im Keller gelandet war. Und in ihr befand sich immer eine kleine Flasche Wasser und, was noch viel besser war, eine Nagelfeile.

Die einzige Möglichkeit, herauszufinden, ob sich die Tasche im Keller befand und, falls ja, wo sie genau lag, bestand darin, über den Boden zu kriechen und danach zu tasten. Ein Schauer lief über Leas Rücken bei dem Gedanken daran, aus Versehen eine Ratte zu berühren oder in die Hand gebissen zu werden. Dennoch begann sie, sich wie eine Schlange, seitlich kriechend, über den Boden zu bewegen. Wenn sie doch wenigstens eine Hose anhätte! Ihre Knie versanken leicht in der merkwürdig schleimigen Masse. Was war das nur? Durch dieses Zeug hindurch ertastete sie etwas Steiniges, den Boden, ah, und hier war etwas Weiches. Ekel wallte in Lea auf, und sie war froh, dass es ihr unmöglich war, an ihren Händen zu riechen. Trotzdem wand sie sich weiter über den Boden. Mit der Zeit gewöhnte man sich an den Schmerz.

»Was machst du da?«, fragte Nick, und seine Stimme klang sehr matt, als ob er gleich einschlafen würde. Lea entschied sich, ihm erst mal nicht zu sagen, wonach sie suchte. Sie wollte ihm keine falschen Hoffnungen machen. Daher log sie: »Ich möchte wissen, wo hier die Tür ist, oder vielleicht finde ich …«

»Vergiss es«, unterbrach Nick sie mit heiserer Stimme, »hier gibt es nichts, nur ein paar Videokassetten in einer Ecke und jede Menge Rattenscheiße.« Er gähnte.

Lea wand sich weiter über den Boden. In einer Ecke weiter links war etwas aufgestapelt, rechteckig mit scharfen Kanten. Die Videos. Sie schlängelte sich an der Wand entlang, da huschte etwas über ihre Hand. Sie riss ihre Hände weg, vergaß für eine Sekunde, dass sie gefesselt war, und die Seile schnitten ihr tief in die Handgelenke, zerrten am verletzten Fuß.

Lea unterdrückte einen Aufschrei. Jetzt nicht aufgeben! Es musste eine Tür geben, und eine Tür bedeutete einen möglichen Weg in die Freiheit. Eine Ratte würde sie nicht davon abhalten, ihn zu finden. Sie kroch weiter, immer an der Wand entlang, fühlte einen Stein, dann wieder winzige, klebrige Häufchen. Plötzlich spürte sie etwas Kühles unter ihrem Knie. War das die Schnalle ihrer Handtasche? Bitte, bitte, flehte sie, lass es meine Tasche sein. Aber müsste sie dann nicht auch das Leder spüren? Mühsam tastete sie sich mit den Händen an die Stelle heran, an der eben noch ihr Knie gelegen hatte, und fühlte … eine winzig kleine, runde Schraube, leider ohne jede scharfe Kante.

»Scheiße!«

Lea ließ den Kopf auf den Boden sinken. Heiße Tränen

schossen ihr in die Augen, strömten über ihre Wangen und juckten auf der Haut, aber sie konnte sie nicht wegwischen, weil ihre Hände am Bauch gefesselt waren. Wütend zog sie die Nase hoch und feuerte sich selbst an: Solange sie am Leben war, gab es auch Hoffnung.

Mühsam bewegte sie sich wieder weiter.

Eine Ecke. Hoffnungsvoll tastete Lea Zentimeter für Zentimeter des Untergrundes ab, aber da war nichts, gar nichts Brauchbares. Sie blieb eine Weile liegen, um kurz auszuruhen. Irgendwann kam sie mit einem Ruck wieder zu sich. Wie lange hatte sie geschlafen?

»Nick?«

Er gab keine Antwort. Panik überflutete sie, er war doch nicht bewusstlos, oder? Sie rutschte auf den Knien, so schnell sie konnte, in die Ecke, in der er vorhin gelegen hatte. Da lag er immer noch! Sie schüttelte ihn. »Nick!«

Er stöhnte. »Lass mich schlafen. Lass mich in Ruhe.«

Er lebte also. Gut.

Sie durfte nicht aufgeben. Hatte sie wirklich schon den ganzen Raum abgesucht? Nein, entschied sie, noch nicht, bestimmt war er viel größer, als sie dachte, die Tasche konnte sonstwo gelandet sein.

Lea machte sich wieder auf, schlängelte sich mühsam weiter. Zentimeter für Zentimeter. Schweiß rann zwischen ihren Schulterblättern herab und klebte ihre Bluse fest an den Rücken.

Erst nach, wie ihr schien, Stunden gab sie es auf. Ihre Handtasche war nicht in diesem Raum.

»Nick?«, fragte sie, »Nick?« Er gab wieder keine Antwort. Sie kroch zu ihm. Und rüttelte ihn. »Nick!« Er wehrte sich, er wollte nicht geweckt werden. Sie rüttelte stärker. »Nick!«

»Lass mich in Ruhe!« Er hustete trocken.

Warum reagierte er so abweisend? War er etwa schon so dehydriert, dass es zu Ausfällen kam? Dann musste sie dringend eine Lösung finden, sonst würden sie es hier nie mehr rausschaffen!

Wann hatte er das letzte Mal etwas getrunken? Er hatte eine Cola bekommen. Plötzlich kam ihr eine Idee.

»Nick, war das Flaschen- oder Dosencoke?«

»Ich weiß es nicht mehr.«

»Nick, bitte, versuche, dich zu erinnern.«

»Ich glaube, eine Dose.«

Schade, eine Flasche hätten sie kaputtmachen und mit den Scherben die Fesseln aufschneiden können. Aber gut, die Dose hatte immerhin einen Verschluss, der war scharf. Wenn sie die Dose fände, dann könnten sie an den Seilen herumsäbeln. Aber das bedeutete, dass sie sich wieder auf die Suche machen musste. Hätte sie die Dose nicht längst finden müssen? Was, wenn ihr Peiniger die Dose weggeräumt hatte, während Nick schlief? Und war der Verschluss auch wirklich scharf genug? Waren die mittlerweile nicht völlig harmlos? Nein, befand Lea, nein, solche Gedanken waren nichts wert. Man könnte die Dose zerquetschen und dann so lange verbiegen, bis man irgendwo das Alu knacken konnte. Sie musste einfach weitersuchen. Vielleicht hatte sie sich noch nicht genügend angestrengt.

Sie machte sich wieder auf. Systematisch vorgehen, ermahnte sie sich. Erst an der Wand lang, dann ins Innere tasten. Irgendwo würde die Dose schon sein!

Bei ihrer Suche entdeckte Lea einen weiteren kleinen Stein, einen Riss im Boden, einen zusammengeknüllten Papierfetzen und ein winziges Plastikauto, einen kleinen VW-Käfer, der sie an Shana erinnerte und ihr die Tränen in die Augen trieb. Sie wagte nicht, sich vorzustellen, wie ein Spielzeugauto in diesen Keller gekommen war. Auch die Tür fand sie schließlich, deren Ritzen so abgedichtet waren, dass kein Lichtstrahl durchdrang. Lea versuchte, sich hochzuziehen, um herauszufinden, ob es eine Klinke gab, einen Schlüssel oder ein Schlüsselloch, durch das man vielleicht etwas sehen konnte. Aber der Schmerz in ihrer Schulter schleuderte sie zurück auf den Boden. Schweiß rann in ihre Augen, sie war völlig außer Atem und musste eine Pause machen. Die Fesseln hatten ihre Knöchel wund gescheuert.

»Nick?«

Er antwortete nicht.

Erschöpft schlängelte Lea sich über den Boden zurück zu Nick. Ihre Kehle war staubtrocken, ihre Bluse stank nach Schweiß, und an ihren Beinen klebten Stücke dieses weichen Zeugs, mit dem ein Teil des Kellerbodens ausgelegt war. Sie brauchte einen neuen Plan.

»Nick, wir müssen hier raus.«

Nick gab als Antwort nur unverständliche Laute von sich. Fiel man ins Koma, wenn man nichts trank? Was passierte genau beim Verdursten?

Aus irgendeinem Grund schien ihr Peiniger Spaß daran zu haben, ihnen aus dem Roman vorzulesen. Vielleicht würde er noch einmal kommen, dann müsste man ihn hereinlocken und überwältigen. Gute Idee, aber wie überfallen zwei gut verschnürte Pakete einen Menschen?

»Nick.« Lea stieß ihn an. »Nick, du musst wach bleiben!«

»Ich bin so müde, lass mich.«

Lea ließ nicht locker. »Nein, das geht jetzt nicht, bitte, komm, wir müssen zusammen überlegen, wie wir hier rauskommen.«

»Wir werden hier nie mehr rauskommen.« Er hustete wieder.

Lähmende Angst legte sich um Leas Herz, schnürte ihr die Kehle zu.

Eine Ratte sprang auf ihren schweißdurchnässten Rücken. Lea schrie gellend und bäumte sich auf, sofort bohrten sich glühende Dolchstöße durch ihre Schulter, so unerträglich, dass sie laut stöhnte und das Bewusstsein verlor.

36. Kapitel

Als Lea diesmal wieder zu sich kam, spürte sie nichts als Schmerz und Verzweiflung. Ihre Hände waren taub, und sie hatte quälenden Durst.

»Nick?«

Er antwortete nicht. Panik wallte heiß durch Leas Adern. Wie lange war sie bewusstlos gewesen? War Nick überhaupt noch hier, oder hatte ihr Entführer sie getrennt? Ihre Augen füllten sich mit Tränen, die sie, wenn sie nicht gefesselt gewesen wäre, wütend weggewischt hätte. Es war sinnlos zu weinen.

»Nick?«, rief sie lauter. Nichts. Nur ein leises Quieken, als ob die Ratten sich angesprochen fühlten. Die Ratten! Sie wollte hier raus. Dazu musste sie wach sein.

Jemand stöhnte.

»Lea?«

Sie erkannte Nicks heisere Stimme und war so unendlich erleichtert, dass er noch bei ihr war, dass ihr schon wieder Tränen in die Augen stiegen. Heulsuse, schalt sie sich selbst. Sie mussten einen Plan haben, wenn ihr Peiniger das nächste Mal kommen sollte. Wenn er kam. Das war ihre einzige Chance. Dazu musste Nick bei Verstand sein.

»Nick, rede ein bisschen mit mir.«

»Ich bin so müde, Lea, bitte, lass mich nur einen Moment schlafen, ja?«

»Nein, das bringt uns nicht weiter. Lass uns überlegen,

wer dahinter steckt. Es muss doch Hinweise geben auf solche Killer? Lernt man das nicht im Psychologiestudium?« Lea kroch unter Schmerzen näher zu Nick, und selbst jetzt beruhigte sie sein vertrauter Geruch ein wenig.

»Ich bin zwar Therapeut, aber nicht spezialisiert auf Straftäter ... Lea, bitte, ich bin müde.« Nicks Stimme klang heiser, als hätten ihn diese beiden Sätze schon völlig erschöpft.

Lea wünschte sich sehnsüchtig, ihn in den Arm nehmen zu können, aber ihre Schmerzen und die Fesseln zwangen sie, gekrümmt liegen zu bleiben.

»Ich bin auch müde, aber wir müssen wach bleiben. Komm, erzähl mir alles, was du über Serienmörder weißt, vielleicht ist irgendwas darunter, was uns hilft. Wir brauchen einen Plan.«

Er seufzte, als wäre es eine Qual, weiter zu sprechen. »Tatsache ist, dass einige von ihnen Meister darin sind, sich nach außen völlig normal zu verhalten, und wieder anderen macht es sogar besonderen Spaß, in Berufen zu arbeiten, wo das Helfen eigentlich im Vordergrund stehen sollte: Feuerwehrleute, Polizisten oder sogar Ärzte. Schon mal von Harold Shipman gehört?«

Lea war froh, dass Nick sich endlich überwunden hatte zu reden. Vielleicht würde ihn das wach genug machen, um einen Plan zu entwickeln. Im gleichen Moment fragte eine Stimme in Leas Kopf hämisch, ob sie wirklich glaubte, ein Plan könnte sie aus diesem Loch herausschaffen. Sei still, dachte Lea, sei still.

»Nein, von dem habe ich noch nie gehört. Warum?«

»Der hat in England Ende des letzten Jahrhunderts über zweihundert Patienten getötet.«

»Und keiner hat was gemerkt?«

»Keiner. Lea, ich bin wirklich müde, lass mich doch ein bisschen ausruhen, bitte.«

»Nein, Nick, komm, lass uns zuerst überlegen, wie wir hier rauskommen. Ich will nicht von den Ratten gefressen werden.«

»O Lea, es tut mir so leid. Wenn ich das alles vorher gewusst hätte, ich wäre nie zu dir gekommen und hätte dich nicht da mit reingezogen.«

Etwas an seinen Worten irritierte Lea. »Was soll denn das heißen? Ich dachte, du wolltest das Buch bei dem ersten Verlag veröffentlichen, der es haben will? So schnell wie möglich? Um den Killer in Aufregung zu versetzen?«

»Nein, Lea, ich habe deinen Verlag nur aus einem einzigen Grund ausgesucht.« Er gähnte.

»Warum?« Leas Magen hatte sich zusammengekrampft. Was wollte er denn damit sagen?

»Nick!« Sie musste jetzt Klarheit haben!

Da knackste es wieder, die Lautsprecher wurden aktiviert.

»Nick!« Aber er rührte sich nicht.

»Na, wie geht es den Turteltäubchen heute Morgen? Seid ihr euch schon näher gekommen? Erregt es euch, gefesselt zu sein? Ja? Gut, dann können wir weitermachen.«

Lea wünschte, sie könnte sich die Ohren zuhalten, sie wollte diesem Lärm nicht länger ausgeliefert sein. Aber statt der erwarteten erneuten Lesung wurde die Tür geöffnet und das Licht angeschaltet.

Merk dir, wo der Schalter ist!, dachte Lea, die von der

plötzlichen Lichtflut so geblendet war, dass sie reflexartig die Augen zusammenkniff, sich dann aber sofort zwang zu blinzeln. Merk dir alles! Denk mit! Sei wach! Sobald sich ihre Augen an die Helligkeit gewöhnt hatten, versuchte Lea, alle Einzelheiten ihres Entführers aufzunehmen. Er trug eine Wollmütze, war immer noch maskiert, nicht sehr groß, eher schmächtig. Es musste möglich sein, ihn zu überwältigen. Es musste einen Ausweg geben!

Ihr Peiniger hatte einen Eimer mitgebracht. In der anderen Hand hielt er eine Pistole, die auf Lea gerichtet war.

Jetzt erst sah diese an sich herunter. Sie war dreckverkrustet. Nick neben ihr sah sehr elend aus, seine Haut wirkte gelblich und durch die Bartstoppeln wie eingefallen. Er schien zu schlafen. Oder war er bewusstlos?

Der Mann kam näher und trat Nick vorsichtig in die Seite, der sich aber nicht rührte. »Das gefällt mir nicht«, murmelte der Entführer vor sich hin. »Der Kerl soll doch noch zum Zug kommen, bevor er stirbt.« Kopfschüttelnd nahm er den Eimer und schüttete Nick etwas ins Gesicht. Es war Wasser. Schlagartig wachte Nick auf.

Ihr Peiniger hielt ihm den Eimer hin.

»Trink, damit du fit wirst.«

Lea überlegte verzweifelt, was sie tun könnte. Sie könnte sich ruckartig gegen die Beine des Mannes herumwuchten, doch würde das ausreichen, um ihn zu Fall zu bringen? Und wenn es ihr nicht gelänge, würde er sie dann zur Strafe gleich erschießen?

Und wenn schon, beschloss sie, sie musste es riskieren.

Lea atmete tief ein und warf sich mit aller Kraft gegen die Beine des Maskierten. Sie wurde beinahe ohnmächtig vor Schmerz und musste sich erneut auf die Lippe beißen, um das zu verhindern, aber sie sah, wie der Mann das Gleichgewicht verlor. Ja! Sie hatte es geschafft.

Die Maske des Entführers verrutschte, während er sich wieder aufrappelte, aber Lea hatte nur Augen für die Waffe. Wo war sie? Wo zur Hölle war diese Scheißpistole?

»Nick«, schrie sie, »die Pistole, nimm sie!« Aber Nick war nicht in der Lage, schnell zu reagieren.

»Pech gehabt!«

Lea starrte ungläubig in das Gesicht von Cathy, die sich jetzt auch die Mütze vom Kopf zog. Lea war verblüfft. Cathy war ihr Peiniger? Aber warum?

»Cathy, was soll das alles?«, fragte sie entsetzt nach.

Cathys Wangen waren stark gerötet, ihre Augen strahlten, und zum ersten Mal sah sie nicht aus wie ein altes Mädchen. Sie wedelte mit der Pistole, die sie längst wieder an sich gerissen hatte.

»Ich tue nur das, was eine Mutter in meiner Situation tun muss. Ich räche den Tod meiner Tochter, aber nicht nur ihren, nein, ich räche auch meinen Enkel, der nie geboren werden konnte. Ich räche den Selbstmord meines Mannes, der mit dem Tod von Mary-Ann nicht leben konnte.«

»Aber wir haben doch keinen von ihnen getötet«, flehte Nick, der es irgendwie geschafft hatte, ein paar Schlucke Wasser aus dem Eimer zu trinken, der zu Boden gefallen war, als Cathy strauchelte, und wieder etwas klarer geworden war.

Lea war immer noch betäubt von der Erkenntnis, dass Cathy hinter alldem steckte. Warum?

»Ihr habt sie nicht getötet?«, lachte diese jetzt bitter auf. »Na und? Warum sollte der Sohn eines Mörders weiterleben und sich fortpflanzen dürfen, nachdem es meiner Tochter verwehrt war? Und warum sollten er und der Verlag auch noch steinreich werden mit den Beschreibungen der Qualen meiner Tochter? Was haben Sie gefühlt, als sie so genüsslich beschrieben haben, wie erregt sie gewesen ist, während sie ermordet wurde? Und dafür gibt es dann auch noch Preise? Den Edgar?«

Lea und Nick warfen sich einen Blick zu. Cathy sah krank aus, wie unter Fieber, ihre Stimme klang hysterisch.

»Und warum haben Sie dann Shana und Trotter getötet?«, fragte Lea.

Cathy schüttelte ihr langes Haar. »Blödsinn, ich habe keinen der beiden umgebracht. Sie hatten nichts mit der Sache zu tun. Und ich töte keine Unschuldigen, sonst wäre ich ja nicht besser als sein Vater, der Killer!« Sie zeigte mit der Pistole auf Nick. Dann sah sie Lea an und erklärte mit einem bösen Lächeln: »Aber Ihnen habe ich fein Angst gemacht, nicht? Habe Sie ausspioniert, Ihre Wohnung aufgeräumt. Das war nicht schwer. Ihre Schlüssel liegen ja immer im Büro herum.«

»Warum?«, flüsterte Lea. »Warum?«

»Warum nicht? Sie leben davon, Menschen in Angst zu versetzen, oder machen Thriller vielleicht etwas anderes? Ihr beide verdient Strafe! Aber ich werde euch nicht töten, denn das wäre keine Bestrafung, sondern bloß Mord. Ich lasse euch einfach hier liegen, und ihr werdet verhungern oder verdursten.«

»Diese feinen Unterschiede, alles Geschwätz«, sagte Lea. »Und wenn Sie es nicht waren, wer hat denn dann Shana getötet?«

»Das war der wahre Killer«, schrie Nick verzweifelt, »der immer noch frei herumläuft und hier in L. A. lebt.«

»Aber wer soll denn das sein?« Lea hatte das Gefühl, verrückt zu werden. Gefesselt in einem dunklen Loch liegend, diskutierte sie mit einer offensichtlich kranken Frau, der sie vertraut und mit der sie Kaffee getrunken hatte. Es war Cathy, die ihr den Karton mit der Barbie gebracht und ihr dabei ins Gesicht gesehen hatte. Lea würgte, aber ihr Magen war leer, nur Magensäure stieg hoch und verätzte ihre Kehle.

»Ich habe ihn gesehen.« Cathy sprach sehr schnell, als hätte sie Angst, unterbrochen zu werden oder es sich wieder anders zu überlegen. »Aber er hat mich nicht bemerkt. Ich wollte Leonard Trotter seine Mappe zurückbringen, aber dieser Mann ist mir zuvorgekommen.« Jetzt wandte sie sich wieder an Nick, fuhr ihn an: »Was soll das denn heißen, der wahre Killer läuft noch frei herum? Das ist doch Unsinn! Ihr Vater war schuldig!« Sie zitterte am ganzen Körper, als müsse sie sich sehr beherrschen. Doch Lea kam es nicht so vor, als müsste sich Cathy beherrschen, nicht abzudrücken oder Nick zu treten, sondern als hätte diese Angst.

»Dann waren Sie also bei Leonard Trotter, ja?« Nicks Stimme hatte einen warmen, vertraulichen Ton angenommen. Als würde er mit Cathy auf einem Sofa sitzen und sich unterhalten. Lea erinnerte sich daran, dass er Therapeut war.

»Ja.« Cathy zitterte weniger.

»Ganz sicher wurde Trotter getötet, weil der Mörder glaubte, dieser hätte Beweise für die Unschuld meines Vaters. Haben Sie Trotters Unterlagen noch?«

Cathy schüttelte heftig den Kopf.

Aber Lea fand, sie sah aus, als hätte Nick etwas in ihr völlig durcheinandergebracht, und als würde dieses Gefühl sie unglaublich erschüttern.

»Das ist Unsinn!«, schrie Cathy jetzt. »Sie wollen einfach nicht wahrhaben, wer Sie sind. Der Sohn eines Killers! Wer weiß, was der Ihnen vererbt hat!«

»Wie hat der Mann ausgesehen? Was genau haben Sie beobachtet?« Nicks Augen funkelten, als hätte man ihm Drogen verabreicht, er bebte am ganzen Körper. Lea fand, er wirkte, als würde er gleich seine Fesseln absprengen, so energiegeladen kam er ihr plötzlich vor. Leas Herz schlug schneller, vielleicht würden sie es doch noch hier rausschaffen. Ganz egal, was hinter allem steckte, sie wollte nur eins, hier raus!

»Was haben Sie gesehen?«, herrschte Nick Cathy an, die mehr und mehr zu dem alten Mädchen wurde, das Lea vom Verlag kannte, so als würde Cathys Energie auf Nick übergehen. Für eine Sekunde durchzuckte Lea der Verdacht, dass Nick Leonard Trotter getötete hatte und er bloß wissen wollte, ob Cathy ihn erkannt hatte. Aber diesen Gedanken verwarf sie sofort, Nick war unschuldig.

»Ich habe seine Hand gesehen, seine Füße und …« Cathy holte tief Luft.

»Was?«

»Waffe fallen lassen!«, kommandierte Fred mit scharfer Stimme.

»Fred!« Lea wusste nicht, ob sie lachen oder weinen sollte. Fred! Jetzt würde alles wieder gut werden. »Fred, wie hast du uns nur so schnell gefunden?«

Fred richtete seine Waffe auf Cathy. »Waffe runter!«

Cathy schüttelte den Kopf.

»Lady, ich sag's nicht noch mal, Waffe runter, sonst sehe ich mich gezwungen, unangenehm zu werden.«

Cathy richtete ihre Waffe auf Fred.

»Ich hab sein Gesicht gesehen. *Der da* ist Trotters Mörder!«

»Unsinn.« Fred lachte auf. In Leas Ohren klang es ein bisschen schwach, nicht wie der Fred, den sie kannte. Aber derart groteske Beschuldigungen konnte man natürlich auch nicht ernst nehmen.

»Er hat Trotter von hinten mit dem Baseballschläger erledigt«, fuhr Cathy fort. »Ich war gerade auf der Toilette, als es passiert ist. Der Gang dorthin war mit einem Vorhang abgetrennt. Er hatte einen Jogginganzug an und Schuhe, die nicht dazu passten. Schwarze Lederschuhe mit Muster.«

»Aber das ist doch Wahnsinn!« Lea wandte sich empört zu Fred um. »Fred, sie ist verrückt. Bitte nimm ihr endlich die Waffe ab!«

»Nein, Lea, das ist keine gute Idee!«, mischte sich Nick jetzt ein. Lea starrte ihn entgeistert an. Was sollte das denn jetzt?

»Was soll …?«

»Halt's Maul, Schlampe.«

Das war nicht der Fred, den Lea kannte. Sein Gesichtsausdruck war völlig anders. Sie schauderte. Waren es seine Augen, die kalt und unberührt wirkten, oder war es der Mund, der grinste, ohne dass sein Lachen die Augen erreichte?

Quatsch, er hatte diesen coolen, undurchdringlichen

Gesichtsausdruck nur aufgesetzt, weil er sie retten und Cathy dazu bringen wollte, die Waffe abzulegen.

»Waffe runter!«, kommandierte er jetzt.

Cathy zitterte, aber sie schüttelte den Kopf. Mittlerweile umklammerte sie mit beiden Händen die Pistole. »Ich bin mir ganz sicher, Sie waren es.«

»Scheißegal, was du Dreckstück gesehen hast, dieser Trotter hat sich in Sachen reingemischt, die ihn nichts angingen, genauso wie diese andere Schlampe. Und jetzt Waffe runter!«

Cathy straffte ihre Schultern und zielte weiter auf Freds Gesicht. Dieser lächelte, betrachtete Cathy wie ein Metzger sein bestes Stück Schlachtvieh und drückte ab.

»Nein, Fred!«, schrie Lea. In der gleichen Sekunde versetzte Nick Cathy einen kräftigen Tritt in die Kniekehlen, diese ging zu Boden, Freds Kugel verfehlte sie um Haaresbreite.

»Ihr wollt also Spielchen.« Fred senkte die Hand mit der Waffe zu seinem Oberschenkel und lächelte.

Cathy stöhnte.

»Gut, das kommt mir entgegen! Ich liebe Spielchen.«

»Aber warum, Fred? Bitte erklär's mir!«, flehte Lea. »Fred, ich kann das alles nicht glauben.« Gleichzeitig suchte sie den Boden verzweifelt nach Cathys Pistole ab, die dieser entglitten war. Die Waffe musste doch irgendwo sein.

Fred kam etwas näher. »Du siehst nicht gut aus, Lea, wenn ich das sagen darf.«

Das war wieder der alte Fred, den sie kannte, der ihr belgische Pralinen mitbrachte und mit ihr lachte.

»Ich werde euch alle erschießen. Dich, Lea, und Nick

mit Cathys Waffe, Cathy dann mit meiner. Denn leider, leider bin ich erst gekommen, als ihr schon tot wart. Um dich tut es mir wirklich leid«, er grinste Lea an, als sei das ein guter Witz.

Lea fror, ihr Herz schlug so rasend, dass sie es sogar in jedem einzelnen Zahn pochen fühlte. Dort drüben, da lag etwas. Nur nicht zu offensichtlich hinsehen.

»Fred, und was ist mit Moira?« Schon während sie es aussprach, wusste sie, wie lächerlich dieser Versuch war, aber sie musste Zeit gewinnen.

»Moira, mein kleines Frauchen? Sie war eine gute Tarnung, sonst nichts.«

»Aber warum, Fred, warum?«

Fred schüttelte den Kopf. »Halt's Maul.« Er suchte jetzt nach Cathys Pistole und trat Cathy in die Rippen, um sie aus dem Weg zu schieben. Diese krümmte sich unter seinem Tritt, aber sie sagte trotzdem mit triumphierender Stimme: »Jetzt verstehe ich endlich, warum Mary-Ann in Ihr Auto eingestiegen ist, sie wäre nie mit einem Fremden gefahren.«

»Haltet endlich die Klappe!«

»Warum, Fred?« Lea konnte es nicht lassen, außerdem war er kurz davor, die Waffe zu entdecken.

Fred drehte sich herum, bückte sich blitzschnell und schlug Lea mit der Pistole ein paar Mal ins Gesicht. Eine Sekunde fühlte diese nichts, nur Dunkelheit, dann hämmerte der Schmerz von der Nase durch ihr rechtes Auge, verdrängte den in ihrem Kiefer. Der metallische Geschmack von Blut breitete sich in ihrem Mund aus. Sie konnte nicht mehr durch die Nase atmen, denn Blut strömte aus ihr heraus.

Fred sah sie grinsend an. »Ist gar keine so schlechte Idee, wenn ich dich ein bisschen rannehme, das wirkt noch echter. Wurde eh höchste Zeit! Seit Moira dich kennt, flippt sie nur noch rum.« Fred schlug noch einmal mit der Faust auf Leas Kinn.

»Jeder wird sofort erkennen, dass die Verletzungen frisch sind«, mischte sich Nick ein, und Lea konnte den unterdrückten Hass in seiner Stimme hören. Fred anscheinend auch. »Klugscheißer«, er trat Nick in den Bauch, »halt's Maul!«

Lea zuckte zusammen, als hätte er sie getreten. In ihrem Schädel dröhnte es, und Blut tropfte in ihre Augen. Trotzdem brachte der Schmerz sie dazu, sich zu konzentrieren. Sie wollte hier raus, sie musste Fred dazu bringen, weiter zu reden, denn sie brauchten Zeit. Im Moment konnte sie nichts sehen, hoffentlich suchte Nick nach Cathys Pistole.

Fred trat nach Cathy. »Such das Ding, los, oder …«

»Oder was?«, fragte Nick stöhnend, was ihm einen erneuten brutalen Fußtritt in die Nieren eintrug.

»Du musst sehr schlau sein, wenn bis heute keiner dahinter gekommen ist«, sagte Lea und hoffte, dass Fred darauf anspringen würde.

»Darauf kannst du wetten.«

Lea hätte am liebsten gelacht. Das konnte nicht sein, war es wirklich so leicht? Sie konzentrierte sich auf den Schmerz, um ihre Erleichterung zu verbergen.

»Mein IQ liegt bei einhundertvierzig, das haben sie auf der Police Academy rausgefunden. Nach meinen Hobbys wurde nicht gefragt. Schmerz ist mein Hobby, darin bin ich perfekt. Und …«, Fred kickte in Nicks Rücken, als wäre er ein Fußball, »... was du in deinem *Fatal Velvet* verbockt hast, mit dem Mann, der keinen Schmerz empfinden kann, ist einfach nur völliger Scheiß. Und der Bockmist von meiner Kindheit, von wegen einen Evangelisten als Vater, der den armen kleinen Fred missbraucht hat. Lächerlich! Ihr Psychoheinis labert so viel Müll ...« Fred rammte abwechselnd den rechten und linken Fuß in Nicks Körper. »Ich hatte gar keinen Vater, du Schwätzer!«

Lea bemerkte, dass Cathy sich millimeterweise vorwärts bewegte. Ob sie auf der Suche nach der Waffe war?

»Das einzig Gute war die Szene, in der dein Vater aufgehängt wird. Mann, die war so echt, da hab ich mir beinahe in die Hosen gemacht«, höhnte Fred. »Dieses Gewinsel, genau so war's! Ich entscheide über Leben und Tod, so einfach ist das. Jemandem das Licht auszublasen, das bringt dich auf Augenhöhe mit Gott, wenn ihr versteht, was ich meine.« Er grinste. »Die drei Nutten waren der einzige Fehler, den ich mir je geleistet habe. Ich hätte meine Kumpels nie zu den Leichen führen dürfen. Niemals. Ich hätte die Schlampen in der Wüste verrotten lassen müssen. Aber ich konnte nicht widerstehen. Und dann war es so geil zu sehen, wie sie deinen Vater verhaftet haben, diesen kleinen Arschkriecher, der sich hinter meinem Rücken an meine Freundin rangemacht hatte. Wollte ihr weismachen, sie hätte etwas Besseres verdient, der schwule Sack. Wollte ihr helfen, sich zu trennen. Und wie sehr er sich dagegen gewehrt hat, von den Jungs aufgehängt zu werden. Dabei hab ich nicht mitgemacht, das hätte nicht gut ausgesehen, als Bulle ...« Er zuckte mit den Schultern, als hätte er sich gerade über etwas völlig Belangloses mit ihnen unterhalten.

Lea wurde übel vom Schmerz und von dem Gedanken daran, dass sie nie bemerkt hatte, wie es wirklich um Fred und Moira stand. Hatte Moira Angst vor Fred? Waren die Affären, von denen Moira immer erzählt hatte, nur Wunschträume, und warum hatte sie all diese Fotos gemacht? Ein Geräusch riss sie aus ihren Gedanken. Es war Nick, der wie ein Wahnsinniger an seinen Fesseln riss. Außerdem bemerkte Lea, dass Cathy sich vorwärts bewegt hatte.

»Das überlebst du nicht!«, stöhnte Nick.

Fred drehte sich zu Nick um, schüttelte den Kopf und holte wieder weit aus zu einem Fußtritt.

Cathy nutzte ihre Chance, sie sprang auf, hatte ihre Pistole wieder in der Hand und richtete sie auf Fred.

»Drei Nutten waren das also«, sagte sie, und ihre Stimme klang, als ob Splitter in ihrem Hals steckten. »Drei Fehler, drei Schlampen … Gott, war ich dumm!«

Schieß, dachte Lea, verdammt, jetzt schieß ihn endlich nieder, bevor er dich erledigt! Sie musste sich beherrschen, nicht laut »Schieß doch!« zu schreien.

Dann endlich schoss Cathy, nicht nur einmal, sie feuerte das ganze Magazin auf Fred ab, und während sie das tat, freute sich Lea über jede Kugel, jede einzelne Kugel, die ihn traf. Es waren eine Menge.

Sie würde sich später damit befassen, was das über sie aussagte.

Als das Magazin leer war, schleuderte Cathy die Pistole weit von sich. »Die Mappe von Trotter ist in meiner Wohnung, in der Sockenschublade. Ich hab nie reingeschaut … Ich wollte, aber ganz oben lag das Foto von Mary-Anns Leiche.«

Cathy zog ein Klappmesser aus ihrer Hosentasche, klappte eine Klinge heraus und kam auf Lea zu.

»Nicht!« Lea zuckte instinktiv zurück. Cathy lächelte müde und schnitt ihre Fesseln auf. Sie befreite auch Nick, dann ging sie zu Fred, betrachtete sein Gesicht so widerwillig, dass Lea dachte, sie würde es mit dem Messer in Stücke zerfetzen. Doch Cathy ließ das Messer fallen. »Es ist gut«, sagte sie, »es ist gut.« Sie griff nach Freds Pistole, steckte sie ohne jedes Zögern in ihren Mund und schoss.

37. Kapitel

Eine Woche später saß Lea trotz brütender Hitze in der Dämmerung auf ihrem Balkon und nippte an einem Milchshake.

April lag zusammengerollt auf ihrem Schoß. Der Streifen Fell in der Mitte war mittlerweile schon etwas nachgewachsen. Allerdings heller, so dass April aussah, als wäre sie bei einem originellen L. A.-Katzenfriseur gewesen. Sie schnurrte laut.

In die Wohnung unter Lea war am Wochenende ein junges indisches Ehepaar mit einem Baby gezogen. Lea freute sich über jeden Laut, den das Baby von sich gab, weil er sie beruhigte. Denn obwohl mittlerweile eine Woche vergangen war, seit sie Fred entkommen konnte, schoben sich ständig Bilder vor ihre Augen und verhinderten einen ruhigen Schlaf. Immer wieder wachte sie mit rasendem Puls und in Schweiß gebadet auf, wusste zuerst nicht, wo sie war, und brauchte viel Zeit, um sich zu beruhigen.

Was sie am meisten daran verstörte, war, dass sie keine Bilder von Fred oder Cathy sah, sondern immer nur den Keller mit den matschigen Kartonagen und die Ratte. In Leas Träumen war sie riesengroß, schlüpfte in ihren Mund und fraß sie von innen auf, oder sie erstickte Lea mit ihrem schmutzig dunklen Fell.

Lea bekam nur schwer Luft, denn die gebrochene Schulter schmerzte immer noch bei jedem Atemzug. Ihre Nase war von Freds Schlägen zum Glück nicht gebrochen, sondern nur schwer geprellt worden. Trotzdem war ihr Gesicht noch voller Blutergüsse, die sich erst langsam gelb verfärbten. Der Bänderriss an ihrem Knöchel war operiert worden, und sie konnte schon wieder humpeln.

Ihr Vater war mehrmals täglich gekommen und hatte nach ihr gesehen und versucht, sie zu verwöhnen. Doch das hatte nicht verhindern können, dass Lea ins Grübeln kam. Immer wieder fragte sie sich, warum sie nicht gemerkt hatte, dass Fred nicht normal war. Sie hätte versuchen müssen, Moira näher zu kommen. Aber war sie nicht eigentlich ganz froh gewesen, mit Moira immer nur Spaß zu haben? Sie war nicht bereit gewesen, das Risiko einzugehen, von Moira enttäuscht zu werden wie damals von Greg und Peggy.

Das würde Lea jetzt ändern, Moira hatte mehr Freundschaft verdient. Wenn Moira Lea überhaupt jemals wieder treffen wollte. Sie war völlig zusammengebrochen und wollte weder ihre Eltern noch Lea sehen, niemanden.

Lea hätte gern gewusst, warum Moira zusammengebrochen war. Weil Freds Tod zu erschütternd war? Hatte sie ihn so sehr geliebt? Oder war es die Tatsache, mit einem Mörder das Bett geteilt zu haben? Hatte Moira wirklich nie etwas geahnt?

Lea war froh, dass Fred tot war, denn die Beweise, die Leonard Trotter gesammelt hatte, waren sehr dürftig gewesen. Neben den Berichten der Pathologie, die nicht sehr hilfreich waren, gab es die eidesstattliche Erklärung eines ehemaligen Mitglieds der Bürgerwehr von Anza Borrego, Pete Stranger, in der dieser erklärte, die Bürgerwehr habe Nicks Vater aufgehängt und es wie einen

Selbstmord aussehen lassen. Auch Fred sei dabei gewesen, hätte aber nicht aktiv mitgemacht. Leider hatte Stranger diese Erklärung erst kurz vor seinem Tod abgelegt, um »mit reinem Gewissen vor Gott zu treten«, und war mittlerweile an Knochenkrebs gestorben. Immerhin hatte er auch die Namen der anderen drei Mittäter genannt, nach denen die Polizei jetzt suchte.

Lea fragte sich, wie man mit so einer Tat zwar zwanzig Jahre gut leben, nicht aber sterben konnte.

Die Durchsuchung von Freds Haus hatte zuerst nichts ergeben. Erst bei einer zweiten Suche hatten sie in der Garage einen Karton mit Fotos gefunden. Obenauf lagen all die glamourösen Bilder, die Moira Fred von sich geschenkt hatte, untendrunter befanden sich die Polaroids von seinen Opfern, nachdem sie ihn kennen gelernt hatten.

Immer wenn sie daran dachte, lief Lea eine Gänsehaut über den Rücken trotz der Hitze. Fred war extrem vorsichtig gewesen. Wenn er überlebt hätte, hätte er sicher behauptet, die Bilder seien ihm untergeschoben worden … und wenn Lea ihn nicht im Keller erlebt hätte, hätte sie ihm das geglaubt.

Sie hörte, wie der Schlüssel in das Schloss ihrer Haustür gesteckt wurde.

»Ich bin's«, rief Nick nach oben, kam dann zu ihr auf den Balkon und legte einen großen Stapel Briefe auf das Tischchen. Er schnupperte kurz. »Hmm, das riecht gut, jemand grillt!« Dann beugte er sich zu ihr und küsste vorsichtig ihre Stirn.

Nach allem, was passiert war, hatte er sich endlich durchgerungen und ihr erzählt, er habe den Big-Surprise-

Verlag nur deshalb ausgesucht, weil er schon einen Verdacht gegen Fred hegte und ihn so besser im Auge behalten konnte. Nach dem Bowlen hatte er große Angst gehabt, dass Fred Verdacht geschöpft haben könnte.

Seine Nierenprellung würde keine bleibenden Schäden hinterlassen. Sein Steißbein war gebrochen, musste aber von alleine wieder heilen. Von einem Bluterguss am rechten Auge abgesehen, sah er fast schon wieder so gut aus wie vorher, was Lea sehr ungerecht fand. Wie gern hätte sie ihn geküsst, aber das ging noch nicht. Dafür hatten sie jede Nacht nebeneinander im Bett gelegen, Händchen gehalten, ihrem Herzklopfen gelauscht und Pläne geschmiedet.

Nick lachte Lea an, als hätte er ganz besonders erfreuliche Nachrichten, und griff nach dem obersten Brief. »Vom Verlag hierher weitergeleitet. Entschuldige bitte, aber ich habe auf die Absender geschielt, und dieser hier ist von Stella Bernardi. Das heißt, meine Schwester meldet sich endlich! Bitte mach den zuerst auf.«

Er nahm April auf den Arm und legte dafür den Brief in Leas Schoß. »Wie geht es dir, Liebste?«, fragte er.

»Gut.« Mit Nick, dachte Lea, würde es sicher niemals langweilig werden. Plötzlich fiel ihr ein, dass »gut« Cathys letztes Wort gewesen war, bevor diese sich die Pistole in den Mund gesteckt hatte. Lea schluckte, wollte sich korrigieren, aber dann atmete sie tief durch und entschied sich anders. Sie berührte kurz das Amulett, das Shana ihr geschenkt hatte und das sie jetzt immer trug. »Gut«, sagte Lea. »Es geht mir gut. Und jetzt wollen wir doch mal sehen, was deine Schwester schreibt!«

Michelle Raven

Eine unheilvolle Begegnung

Roman

Ein Mann wird bei lebendigem Leibe begraben. Von den Tätern zunächst unbemerkt, wird Samantha Dyson Zeugin der Tat und kann dem Opfer, dem gut aussehenden Undercover-Agenten Morgan Spade, das Leben retten. Als die Killer wenig später entdecken, wer ihren Anschlag vereitelt hat, heften sie sich gnadenlos an Samanthas Fersen. Nur knapp entkommt sie mehreren Anschlägen. Jetzt ist es an Morgan, sich bei seiner attraktiven Retterin zu revanchieren. Ein Katz-und-Maus-Spiel mit den Verfolgern und ein Tumult der Gefühle zwischen den Gejagten nehmen ihren Lauf …

Knaur Taschenbuch Verlag

Lisa Jackson

Bitter sollst du büßen

Thriller

Für deine Sünden sollst du büßen! – diese beängstigende Nachricht erwartet die Radiopsychologin Samantha Leeds auf ihrem Anrufbeantworter. Es wird nicht die letzte Warnung bleiben. Schon bald wird außerdem klar, dass zwischen den Drohungen, die die Psychologin erhält, und der unheimlichen Mordserie, die New Orleans erschüttert, eine Verbindung besteht. Kann Samantha dem finsteren Racheengel entkommen, der ihre dunkelsten Geheimnisse zu kennen scheint? Schutz bietet ihr ein ebenso attraktiver wie mysteriöser Nachbar. Doch darf sie ihm wirklich trauen?

»*Bitter sollst du büßen* steigert die Spannung und die düstere Atmosphäre bis ins Unermessliche, dieser Roman wird Sie all Ihre Fingernägel kosten.«
Romantic Times Magazine

Knaur Taschenbuch Verlag